악녀의 정의 Ⅱ

악녀의 정의
주해온 장편소설
II
D&C BOOKS

차 례

9장. 메마름의 끝 · 7

10장. 세베리다 부부사기단 · 151

11장. 가재는 게 편 · 227

12장. 하늘은 높고 사람은 살찌는 계절 · 293

9장

메마름의 끝

메마름의 끝

황궁으로 다시 돌아간다는 생각만으로도 머리가 아팠다. 이번에는 꾀병이 아니라 진짜였다. 덜컹거림 하나 없이 항상 편했던 마차마저 승차감이 이상한 것 같았다.

나 좀 멀미나는 거 같은데…….

하지만 걱정하는 부모님 앞에서 내색할 순 없었기에 얼굴 가득 미소를 지었다.

엄마는 옆에 꼭 붙어 앉아 내 손을 쥐고 있고, 아빠는 맞은편에 앉아 궁에서 건강해야 한다, 밥은 항상 챙겨 먹어야 한다 등의 말씀을 하셨다.

나는 몇 번이나 고개를 끄덕이며 부모님을 안심시켰다.

집에서 지내는 동안 너무 마음 편히 있어서 궁에서 긴장을 유지할 수 있을지 걱정이 들었다.

편히 지냈다고 해서 아무런 소득도 없었던 것은 아니지만.

나흘간 열심히 움직인 결과 귀족들은 내가 변한 것을 받아들였다. 허심탄회를 빙자한 과거 행적 비꼬기가 있었으나 그게 날 시험하는 거라는 걸 알기에 그저 무구한 척 미안한 표정을 지어 보였다.

시녀들에게 선물을 준 것도 성공적이었다. 마일러트 남작의 코르사주에 대해 묻는 영애들이 많았다. 시녀들이 날 열심히 도와주었으니 나 역시 성의를 표현하고 싶었다며 가증을 떨었다.

아이린처럼 그녀들을 감화시켜 따르게 하진 못하지만, 하와에게 선악과를 보여 준 뱀처럼 사람들을 꾈 수는 있다. 욕망이 그녀들을 움직일 것이다.

더불어 몇 번이나 챈들럼가 파티에 대해 직접 말할 기회가 있었다. 부러 일을 축소해서 말하자 그곳에 있었던 다른 귀족들이 나서서 사실을 소상히 혹은 과장해서 말하기 시작했다.

귀족들 사이에 소란이 일었다. 당장은 아이린에게 배신감을 느끼며 분개하는 사람은 없었으나 어딘지 떨떠름한 얼굴이었다.

이로써 볕과 물은 충분하다. 이제는 내가 심어 놓은 그 의심의 씨앗이 싹 틔우길 기다릴 때였다.

소득이 괜찮았기에 앞으로의 일에 대한 걱정은 적었다. 지금 가장 염려되는 것은 너무 외롭진 않을까, 하는 것. 집을 떠나면서는 처음 느껴 보는 감정이었다.

외로울까 봐 두렵다니.

걱정하는 것과 상관없이 필연적으로 나는 외로울 것이다. 하지만 외로움은 어쩌면 행복일지 모른다. 사랑받는다는 증거니까.

그 외로운 순간에 멀리서 나를 생각하고 계실 부모님을 떠올리기 위해 눈에 새기듯 두 사람을 응시했다.

"이런, 벌써 궁에 왔구나."

아빠의 말이 끝나기 무섭게 마차가 멈춰 섰다. 집에 돌아가는 길은 그렇게나 길었던 것 같은데, 황궁까지는 금방이었다.

절로 한숨이 푹푹 나려는 것을 억지로 삼키며 무거운 몸을 일으켰다. 아빠가 먼저 내려 내게 손을 뻗었다. 사뭇 정중한 모양새에 아쉬운 와중에도 피식 웃음이 새었다.

눈이 마주치자 아빠가 장난스럽게 웃었다. 아무래도 우울한 기색이 겉으로 드러났던 모양이다. 감춘다고 감춘 건데…… 가슴이 찡했다.

조금 가벼워진 기분으로 에스코트를 받으며 마차에서 내리자 마중 나온 시녀들이 보였다. 그래도 매일같이 보며 정이 꽤 들었나 보다. 한동안 안 보다가 이렇게 보니 반가웠다.

공작 내외가 직접 궁까지 올 줄은 몰랐는지 몇몇은 다소 놀란 기색이었다. 엄마까지 나오자 시녀들이 무릎을 굽혀 인사했다.

고개를 끄덕이는 아빠에겐 평소 날 대할 때의 그 부드럽고 따스하던 기운은 온데간데없었다. 냉철한 재상, 카일론 공작이 시녀들을 치하했다.

시녀들이 바짝 긴장한 것이 보였다. 이디스마저 기합이 들어간 게 신선했다. 라브엘이 있었으면 어땠을까. 그녀가 아빠의 사람이니만큼 두 사람이 만나면 어떨지 궁금했다.

라브엘의 부재가 아쉽긴 했지만 어차피 이틀 후면 서부 지역으로 가기 위해 궁을 떠날 거였다. 그녀는 내가 여행에서 돌아오는 것에 맞춰서 입궁할 예정이었다.

"샤티."

엄마가 조용히 날 부르며 끌어안았다. 이제 정말 헤어질 시간이었다.

"언제나 건강하고 행복하렴. 네 행복을 방해하는 자가 있으면…… 엄마가 알려 준 방법을 쓰고. 곧 다시 보자꾸나."

알려 준 방법이라면 설마 고자킥을 말씀하시는 건가요. 다시 한 번 내 동공에 지진이 발생했는지 시야가 떨렸다.

귓가에 울리는 다정하고도 무서운 말을 가슴에 눌러 담고 몸을 뗐다. 이러다 세뇌 효과로 정말 누군가에게 고자킥을 선사할 것 같아 불안했다.

이번에는 아빠가 날 감싸 안았다. 커다란 품에 푹 기대서 눈을 감으니 아빠의 속삭임이 들렸다.

"아빠 말, 잊지 않았지?"

하신 말씀이 너무 많아 솔직히 무얼 뜻하는지 몰랐지만 일단 고개를 끄덕였다.

"그래, 그럼 되었다. 통신기는 잘 챙겼니?"

이번엔 아까보다 더 작은 목소리였다. 나는 재차 고개를 끄덕였다. 그제야 만족한 기색으로 아빠가 날 놓았다.

아쉬움이 진득하게 남았지만 이제 두 분을 배웅할 때다. 계속 원하는 대로 하면 헤어지는 데도 반나절이 걸릴 것이다.

보는 눈이 있다는 게 오히려 도움이 됐다. 나는 시녀들을 힐끔 보고 흠이 되지 않게 자세를 유지했다.

시녀들과 함께 엄마 아빠를 배웅하고 방으로 돌아왔다. 마차가 사라진 중정을 보니 가슴이 뻥 뚫린 듯 허했다.

일주일 만에 돌아온 궁은 여전했다. 오랜만에 돌아왔음에도 집에 갔을 때처럼 그리웠다는 감각은 없었다.

나는 무감하게 소파에 앉아 오랜만에 보는 시녀들과 인사를 나눴다. 그간 얼마나 잘 쉬다 왔는지 다들 얼굴이 뽀얀 데다 윤기가 자르르 흘렀다.

"얼굴을 보니 내 곁을 떠나 있는 시간이 참 좋았나 봐?"

픽 웃으며 묻자 시녀들이 마주 웃었다. 그 면면들이 조금 새삼스러웠다. 전에는 같은 말을 해도 악녀로서 비꼬는 거였는데 이제는 그저 농이다. 또 시녀들도 내가 농담을 던졌다는 걸 알고 마주 웃는다.

"저하의 얼굴이 가장 활짝 핀 것은 아시고 묻는 것입니까."

거기다 받아치기까지. 하지만 무심코 받아쳐 놓고서도 살짝 불안한지 세실리아가 내 눈치를 살폈다.

언젠가는 눈치를 안 살피는 날도 오겠지.

모시는 입장에서 완전히 동등하게 행동할 수는 없겠지만, 이전보다 관계가 나아졌듯이 앞으로 더 나아질 수도 있을 것이다.

그러고 보면 황궁에서 꼭 나쁜 일만 있었던 건 아니다. 처음에는 막막했지만 모든 것들이 더 나은 방향으로 가고 있다.

시녀들과의 관계도, 황태자와의 관계도, 내 입지도.

여전하다고 생각했는데 이곳에 담긴 사람과 시간은 정체되지 않고 계속해서 흐르고 있었다.

"쾌차하신 것 같아 다행입니다."

에스더의 말에 고개를 끄덕였다. 그 말대로 정말 다행한 일이었다.

"어쩌지."

뜻밖의 난관에 봉착했다. 거울에 비친 내 모습을 보고 한숨지었다.

"어떻게 입어도 귀티가 흘러……."

내 한탄에 이디스의 입술이 움찔거리는 게 보였다. 저거 둘만 있었으면 혀 차면서 고개 저었을 거다. 병이 심각하다면서.

그래, 나도 내가 이렇게 공주병 걸린 소리를 할 줄은 몰랐다. 중2병은 나름 기간 한정이지만 공주병엔 약도 없다던데.

그러나 문제는 병이 아니라 이게 객관적인 사실이라는 거다.

나는 지금 평민들이 즐겨 입는 옷을 입고 있었다. 블라우스에 하이웨이스트 롱스커트로, 여행에 알맞게 편한 옷차림이다.

블라우스는 셔링이나 러플 같은 장식 없이 단조로운 디자인이었고, 치마 역시 무늬 없는 단색이었다. 머리카락은 천으로 질끈 묶은 포니테일이었다.

그런데도—.

"이제 더 뺄 것도 없습니다. 장신구 하나 안 하셨는걸요."

"어쩔 수 없어요. 그냥 이대로 가시죠."

어쩜 이리 예쁘지.

화려한 드레스를 입은 것처럼 이목을 집중시키는 미모에 다시금 한숨을 쉬었다.

여행복을 고르기만 하고 미리 입어 보지 않은 게 잘못이었나. 아니, 미리 입어 봤어도 같은 결과였을 거다. 지금도 밋밋하기 그지 없는 차림새였다.

처음 여행 짐을 꾸릴 때, 아무리 잠행이라지만 황태자와 함께 가는 건데 수수하면 안 된다고 외쳤던 시녀들이 조금이라도 화려하다 싶은 옷과 액세서리는 다 뺐다.

아침에 막상 평복을 입히고 보니 생각보다 너무 눈에 띄었던 탓이다. 머리 장식과 허리 장식, 브로치, 귀걸이 그리고 목걸이가 어지럽게 테이블 위에 널브러져 있었다.

하아, 너무 예쁜 것도 힘들구나.

다시 한 번 약도 없는 병에 빠진 생각을 하고서는 고개를 저었다.

"어차피 황태자 전하께서도 워낙 외모가 출중하셔서 쉽게 거리에 녹아들진 못할 겁니다."

생각해 보니 그것도 그렇다. 그 역시 옷발 받는 외모의 소유자는 아니었다. 옷이 그의 덕을 봤으면 봤지.

"그래, 포기하자. 충분히 많이 노력했어."

뭘 입어도 자체 발광하는 걸 어쩌겠어. 그냥 내가 잘난 탓이려니 해야지.

그래도 옷이 수수해서 제도의 대귀족, 그것도 레지나라곤 생각 안 할 것 같았다. 몰락 귀족이나 시민 계급(성시민, 城市民) 정도로 보면 모를까.

얼굴 때문에 시선을 끌긴 하겠지만 잠행에 큰 어려움은 없을 것 같다. 나는 만족하고 거울에서 멀어졌다. 이제 출발할 시간이었다.

"저하, 황태자 전하께서 오셨습니다."

마침 시녀가 황태자의 방문을 알렸다. 문이 열리는 소리에 반사적으로 무릎을 굽혔다.

"황태자 전하를 뵙습니다."

"준비는 잘했나?"

그의 물음에 고개를 들다가 멈칫했다.

……적어도 전하보다는 잘한 거 같은데요. 그 말이 목 끝까지 올라왔다. 그와 나 단둘만 있었다면 내뱉었을지도 모르지만 이곳에는 보는 눈이 많았다. 나는 그 말을 꿀꺽 삼킨 채 그냥 고개만 끄덕였다.

잠행, 어렵지 않을까……. 그가 황태자라는 걸 몰라도, 이대로 시내에 나가면 벽이 생길 것 같았다. 여성들로 만들어진 벽.

그는 셔츠에 바지 차림으로 매우 간단한 복장이었는데, 주변을 장식하고 있던 정신 사나웠던 게—물론 마일러트 남작의 혼이 담긴 멋있는 옷이긴 했다— 사라지니 그 완벽한 얼굴이 더 잘 보였다.

기분이 조금 이상했다.

그의 옷차림이 현대와 닮은 탓에 마치 내 동년배 남자애와 마주 서 있는 것 같았다.

열여덟 살 샤르티아나의 몸이 아닌 스물셋 유화영의 몸으로, 펠론 제국이 아닌 한국에서 내 또래의 평범한 남자애와 마주 서 있는 느낌.

아…….

그 순간 외면하고 있던 괴리감이 나를 옥죄었다. 샤티의 삶을 이어 살겠다고 결심한 후 마음 한구석에 밀어 두었던 괴리감. 그 이질적인 감각이 내 살을 파고들었다.

"카일론 공녀?"

부름에 깜짝 놀랐다. 정신을 차리니 황태자가 내게 손을 내밀고 있었다. 화려한 방과 그의 등 뒤로 늘어선 시녀들이 눈에 들어왔다. 펠론 제국의 황궁이었다.

눈을 깜빡여 눈꺼풀에 남은 전생의 잔상을 털어 냈다. 그의 말대로 나는 유화영이 아니라 카일론 공녀였다. 나는 빠르게 현실로 돌아왔다.

황태자의 손을 잡고 거울을 힐끔 보았다. 둘이 이러고 있으니 번쩍번쩍 빛이 나는 게 걸어 다니는 전광판 같았다.

대중에게는 우리가 서부 해안에 있는 별궁에 가는 것으로 알려져 있다. 설마 황태자와 레지나가 함께 잠행할 거라고는 생각하지 않겠지만…… 평범한 차림임에도 너무 눈에 띄었다.

뭐, 황태자가 알아서 하겠지. 잠행을 안 다녀 봤을 리는 없고, 그때만 못생겨지지도 않았을 것이다. 뭔가 방법이 있을 터.

나는 모든 것을 그에게 맡기기로 했다.

밖으로 나오자 평소와 달리 투박한 마차가 보였다. 어디까지나 황궁 마차 기준이고 내가 보기엔 꽤 괜찮았다.

큰 장식 없는 새하얀 마차는 시민 계급 중 부유한 자나 영세 시골 귀족이 탈 것 같은 모양새였다.

황태자의 에스코트를 받아 마차에 오른 후, 그가 내 옆에 앉았다. 마차는 앞면이 창으로 뚫려 있어 좌석이 한쪽밖에 없었다.

바로 곁에서 온기가 느껴졌다. 마차 내부가 평소보다 좁은 데다가 아무런 장식도 없었지만 의자는 푹신했다. 하지만 바로 옆 사람 때문에 편히 앉기 힘들었다.

비즈니스석에 앉아 갈 줄 알았는데 삼등석에 앉아 가는 기분이랄까.

장거리 여행에 있어 가장 중요한 점이 편한 좌석이거늘. 마차가 더 크다고 해서 눈에 띄는 것도 아닐 텐데. 절로 볼이 부풀었다.

모양은 그래도 마법은 아낌없이 부었는지 마차는 평소 타던 것처럼 소리 없이 움직였다.

마차는 황궁 정문이 아닌 다른 곳으로 향했다. 그것만으로도 잠행 기분이 나서 조금 설렜다. 창밖으로 보이는 풍경을 둘러보다가 따라오는 사람이 없다는 걸 깨달았다.

"전하, 아무도 따르지 않는데요?"

현재 인원은 이 마차에 탄 우리 두 사람과 마부가 전부였다. 잠행이라고 하지만 호위가 없을 수는 없다. 종자로 부릴 사람도 필요하고.

"호위가 따라붙긴 할 거야. 세베리다에 도착하면."

그럼 도착하기 전까지는 어쩌고?

둥그렇게 뜬 내 눈을 보더니 황태자가 픽 웃었다. 재미있다는 기색이 느껴졌다. 조금 짓궂은 장난기도. ……왠지 불안해지기 시작했다.

날 보던 황태자의 시선이 앞을 향했다. 그를 따라 눈을 돌리다가 깜짝 놀랐다.

앞은 절벽이었다.

마차의 속도는 줄어들 기미가 안 보였다. 오히려 속도가 더 빨라지는 것 같다.

마부가 자객이었나? 여기서도 자살 테러가 있어?

"저, 전하……!"

나도 모르게 그에게 달라붙으며 다급하게 외쳤다. 가슴팍에 매달린 내 손길에 그의 몸이 긴장하는 것은 느껴지지도 않았다.

이대로 죽는 건가? 이번 생은 이렇게 마감이야? 입술이 덜덜 떨렸다.

한 번 죽어 봤음에도 죽음에 대한 공포는 날카롭게 나를 찢었다. 오히려 한 번 죽었기 때문에 그 공포를 더 잘 아는지도 모른다.

추락까지 한 걸음. 황태자가 내 어깨를 감싸 안았다. 나는 눈을 질끈 감았다.

"……!"

가슴이 미칠 듯이 두근거렸다. 황태자를 끌어안은 손에 힘이 바짝 들어갔다.

"카일론 공녀."

죽는다.

"공녀?"

숨이 막혔다. 냉기가 전신을 휘감았다. 물, 물이다. 순식간에 시야가 시꺼멓게 변했다.

본능적으로 팔다리를 휘저으려 했으나 몸은 꿈쩍도 하지 않았다. 손가락 하나 까딱하지 못하고 나는 그대로 어둠 속에 파묻혔다.

아무것도 소용없다. 그때랑 똑같다. 아무리 팔다리를 휘저어도, 아무리 도움을 청해도 구원은 없다.

몸이 점점 가라앉는다. 날카롭고 시린 물이 입을 가르고 들어와 폐부를 터뜨린다.

도와줘. 도와줘요. 누가 좀. 제발.

살고 싶어!

"샤르티아나!"

그러나 아무도 없다. 닿지 않는 외침이 물살에 떠내려갔다. 몸에서 힘이 빠졌다. 악착같이 버텨 조금이라도 생을 유지하고 싶은데 자꾸만 힘이 빠졌다. 절망이 나를 뒤흔들었다.

또다시 나 혼자다. 이 무저갱 같은 어둠 속에서.

홀로 죽는다.

"숨을 쉬어!"

그 순간 강한 악력이 내 몸을 잡아챘다. 뜨거운 무언가가 내 양 뺨을 감쌌다.

단단하고 매끄러운 것이 얼굴을 어르듯 부드럽게 매만졌다. 눈물이 날 정도로 다정한 감촉에 이끌려 눈꺼풀이 열렸다.

온 세상에 눈부신 햇빛이 비쳐 들었다. 오후의 햇살처럼 부드럽고 따스한, 온몸을 나른하게 감싸는 노랑.

"숨을 들이마셔. 내쉬고, 다시 들이마시고. 그래, 그렇게."

그 햇빛이 속삭이는 대로 하자 숨이 돌아왔다.

더 이상 어두운 물속이 아니었다. 햇빛이 비치는 지상이었다.

아……. 나 살았구나. 혼자가 아니구나.

조금씩 시야가 맑아졌다. 흐트러졌던 호흡도, 터질 것 같이 뛰던 맥박도 점차 안정을 찾아간다.

"후우……."

공포에 갇혀 있던 숨을 내뱉으며 현실로 돌아온 순간, 나는 내 얼굴을 쓰다듬는 것이 황태자의 손이라는 것을 깨달았다.

더불어 그 노란 햇살이 황태자의 눈동자라는 것도.

그의 눈동자가 시야를 가득 메울 정도로 가까운 거리였다. 그의 입술에서 흩어진 숨결이 내 입술에 닿았다.

"……!"

순간적으로 황태자를 밀쳐 버렸다. 얼굴이 타들어 갈 것처럼 뜨거웠다. 창문에 어깨가 부딪쳤는지 그가 작게 미간을 찌푸렸다.

그러나 내 관심은 이미 그에게서 떠났다. 그의 몸 너머로 창공이 보이고 있었다. 어라?

"하늘?"

멍하니 그 푸른 허공을 바라보다가 정신을 차리고 고개를 돌렸다. 옆에 있는 창에 달라붙자, 마차 아래로 펼쳐진 풍경이 보였다.

황궁과 그 앞으로 펼쳐진 대로. 대로와 대로가 이어져서 완성된 마법진의 모양. 그 사이사이에 있는 건물들.

세계가 발아래에 펼쳐져 있다.

"진짜 하늘이었어……."

탄식이 흘러나왔다. 그제야 상황 파악이 되었다. 이거, 하늘을 나는 마차였어?

안도감과 동시에 억울함이 샘솟았다. 그리고 그 감정은 곧 분노로 바뀌었다.

나는 몸을 휙 돌려 눈앞의 남자를 노려봤다.

그러고 보니까 아까 분명 웃었어. 짓궂은 느낌까지 났어! 내가 놀랄 걸 알고 있었던 게 분명해!

"사람이 어쩜 그래요, 응?"

멱살이라도 잡고 싶었다. 짤짤 흔들며 내 정신이 나갔던 것처럼 정신이 아주 그냥 몸을 탈출하다 못해 구천을 떠돌도록 만들고 싶었다.

"나 놀리니까 좋아요? 재밌어요? 내가 얼마나……."

앞뒤 안 가리고 말이 나오는 대로 따지던 입술이 얼어붙었다. 그의 가슴을 두드리고 있는 내 손이 눈에 들어왔기 때문이다.

그러니까…… 내가 지금 이 나라의 차기 황제를 때리고 있다는 말이다.

육하원칙에 따라 말하면, 내가 지금 마차 안에서 황태자에게 폭력을 행사하고 있다고.

왜가 빠졌네. 왜긴 왜야, 맞을 짓을 했기 때문이지!

그러나 그 이유를 말할 수도 없는 노릇이다. 나는 그대로 입을 다물었다.

"……."

"……."

침묵이 가라앉았다. 황태자는 아직도 제 가슴에 달라붙어 있는 내 손을 잡았다.

"이제 괜찮은가 보군."

그에게 잡힌 손을 빼내려 슬쩍 힘을 줘도 요지부동이다. 손을 조금 꿈지럭거리다가 포기했다. 다시 침묵이 찾아왔다. 나는 고개를 숙인 채 입술을 잘근 깨물었다.

황태자가 친구같이 익숙한 옷을 입었다고 긴장감이 죽었나. 요즘 그가 좀 편해졌다고 해도 그렇지, 미쳤다고 옥체에 손을 댔을까. 그나마 멱살을 안 잡은 게 다행이었다.

근데 애초에 나 안 놀렸으면 이런 일도 없었을 거 아냐.

억울한 마음이 들어도 사과는 해야겠지. 맞을 짓을 하길래 때렸을 뿐이지만, 폭력은 어느 때에도 나쁜 거니까……는 개뿔. 살기 위해서 사과해야지.

내키지 않는 입을 꾸물꾸물 움직이는데 그의 목소리가 귓전에 닿았다.

"미안하다."

응? 잘못 들었나 싶어 그를 쳐다봤다. 그가 미간을 살짝 찡그린 채 날 보고 있었다. 어째서인지 그는 많이 지쳐 보였다. 고초를 겪은 사람처럼.

낙엽처럼 가라앉은 노란 눈동자 위로 속눈썹이 내려앉았다. 그 긴 속눈썹이 만든 그늘에 그의 눈동자가 더 깊어졌다.

깊은 시선이 계속 나만을 향했다. 내 손을 그러쥔 손에 힘이 들어갔다.

“그대가 그리 무서워할 줄은 몰랐어.”

쪽팔려서인지 귀가 후끈거렸다.

황태자가 내 손등을 엄지로 부드럽게 쓸었다. 살살, 너무 가벼워서 간지럽게 느껴지는 움직임이었다. 소름이 돋았다. 기묘한 감각에 손을 당기자, 이번에는 매끄럽게 손이 빠져나왔다.

나는 그에게서 몸을 돌렸다.

“괘, 괜찮아요.”

목소리가 살짝 떨렸다. 당황해서인가? 확실히 패닉 상태에 빠졌던 걸 떠올리면 쪽팔리고 당황스러웠다.

창에 이마를 기대자 찬 기운이 밀려들었다. 나는 눈을 감았다. 하지만 눈을 감아도 노란 햇빛이 눈꺼풀 안으로 파고들었다.

온통 노란 시야에 감았던 눈을 떴다. 한여름의 태양이 강렬하게 날 비추고 있었다.

어색하고 쪽팔렸던 마음은 시간이 지나자 희미해졌다. 나는 곧 평소의 페이스를 되찾았다.

세베리다까지는 이 하늘을 달리는 마차, 아이트라 악시스를 타고도 꼬박 하루가 걸린다고 했다.

일반 마차로는 보름, 마법 마차로 아흐레 정도 걸린다고 하니 굉장히 빨리 도착하는 거였다. 속도도 빠른 데다 길을 따라 돌아갈 필요가 없다는 게 꽤 큰 장점인 것 같았다.

"하늘을 달릴 수 있는 마차는 처음 봐요. 아니, 가능한지도 몰랐어요."

샤티의 기억 사전을 뒤져도 없는 정보다. 내 말에 황태자가 고개를 끄덕였다.

"모르는 게 정상이다. 세상에 단 한 대뿐이고, 황실에서도 딱히 공개하고 있지 않으니까."

나는 고개를 모로 꼬았다.

"왜요? 있다는 걸 알리는 게 더 낫지 않나요?"

백성들 앞에 아이트라 악시스를 타고 나타나면 그것만으로 경외를 보낼 것 같은데.

잘하면 황족을 신성화할 수도 있으리라. 주변국들에 영향을 줄 수도 있고.

"요행에 기댈 정도로 황권이 약한 것도 아니고, 알게 되면 표적이 되기 쉬우니까."

하긴, 그것도 그렇다. 땅과 달리 하늘엔 아무런 장애물도 없어서 관찰이 쉽다. 지상에서 봤을 때 우리는 점 하나로 보이겠지만, 의식을 하는 순간 무엇인지 눈치챌 것이다.

처음에 놀랐던 것만 빼면 하늘은 나는 것은 참 기분 좋은 일이었다.

비행기가 전혀 신기하지 않고 흔한 교통수단에 불과한 현대에서 살았지만, 정작 나는 한 번도 타 본 적이 없었다.

그런데 하늘을 날 수 없다고 생각했던 이곳에서 하늘을 날고 있다. 비행기를 타 본 적이 없어 비교할 순 없지만 그보다 훨씬 더 벅찰 것이다.

"창문 열어도 돼."

말과 함께 그가 내 뒤로 바짝 붙었다. 뒤에서 팔이 뻗어 나와 창을 짚었다. 알싸하면서도 시원한 향이 코끝에 스치고, 등에 그의 가슴이 닿았다.

내 몸을 거의 감싸는 모양새로 그가 창을 열었다.

창이 다 열리자 그는 다시 제자리로 돌아갔다. 등에서 그의 체열이 사라졌다. 나는 길게 숨을 뱉었다.

활짝 열린 창문으로 불어오는 바람에 머리카락이 바람에 휘날렸다. 머릿결을 살랑살랑 간질이는 기분 좋은 바람이었다.

하늘을 날고 있는데도 창을 열 수 있다는 게 신기했다. 압력 같은 건 상관없나? 하긴, 마부는 아예 밖에 있다. 무언가 마법으로 보호하고 있는 듯했다.

나는 창틀을 꼭 붙잡은 채 고개만 살짝 내밀어 까마득한 아래에 펼쳐진 풍경을 내려다봤다.

별 모양으로 이어진 도로와 마을을 감싼 호수, 동화에 나오는 것 같은 건물. 그 속에서 삶을 사는 사람들. 소녀가 들판을 달릴 때마다 치맛자락이 원을 그렸다.

어쩐지 가슴이 부풀어 올랐다.

"몸은 이제 좀 괜찮은가?"

뒤에서 들리는 물음에 창가에 붙였던 얼굴을 뗐다. 그러고 보니 나 아팠지, 참.

그가 주었던 장미가 생각났다. 피처럼 붉었던 꽃다발. 말 나온 김에 그의 저의를 파악해도 좋을 것 같았다. 하필 장미를 준 게 마음에 걸렸다.

“그럼요. 전하께서 보내 주신 장미 덕에 씻은 듯이 나았답니다. 새빨간 색이 참 영롱하더군요.”

생긋 웃자 그가 가볍게 고개를 끄덕였다.

“장미꽃을 좋아한다더니 마음에 들어 해서 다행이군.”

그 사심 없는 모습을 보니 한 대 얻어맞은 기분이었다.

정말 그냥 병문안 선물이었어? 새빨간 핏덩어리 같은 걸 준 게 내가 장미를 좋아해서였단 말이야?

갑자기 정신이 아뜩해졌다. 저 남자가 나한테 내가 좋아하는 걸 줬다고? 내게 향했던 시선을 돌려 앞창에 비친 하늘을 바라보는 그의 옆얼굴엔 어떤 저의도 담겨 있지 않았다.

완전히 내 착각이었다.

이전에 도서관에서 마주쳤던 것과 케일라덴과의 만남을 알고 있던 것을, 첩자가 보고했기 때문이라고 착각했던 게 생각났다. 실상은 케일라덴이 그에게 직접 말한 거였다.

황태자가 하는 모든 행동이 나에게 적대적이라고 생각하고 하나하나 그 의도를 파헤치려고 했다. 그런데.

……여태 내가 그를 오해했던 것은 아닐까?

나는 입을 다문 채 그의 옆모습을 바라보았다.

밖에서 불어오는 바람에 그의 검은 머리카락이 조금씩 살랑였다.

햇살을 받아 눈동자가 금빛으로 빛났다.

돌이켜보면 사실과 달랐던 게 참 많았다. 사랑에 눈이 멀어 나를, 카일론을 적대한다고 생각했는데 그에겐 그만의 이유가 있었었다.

그것도 최근에는 달라졌다. 곤경에 빠졌을 때 도와주고, 에스코트를 해 주고, 사과를 하고, 감사를 전하고, 장미 다발을 선물했다.

나를 향한 호의 속에 악의가 도사리고 있을 거라 짐작하고 그의 속셈을 간파하려 했다. 순수하게 생각하지 못했다. 아니, 할 수가 없었다. 처음 그가 날 냉대했던 기억에 갇혀 눈앞의 진실을 각색했으니까.

사람은 변하기 마련이다. 내가 변했듯이 그 역시 변할 수 있다.

적어도 우리 관계는 확실하게 변했다. 적대시하는 상대지만, 이곳에서 내가 유일하게 편하게 대할 수 있는 상대이기도 하다. 그 앞에서는 꾸미지 않아도 되고 가장하지 않아도 된다. 가면을 벗고 손톱을 세워도 그는 그걸로 내 약점을 쥐지 않았다.

너무 오래 빤히 바라봤던 걸까. 그가 고개를 돌려 날 쳐다보았다. 마주친 시선을 먼저 피한 것은 나였다.

"심심한가 보군."

그 때문에 빤히 봤던 것은 아니지만 부정하기도 애매했다. 심심한 것도 사실이었다. 앞으로 반나절을 더 가야 한다.

고개를 끄덕이자 그가 공간을 열고 책을 꺼냈다.

"안 그래도 긴 여행길이라 심심해할까 봐 준비했다."

얼떨결에 받아 들면서도 어딘가 떨떠름했다. 그가 날 신경 써서 준비했다는 것도 그렇고, 그게 또 책이라는 것도 그렇고.

마차가 흔들리지도 않으니 멀미할 일은 없겠다 싶어서 일단 읽어보기로 했다. 책을 펼치려는데, 제목이…….

〈에마 부인〉.

"……."

제목만 봐도 감이 왔다. 이건, 이건 야설이다! 그것도 막장 야설이야! 내 몸의 뉴런이 들썩이며 외치고 있었다.

"……보, 보셨나요?"

내 거친 생각과 불안한 눈빛과 그걸 지켜보는 황태자.

어디선가 익숙한 멜로디가 들렸다. 나는 숨을 죽인 채 그가 입을 열기만을 기다렸다.

"뭘?"

그의 물음에 대답할 말이 없어졌다. 내가 도서관에서 야설 읽는 거 봤냐고 물을 수는 없잖아.

"그러니까, 그…… 아니, 아무것도 아닙니다."

못 봤겠지. 분명 그럴 거야. 아니어도 그렇게 생각하는 게 정신건강에 좋다. 나는 판도라의 상자를 열지 않기로 했다.

그 순간 그가 웃었다. 바람 새는 소리와 함께 한쪽 입꼬리가 올라갔다.

"그대가 혼자서 몸을 꼬며 난리를 치던 것은 아주 잘 보았지."

"……!"

"그리고 책장과 책장 사이를 넘나들며 몸을 숨기는 것도. 나는 무슨 자객이 숨어든 줄 알았어."

얼굴에 확 피가 몰렸다. 도서관에서 혼자 춤추다가 미스터리 추리극을 찍던 게 생각났다.

미치겠다. 내가 왜 그랬지? 왜 그런 짓을 한 거야? 정신이 나갔었나 봐 그땐…….

혼란스러운 머리 안에서 정신 나갔다는 노래만 반복 재생되었다. 짜증 나서 끄고 싶은데 꺼지지도 않는다. 이 무슨 강제 재생 고문이란 말인가.

"책도 꽤 집중해서 읽더군. 독서에 열심인 모습은 보기 좋았어."

"그, 그만!"

참지 못하고 소리치며 나도 모르게 그의 입을 막았다.

입이 막힌 그가 눈을 동그랗게 뜬 채 날 보았다. 노란 눈동자에 비친 내 양 뺨이 토마토보다도 더 발갛게 달아올라 있었다.

또 옥체에 손을 댔다. 실수했다는 생각과 동시에 아무렴 어때, 싶었다. 아까 전에 내 주먹과 그의 가슴이 가벼운 접촉 사고도 낸 마당에 입 좀 막은 게 뭐가 대수란 말인가.

"그만해요. 정말, 못됐어."

더 뭐라고 하고 싶었지만 마땅한 말이 떠오르지 않았다. 변명해 봤자 나만 더 쪽팔릴 뿐이다. 어떻게 포장해도 내가 했던 행동이 머리에 꽃 단 여자 같았다는 건 사실이고.

아, 다시 생각해도 쪽팔려 죽겠다. 이건 베개나 이불 한 채 가지곤 해소되지 않을 흑역사다.

이대로 여기서 뛰어내릴까? 죽을까? 죽으면 편해질까?

톡, 손등을 두드리는 느낌에 정신을 차렸다. 그의 손가락이 피아노 건반 치듯 내 손을 두드렸다.

그제야 여전히 그의 입을 막은 채 대치 상태라는 것을 깨달았다. 내가 그를 덮치듯 몰아붙인 자세라는 것도.

머쓱함에 조용히 그의 입술에서 손을 떼고 몸을 물렸다. 나와 창 사이에 끼어 있던 그가 몸을 바로 일으켰다.

나는 그를 외면했다. 도저히 바라볼 수가 없었다.

쪽팔려. 이 생각을 오늘만 몇 번째 하는지 모르겠다.

열린 창으로 바람이 솔솔 들어오는데도 얼굴의 열은 도통 빠질 기미가 안 보였다. 앞으로 반나절이나 더 가야 한다는 데다 도착해서도 그와 같이 있어야 하는데…… 머릿속이 까마득했다.

애써 시선을 먼 하늘로 돌렸는데도 뒤통수를 콕콕 찌르는 시선이 느껴졌다.

숨고 싶다. 이대로 사라지고 싶다. 다시 한 번 자유낙하에 대한 충동이 날 찾아왔다. 떨어지면 아플까?

더 이상 그가 아무 말도 안 하는 게 다행이라 생각되는 한편 침묵에 점점 초조해졌다. 이러지도 저러지도 못한 채 나는 창밖만 바라봤다.

황태자는 생각보다 장난기가 많은 것 같았다. 분명 처음에는 칼날도 안 들어갈 사람이라고 생각했건만.

그가 점점 변한다고 생각했는데 원래 이런 사람일 수도 있겠다는 느낌이 들었다.

이곳에 와 만나 본 사람들 모두 가면을 가지고 있었으니 그 역시 가면을 쓰고 있던 걸지도 모르겠다.

왠지 그의 가면 속 맨 얼굴을 본 느낌에 쪼그라들었던 가슴이 부풀었다.

"전하께서 이리 장난이 많으신 줄은 몰랐습니다."

슬쩍 눈을 흘기며 말하자 그가 시선을 피했다. 노란 눈동자는 조금 당황한 기색이었다. 마치 자기가 장난기가 많다는 것을 처음 깨달은 것 같은 반응.

하긴, 과연 누가 황태자에게 장난이 심하다는 말을 했을까. 그 당황한 표정이 마음에 들어서 은근히 한 마디를 더 보탰다.

“못된 줄로만 알고 있었는데.”

그 말에 그가 날 돌아봤다. 무표정한 얼굴이지만 어딘지 억울하고 불퉁해 보였다.

“그다지 그대에게 나쁘게 대했다고는 생각하지 않는데…….”

이어지는 말에 기가 막혔다. 뭐라고 하려는 기색을 느낀 그가 먼저 선수를 쳤다.

“물론 그대를 대하는 다른 사람들처럼 친절하진 않았지. 하지만 내가 그대에게 특별히 나쁘게 대했던 것도 아니야.”

막힌 기를 아주 끊어 버리는 소리였다. 자기가 어떻게 행동했는지 몰라서 그러나? 하나하나 짚어 줄 생각으로 기억을 헤집는데, 그가 무엇을 떠올리며 저리 말했는지 알 것 같았다.

샤티의 기억에서 황태자는 그녀에게 특별히 막 대하지 않았다. 따라다니며 사랑을 구해도, 그의 연인을 욕보여도 그저 무관심했다.

그녀의 행동을 생각하면 오히려 관대하다고까지 할 수 있는 반응이었다. 소문처럼 샤티를 싫어한다거나 경멸하는 기색을 내비치지도 않았다. 그 속은 어땠을지 몰라도.

그런데 모든 사람들이 황태자가 샤티를 혐오한다고 생각했다. 그 소문의 근원을 어렵지 않게 유추할 수 있었다.

아이린 루폰 스테나. 밤색 머리카락을 흩날리며 자애롭게 웃고 있는 그녀의 모습이 떠올랐다.

그래, 그의 말대로 특별히 나쁘게 대하진 않았다. 하지만 모두 내가 오기 전의 일이다.

과거 일은 샤티의 기억 어드메에 박제된 것으로, 내게는 유막을 덧씌운 것처럼 현실감이 없었다.

요즘 들어 그가 변했다는 것은 인정한다. 처음부터 오해한 탓에 그의 친절을 곡해하기도 했다.

하지만 그 곡해의 배경에는 그의 행동도 한몫했다.

"그럼 대체 레지나 축하연 때 무시한 것과 입궁 때 마중 안 나온 거는 뭔데요?"

아빠한테 들어서 이유는 알고 있었고 그를 이해한다고 생각했지만 어쩐지 야속했다.

그가 나와 샤티를 구분 짓지 않는 것은 당연하다. 하지만 왜 샤티에게는 너그러웠고 내게는 박했나, 그런 생각이 드는 것은 어쩔 수 없다. 나도 모르게 투정 같은 말이 나왔다.

"……마중을 못 간 건 회의가 있었기 때문이다. 부황께서 말을 전했다고 생각했는데……."

아빠가 황제에게 서운함을 내비쳤을 때 황제가 그런 말을 하긴 했다.

그땐 그냥 핑계라고 생각하고 대수롭지 않게 넘어갔다. 그게 정말이었나? 눈을 가늘게 뜨고 그를 보았으나 거짓말 같지는 않았다. 뱃속에서 고개를 드는 의심을 일단 잠재웠다.

그의 호의를 오해했다고 생각한 게 바로 조금 전이다. 의심이 습관이 되었다는 생각에 조금 씁쓸했다.

변명하듯 말한 황태자가 입을 다물었다. 내리깔린 시선을 보니 생각에 빠진 눈치였다.

나는 잠시 그를 바라보다가 시선을 돌렸다.

창밖으로 대지가 펼쳐져 있었다. 길과 길이 얽힌 채 이어졌다. 그 길이 어디로 향하는지는 알 수 없다.

그 모습이 꼭 내 머릿속 같았다. 여러 가지 생각이 엉켜 정작 내가 무슨 생각을 하는지 알 수 없었다.

우리가 각자의 생각 속에 머물러 있는 것과 달리, 마차는 빠르게 하늘을 달렸다.

"미안하다."

고민에 빠져 있느라 귓가에 울린 목소리의 내용을 인지하는 것이 조금 늦었다. 나는 뒤늦게 그를 돌아봤다.

언제부터 날 보고 있었던 것일까.

황태자는 오랜 시간 그렇게 있었던 것처럼 굳어진 자세였다. 고요한 노란 눈동자에 내 얼굴이 호수의 달처럼 담겼다.

"그대에게 상처를 줬다고 생각하지 않았어. 아니, 그대가 상처받아도 상관없었다는 게 사실이겠지. 그래서 신경 쓰지 않고 내가 옳다고 생각하는 대로 행동했어. 경솔했다."

그럼 지금은?

지금은 내게 상처를 주는 것이, 내가 상처를 받는 것이 당신에게 상관이 있어요?

차마 그 물음을 입 밖으로 내지 못하고 속으로 삼켰다.

서로가 서로를 눈에 담고 있는 사이 하늘이 붉게 물들었다. 그의 얼굴에 주홍빛 물이 들었다. 붉은 태양이 일렁이는 노란 눈동자에 내 모습이 오롯했다.

우리는 노을 속에서 한참 동안 서로를 바라보았다. 하늘을 달리던 마차가 이윽고 땅에 발을 디디고 설 때까지.

세베리다에 도착하자마자 날 맞은 것은 전혀 예상 밖의 인물이었다. 멀리서도 알아볼 수 있는 인영에 나는 눈을 동그랗게 떴다.

"유타?"

새어 나온 속삭임에 황태자가 날 힐끔 쳐다봤다. 어느새 지척까지 다가온 유타바인이 황태자에게 예를 취했다.

"황태자 전하를 뵙습니다."

"먼 길 오느라 고생했다."

"아닙니다."

미소 지은 채 고개를 젓는 유타바인은 꽤 그럴듯한 기사로 보였다. 이제야 그가 내 병문안을 오지 않았던 이유를 알 수 있었다. 날짜에 맞춰 세베리다에 도착하기 위해서는 내가 집으로 가기 전에 제도를 떠나야 했을 것이다.

"안녕하십니까, 카일론 공녀."

"안녕하세요, 챈들럼 공자."

무심코 말하다가 깨달았다. 매번 서로 이름을 불러서 미처 생각하지 못했던 호칭.

"아, 아니 이제 챈들럼 경이라고 불러야죠. 기사 서임을 다시 한 번 축하드립니다."

"감사합니다, 공녀."

생긋 웃으며 말하자 유타바인이 마주 웃었다. 샤티와 유타바인의 관계야 워낙 유명하기에 남들이 보는 앞에서도 서로를 애칭으로 부르곤 했다.

하지만 지금 나는 레지나로서 황태자와 함께 여행을 온 상황이다. 황태자의 앞에서 다른 남자의 이름을 친근하게 부르지 않을 정도의 눈치는 있다. 정작 황태자는 내게 그런 쪽으로 관심이 없으니 아무 신경도 안 쓰겠지만.

"다른 사람들은?"

"동산 아래에서 지시하신 것을 처리 중입니다."

유타바인의 대답에 황태자는 가볍게 고개를 끄덕이곤 내게 말했다.

"잠시 챈들럼 경과 함께 마차에 있도록. 다른 자들에게 녹화사업에 대해 추가 지시를 해야 하니."

같이 들을 만한 사항이 아닌가 싶어 잠자코 고개를 끄덕였다. 그는 조금 고민하다가 말을 덧붙였다.

"세베리다 시가로 가려면 반대쪽으로 내려가야 해. 내려갔다가 다시 올라온 다음 또 내려가는 것은 그대에게 힘들 것 같아서."

변명처럼 덧붙인 말에 무심코 웃음이 나왔다. 그가 내게 변명할 필요는 없다. 아쉬워할 일도 아니었다. 내가 재차 고개를 끄덕이자 그가 등을 돌렸다. 멀어지는 뒷모습을 보고 있자니 새삼스러운 기분이 들었다.

아쉬워할 일이 아니라고 생각하고 아쉽지도 않다고 여겼다. 하지만 실상은 아쉬웠나 보다. 내가 제안한 시책인 데다가 녹화사업이 어찌 이루어지고 있나 궁금해서 여기까지 왔는데, 정작 논의에서 나만 쏙 빼놓는 것이.

그가 '쓸데없이' 덧붙인 변명 덕에 서운함은 완전히 사라졌다.

휘익―.

옆에서 들린 휘파람 소리에 유타바인을 쳐다봤다. 그가 장난스럽게 웃었다.

"분위기 좋은데?"

놀리는 기색이 역력한 말투에 그의 옆구리를 꼬집었다. 초딩 때 얼레리꼴레리 노래를 부르던 남자애들이 떠올랐다.

아야야, 과장된 앓는 소리에 째려보니 깨갱, 하고 꼬리를 만다.

"오랜만이야."

"너 나 아팠던 건 아냐?"

유타바인이 고개를 끄덕였다.

"연락을 받긴 했는데 이미 세베리다로 떠난 뒤라 어쩔 수 없었어. 지금 보니 멀쩡하구먼, 뭘."

대수롭지 않게 말하지만 걱정했다는 기색이 역력했다.

짜식, 누나 걱정했구나. 강아지 보듯 그를 보니 질색한다. 나름 귀여워해 준 건데.

"들어갈까?"

마차를 가리키며 묻는 유타바인에게 고개를 저었다. 아무리 편한 좌석이라고 해도 하루 종일 앉아 있기만 했더니 다리가 부었다. 다리를 한쪽씩 털며 기지개를 켰다.

"다리 아파?"

"응."

"나중에 방 들어가면 여종 하나 들여보내 줄게."

"됐어."

나는 픽 웃으며 고개를 저었다. 그냥 목욕하고 다리 몇 번 주무

르면 되겠지. 거리에 비해 엄청 편한 여행이었다.

유타바인의 시선은 마차에서 떠날 줄을 몰랐다. 화려하지도 않은 마차인데 뭐가 그리 신기한지 연신 두리번거렸다. 이보다 훨씬 좋은 마차를 가지고 있으면서.

“뭐 봐?”

“이게 아이트라 악시스 맞지?”

고개를 끄덕였다. 마차 외관이 신기한 게 아니라 하늘을 나는 게 신기했던 거구나. 비행기가 익숙한 나도 놀랐는데 그는 오죽할까.

“진짜 놀랐어. 이걸 타고 오다니.”

“아무래도 거리가 있다 보니까. 너도 올 거였으면 같이 타도 좋았을 텐데. 마차 안은 자리가 없지만 마부석도 있잖아. 물론 네가 마부석도 괜찮다면…….”

귀족이 마부석에 타는 건 있을 수 없는 일이다. 하지만 아흐레를 꼬박 달려오는 것보다는 하루 마부석에 앉는 게 낫지 않나?

“아이트라 악시스인데 마부석에 타는 것만으로도 영광이지! 원래 황제와 황후, 황태자 외에 누구도 못 타는 건데!”

흥분한 유타바인의 외침에 나는 눈을 크게 떴다.

“뭐……?”

“몰랐어?”

내 물음에 유타바인이 되물었다. 그는 당황스럽게 눈을 깜빡이더니 이내 수긍한 듯 고개를 끄덕였다.

“하긴 나도 전하의 친위대가 되면서 이번에 처음 알았으니까. 하늘을 달리는 마차라니…….”

마지막 한 마디는 감탄에 가까웠다. 유타바인의 시선이 다시 마차를 향했다.

초롱초롱 빛나는 눈동자를 보니 웃음이 나왔다. 남동생을 보는 느낌이다. 맨날 꼴도 보기 싫다고 생각했는데, 그래도 그 성질에 잘 지내고 있을지 걱정됐다.

"좋더라. 타 볼래?"

"어?"

유타바인이 깜짝 놀라서 날 쳐다봤다. 상기된 얼굴을 보니 꽤 구미가 당기는 모양이었다. 금방이라도 '응, 탈래!'라고 외칠 것 같다. 하지만 무슨 생각을 했는지 그는 기가 팍 죽어 시무룩하게 말했다.

"아니야……. 괜찮아."

누가 봐도 타고 싶은 걸 억지로 참는 표정이었다. 아무래도 불경한 짓이라고 생각하나 보다.

열여덟 남자애가 저러는 걸 보니 귀엽고 짠했다.

"전하께서 너랑 마차에서 기다리라고 했는걸."

"아냐. 너 다리 아프다면서……."

말로는 계속 거절하면서도 그는 계속해서 마차를 곁눈질했다. 원래라면 대답도 안 하고 냉큼 올라탈 녀석이 이제 어엿한 기사라고 뺀다. 웃음이 나왔다.

"그럼 말고."

나는 산뜻하게 고개를 끄덕였다. 유타바인은 사뭇 억울하기까지 한 표정으로 날 보았다. 자기가 거절해 놓고 저러는 게 웃기고 귀여웠다.

우물쭈물하는 입술을 모르는 척 갸웃하자 그는 낙담해서 고개를 숙였다. 그러면서도 마차를 힐끔댄다.

입술을 깨물어 터져 나오려는 웃음을 삼키고 마부에게 다가갔다. 마차에 타겠다고 하자 마부가 허리를 굽히곤 마차 문을 열었다. 마부의 손을 잡는 대신 나는 유타바인에게 손을 내밀었다.

"뭐 해?"

"어?"

당황해서 되묻는 그를 보고 손을 까딱였다.

"나 에스코트 안 해 줄 거야?"

"어어."

유타바인이 얼떨결에 내 손을 잡았다. 나는 그대로 마차에 올라 잡고 있던 손을 끌어당겼다.

정신이 없던 탓인지 유타바인은 손쉽게 중심을 잃었다.

"야!"

당황한 그가 소리를 질렀다. 이미 마차 안에 몸이 거의 들어온 상태였다. 나는 악동처럼 개구지게 웃었다.

"이러면 됐지."

"참 나."

유타바인이 어이없다는 양 고개를 저었다. 투덜대는 입은 기분 좋은 걸 숨기지 못해 슬쩍 올라가 있다. 짜식, 귀엽기는.

결국 우리는 마차에 나란히 앉았다. 유타바인은 마차 내부를 둘러보며 감탄을 흘렸다. 퍽 감격스러운 눈치였다.

"마차 자체는 평범한데."

그 말에 고개를 끄덕였다. 너무 평범한 마차처럼 보여서 하늘을 달릴 거라고는 전혀 생각도 못했다.

절벽에서 떨어지는 줄 알고 졸아서 황태자를 끌어안았던 게 생각났다. 아, 쪽팔려.

"아무래도 잠행에 많이 쓰이니까 일부러 더 평범하게 만든 것 같은데……. 이렇게 타고 있어도 되는지 모르겠다."

유타바인이 창틀을 문지르며 말했다. 절로 눈이 가늘어졌다. 그는 등받이에 몸을 파묻은 채 다리까지 쭉 편 상태였다.

"그렇게 말하는 것치곤 엄청 편해 보이는데."

내 말에 그가 무구한 척 눈을 깜빡였다. 가증스러운 표정에 그의 허벅지를 찰싹 때렸다. 유타바인이 과장스럽게 아프다며 소리를 질렀다.

폭력 반대라고 외치는 주둥이에도 폭력을 선사해 주고픈 충동이 일었다. 조용히 주먹을 움켜쥐자 얌전해졌다. 눈빛은 여전히 불손했지만.

차분해진 분위기에서 이전부터 궁금했던 걸 물었다.

"근데 아까 한 말, 무슨 뜻이야?"

"뭘?"

나는 눈짓으로 마차 내부를 빙 둘러보며 설명했다.

"여기에 황제, 황후, 황태자만 탈 수 있다는 거."

유타바인이 어깨를 으쓱였다. 그 역시 자세히는 알지 못하는 듯했다.

"그렇다고 하더라. 그래서 너 이거 타고 온다고 했을 때 깜짝 놀랐어. 레지나는 물론 다른 황자나 후비도 못 탄다고 했거든. 예전에 어떤 황제의 총비가 타고 싶다고 졸랐다가 총애를 잃었다는 말도 있고……. 이건 그냥 뜬소문인 것 같지만."

아까 유타바인이 했던 말과 그의 태도로 아무나 탈 수 없는 거라는 건 알았지만, 자세히 들어 보니 생각보다 더 까다로웠다.

"내가 타도 됐으려나 모르겠다."

"그러게."

한숨 섞인 내 말에 유타바인이 고개를 끄덕였다. 몰랐을 때야 신기한 마차를 탔다고 마냥 좋아했지만 알고 나니 걱정이 앞섰다. 내가 타겠다고 한 것도 아니고, 설마 이걸로 책잡히진 않겠지?

"근데 뭐, 타고 온 걸 보면 폐하께서도 허락하셨을 거고. 어차피 친위대 말고는 네가 탔는지도 모를걸? 아니, 그 전에 아이트라 악시스에 대해서도 잘 모르겠지."

내 걱정을 읽은 것처럼 유타바인이 날 위로했다. 그 마음 씀씀이에 웃음이 나왔다. 그의 말이 맞다. 황태자에 대해서도 달리 생각하자고 결심한 참이었다. 의심은 뒤로 미뤄 두기로 했다.

"그렇겠지? 이게 아니었으면 세베리다까지 오지도 못했을 거고."

마차를 탁탁 두드리며 말하자 유타바인이 미간을 찡그렸다.

"진짜 어쩌자고 여기에 온 거야? 레지나와 황태자의 여행이 이렇다니……."

그가 고개를 절레절레 저었다. 끌끌 혀 차는 소리까지 들렸다.

"위험한 거는 둘째치고 나름 첫 공식 데이트인데 이런……."

날 배려해서인지 입 밖에 꺼내진 않았지만 그가 속으로 삼킨 말이 무엇인지 충분히 짐작이 갔다.

궁상맞다. 초라하다. 가뭄 해결 사업을 사찰할 겸해서 온 것 아니냐. 곁다리일 뿐인 여행, 전혀 데이트 같지 않다.

그건 맞는 말이다. 이건 데이트가 아니니까.

그래도 명목상으로는 데이트니 구색 정도는 갖추는 게 좋았을지도 모른다.

충동적으로 단순히 하고 싶은 걸 하기엔 보이지 않는 족쇄가 많은 자리였다. 다 알고 있던 사실이다. 하지만 이상하게도 별로 후회되진 않았다. 이 세계에 와서 처음으로 아무 계산 없이 마음 가는 대로 정한 일이었다.

유타바인의 눈동자에는 주군인 황태자에 대한 원망이 떠올라 있었다. 그래도 친구라고 이렇게 생각해 주는 걸 보니 고마웠다.

"고마워, 유타."

"징그럽게 왜 이래?"

유타바인이 질색했다. 결국 나는 참았던 폭력에의 충동을 내보냈다.

찰싹!

다시금 찰진 소리가 마차 안에 울렸다. 그가 날 흘겨보는 것을 무시하고 오해를 풀었다.

"내가 오자고 했어."

"왜?!"

유타바인이 대경해서 물었다. 도무지 이해할 수 없다는 얼굴을 보니 할 말이 쏙 들어 갔다. 있는 그대로 말하자니 참 조악했다. 그래도 딱히 다른 답이 떠오르진 않았다.

"그냥 좀…… 내 눈으로 직접 보고 싶었어."

내 말에 그가 미간을 찌푸렸다.

"이해할 수 없어. 원래 넌 앞뒤 재지 않고 마음대로 행동하긴 했지만……. 가뭄이 든 지역을 보고 싶다니, 이건 정말 너답지 않은걸."

그 말에는 그냥 웃었다. 오랜 기간을 함께해 온 만큼 유타바인은 샤티에 대해 많은 것을 알고 있다. 내 웃음을 본 그가 조용히 말했다.

"너, 변했구나."

"……많이 변했지."

변했다는 말로는 부족하다. 아예 다른 사람이니까.

유타바인은 지금 소꿉친구를 보고 있지만, 사실 그 앞에 있는 사람은 낯선 이방인이다. 그가 내비친 걱정은 온전히 나를 향한 것이 아니다.

샤티는 제멋대로에 이기적이고 막돼먹었지만, 그런 그녀를 소중히 생각하는 사람들이 있다. 그녀를 둘러싼 세계와 그녀 나름의 삶이 존재한다.

나는 그녀의 것을 누리고 있다.

가로챈 것도 아니고 원한 것도 아니다. 하지만 이제는 없는 그녀를 향한 애정을 확인할 때마다 어딘지 모르게 씁쓸한 것은 어쩔 수 없었다.

그녀로서 삶을 살되 '나'인 채로 존재하기로 했다. 다만 그녀에게 신세를 진다는 것을 잊지 말자고 다짐했다. 그러나 내가 나로 존재하는 이상, 모래알처럼 까끌까끌한 것이 계속 입안에 맴돌 수밖에 없다.

오늘 아침, 단지 현대와 비슷한 복장을 했다는 것만으로도 나는 너무나 쉽게 그곳으로 돌아갔다.

흰 셔츠를 입은 채 날 바라보는 황태자를 봤을 때, 나는 이 세계의 사람이 아니었다. 그 괴리감에 정수리가 얼어붙을 듯 시렸다.

전생의 삶과 지금의 삶. 무엇이 나은지는 극명하다. 유화영의 삶은 완전히 실패로 막을 내렸다. 날 아껴 주는 가족도, 친구도, 연인도 없었다. 혼자였다. 세상에 어떤 발자국도 남기지 못한 삶이었다.

지금 내게는 가족도 있고 친구도 있다. 녹화사업으로 서부 지역이 가뭄에서 벗어나게 된다면 나는 만나 보지도 못한 이들의 삶에까지 흔적을 남기게 될 것이다.

이건 미약한 시작일 뿐이다. 만약 황후가 된다면 더 많은 사람들의 삶에, 역사에 내 손길이 닿을 것이다. 그런 대단한 삶을 원한 적은 없지만, 그럼에도 상상만으로 벅찬 일이다.

하지만 이 모든 것이 온전히 내 것인가. 덮어 두고 있던 생각이 이럴 때마다 파헤쳐졌다. 복잡하게 생각할 것 없다고 하면서도 벗어나지 못하는 게 사람 마음이었다.

"나쁜 뜻은 아니었는데……."

가라앉은 게 확연히 티가 났는지 유타바인이 목덜미를 긁적였다.

"알아."

미소 짓자 그가 마주 웃으며 장난스럽게 덧붙인다.

"철들었다는 뜻이었어."

"너한테 그런 소리 듣기 싫은데."

"내가 어때서?"

"몰라서 물어?"

"모르겠는데."

얄밉게 어깨를 으쓱이는 그를 흘겨보려다가 실패했다. 웃음이 비시식 새어 나왔다. 내 가슴을 짓누르던, 해결책 없는 자아 고민은 그 웃음에 날려 간 듯 사라졌다.

이유 없이 자꾸만 웃음이 나왔다. 바람 빠지는 소리로 시작된 웃음은 곧 마차 안을 가득 메웠다. 서로 마주 본 채 한참 킬킬대는데, 유타바인이 깜짝 놀라선 벌떡 일어났다.

“저, 전하!”

그의 외침에 돌아보니 황태자가 마차 문 앞에 서 있었다. 노란 눈동자가 가로로 얄팍했다.

“오셨어요?”

황태자가 고개를 끄덕였다. 유타바인은 슬슬 눈치를 보더니 문 쪽으로 갔다.

황태자는 제 앞까지 다가온 유타바인을 힐끗 보았다. 유타바인은 감히 존안을 마주 보지 못하고 고개를 숙인 상태였다.

짧은 대치가 미묘했다. 황태자가 몸을 살짝 틀어 비켰다. 유타바인은 그에게 묵례를 하고 마차 밖으로 나갔다.

올려다본 황태자의 얼굴은 여상했다. 미묘함을 느낀 것은 오직 내 착각인 듯했다. 황태자가 내 옆에 앉자마자 마차가 출발했다. 비탈진 경사를 바라보는데 그가 말했다.

“챈들럼 경과는 어렸을 때부터 친구라더니 많이 친한가 보군.”

“네, 아무래도요.”

어색한 미소와 함께 답했다. 친구가 걔 하나뿐이라는 소리는 차마 하지 못했다.

그는 잠시 날 쳐다보더니 창밖으로 시선을 돌렸다. 어쩐지 기분이 안 좋아 보였다. 일이 잘 안 풀렸나?

더 말 붙이기도 애매했다. 나 역시 스치는 풍경으로 주의를 돌렸다.

가는 길은 생각보다 훨씬 더 황폐했다. 붉은 대지 위로 먼지가 흩날렸다. 마차가 착륙했던 언덕 위는 그래도 나은 편이었는지 갈수록 메마른 대지가 눈에 띄었다.

계속되는 평지 오른편으로 얕게 흐르는 물줄기가 보였다. 작은 하천이지만, 바닥에 난 자국으로 유추해 보면 한때는 꽤 넓은 강이었다는 걸 알 수 있었다.

"세루안 강이다."

황태자가 말했다. 아닌 척하면서도 내가 보는 곳을 함께 본 모양이다.

"저게 세루안 강이라고요?"

절로 미간이 좁혀졌다. 세루안 강은 서부 지역의 젖줄이나 다름없다. 그 강이 저렇게 초라하게 줄어들었다는 게 믿기지 않았다.

이래서야 농사는커녕 식수도 아쉬울 수준이었다. 게다가 강 주변에서는 초목 하나 찾아볼 수 없었다. 나무가 물을 먹는다는 미신 때문에 사람들이 다 뽑았기 때문일 거다.

녹화사업은 아직 초반이다. 마을보다는 산과 수원 주변부터 작업한다고 했으니 당분간은 이처럼 삭막할 것이다.

그리고 이렇게 황폐한 것이 서부 지역의 전반적인 모습이리라.

마차는 강을 따라 마을로 들어갔다. 외곽에서 중심부로 갈수록 상황이 나아졌다. 적어도 시내는 생각했던 것보다 나았다. 관리의 흔적도 많고 활기도 느껴졌다. 하지만 어디까지나 외곽 지역에 비해서였다.

"실망했나?"

황태자의 물음에 고개를 저었다.

가뭄의 실상도 잘 몰랐을뿐더러 시행한 지 얼마 되지도 않은 국가사업이 단숨에 사람들의 삶을 바꾼다고 생각하지 않았다. 그 정도로 순진하지는 않다.

"그래도 이전보다는 많이 좋아진 거야. 가뭄이 해결되려면 아직

멀었지만, 시책으로 돈이 많이 풀렸으니까."

"그것만으로는 충분하지 않죠. 돈이 많이 풀리면 그에 맞춰 안 그래도 비싼 물과 곡식이 더 비싸질 거예요. 다른 지역에서 들여오는 물자에도 한계가 있으니까요."

"이번 사업으로 가뭄이 얼마만큼 해결되느냐에 달렸지."

맞는 말이다. 입술이 따가워서 핥으니 찝찌름한 쇠 맛이 났다. 나도 모르게 입술을 깨물고 있었나 보다.

생각 이상으로 이 문제에 신경을 많이 쏟고 있다는 걸 깨닫고 허한 웃음이 나왔다. 애초에 여기까지 온 것부터가 그 증거였다.

마차는 꽤 번듯한 건물 앞에서 멈췄다. 황태자의 에스코트를 받아 그가 이끄는 대로 따라갔다. 호위는 보이지 않았다. 두리번대는 날 보고 그가 무슨 일이냐는 듯 눈썹을 치켜세웠다.

"챈들럼 경은요?"

황태자의 시선이 단번에 날카로워졌다. 갑작스러운 변화에 이번에는 내 얼굴이 의아함으로 물들었다.

"그에게 용건이 있나?"

"아니, 호위가 없으니까 이상해서요."

"보이지 않는 곳에서 호위 중이다. 잠행인데 많은 인원을 여봐란 듯 끌고 다니는 편이 더 의심스러우니까. 그리고……."

그가 잡고 있던 손을 강하게 끌어당겼다. 몸이 그에게 가까이 붙었다. 내 손을 다른 손으로 옮겨 쥐고 빈손으로 허리를 감싸 왔다. 갑작스러운 접촉에 몸이 긴장했다.

"어쨌든 내 약혼녀와의 여행이니."

그의 입술이 귀에 닿을 것처럼 다가왔다. 숨결이 축축하게 귓바

귀를 타고 흘렀다.

“적어도 단둘만 있는 것 같은 착각에 빠지는 것도 좋을 테지.”

말을 마친 그는 언제 그랬냐는 듯이 다시 나와 거리를 벌렸다. 오른쪽 귀가 먹먹했다.

나는 조금 얼떨떨한 기분으로 고개를 저었다. 다른 사람들이 어떻게 생각하든, 우리 두 사람만큼은 이 여행이 정석적인 황태자와 레지나의 행보와 다르다는 것을 잘 알고 있다.

그런데 그의 입에서 그런 말이 나오니 어색했다. 약혼녀라느니, 단둘이라느니 그런 말은 우리 사이에 어울리지 않는다.

계단을 올라 방 앞에 도착했다. 내가 묵을 방인 것 같았다. 황태자를 배웅하기 위해 쳐다보는데 그가 문고리를 잡았다.

나는 고개를 갸웃했다. 저녁 식사 전까지 쉬기로 했는데 내 방에 같이 들어가는 게 이상했다.

“전하?”

내 부름에 그는 문을 열다 말고 날 쳐다보았다.

잘생긴 남자와 단둘이 문 앞에서 이러고 있으니 상황에 안 맞게 개드립이 떠올랐다. 라면 먹고 갈래?

물론 그딴 드립을 치지 않을 정신머리는 있었다. 나는 차분한 표정 속에 개드립을 봉인하고 그에게 물었다.

“전하 방은요?”

“여기가 내 방인데.”

“제 방은요?”

“여긴데.”

할 말을 잊었다. 머릿속이 잠깐 하얘졌다가 빠르게 돌아왔다.

그러니까 지금 우리가 같은 방을 쓴다고? 나랑 황태자가? 경악해서 그를 쳐다보는데 재미있다는 시선만 돌아왔다. 그 얼굴을 보니 안심이 됐다.

그래, 또 날 놀리는 게 분명하다. 진짜일 리 없지.

"농담이죠?"

"그런 취미는 없는데."

짧게 말한 그가 다시 문고리를 잡았다.

그 찰나의 순간 동안 내 머릿속에 널따란 킹사이즈 침대, 그 위에 놓인 장미 꽃잎으로 만들어진 하트, 침대 협탁에 놓인 촛불 따위가 스쳐 지나갔다.

아까 약혼녀니 단둘이니 운운한 것까지 더해져서 상상은 완벽한 현실성을 갖췄다.

"저기! 잠깐만요!"

나는 열리기 시작한 문을 확 밀어서 닫았다. 달칵, 문이 잠기는 소리가 났다.

다시 열지 못하게 등으로 문을 누른 채 황태자를 쳐다봤다. 그는 미간을 좁힌 채 날 바라보고 있었다.

"아, 아무리 우리가 큰일이 없는 이상 성혼할 사이라고 해도, 그렇다고 해도요."

얼굴에 열이 올랐다. 뇌까지 뜨거워진 느낌이었다. 눈앞이 어질했다. 나는 횡설수설 이 사태를 해결하기 위해 재차 입을 열었다.

"저는 열여덟이고 전하는 스물하나고!"

우린 아직 어려! 이건 아청법으로 잡혀 갈 짓이야! 철컹철컹한다고! 은팔찌가 얼마나 무거운데!

"그래서?"

"어허! 남녀가 유별한데 어찌 한방에서 지낸단 말입니까."

나도 모르게 딱딱한 말이 랩처럼 나왔다.

"그대의 말대로 우린 성혼할 사이니 신경 쓸 것 없다."

"뭐가 없어요! 난 신경 쓰여요! 그것도 엄청! 갑자기 아무런 준비도 없이 이러면……."

"이러면? 뭘?"

이야기를 하며 그는 점점 가까이 다가왔다. 어느새 나는 문에 바짝 붙어 있고 그의 양팔 안에 갇힌 상태였다.

노란 눈동자가 먹이를 앞에 둔 것처럼 위험하게 반짝였다. 뇌를 거치지 않고 나오는 대로 내뱉다가 정신을 차렸다. 물론 내가 정신을 차린다고 해서 상황이 달라지진 않는다.

날 내려다보느라 그늘진 상태인데도 그의 눈동자는 짓궂게 반짝였다. 날 놀리면서 즐기는 게 분명했다. 화가 나진 않았다. 차라리 이 모든 것이 날 놀리기 위한 장난이었으면 좋겠다.

"더 할 말 없으면 들어가도록 하지."

그 말에 장난기가 있을지언정 거품은 없었다. 정말로 들어갈 생각이다. 난감했다. 고양이 앞의 쥐가 이럴까.

날 가둔 팔이 굳건했다. 노란 시선이 내 얼굴을 훑어 내렸다. 나는 마른침을 삼켰다.

"아직 성혼한 것도 아닌데 그렇고 그런 짓을 하기엔 부적절한……."

"그렇고 그런 짓이라니?"

"……."

"뭘 말하는 거지?"

몰라서 물어? 아무리 내가 예뻐도 그렇지! 아침 이슬을 머금고 피어난 장미 같은 날 이렇게 저렇게 할 생각이지? 〈에마 부인〉에서 나온 것처럼!

이렇게 말할 수 있을 리가.

입술을 꾹 다물었다. 그렇고 그런 짓이 그렇고 그런 짓이지 뭐겠습니까. 다 알면서 묻는 그가 야속했다.

나는 눈동자를 빙글빙글 돌렸다. 시야에서 그의 얼굴이 사라져도 뚫을 듯 강렬한 시선이 느껴졌다. 입안이 바짝바짝 타들어 갔다.

"그, 그러니까 전하께는 스테나 영애가 있잖아요."

간신히 나온 작은 변명에 그의 눈이 가늘어졌다. 그가 팔을 구부렸다. 팔꿈치까지 문에 닿고, 자연스레 황태자의 허리가 굽었다. 나와의 거리도 한층 더 가까워졌다.

얼굴이 맞닿을 듯했다. 노란 눈동자가 꿰뚫듯 날 응시했다.

"여기서 왜 그녀가 나오지?"

"그야……."

당신 여친이니까.

그 말은 입 밖으로 나오지 않았다. 강렬한 눈빛 때문인지, 아니면 다른 이유 때문인지 말이 목에서 걸렸다.

서로의 숨결이 서로의 피부에 미끄러졌다.

쯧, 짧게 혀를 차는 소리가 울렸다. 그의 손이 내 머리카락을 타고 내렸다. 뜨거운 손이 허리를 스쳤다. 움찔, 몸에 힘이 들어갔다.

달칵.

잠금장치가 풀리는 소리가 났다. 그가 멀어졌다. 옆을 보니 그의 손이 문고리를 잡고 있었다.

낮은 목소리가 들렸다.

“그대가 걱정하는 일은 없을 테니 안심하도록 해.”

그가 미소 지었다. 어쩐지 사나운 웃음이었다.

나는 마른 입술을 축이고 문에 기댔던 몸을 일으켰다. 왜인지 팔에 소름이 돋았다. 황태자는 아무 일 없을 거라고 했지만, 문이 열리는 것을 보니 어쩔 수 없이 긴장이 됐다. 남자는 다 늑대라던데.

미적미적 방 안으로 들어서니 정중앙에 하나뿐인 침대, 흩날리는 꽃잎, 어둑한 조도에 촛불…… 같은 건 없었다.

소파와 테이블. 작은 응접실 같은 공간이 나왔다. 더 안으로 들어가자 연결된 방이 보였다. 방은 두 개였다.

뒤늦게 혼자 오버했다는 걸 깨달았다. 얼굴이 뜨거웠다. 괜히 소란을 피웠다. 붉어진 얼굴로 황태자를 슥 돌아보니 그가 날 보고 있었다.

눈이 마주치자 왜인지 뜨끔했다. 나는 재빨리 고개를 돌렸다.

한국에서야 엠티도 그렇고 이렇게 한방에서 침실을 나눠 쓰는 게 별문제 없을지 몰라도, 여기서는 응접실을 포함한 침실이 개인 공간이라는 개념이었다.

이렇게 사적인 공간을 혼전의 남녀가 나눠 쓴다는 것은 충분히 문제가 될 만했다.

나로서는 그나마 다행이었다. 여기서도 별문제 아니었으면 빼도 박도 못하게 김칫국 마신 꼴이었으니.

침실로 들어가자 마법 등이 켜졌다. 문고리를 확인하니 잠금장치가 있었다. 시선이 느껴져 고개를 드니 황태자가 기막히다는 표정으로 날 보고 있었다. 나는 그 얼굴을 무시했다.

어쨌든 내 몸은 내가 지켜야 한다. 혈기 왕성한 스물한 살 남정네와 공간을 나눠 쓰는데 그의 말만 믿고 안심할 수는 없다. 밤에 방문 꼭 잠그고 자야지.

그와 무언의 신경전을 벌이는데 똑똑, 노크 소리가 들렸다. 황태자가 들어오라고 말했다. 문이 열리고 여종 하나와 기사 몇 명이 들어왔다.

단장으로 보이는 자가 황태자와 이야기를 나누는 동안 기사 한 명이 내 짐을 들고 다가왔다. 침실에는 들어오지 못하고 입구에 짐을 내려놓자, 여종이 짐을 방 안으로 옮겨 정리하기 시작했다.

기사는 돌아가지 않고 침실 앞에 서 있었다. 방 안으로 시선을 주지 않고 고개를 숙인 모습을 보니 내게 용건이 있는 듯했다. 나는 응접실로 나가 문을 닫았다. 그제야 그가 고개를 들었다.

"무례를 용서해 주시기 바랍니다. 사비첼 소베르라 합니다."

"반가워요, 소베르 경."

"불편하시겠지만 호위를 위해 공과 한방에 머무르셔야 합니다. 공께서 미리 말씀하지 않으신 것 같군요."

잠행이라 황태자를 그냥 공이라 부르는 듯했다. 나는 황태자를 쳐다보았다. 그는 기사단장과 이야기를 주고받느라 정신이 없었다.

이렇게 한방에 묵는 게 예정된 일이었다면 미리 언질 정도는 해 줄 수 있었을 텐데. 절로 시선이 아니꼬워졌다.

"공께서는 말이 많으신 편이 아니니까요."

소베르 경의 변명에 고개를 끄덕이며 미소를 지었다. 하지만 비죽 솟은 짜증은 가라앉지 않았다.

날 놀리는 데엔 그렇게 적극적이면서 이런 데에는 입을 다물었다는 게 괘씸했다. 이것도 일부러 말 안 한 거 아냐?

그러나 설령 그게 사실이라도 그에게 뭐라 할 수는 없었다. 적어도 이렇게 다른 사람이 보는 앞에서는. 단둘이 있을 때는 투덜거려도 괜찮다는 것이 그나마 위안이었다.

"평범해 보이지만 방 전체에 마법진을 새겼습니다. 안전을 위해 최선을 다하겠으니 아가씨께서 이해해 주셨으면 합니다."

나는 대충 고개를 끄덕였다. 그가 깊게 고개를 숙이고 물러갔다. 침실로 들어가니 여종이 이미 정리를 끝마친 뒤였다. 손끝이 꽤 야무졌다.

"모시게 되어 영광입니다, 아가씨. 카란이라 불러 주십시오."

"씻고 싶으니 목욕 준비를……. 아니다. 그냥 알아서 씻을 테니 갈아입을 옷 준비만 해 줘."

가뭄인 지역에서 목욕은 사치였다.

카란의 눈에 의외라는 감정이 떠올랐으나 곧 가라앉았다.

"알겠습니다, 아가씨."

조용히 대답한 그녀가 옆으로 물러났다. 나는 침실에 딸린 욕실로 들어갔다. 간단히 샤워를 하고 나오자 방 안에는 아무도 없었다. 단 한 명, 황태자를 제외하고는.

그 역시 씻었는지 머리에 물기가 남아 있었다.

"그러다가 감기 걸려요."

"그대야말로."

그가 곁으로 다가와 내 머리카락을 살며시 쥐었다. 젖어서 색이 짙어진 금발이 그의 손을 적셨다. 나는 슬쩍 그와 거리를 벌렸다.

"카란을 부를게요."

"그 여종은 우리의 정체를 모르니 유의해. 머리를 다 말리면 식사를 하도록 하지."

"알겠어요. ……제가 더 알아야 하는 것은 없나요?"

그가 눈썹을 치켜세웠다. 의문이 가득한 표정에 그를 흘겨봤다.

"같이 방 쓰는 것 같은 거요."

내 말에 그의 입꼬리가 살짝 올라갔다. 얄미워서 눈에 힘이 들어갔다.

"일부러 말하지 않은 것은 아니야. 그대를 당황스럽게 한 것 같지만."

나는 입술만 비죽였다. 빙글거리는 표정이 얄미웠지만 의도가 아니었다는데 더 뭐라 할 순 없었다.

그는 별말 않고 손을 폈다. 머리카락이 힘없이 흩어져 내렸다. 나는 쌩하니 돌아서 침실로 들어갔다. 문 옆의 줄을 잡아당기자 얼마 지나지 않아 카란이 들어왔다. 그녀는 세심한 손길로 머리를 말려 주었다.

한두 번 해 본 솜씨가 아니었다. 황궁에서 온 사람은 아닌 듯한데, 이 지방 영주 성의 하녀인가? 호기심이 일었지만 쓸데없이 말을 주고받다가 괜히 내 정체를 흘릴까 봐 주저됐다. 나는 침묵을 택했다.

두피를 꾹꾹 누르는 손길에 나른해지며 기분이 조금 풀렸다. 어쨌든 여행 첫날이었다. 툴툴대고만 있기엔 너무 아깝다.

머리를 다 말린 카란이 허리를 숙여 읍하고 나갔다. 처음 봤을 때부터 생각했지만 참 조용한 사람이었다.

갑자기 휴가를 만끽하고 있을 시녀들이 생각났다. 조금쯤은 그들에게 익숙해진 것 같다. 이렇게 타지에서 생각이 나는 걸 보면.

침실 밖으로 나가자 식탁 위에 저녁 식사가 준비되어 있었다. 황태자가 내 의자를 빼 주었다. 안 하던 짓을 하는 걸 보니 자기 잘못을 아는 모양이다. 조금 풀렸던 기분이 조금 더 풀렸다.

점심은 마차 안에서 샌드위치로 때웠다. 눈앞에 차려진 음식을 보자 침이 돌며 허기가 느껴졌다. 황태자가 맞은편에 앉는 걸 확인하고 바로 포크를 집었다.

음식을 가리는 편이 아닌데도 황궁 요리에 익숙해졌는지 입안에서 넘어가는 식감이 까끌까끌했다.

그래도 맛있었다. 애초에 가뭄 지역이라 기대조차 하지 않았는데 나름 정갈한 맛이 괜찮았다. 매번 옆에서 시중드는 코스 요리를 먹다가 이렇게 한상차림을 먹으니 소화도 편했다.

문득 황태자의 입맛에는 어떨지 궁금했다. 힐끗 눈을 들어 보니 그 역시 잘 먹고 있었다. 의외였다.

"잘 먹는군."

내 생각을 읽은 것처럼 그가 말했다. 목소리에 의외라는 기색이 역력했다. 서로 그리 생각하는 게 재밌어서 웃음이 나왔다. 날 쳐다보는 그의 얼굴에 의문이 떠올랐다.

"전하께서 잘 드시는 게 더 신기한걸요."

황족이라고 다 입맛이 까다롭진 않겠지만 굳어진 입맛이라는 게 있는 법이다. 그는 까다로우면 까다롭지, 소탈하게 보이진 않았다. 전혀.

"잠행 다니다 보면 이 정도는 익숙해진다. 그대는 이런 경험이 없을 텐데."

노란 눈동자가 가늠하듯 내 얼굴을 찬찬히 살폈다. 새로운 물건을 앞에 둔 것처럼 흥미로운 시선이었다.

나는 식탁을 내려다봤다. 샐러드와 구운 새우, 치즈가 들어간 면 요리, 거기다 와인까지.

유화영의 입장에서는 진수성찬이었다. 몇 달간 귀족 생활에 익숙해진 혀가 조금 아쉬움을 느낄 뿐이지. 솔직하게 말할 수는 없었기에 그럴듯한 핑계를 지어 냈다.

“이곳 백성들은 가뭄에 먹을 음식이 부족할 텐데 제가 어찌 불평하겠습니까.”

모범적인 답안에 그의 눈이 좁아졌다. 나는 모르는 척 와인을 마셨다.

간만의 알코올 섭취에 몸이 따뜻해졌다. 마지막 알코올 섭취는 한강에서 했는데……. 기억을 잊고자 한 잔을 그대로 쭉 들이켰다. 내 몸이 아직 미성년자라는 것은 잊기로 했다. 이곳에서는 데뷔탕트를 한 나잇대면 음주가 가능하기도 했다.

“그렇게 마시다간 취할 텐데.”

“목이 마른걸요. 귀한 식수를 낭비하기엔 제 가슴이 아파요. 여긴 술이 물보다 흔하니 그 대신 마실 수밖에요.”

어깨를 으쓱이며 장난스럽게 말하자 황태자가 피식 웃었다. 그는 고개를 저으며 말했다.

“핑계 한번 대단하군.”

나는 잔을 채우는 것으로 그 말에 답했다. 씁쓸하면서도 단맛이 입에 착 감겼다. 더 마셔도 취하는 것 같진 않았다. 나는 금세 또 한 잔을 비웠다.

석 잔째 따르자 병이 꽤 가벼워졌다. 고개를 들자 황태자가 손을 멈춘 채 날 바라보고 있었다.

"전하께서는 안 마셔요?"

"그대가 취하면 내가 수습해야 하니까."

그 말에 울컥했다. 내 주량 정도는 조절할 줄 안다.

"이 정도로는 안 취해요."

황태자는 의심이 가득한 눈으로 날 바라봤다. 아무 말 없는 게 더 골이 났다.

나는 비뚤한 미소를 입가에 걸쳤다.

"뭐, 전하께서는 이 정도로 취하셔서 그리 걱정하시는 거겠지만요."

도전적으로 바라보자 그의 눈매가 꿈틀거렸다. 원래 빤한 도발일수록 더 거슬리는 법이다. 다 알면서도 걸려들기 마련이지.

미소를 지은 채 보란 듯이 잔을 살짝 돌렸다. 와인이 잔 안에서 일렁이며 향이 퍼진다. 그 향을 음미하며 한 모금 들이켰다.

"그대는 참……."

한숨과 함께 그가 와인을 쭉 들이켰다.

나는 샐샐 웃으며 병을 들었다. 그에게 한 잔 더 따라 주며 눈썹을 까딱였다. 어디 한번 해 보시지.

그가 입꼬리를 말아 올렸다. 잔이 차기 무섭게 단숨에 비운다. 호쾌한 모습에 감탄사를 내뱉으며 부추겼다. 또 한 잔 따른 뒤 그와 잔을 부딪쳤다.

한두 잔 더 마셨을 뿐인데 어느새 병이 비었다. 딱히 술을 즐기는 편은 아니었지만 어쩐지 아쉬웠다. 입맛을 다시고 있으니 그가 장식장에서 술을 더 꺼내 왔다.

"더 마실 수 있겠나?"

이번에는 그가 날 도발했다. 나는 말없이 빈 잔을 그에게 내밀었다.

"취하려면 멀었어요."

다시 잔이 채워졌다. 쨍그랑, 유리잔이 서로 부딪치는 소리가 방 안에 울렸다.

몇 잔이나 마셨을까. 날 바라보는 황태자의 눈매가 붉었다. 항상 날카로웠던 눈이 어딘지 모르게 촉촉했다. 술에 젖은 입술이 열릴 때마다 그 위로 빛이 흘렀다.

'잘생기긴 진짜 잘생겼단 말이야…….'

묘하게 풀린 황태자의 얼굴은 보호 본능을 자극했다. 무심코 든 생각에 헛웃음이 나왔다.

그가 기사 못지않은 단단한 몸을 가졌다는 것은 둘째치고 '그 황태자'에게 보호 본능이 일다니. 그를 처음 봤을 때는 칼날도 들어가지 않을 거라고 생각했다.

하지만 그 누가 상상이나 했겠는가. 항상 흐트러짐 없던 남자가 저렇게 풀린 얼굴을 할 줄이야.

"정말 술이 약한가 보네요, 전하."

"그대보다는 강해."

"지금 발음 좀 새는 건 알아요?"

"그대도 새고 있다."

"에이, 제 발음은 정확해요. 전하 귀가 이상한 거겠죠. 아니면 뇌가 흐물거려서 그렇게 들리거나."

다시 잔이 부딪쳤다. 손이 축축했다. 왜 축축하지? 치맛자락에 손을 문질렀다. 손바닥이 마르며 의문도 사라졌다.

황태자는 흔들리는 시선으로 내 움직임을 좇았다. 불안정한 눈빛이 그닥지 않았다. 눈가도 입술도 붉다.

"전하는 술을 좀 마시는 편이 좋겠어요."

잔을 내려놓으며 말했다. 황태자가 느릿하게 눈을 깜빡였다. 발긋한 눈 밑에 속눈썹이 그림자를 만들어 냈다. 평소와 달리 무방비한 모습에 웃음이 나왔다.

아무래도 취객의 뒷수습을 할 사람은 그가 아니라 나인 듯했다. 그가 말한 것과 다르게. 술 깨면 이걸로 놀려 줘야지. 그를 침실로 들여보내기 위해 자리에서 일어났다.

'어라?'

갑자기 시야가 핑 돌았다. 다리가 풀려서 식탁을 붙잡았다. 둔한 손길에 덜커덩 소리가 났다. 시야가 좁아졌다 넓어지길 반복했다.

식탁을 짚은 손에서 힘이 풀렸다. 지탱할 것을 잃은 식탁이 기우뚱거린다. 기우는 게 식탁이 아니라 내 몸이라는 것을 한 박자 늦게 깨달았다. 그대로 쓰러지려는 순간, 강한 힘이 내 허리를 끌어안았다.

"그대는 술을 마시지 않는 편이 좋겠군."

낮은 목소리가 귓가에 울렸다. 확 퍼지는 술 냄새 사이로 알싸하면서도 시원한 향이 났다. 어느새 익숙해진 향기였다.

그 감각을 마지막으로 까무룩 의식이 흐려졌다.

이 두통, 이 속쓰림…… 아주 오랜만에 느껴 보는 감각이었다.

나는 낯설면서도 익숙한 숙취에 침대 위에서 신음했다. 그래도 심한 편은 아니었다.

빽빽한 눈을 문지르며 침대에서 일어났다. 협탁 위에 있는 물병에서 물을 따라 마셨다. 위장 안에 찬물이 차는 감각이 선뜩했다.

해장을 항상 라면으로 해서 그런지 라면이 당겼다. 물론 이곳에 라면은 없다. 그래도 얼큰한 국물 정도는 부탁해 볼까, 생각하다가 위화감을 느꼈다.

방이 낯설다. 바짝 경계한 상태로 주변을 살폈다.

"아……."

뒤늦게 세베리다에 온 것을 기억해 냈다. 머리가 빽빽하게 돌아갔다. 생각할수록 두통이 심해지는 느낌에 머리를 감쌌다.

술 마신 이후로 기억이 드문드문했다. 어떻게 방으로 돌아왔는지 애매했다.

'……별일 없었겠지.'

있었더라도 없었다고 생각하기로 했다. 고민해 봐야 나만 괴롭다. 주사가 심한 편은 아니었으니 별다른 실수는 하지 않았을 것이다. ……몸이 바뀌긴 했지만.

미약한 불안을 잠재우고 침실을 나서려다가 멈칫했다. 문이 열려 있다.

물론 취한 상태에서 잠글 생각을 하지 못했을 수도 있다. 충분히 그럴 수 있지만…….

나는 만취한 상태로도 자취방 현관의 3중 도어락을 꼭꼭 잠그던 사람이었다. 다음 날 기억 못하더라도.

아까와 다른 불안이 차올랐다. 재빨리 옷차림을 점검했다. 어제 샤워하고 입은 상태 그대로였다. 나는 안도의 한숨을 내쉬었다.

응접실은 조용했다. 시계를 보니 아주 이른 아침이었다. 커튼을 걷고 창밖을 내다보았다. 거리는 벌써 깨어 있었다. 평범한 사람들의 하루 시작은 부산했다.

나는 창문에 붙어서 그 모습을 살폈다. 샤티의 기억 속에도 없는 풍경이었다. 그녀의 아침보다는 다른 세상의 아침과 닮았다.

이를테면 서울. 어디나 사람 사는 것은 비슷하다는 생각에 웃음이 나왔다.

"일찍 일어났군."

뒤에서 들린 말에 돌아보니 황태자가 서 있었다. 숙취라는 건 찾아볼 수 없는 멀끔한 모습이었다. 완벽하게 정제된 얼굴 위로 어젯밤 한껏 풀어졌던 그의 표정이 겹쳤다.

"씨, 씻고 올게요!"

그를 피하듯 다시 침실로 들어갔다. 왜 이렇게 당황스러운지 모르겠다. 그를 놀렸으면 놀렸지 내가 당황스러울 일은 아닌데.

그리고 욕실 거울에 비친 내 모습을 보고 더 당황했다. 눈 밑이 검고 피부가 까칠했다.

"……뭐, 이것도 나름."

병약 미소녀 같아서 꽤 볼 만했다. 과연, 이래서 생긴 게 중요하다는 거구나.

고개를 끄덕이다가 흠칫했다. 나, 왠지 나르시시스트가 되어 가는 것 같은데……. 되어 가는 게 아니라 이미 훌륭한 나르시시스트가 된 것 같은 느낌은 내 착각이겠지?

나는 떨떠름함을 지우듯 얼굴에 물을 끼얹었다. 차가운 물이 닿자 혼란스럽던 정신이 맑아졌다.

씻고 나가자 곧 아침 식사가 준비되었다. 어제 술 마신 것을 어찌 알았는지 부드럽고 기름진 음식이었다.

얼큰한 국물로 해장하는 게 익숙한 나한테는 좀 낯설었지만, 내 장기는 꽤 만족한 듯 속 쓰림이 가라앉았다.

"오늘 오전은 쉬는 게 좋지 않겠나? 어제 온종일 마차를 탄 데다가 술까지 마셨으니까."

황태자가 묵묵히 식사하는 날 힐끔 보더니 말했다. 나는 끄응, 신음을 흘렸다.

원래 일정은 오전에 시범 지역을 둘러보는 것이었다.

산맥을 따라 녹화 지역을 확장하는 중이라, 타운 북쪽 산악 지대에는 벌써 빽빽한 수림이 형성되었다고 들었다.

솔직히 내가 봐 봤자 바뀌는 건 없다. 도움을 줄 수 있는 것도 없다. 과거 한국에서 시행된 시책의 세부적인 내용 같은 것도 모르고 생태에 대한 지식도 전무하다.

하지만 보고 싶었다. 붉은 먼지가 푹푹 날리는 이곳이 푸르게 물들어 가는 걸, 내가 처음으로 이룬 무언가를 이 두 눈에 담고 싶었다.

오직 그것만을 위해 아무런 득이 되지 않을 걸 알면서도 이곳까지 왔다.

내가 하루 이틀 정도 일찍 보거나 늦게 본다고 해서 무슨 차이도 없겠지만…….

"빨리 보고 싶은데……."

무심코 나온 말에 황태자가 날 쳐다봤다.

"그대는 참 이상한 것에 관심이 많아."

"내 이상한 관심 덕을 봤으면서."

들으라는 듯 투덜대자 그가 픽 웃었다. 빈 식기 위에 나이프를 내려놓고는 고개를 들었다. 날 바라보는 눈빛이 지긋하다.

"가려면 마차를 타고 산길을 올라야 해. 길이 나 있긴 하지만 마차용이 아니라 불편하다. 오후에 가도 충분히 볼 수 있을 거야."

당장 마차에 탈 생각을 하자 머리가 지끈지끈 아팠다. 아무리 흔들림이 없다 해도 좁은 공간에 갇혀 장시간 이동하는 것은 힘들었다. 게다가 예상과 달리 일정을 몇 시간 미루는 것뿐이라 크게 아쉽지도 않았다.

하지만 묘하게 타이르는 어조가 마음에 걸렸다. 황태자가 이렇게 자상할 리 없는데.

"오전 내내 방 안에 있기는 심심할 텐데요."

"그러면 산책 겸 마을을 둘러보는 것은 어떤가?"

산책? 그 말에 반색했다.

생각해 보면 이곳에 온 뒤로 평범한 거리를 돌아다닌 적이 없다. 끽해야 정원과 궁정, 밖에 나가더라도 마차로 이동한 게 전부였다.

"준비하고 올게요!"

나는 식탁에서 벌떡 일어났다. 그대로 침실로 들어가다가 멈춰서 그를 돌아봤다. 마냥 기뻐하기엔 현실적인 문제가 남아 있다.

"그런데 그렇게 돌아다녀도 돼요?"

어쨌든 그는 이 나라의 황태자였다. 정세가 안정되고 평화로운 시대라고 하나 항상 안전을 조심해야 한다. 호위 문제도 있는데 내 키는 대로 돌아다녀도 되나 싶었다.

"그대는 잊은 것 같군. 우린 공무로 시찰을 나온 게 아니야."

그가 자리에서 일어났다. 의자가 뒤로 끌리는 소리도 나지 않는다.

"그대가 원하는 여행을 하기 위해 이곳에 온 거지."

낮은 목소리가 조용히 울렸다. 나는 고개를 기울였다.

안에 담긴 내용만 보면 참 고마운데, 어조는 선후 관계를 파악하라는 것처럼 딱딱하기 그지없었다. 내 환심을 사기 위한 언사가 아니라 그저 사실을 주지시킬 뿐이라는 듯한 말투였다.

"남들이 시찰이라고 입방아를 찧을 텐데 본인조차 그렇게 생각하면 어찌하나."

"그게 걱정되시면 돌아가서 좀 잘 대해 주시든가요."

지지 않고 답하자 그가 입을 다물었다. 흥, 조금 유쾌한 기분으로 잠잠한 입매를 보고 침실로 들어갔다.

내 앞에는 황태자랑 말씨름하는 것보다 더 중요한 문제가 있다. 바로 길거리에 섞여 들도록 최대한 수수하게 옷을 입는 것. 빙의한 후 최고난도의 과제였다.

옷장을 열고 그 어느 때보다 심각한 얼굴로 가져온 옷을 살폈다.

결론부터 말하자면 내 갖은 노력에도 이 난관을 해결하진 못했다.

평범한 블라우스에 평범한 스커트를 입었음에도 내 모습은 전혀 평범하지 않았다. 얼굴을 가리겠다는 생각에 챙이 넓은 모자를 썼지만 그걸로 가려질 미모일 리가. 나의 완패였다. 모든 것이 부질없다.

패배감에 축 처진 채 침실을 나오는데 이게 나 혼자만의 문제가 아니라는 것을 깨달았다. 내가 아무리 노력해서 평범한 행색을 갖춘들 무슨 소용인가.

황태자가 저렇게 눈에 띄는데.

물론 그 역시 아주 평범하고 무난한 차림이었다. 그러면 뭐 하나. 얼굴이 전광판처럼 번쩍이는데. 절로 한숨이 나왔다. 나는 그나마 모자로 얼굴을 좀 가리기라도 했지.

"전하는……."

잠행의 기본이 안 되어 있군요. 차마 뒷말을 잇지 못하고 삼켰다. 의아한 그의 시선을 모르는 척, 내밀어 진 손 위에 손을 겹쳤다. 그가 내 손을 당기며 짧게 말했다.

"레오프리드."

"네?"

"그대는 잠행의 기본이 안 되어 있군."

"……뭐라고요?"

누가 할 소리를 하는 건지 모르겠다. 황당해서 올려다보자 그가 옅게 미소 짓고 있었다.

"밖에서도 나를 전하라고 부를 건가?"

할 말이 없어서 입을 다물었다. 그의 미소가 더 진해졌다. 얄밉다. 왠지 모를 분함에 순순히 그의 이름을 부르기 싫었다.

"전하의 존함을 알아듣는 사람이 있을 텐데요."

황태자가 문을 열며 날 밖으로 이끌었다. 노란 눈동자가 내 얼굴에 머물렀다. 재미있다는 시선이었다.

"그렇군. 그럼 어쩐다?"

낮은 음성에는 아주 조금 유쾌한 기색이 배어 있었다. 그 미묘한 차이를 어째서인지 알 수 있었다.

나는 미간을 좁힌 채 그를 바라보았다. 과연 입매가 평소보다 조금 풀어져 있다. 뭔지 모르지만 그의 꿍꿍이에 걸려들었다는 생각이 들었다.

"그럼 레오라고 부르도록."

원하던 게 이거였나. 무슨 꿍꿍이인가 했더니만…… 기가 찼다. 처음부터 레오라고 부르라고 했으면 황당하지 않았을 텐데, 이렇게 빠져나갈 구멍 하나하나 막아 가며 말하는 게 어이없었다.

'전하, 친구 없죠?'라는 말이 혀 밑에서 굴러다녔다. 입을 꾹 다문 날 보더니 그가 허리를 숙였다. 입술이 귀에 닿을 듯 가까워졌다. 숨결이 간지럽다.

"샤티."

낮은 속삭임이었다. 잠시 숨이 멈췄다.

그의 입술에서 나온 내 이름이 귓가에 부딪쳐 깨어졌다. 그 파편이 목덜미에 스쳐 소름이 돋았다. 내 눈을 들여다보는 그의 눈동자에는 기묘한 만족감이 잔상처럼 떠다녔다. 나는 눈썹을 찌푸리고 고개를 돌렸다.

"샤르티아나라고 부르셔도 될 텐데요……. 제 이름이 흔한 편은 아니지만, 이름만으로 카일론 공녀라고 생각하진 못할 거니까."

투덜거리긴 했지만 딱히 그를 막진 않았다. 나는 선뜩한 목덜미를 쓸었다. 날 부르는 그의 음성이 예상보다 다정한 울림이라서 놀랐다.

놀란 가슴이 가라앉자 머리가 차분해졌다. 생각해 보면 내게는 호조였다. 애칭을 부르는 것은 친밀한 사이라는 증거였다. 유타바인과 나처럼.

솔직히 말해 어떤 식으로든 그와 가까워지는 게 좋은 내 입장에서는 환영할 만한 일이었다. 필요에 의해 서로의 애칭을 부르더라도 그 호칭에 담긴 친밀함은 따라오기 마련이니까.

"뜻대로 따르죠, 레오."

빙긋 웃으며 그를 쳐다보았다. 그의 눈매가 만족스럽게 가늘어졌다. 내 손을 잡은 손에 더 힘이 들어간다. 그가 날 더 가까이 당겼다.

내 생각과 달리 거리의 사람들은 우리를 주목하지 않았다. 주목하지 않는 정도가 아니었다. 곁을 스치는 사람들의 시선 단 한 자락조차 우리에게 머물지 않았다.

오히려 주변을 살피는 내 시선에 더 흥미가 가득했다.

"……의외로 사람들이 관심이 없네요?"

황태자가 눈을 가늘게 떴다.

"지나가던 사람들이 그대를 보고 넋 놓고 멈춰 설 거라고 생각했나?"

날 내려다보는 시선이 짓궂었다. 나는 어깨를 으쓱였다.

"자신감이 많은 게 아니라 그저 사실 판단을 잘할 뿐이에요."

가늘었던 노란 눈동자가 둥글게 커졌다. 황태자의 당황한 얼굴은 간만에 본다. 이번에는 내가 눈을 가늘게 떴다. 자신만만한 미소를 짓자 그가 피식 웃었다. 나는 더 환하게 웃었다. 먼저 놀린 것에 져줄 생각은 없다.

"부정하진 않네요?"

그의 미소가 한순간 굳었다. 이내 그가 어깨를 들썩이며 웃기 시작했다. 웃음소리가 청량했다. 나는 조금 멍하게 그를 바라보았다.

여태까지 그가 웃는 모습을 꽤 보긴 했지만, 입꼬리만 당기거나 바람 빠진 웃음소리가 나는 게 전부였다. 이렇게 인상을 살짝 찡그리며 편히 웃었던 적은 없다. 도톰하게 올라간 뺨에 눈매가 살짝 접혔다.

시원하게 웃는 미남자의 모습에도 주변 사람들은 별 반응이 없었다. 몇몇이 우리를 힐끔 쳐다보긴 했지만 그저 소리에 반응하는 것일 뿐, 곧 흥미를 잃고 스쳐 지나갔다.

웃음을 멈춘 황태자가 날 내려다보았다. 노란 눈동자와 엷은 입술은 아직 웃음기가 남아 녹녹했다. 반짝반짝. 햇살을 받은 얼굴이 빛났다.

"그대처럼 사실 판단을 잘해서."

커다란 손이 내 뺨을 쓸다가 흠칫 멀어졌다. 그가 고개를 돌렸다. 다시 발걸음을 옮기는 그의 옆모습은 어딘지 어색해 보였다.

몇 걸음 걷는 동안 침묵이 가라앉았다. 머쓱한 공기가 주변을 감쌌다.

"환술 계열 마법이다."

갑작스러운 말이 침묵을 깼다. 나는 고개를 갸웃했다. 곧 그게 우리가 눈에 띄지 않는 이유라는 것을 깨달았다.

"우리 모습이 다르게 보이는 거예요?"

신기함에 목소리가 절로 높아졌다. 마법은 언제 들어도 대단하다. 다른 사람들 눈에 어찌 보일지 궁금했다.

"다르게 보이는 건 아니고 눈에 띄지 않는 정도야. 얼굴을 마주하고 있어도 두루뭉술하게 보인다. 거기에 위화감도 못 느끼고. 다시 얼굴을 떠올리려 해도 흐릿하게 남을 뿐이지. 그냥 평범한 인상만 줄 뿐이야."

"아하, 그래서……."

나는 황태자를 위아래로 훑었다. 무례한 시선에 그가 눈썹을 까딱였다.

"그 얼굴로 너무 당당해서 놀랐어요."

씩 웃으며 말하자 황태자가 잠시 멈칫했다. 다시 걸음을 옮기며 날 쳐다봤다.

"역시 사실 판단을 잘하는군."

황태자의 얼굴은 어떤 감정의 편린도 내보이지 않고 그저 미끈했다. 얼핏 보면 농담한 거라고 생각할 수 없는 표정이었지만, 나는 알 수 있었다.

"잘생겼다는 말은 아니었는데요."

한 마디 툭 던지자 그의 얼굴이 살짝 무너졌다. 하지만 이내 아무렇지 않은 척 여상하게 걸음을 옮긴다.

나는 속에서 비식 새어 나오는 웃음을 삼켰다.

그와 함께 여행 나온 요 이틀 동안 생각지도 못한 모습을 많이 본다. 장난도 치고 농담도 하고. 그런 사람일 줄은 몰랐다.

하긴, 황태자니 뭐니 해도 그는 고작 스물한 살밖에 안 된 남자였다. 항상 정적인 가면을 단단히 뒤집어쓰고 있지만 그 속은 아직

덜 여물었을 수밖에 없다.

"당신은 내 생각하고 많이 달라요."

무심코 속에 있는 말이 나왔다. 그가 날 내려다보았다.

"……그대 역시 내 생각과 다르다. 그리고……."

그는 말을 마무리 짓지 않고 고개를 돌렸다. 앞을 보는 얼굴은 평소처럼 조금 서늘했다. 하지만 예전처럼 그가 차갑게만 느껴지진 않았다.

"보람찬 산책이었어요."

나는 카페테라스에서 황태자에게 말했다. 우리가 앉은 테이블 위에는 시내를 돌아다니며 산 기념품이 잔뜩 쌓여 있었다.

레이스 손수건과 서부 지역의 명물 투카로의 깃털로 장식한 모자, 잔꽃무늬가 음각된 은반지와 청금석으로 만든 팔찌 그리고 마름모꼴의 은제 커프스까지. 엄청난 지름이었다.

황태자는 대답 없이 입술만 씰룩거렸다. 어느 순간 산책은 쇼핑이 되었고 그때부터 그는 몹시 피곤해했다. 하지만 나를 말리진 않았다.

경제가 침체된 지역에선 돈을 많이 쓰는 것도 도움이 된다. 내가 산 것들은 악성 재고로 가게에서 썩던 것들이었다. 당장 마실 물도 못 사는 판국에 이런 사치품을 살 리도 없으니까.

가게 주인들은 간만의 손님에 만면에 화색을 띠었다. 외지인이라는 것을 알고 바가지를 씌우는 게 느껴졌지만, 오히려 더 씌웠으면 하는 게 내 바람이었다.

그 돈으로 그들은 지난 몇 달간 졸라맸던 허리띠를 조금이나마 풀 수 있을 것이다.

“고마워요. 잘 쓸게요.”

무엇보다 내 돈이 아닌 게 컸다.

샤티에 빙의한 다음 내 돈을 쓴 적도 없지만, 바로 옆에서 황태자가 대신 계산하는 건 좀 재미있었다.

내 물건을 사면서 남의 돈을 쓰는 게 좋다는 게 아니라, 날 절망에 빠뜨렸던 그가 얌전히 내 수발을 드는 게 참…….

나는 싱긋 웃었다. 내 웃음을 보고 건너편에 앉은 황태자가 미간을 모았다.

“기분이 좋아 보이는군.”

“그럼요.”

오늘 산 물건을 전부 합쳐도 마일러트 남작의 드레스 한 벌보다 쌀 테지만 이건 기분의 문제였다.

“당신과 함께 쇼핑하니까 더욱더 좋은 거 같아요!”

그 황태자 전하께옵서 내가 가리키는 거 조용히 계산하고 짐까지 드는 게 어찌나 고소하던지.

얄미운 웃음을 띠는데 황태자는 별말 않고 날 가만히 바라보았다. 머쓱해져서 테라스 밖으로 고개를 돌렸다.

간간이 밑을 지나는 사람들이 보였다. 돌아다니면서 스치는 사람들에게 많은 이야기를 들었다.

새로 시행되는 정부 시책에 대한 것들이 많았다. 여전히 힘들지만 그래도 돈이 돌아서 전보다는 살기 편해졌다는 말들이 오갔다.

“사업 관리는 일단 잘되고 있나 보네요.”

사람들의 말도 그렇지만 생필품같이 중요한 물자가 꽤 활발히 돌고 있는 게 내 눈에도 보였다.

세베리다는 서부 지역의 대표적인 도시였다. 교역지라 다른 도시에서 물자도 잘 들어오는 편이다. 정부 사업으로 돈이 유통되자 경제가 기능하기 시작하는 듯했다.

이를 위해서는 정부에서 융통되는 돈이 중간에 새지 않고 사람들에게 잘 돌아가야 한다. 큰돈이 모이는데 비리는 없는 것 같았다.

회계 장부를 본 것도 아니니 정확히 알 수는 없지만, 적어도 겉으로 보기엔 긍정적이었다.

"생각보다 사람들이 녹화사업에 대해 거부감도 없고."

황태자가 고개를 끄덕였다.

"시책의 일환으로 가장 먼저 나무의 효용에 대해 알렸거든. 사실 대부분의 사람들이 이해했다고 생각하지는 않아. 정확한 근거가 있는 사실보다 단단히 뿌리내린 오해를 더 믿는 게 백성들이다."

이곳엔 의무 교육도 없다. 마법의 힘으로 대규모 농작이 가능하긴 했지만, 가난한 소작농은 여전히 해뜨기 전에 밭에 나가 해가 진 후 돌아오는 경우가 허다했다. 하층민일수록 의식 수준이 떨어질 수밖에 없다.

황태자의 말은 무시라기보다는 정확한 판단이었다. 나 역시 처음 녹화사업에 대해 말할 때 사람들을 설득하는 게 어려울 거라고 생각했고.

그런데 어떻게 큰 잡음 없이 녹화사업을 추진할 수 있었던 걸까?

내 시선에 담긴 의문에 황태자가 입매를 올렸다.

"원래 미신보다 당장 오늘 먹을 빵과 마실 물을 살 수 있는 돈이 더 중요한 법이지."

아하. 나는 고개를 끄덕였다. 단순한 논리였다. 하지만 단순하기 때문에 확실하다. 오래 걸리는 계몽 교육보다 직관적인 방법이었다.

“나무에 대한 통념을 그냥 뒤집으려면 힘들지만, 돈이 그에 대한 믿음을 준 거야. 어차피 돈을 위해 시책에 참여할 거라면 믿는 편이 더 좋으니까. 자기 합리화지.”

그의 말과 표정에는 아무런 사감도 없었다. 단순한 사실만을 나열하듯 무감했다. 어리석다고 백성을 경멸할 수도 있고, 동정할 수도 있다. 하지만 그 어느 쪽으로도 치우치지 않았다. 그는 날카롭고 냉정했다.

조금 놀랐다. 그는 절대 꿈에 부풀어 있지 않았다. 자신이 맡아 진행한 시책이 이렇게 성공적이면 조금쯤 숨을 돌려도 될 텐데.

딱딱한 껍질 속은 고작해야 스무 살 남짓한 남자애일 뿐이라고 생각했는데, 부드러운 과육 속 씨앗은 과연 제왕의 것이었다. 그 씨앗이 피울 꽃이 초라하든, 화려하든.

“이후 실제로 녹화사업이 가뭄 해결에 도움을 준다면 완전히 믿게 되겠지요.”

조금쯤 마음의 짐을 덜었으면 하는 생각에 미소를 지으며 그를 보았다.

“……생각보다 회복이 더뎌. 비가 너무 안 와. 점점 더.”

한숨과 함께 그가 말했다. 아무리 나무를 심어도 비가 안 오면 소용없다.

“비가 안 오는 건…… 어찌할 수 없는 거니까요.”

가뭄의 원인인 라니냐는 자연현상이다. 사람의 힘으로 바꿀 수 없다. 그저 슈퍼라니냐가 지나가길 바랄 뿐.

생각해 보면 참 아이러니했다. 저 반대편에 있을 대륙에선 지금 홍수로 고생하고 있을 텐데 이곳은 마실 물도 부족하다.

"언젠가는 끝나기 마련이에요. 다시 비가 정상적으로 내릴 때 지금처럼 땅이 황폐하면 홍수가 날 거예요. 당장 비가 안 내린다고 해서 지금 하는 일이 잘못된 건 아니에요."

황태자가 고개를 들어 날 쳐다봤다.

"그대 말이 옳아. 그리고 지금도 전에 비하면 나아진 것이고."

그는 어딘지 겸연쩍어 보였다. 표정은 평소와 같은데 왜인지 그렇게 느껴졌다. 어쩌면 내가 겸연쩍기 때문인지도 모른다. 나는 그런 마음을 감추려고 밝게 웃었다.

"자! 그럼 쉬었으니 산책을 마저 해 볼까요? 시내를 돌았으니 외곽을 한번 보고 싶어요."

"……정말 산책만 하는 건가?"

그가 미심쩍게 물었다. 노란 시선이 테이블 위에 쌓인 봉투를 훑었다. 나는 자신만만하게 고개를 끄덕였다.

"그럼요! 여태까지 했던 산책처럼요."

씩 웃자 그의 얼굴이 핼쑥해졌다.

"……마을 외곽은 위험하다."

"제가 원하는 여행을 하기 위해 여기 온 거라면서요?"

황태자가 겨우 토해 낸 변명을 단번에 일축했다. 본인이 했던 말이어서 그런지 그는 더 말을 하지 않고 일어섰다.

물론 그의 손에는 오늘 쇼핑의 결과물이 주렁주렁 매달린 채였다. 나는 만족스럽게 그 모습을 바라보곤 그를 따라 발걸음을 옮겼다.

세베리다에 들어오는 마차 안에서 봤던 것처럼 마을 외곽은 상황이 안 좋았다.

거리를 돌아다니는 아이들의 행색은 낡고 남루했다. 땅이 건조해 날리는 먼지에 쉽게 더러워지고, 더러워진 옷을 세탁할 물이 부족했기 때문이다. 아이들의 이마에서는 잿빛 땟물이 흘러내렸다.

하루 끼니값이라도 마련하기 위해 일하러 간 것인지 어른들은 잘 보이지 않았다.

"이곳 사람들은 사업 혜택을 못 받는 거 같은데요."

"하층민을 가장 우선 대상으로 뽑았다. 문제는 그들이 일자리를 팔았다는 거지."

"일자리를 팔았다고요?"

"꾸준히 나올 돈보다 당장 받을 목돈을 크게 생각한 거지. 하루 벌어 하루 먹고사는 사람들이니까. 근시안적이야."

그가 혀를 찼다.

"매직을 금지했으면……."

"이건 부역이 아니야. 일하도록 강제할 순 없어. 설령 금지했어도 어떻게든 파는 사람이 나왔을 거고, 팔지 못한 사람은 불만을 가졌겠지. 그럼 일할 의지가 꺾이기 마련이다. 그런 사람이 참여한 사업은 진행이 더딜 수밖에 없어."

구구절절 맞는 말이다. 나는 한숨을 쉬었다.

사람들이 근시안적인 건 미래에 대한 기대가 없기 때문이다. 미래에 대한 기대는 힘든 하루를 버티는 기둥이 된다. 전생의 내가 독립할 날만 꿈꾸며 차별을 견뎠던 것처럼.

만약 내게 기회가 온다면, 이번처럼 단순히 아이디어를 제공하는 게 아니라 정말 내가 관여할 수 있는 기회가 온다면.

하지만 이건 나중의 일이다. 그보다 지금 당장은…….

“일단 시장으로 가죠.”

돈을 쓰는 작은 일이 더 도움이 될 것이다. 황태자의 입매가 단단해졌다. 걸음을 멈춘 그에게 안 가느냐는 재촉을 담아 눈을 깜빡이자 이내 걸음을 옮기기 시작했다.

시내에 있는 상점가에 비해 외곽에 위치한 시장은 훨씬 더 허름했다. 심지어 활기도 없었다.

하긴, 그나마 돈 있는 사람이 손님인 시내에도 파리가 날렸는데 여긴 오죽하겠는가. 가판대 위를 덮은 천에는 흙먼지가 가득했다.

가게 주인들은 기웃거리는 내 모습을 보고서도 내다보지 않았다. 어떤 호객 행위도 하지 않고 의자에 가만히 앉아 지켜볼 뿐이다. 버석한 얼굴은 볼이 홀쭉했다. 짙은 체념이 그들의 주름 깊숙이 박혀 있었다.

나는 별 필요도 없는 조악한 나무 조각상 몇 개를 샀다. 손가락만 한 조각상은 작은 동물 모양이었다.

사람들이 물을 빼앗는다며 베어 버렸을 나무로 만들었으리라. 버려진 나무토막을 사용했으니 꽤 짭짤한 수익이 됐을 거다.

황태자는 노파에게 실수인 척 한두 푼을 더 쥐여 주었다. 노파의 눈이 휘둥그레지더니 그가 알아챌세라 재빨리 돈을 제 옷자락에 감췄다.

급히 뛰어오던 꼬마 하나가 황태자와 부딪친 것은 그다음 가게에서 나왔을 때였다.

주근깨가 수박씨처럼 박힌 아이였다. 눈빛이 불손했다. 잠시 휘청이던 아이는 쳇, 하고 혀를 차더니 다시 뛰기 시작했다. 황태자가 아이의 팔을 잡아챘다. 그 거친 손놀림에 깜짝 놀랐다.

"전…… 레오."

습관처럼 전하라고 부를 뻔한 것을 겨우 고쳤다. 나는 무표정하게 아이를 보는 그의 얼굴을 불안한 마음으로 훑었다. 꾀죄죄한 몰골에 옷차림을 보아 하니 아이는 천민이었다.

이곳의 신분 제도는 엄격하다. 특히 황족에 대한 사항은 더 철저하다.

내가 황태자와 단둘이 있을 때 하는 행동은 사실 경을 쳐도 할 말이 없는 수준이었다. 황태자는 내 무례에 관대했지만, 그건 아마 내가 가뭄에 대한 칼자루를 쥐고 있기 때문일 거다.

평소 그가 다른 이들에게 보여 준 태도는 차기 황제답게 냉정했다. 평생 지고한 존재로 살아온 황태자가 천민 아이에게 무턱대고 자비를 베풀 거라고 기대할 순 없었다.

잠행 중이라고는 하나 황태자에게 범한 무례가 면책되진 않는다.

또 굳이 그가 황족이 아니더라도 아이는 처벌받을 만했다. 우리가 아무리 무난한 옷차림을 했다고 해도 그건 어디까지나 귀족 기준이었다.

우리는 하위 귀족이나 못해도 성민 계층으로 보일 것이다. 감히 천민이 부딪치고 적반하장으로 나올 수 없는 신분이었다.

황태자가 지금 이 자리에서 아이를 처벌해도 어쩔 수 없다. 이곳에선 당연한 일이었다. 당연하다 못해 사회의 질서를 위한 일이기도 했다. 단지 현대를 살다 온 나만 불합리하다 느낄 뿐.

황태자가 아이에게 손을 뻗었다. 내 예상과 달리 느릿한 손길이었다. 커다란 손이 아이의 품을 건드리자 아이가 격렬하게 몸을 뒤틀며 저항했다. 아무런 위해도 가하지 않았는데 이상할 정도로 몸부림이 거셌다.

곧 그 이유를 알 수 있었다.

아이의 옷 안을 건드리자마자 툭, 물건이 떨어졌다. 눈에 익은 물건이었다. 내가 시내에서 샀던 팔찌를 포장한 것과 똑같이 생겼다.

훔친 물건이 바닥에 떨어지자 아이는 반항을 멈췄다. 씨근덕대는 아이의 얼굴에는 불만이 가득했다. 후회하거나 반성하는 기색은 찾아볼 수 없었다.

나는 떨어진 팔찌를 주웠다. 아이를 보고 부드럽게 말을 걸었다.

"왜 훔쳤니?"

"무슨 상관이야! 원래라면 내 건데!"

"뭐?"

"우리 누나가 그랬어! 부자들은 다 우리 것을 빼앗아서 돈이 많은 거라고!"

"꼭 그런 것만은 아닌데……."

나는 한숨을 쉬었다. 아이의 누나는 천민치고 꽤 생각이 많은 사람인 것 같았다. 그렇다고 해서 그 생각이 반드시 옳은 건 아니다. 나는 아이의 더벅머리에 꿀밤을 먹였다.

"아야!"

아이가 토끼 눈이 돼서는 날 쳐다보았다. 나는 팔짱을 꼈다. 황태자의 시선이 내 뺨을 뚫을 것 같은 것을 애써 무시했다.

"그래서 남의 걸 훔친 게 잘한 거야?"

도끼눈을 뜨고 묻자 아이가 찔끔해서는 입을 꾹 다물었다.

"너, 이름이 뭐야?"

"……."

아이는 고집스레 입을 열지 않았다. 나는 재촉하지 않고 가만히 기다렸다. 물론 상냥하게 기다려 준 것은 아니었다. 나는 여전히 팔짱을 낀 상태로 도끼눈을 뜨고 있었다.

"……로니."

침묵 끝에 아이가 작게 대답했다. 나는 씩 웃으며 로니의 머리를 살짝 쓰다듬었다.

먼지가 잔뜩 낀 머리카락은 길고양이를 쓰다듬을 때처럼 부스스했다. 잔뜩 녹슨 쇠를 만진 것같이 손바닥이 살짝 아렸다. 내색하지 않고 로니와 눈을 맞췄다.

"로니라고 하는구나. 몇 살?"

"열두 살."

"그렇구나."

나는 고개를 끄덕였다. 어리지만 마냥 어리다고 볼 수만은 없는 나이였다. 행색도 그렇고 소매치기의 이유야 뻔했다. 피골이 상접한 아이의 얼굴을 보니 오늘 피죽이라도 먹었으면 다행이었다.

내가 조금 더 다정한 성격이었다면, 혹은 조금 더 세상 물정을 몰랐다면 아이의 빈곤을 동정했을 것이다. 잔뜩 갈라진 손을 감싸 쥐고 따뜻한 음식을 사 주었을 수도 있다.

하지만 로니에겐 불행하게도 나는 그렇게 좋은 성격이 아니었다.

"아직 어려서 뭘 모르나 보구나."

들으라는 듯이 중얼거리자 로니가 발끈했다.

"나 이제 다 컸거든? 애 취급하지 마!"

나는 코웃음을 쳤다.

"다 큰 사람이 남의 물건을 훔치고서도 잘난 척이야?"

"그건……!"

"이게 원래 네 물건이었다는 건 아니겠지. 난 너한테서 뭘 뺏은 적도 없는걸. 너 나 본 적 있어?"

"……."

제대로 교육받은 적도 없는 열두 살짜리 남자애는 제 누나가 한 말을 정확히 이해하지 못했다. 누나가 그렇게 말하니 어련히 그러겠거니 하는 것이다.

로니는 내 말에 대답하지 않고 입을 꾹 다물었다. 날 올려다보는 시선에는 원망이 가득했다.

"우리 누나는 틀리지 않아! 항상 바른 말만 해! 이 마귀할망구!"

나는 처음으로 평정을 잃었다.

마귀할망구라니……. 어떻게 이 미모를 보고 그런 말을 입에 담을 수 있지? 황당함에 잠시 말을 잊었지만, 지금 로니가 환술에 걸린 상태라는 것을 깨달았다.

마음에 평화가 찾아왔다. 나는 무너질 뻔했던 표정을 아무렇지 않게 수습했다.

"그래서 누나가 남의 물건을 훔치라고 했어?"

"……."

"부자들이 가난한 사람 걸 뺏은 거니까 훔쳐도 된다고 말했어?"

로니는 아무 말도 하지 않았다. 분한지 숨을 씨근덕거렸다. 나는 한숨 쉬며 고개를 저었다.

"누나가 도둑질하라고 시켰구나. 못된 누나네."

"아니야!"

로니가 빽 소리를 질렀다. 소중한 누나가 뒤집어쓴 누명이 사뭇 억울한지 녹색 눈동자가 파르르 떨렸다.

"도둑질이 나쁜 거 나도 알고 있어! 하지만……!"

"그래, 알고 있구나."

나는 차분하게 로니의 말을 끊었다. 조금 싸늘한 목소리로 타이르기보단 다그치듯 물었다.

"그럼 먼저 해야 할 말이 있지?"

"……잘못했어요."

몇 번 입술을 달싹인 끝에 로니가 털어 내듯 말했다. 날 노려보던 녹색 눈동자는 맥없이 땅을 향한 채였다.

"그래."

나는 손을 뻗어 그의 머리를 쓰다듬었다. 땀과 먼지로 잔뜩 엉킨 머리는 내가 쓰다듬는 대로 결이 남았다.

"……밥은 먹었나?"

잠자코 있던 황태자가 입을 열었다. 항상 냉랭했던 노란 눈동자에 자신의 백성에 대한 애틋함과 책임감이 투명하게 덮여 있었다.

로니는 말없이 고개를 저었다. 황태자의 저 서늘한 얼굴이 평범하게 보일 텐데도, 왠지 모를 기류에 압도당한 것처럼 목을 움츠렸다.

"빼앗은 것은 아니지만 네 가난에는 내 책임도 있다."

황태자가 조용히 말했다. 그는 품에서 동전 몇 개를 꺼냈다. 그가 로니에게 돈을 쥐여 주기 전, 나는 가까스로 그를 막았다.

"레오."

고개를 젓는 내 행동을 어찌 생각한 것인지 그는 차분하게 말했다.

"나도 이 돈이 이 아이의 인생을 바꿀 거라고 생각하지 않는다. 그렇다고 큰돈을 줄 수는 없어. 그런 돈은 줘 봤자 역효과만 난다. 하지만 이건 오늘 하루라도 따뜻한 식사를 할 수 있게 해 줄 것이야."

나는 다시금 고개를 저었다. 물론 돈이 최고다. 돈으로 행복을 살 수 없다고 하지만 글쎄, 내 생각에는 살 수 있다.

저 돈이 있다면 로니는 오늘 누나와 함께 따뜻한 밥을 먹고 깨끗한 물을 마실 것이다. 입안 가득 밥을 욱여넣으며 천국에 있는 것 같은 행복을 느끼겠지. 곁에서 맛있게 먹는 누나를 보며 뿌듯함도 느낄 것이다.

하지만 그래서는 안 된다. 로니는 오늘 행복해선 안 된다. 그 돈의 출처가, 행복의 원인이 도둑질인 이상 그럴 순 없다.

"이 아이는 구걸을 한 게 아니에요. 가난한 자들에게 동정심을 갖는 것은 좋은 일이에요. 동정과 공감은 중요하다고 생각해요."

내가 말하면서도 어색했다. 예전에는 공감 능력이 부족하다고 욕먹었는데……. 지난 몇 개월간 많이도 변했다.

어쩌면 황태자가 베푼 자비가 어린 소년을 감동시킬지도 모른다. 어느 동화 속 이야기처럼, 로니는 제 잘못을 후회하고 저를 도와준 사람을 본받아 자신에게 부끄럽지 않은 삶을 살기로 결심할 수도 있다.

하지만 동화 속 이야기가 왜 동화 속 이야기겠는가.

대부분의 경우 범죄에 대해 무감각해진다. 당장 도둑질을 하지 않더라도 또다시 어려움이 닥치면 스스로 노력하기보다는 쉬운 범죄를 택할 가능성이 컸다.

그렇게 되지 않더라도 범죄에 대한 좋은 추억을 남겨 주고 싶지 않았다.

현실은 냉혹한 법이다. 아이는 그 사실을 알아야 한다.

로니는 가난하고 비천한 신분이다. 먹이사슬의 최하위. 앞으로 평생 삶은 그의 편이 아닐 것이다.

천민이 사는 거리에서만 계속 살아서 그런지 로니는 열두 살이 되었는데도 세상 물정을 몰랐다.

나와 황태자가 하위 귀족이었더라도 그는 부딪친 무례에 대한 책임을 호되게 져야 했을 것이다. 하물며 그는 날 노려보며 반말을 일삼았다.

이 모든 것에 대한 벌을 묻지는 않더라도 도둑질의 보상을 주고 싶지는 않았다. 적어도 내가 생각하기에 그래서는 안 된다.

"하지만 얘는 도둑질을 했어요. 도둑질한 아이에게 자비를 베풀 필요는 없어요. 적선을 받을 자격도 없고요."

내 말에 그가 인상을 찌푸렸다. 시선이 날카로웠다.

"그대는……."

"누가 도둑질을 하고 싶어서 한 줄 알아?!"

황태자의 말 위로 높다란 목소리가 얹혔다. 로니가 씩씩거리면서 날 노려봤다.

"누가 배고프다고 훔친 줄 알아? 하루 종일 풀죽 한 그릇만 먹어도 나는 여태 도둑질 같은 거 하지 않았어!"

"그럼 왜 한 건데?"

내 차가운 물음에 로니는 움찔 몸을 떨었다. 녹색 눈동자가 일렁거렸다. 물기가 차오른다.

"누나가……."

아이는 운을 떼고선 속에서 복받쳐 오르는 감정을 이기지 못하고 뚝뚝 눈물을 흘렸다.

나는 당황스러운 마음을 속으로 감췄다. 누나가 어디 아프나? 충분히 그럴 만했다. 로니의 위생이나 영양 상태를 봐도 어디 아프지 않은 게 용했다.

하지만 아이의 입에서 나온 말은 내 예상보다 훨씬 경악할 만한 것이었다.

"누나가 노예로 팔려 갔단 말이야……."

나도 모르게 황태자부터 쳐다봤다.

노란 눈동자가 잠시 충격에 흔들리더니 곧 숨 막힐 정도로 흉포한 기색을 띠었다.

"노예라고?"

낮게 짓씹듯이 나온 물음에 아이는 훌쩍이며 고개를 끄덕였다. 젖은 눈가를 부비며 제 감정에 취해 있어서인지 아니면 환술 마법 덕인지 로니는 황태자에게서 날카롭게 쏘아져 나오는 기운을 못 느낀 모양이었다.

다행이었다. 나는 두근두근 거칠게 뛰는 심장을 가라앉혔다. 한껏 일그러진 황태자의 얼굴은 당장 살인이라도 저지를 것 같았다.

예전에 마주 앉아 식사할 때 그의 냉랭한 얼굴을 보고 피가 마르는 기분을 느꼈었는데, 지금 그에게서 뿜어져 나오는 기운에 비하면 그 얼굴은 부드러운 것이었다.

"레오."

그의 팔에 살며시 손을 얹었다. 조심스러운 손길에 표정을 풀었지만, 날 돌아보는 눈에는 아직 지우지 못한 분노가 남아 있었다.

펠론 제국에서는 노예제도를 엄격하게 금지하고 있다.

아무리 높은 관직에 있는 관료라도, 고귀한 혈통의 귀족이라도 노예를 사고파는 순간 모든 권리를 박탈당한다. 이건 선황의 가장 큰 치적이었다. 그의 재위 말년, 이를 위해 많은 희생이 따랐다.

"누나가 어디로 팔려 갔어? 누가 사 간 건지는 알아?"

내 물음에 로니가 고개를 저었다.

"나도 잘 몰라……. 마을에 자주 나타나는 아저씨인데."

울음기가 가득한 목소리는 독기가 다 빠져 가늘었다. 황태자가 빠르게 물었다.

"돈을 구한 것은 다시 누나를 사기 위해서인가?"

로니가 고개를 끄덕였다. 황태자의 입매가 단단히 굳었다.

"그렇다면 파는 곳을 알고 있나?"

"그런 건 몰라. 누나를 돌려 달라고 했더니 아저씨가 돈을 가져오면 풀어 준댔어."

"그 아저씨 자주 온댔지? 혹시 만나기로 한 거야? 기일이 다 돼서 급한 마음에 물건을 훔친 거고?"

"아니, 그런 말은 없었는데……. 그냥 자주 오니까, 만나면 돈을 주기로 했어. 가끔은 먼저 찾아오기도 해. 그럴 때마다 돈을 줘. 내가 돈을 가지고 있으면 다른 사람이 뺏어 갈 수 있으니까 미리미리 받아 놓는다고."

황태자는 기가 차 한숨을 내쉬었다. 나 역시 마찬가지인 심정이었다.

천민 아이가 제 누나를 다시 살 만큼 돈을 모으기는 요원하다. 설령 모았더라도 그땐 이미 누나가 다른 곳으로 팔려 갔을 확률이 높다.

그 남자는 누나를 생각하는 순진한 아이의 마음을 이용한 것이다. 사들인 노예는 노예대로 팔고, 아무것도 모르는 아이에게서는 돈을 갈취한다.

나는 입술을 깨물었다. 대체 로니의 부모님은……! 거기까지 생각하다가 멈췄다. 이런 상황에서 로니의 부모가 정상적일 리 없다.

황태자가 내게 눈짓했다. 그가 굳이 말로 하지 않아도 무슨 생각인지 알 수 있었다. 나는 무릎을 굽혀 앉아 로니와 시선을 맞췄다.

"지금부터 내가 하는 말 잘 들어, 로니."

로니의 얼굴은 눈물범벅이었다. 꼬질꼬질한 얼굴에 눈물 자국대로 길이 남았다.

황태자에게서 새로 산 손수건을 받아 아이의 얼굴을 닦았다. 상상도 못한 보드라운 감촉에 놀란 듯 로니는 흠칫흠칫 떨었다. 어느새 눈물이 멎었다.

"나는 그 아저씨가 가지고 있는 물건이 필요해."

로니는 영리하기보다 경솔한 아이였다. 누나를 구해 주겠다는 말도, 노예상을 소탕할 거라는 말도 할 수 없다.

"쉽게 살 수 없는 물건이라서 고민 중이었는데 그 아저씨가 파는 거 같아서 너한테 말하는 거야."

"사려는 물건이 뭔데?"

"그건 비밀이야."

생긋 웃으며 말하자 로니가 인상을 찌푸렸다. 아이는 선뜻 이해가 가지 않는다는 얼굴로 날 쳐다보았다.

"물론 맨입으로 하는 부탁이 아니야. 그 아저씨를 소개해 주면 소매치기했던 것도 뭐라 안 하고 심부름 값도 줄게."

"돈을…… 준다고?"

얼떨떨한 와중에도 그 말은 알아들었는지 로니가 되물었다. 나는 고개를 끄덕였다.

"이건 내가 너한테 맡기는 일이니까 당연히 일한 대가를 줘야지."

"일……?"

멍하니 묻는 아이의 어깨를 붙잡았다. 로니는 흠칫 정신을 차리고 날 쳐다봤다. 나는 아주 어려운 일을 맡긴다는 양 진지하게 눈을 맞췄다.

"나한텐 중요한 일이야. 할 수 있겠어?"

"당연하지!"

로니가 당차게 고개를 끄덕였다. 그 모습에 웃음이 났다.

"좋아. 그 아저씨를 보면 내 얘길 전해 줘. 구하기 힘든 물건이니 값은 후하게 쳐 준다고 하고."

"알았어. 그것만 하면 되지?"

"응. 만약 그 아저씨가 거절해도 알려 줘. 살 수 있을지 없을지 무작정 기다릴 순 없으니까."

거절해도 알려 달라는 건 로니에게 일한 대가를 주기 위한 핑계일 뿐이었다. 아니, 사실 이 모든 게 로니에게 노동의 대가를 알려 주기 위한 핑계나 다름없다. 굳이 허술한 아이의 힘을 빌리지 않아도 얼마든지 노예상을 추적할 수 있다.

나는 황태자를 힐끔 쳐다보았다. 눈이 마주치고, 그가 고개를 끄덕였다. 내가 로니와 이야기하는 동안 이미 필요한 준비를 다 끝낸 모양이었다.

"그 남자와 만나고 나면 시내에 있는 세브레떼로 찾아오도록. 어딘지는 아나?"

황태자의 물음에 로니가 고개를 크게 끄덕였다.

"그 제일 큰 여관! 그렇지만 난 들어가기도 전에 쫓겨날 텐데……."

로니가 고개를 숙였다. 얼굴이 다시 울상이었다. 황태자가 차분히 말했다.

"내가 말해 둘 테니 걱정하지 마."

나는 고개를 주억거리는 로니를 붙잡고 눈을 마주쳤다. 로니가 이 일을 떠벌리고 다니면 곤란했다.

"이 일은 다른 사람한테 말 안 하는 게 좋을 거야. 다른 사람이 그 아저씨를 소개해 주면 나는 그 사람한테 돈을 줄 거니까."

"뭐? 그러는 법이 어디 있어?"

돈을 주는 조건보다 결과만 머릿속에 크게 남았나 보다. 꼭 제 돈을 빼앗긴 것처럼 로니가 사납게 눈을 치떴다.

"나는 어디까지나 내게 필요한 일을 해 준 사람한테 돈을 주는 거야. 소매치기 꼬마가 불쌍하다고 돈을 주는 게 아니라."

로니의 눈에서 힘이 빠졌다. 그 모습을 보니 답답하기도 하고 불쌍하기도 했다.

이 거리에서야 이렇게 살아도 크게 상관없겠지만, 나중에 시내로 나와 귀족한테 바락바락 대들다가 형벌을 받진 않을지. 한숨이 나오려는 것을 참고 무심히 물었다.

"아니면 내가 불쌍하게 여겨 주길 바랐어?"

"……그건 아니야."

작은 대답에 어깨를 으쓱였다.

"그럼 간단하잖아. 다른 사람한테 말하지 않으면 돼. 그럼 돈은 네 거야."

"좋아. 기다리고 있으라고."

로니가 자신만만하게 말했다. 녹색 눈동자가 언제 울었느냐는 듯 빛났다. 나는 발간 코를 손수건으로 한 번 훔쳐 주곤 굽혔던 무릎을 폈다.

"이건 계약금."

황태자의 옆구리를 쿡 찌르자 그가 동전 몇 개를 로니의 손에 쥐여 주었다. 아이의 얼굴이 단박에 밝아졌다.

"오늘은 밥을 사 먹어. 모아 뒀다가 그 아저씨한테 주지 말고. 그게 조건이야."

녹색 눈동자가 갈등하듯 떨리다가 이내 안정을 되찾았다. 고개를 끄덕이는 아이의 머리를 쓰다듬었다.

안색이 밝았다. 아직 나이도 어린데 저도 밥 한 끼 정도는 배불리 먹어 보고 싶었을 것이다.

"그럼 잘 부탁해, 동업자."

씩 웃으며 손을 내밀자 로니가 맞잡았다. 아이의 눈동자에서는 희미한 기대마저 엿보였다. 일에 대한 갈망. 어른스러운 무언가를 해냈다는 성취감 같은 것들이 녹색 눈동자 위로 부유한다.

나는 빙긋 웃었다. 미래를 꿈꾸지도 못하던 아이에게 그런 감정이 생겨나는 게 좋았다.

"또 보자고, 동업자!"

밝게 웃으며 뛰어가는 로니를 향해 손을 흔드는데 시선이 느껴졌다. 옆을 보자 황태자가 묘한 눈길로 날 바라보고 있었다.

"그대를 잘 모르겠어. 다정한 건지, 냉정한 건지."

그 말에 한숨 같은 웃음이 나왔다.

"글쎄요……."

냉정하다는 말을 들으며 살아와서인지 다정하다는 말이 영 어색했다.

확실히 나는 변했다.

예전이라면, 한 번 죽기 전이라면 로니에게 아무 상관도 하지 않았을 거다. 황태자처럼 소매치기에게 자비를 베풀고 적선하는 사람을 보며 박수는 쳤겠지만, 크게 감탄하지는 못했겠지.

대단하다는 생각 반, 돈과 여유가 남아도나 보다는 생각 반. 약간의 질투와, 그런 스스로에 대한 환멸. 그것도 맥주 한 캔에 잊힐 정도의 해프닝일 뿐이다.

남을 돕거나 생각하기에는 내 삶만으로도 충분히 버거웠다. 나는 불행했고, 불행하니까 다른 사람을 이해하지 않아도 된다고 생각했다. 그땐 그런 스스로를 자각조차 하지 못했지만, 지금 생각해보면 그랬던 것 같다. 아니, 그랬다.

남자 친구와 싸웠다든가, 갖고 싶은 물건이 너무 비싸다는 친구들의 고민도 배부른 투정이라고만 생각했다. 조금 경멸하기도 했다. 그런 감정으로 부러움을 감추고 자기 자신을 속였다.

남에게 무관심하고 이해하려고 하지도 않았다. 그렇게 벽을 쌓는 게 스스로를 지키는 법이었다.

내가 못 가진 걸 가진 사람들을 끌어안아 봤자 박탈감만 느낄 뿐이니까.

깊은 무의식 속에서 상처받기 싫어서 벽을 쌓는 거라는 것도 모르고, 남들과 나를 분리해 기묘한 우월감마저 느꼈다.

그 결과 가장 불행한 순간마저도 나는 외면당했다. 그러나 먼저 외면한 건 나였다. 물론 지금도 그들이 용서되진 않는다.

하지만 나도 잘한 건 없다. 결국, 그들과 나는 똑같은 인간이었다. 그 애들은 모든 것을 가십으로 받아들이며 낄낄대는 식으로 사람을 외면했고, 나는 조용히 속으로 경멸하며 사람을 외면했다.

"스테나 영애였다면 당장 로니를 데려가서 씻기고 좋은 옷을 입혀 줬겠죠. 따뜻한 밥을 먹이고 잠잘 곳을 마련해 줬을 거예요. 어쩌면 후견인이 되어 평생 부족함 없이 살 수 있도록 해 줬을 수도 있죠."

일단 겉만 보면 그녀는 성녀나 다름없었으니 분명 그리했을 거다. 특히 황태자 앞에선.

"그런 게 다정한 거겠죠."

"……그대는."

황태자가 말을 멈췄다. 의아함에 그를 보니 얼굴이 잔뜩 굳어 딱딱했다. 왜 그러지?

내 시선을 느낀 그가 표정을 풀었다. 그는 내게서 고개를 돌리며 걸음을 옮겼다.

"냉정하다면 그 아이가 물건을 훔친 걸 안 순간…… 아니, 그 애가 내게 부딪쳤던 순간 무릎을 꿇리고 벌을 내렸겠지."

담담한 황태자의 목소리는 딱히 위로하는 기색을 띠진 않았다.

언제나처럼 감정이 절제된 느낌이었다.

하지만 묘하게도 나를 위해 부러 덧붙인 말 같다는 생각이 들었다. 꼭 나를 옹호하는 것처럼 들려서.

"그럼 다정하지도 냉정하지도 않다고 하죠."

씩 웃었다. 웃는 날 보는 그의 입매가 살짝 부드러워졌다.

"아 참, 레오. 잠깐만요."

내 손짓에 멈춰선 그가 왜 그러냐는 듯 날 쳐다보았다.

나는 그에게서 쇼핑백 하나를 건네받았다. 손수건이 들어 있던 봉투였다. 더러워진 손수건을 갈무리해 안에 넣고선 다시 그에게 돌려주었다.

황태자는 조금 어이없는 표정으로 날 바라봤지만, 잠자코 다시 쇼핑백을 들었다. 나름 괜찮은 짐셔틀이라니까.

"그냥 버리지 그랬나."

더러워진 손수건을 굳이 챙겨서 다시 쓰진 않는다. 적어도 황태자나 공녀쯤 되면 그렇다.

오늘 새로 산 손수건이라고 해도 레지나궁 서랍장 안에 쌓여 있는 손수건에 비하면 현저하게 질이 떨어진다. 하물며 천민 아이의 콧물이 묻어 있다.

"어떻게 그래요. 당신이 사 준 건데."

이렇게 질 떨어지는 손수건을 가지고 다니다 보면 누군가가 부채싸움을 걸 수도 있고, 그때 '어머낫! 이거 여행지에서 전하께서 골라 주신 건데……. 지금 전하의 안목을 욕하신 건가욧?!' 하고 말할 기회가 올지도 모른다. 사실, 꼭 왔으면 좋겠다.

물론 내가 고르고 황태자는 계산만 한 것뿐이지만 이 정도 변주는 귀족사회에서 애교다.

그냥 선물받았다고 하면 아이린 고 기지배가 저런 질 떨어진 선물을 한 전하의 저의가 어쩌고 하면서 언플할 수도 있으니까 꼭 저렇게 말해야지.

나는 일어나지도 않은 일을 미리 계획하며 흐뭇해했다.

꼭 그게 아니더라도 쓸모는 많다. 황궁에 돌아가 짐을 풀며 시녀들에게 전하께서 이러저러한 물건을 사 주셨다고 늘어놓을 수도 있다. 그럼 그녀들의 입을 타고 소문이 일파만파 퍼지겠지.

그 소문이 다시 내 귀에 들어올 때면 황태자가 나를 위해 금사와 은사로 수놓아진 손수건을 주문 제작했다는 말로 바뀌어 있을지도 모른다.

수정궁에 가지 않고 내 마음대로 세베리다로 온 것 때문에 지금 제도에선 수그러들었던 황태자와 내 불화설이 다시 고개를 들고 돌아다닐 것이다.

내가 없는 동안 아이린이 그 소문에 날개를 달겠지. 그런 상황에 이런 기회를 놓칠 수는 없다.

여행은 여행이다. 언젠가는 황궁으로 돌아간다.

지금이야 황후 자리를 건 씨름도, 아이린과의 신경전도 없지만 돌아가는 순간 여독을 풀 시간조차 주지 않고 내 턱밑에 칼날이 날아올 것이다.

그 모든 것을 뒤로 미뤄 두고 지금 이 상황만 생각할 수는 없다.

나는 옆에서 짐을 잔뜩 든 채 묵묵히 걸음을 옮기는 황태자의 모습을 힐끗 쳐다보았다. 시선을 느꼈을 텐데도 그는 날 돌아보지 않았다. 덕분에 마음껏 그의 모습을 구경할 수 있었다.

대체 어느 누가 제국의 차기 황제가 이렇게 지갑 및 짐 셔틀이 될 거라고 생각이나 하겠는가.

머릿속으로 저 모습을 떠올리는 순간 죄책감에 시달릴 것이다. 감히 지엄한 황실을 모독했다며.

내가 전생의 삶을 살지 않았고 평생을 이곳의 가치관대로 살았다면, 황태자의 지갑을 열게 할 생각조차 못 했을 거다.

눈으로 보고 있는 나도 저 남자가 진짜 그 황태자가 맞는지 의심스러웠다.

나도 환술 마법에 걸린 것은 아니겠지. 눈을 가늘게 뜨고 관찰해 봤자 달라지는 건 없다. 쓸데없는 의심은 미뤄 뒀다. 솔직히 조금 고소하다.

“그러고 보니 아까 제가 이야기하는 동안 뭐라고 지시 내렸어요?”

아마 우리를 호위하고 있을 눈에 보이지 않는 기사들한테 명령을 내렸을 거다.

어떤 명이었을지 얼추 예상은 가지만 정확히 뭐라고 했을지 궁금했다. 불법 노예상에 대해서도 호기심이 일었고.

눈을 빛내는 날 보며 황태자는 뜻밖이라는 듯 눈썹을 치켜세웠다. 하지만 곧 그럴 줄 알았다는 낯을 했다.

“미행과 감시 및 보호. 노예상 근거지 파악. 인원이 많지 않기 때문에 로니가 노예상과 접선하면 미행을 붙여 추적할 거다.”

“이곳 병사들은 쓰지 않으시게요?”

당연한 말이지만 세베리다에도 관군이 있다. 또한 영주의 사병도 있으니 협조를 받을 수 있을 것이다. 우리가 이곳에 왔다는 걸 밝히기 싫으면 기사를 통해 명해도 되고.

거기까지 생각한 순간 다른 가능성이 떠올랐다.

"혹시 영주를 의심하시는 건가요?"

"영주뿐만이 아니라 다른 관리도. 가뭄 때문에 일이 포화 상태라서 노예상이 활개 치는 걸 미처 못 살폈던 것일 수도 있지만……."

나는 고개를 끄덕였다.

"일부러 눈감아 줬을 수도 있단 말씀이군요. 혹은 아예 처음부터 가담했거나."

올려다본 그의 얼굴은 무섭게 굳은 채였다. 아까 로니의 누나가 노예로 팔려 갔다는 소리를 들었을 때 그의 표정이 떠올랐다.

"어느 쪽이든 그 책임을 크게 져야 할 것이다."

선고처럼 내려진 그의 말에 동의하면서도 걱정이 됐다. 열 명도 안 되는 인원으로 노예상 근거지를 제압하긴 힘들 것이다. 유혈사태를 피할 순 없다.

"노예상 규모가 얼마나 되는지 알 수 없는데 호위단만으로는 위험하지 않을까요? 영주든 관리든 관여했어도 당신의 명을 따를 수밖에 없으니 지원을 받는 게 좋을 것 같아요."

그는 고개를 저었다. 다시 앞을 바라보는 그의 눈빛이 위험하게 번뜩였다. 당장에라도 노예상을 잡아서 탈탈 털 기세였다.

"빠져나갈 구멍을 줘선 안 돼. 이 일이 많이 퍼질수록 증거를 인멸할 시간을 더 주는 꼴이야."

"중추에 내통자가 있을 거라고 확신하시는군요."

"글쎄……. 그대는 어떻게 생각하지?"

여태 뿜어내던, 그 성급하게까지 느껴졌던 기색을 지우고 그가 날 쳐다봤다. 초조함이 순식간에 걷어진 얼굴은 일견 여유로워 보이기까지 했다. 평소의 황태자처럼.

자연스러운 표정이었지만 그렇기 때문에 작위적으로 느껴졌다. 나는 미간을 좁혔다. 그가 날 시험한다는 생각이 들면서도 대답할 수밖에 없었다.

"저는 그렇게 생각해요."

"어째서?"

황태자가 물었다. 매끄러운 목소리였다. 나는 그가 날 시험하고 있다고 확신했다. 기분이 좋을 리 없다.

잠시 발치에서 흩날리는 먼지를 바라보다가 입을 열었다. 날 시험한다면 완벽한 정답을 내놓는 것으로 그의 콧대를 꺾고 싶었다.

"그렇지 않으면 아무리 천민이 사는 동네라고 해도 노예상이 그렇게 대놓고 나다니진 않을 테니까요. 로니가 사는 곳이 법이 아예 안 닿는 뒷골목인 것도 아니고."

내 말에 그가 잠자코 고개를 끄덕였다. 그의 눈빛은 잠잠했다. 물론 이런 허술한 이유만으로 그렇게 생각한 것은 아니다.

"세베리다는 가뭄 때문에 세금이 잘 안 나오고 있죠. 딱히 돈 나올 만한 자원이 있는 것도 아니에요. 불법 노예 거래를 지원할 이유는 충분해요."

"그렇지."

여전히 그의 눈빛은 묵묵했다. 아무런 감흥도 없이.

나는 실망하지 않았다. 여기까지는 거의 불확실한 추측일 뿐이다. 돈이 없다는 것만으로 범죄에 가담했을 거라 생각하는 건 반쪽짜리 생각이다.

노예상이 로니와 어떻게 만났는지 못 보았으니 대놓고 나다닌다는 말도 신빙성이 떨어졌다. 어디까지나 로니의 말을 통해 재구성한 사실일 뿐이다.

나는 재차 입을 열었다. 나머지 이유 역시 추측이지만, 가장 합리적인 추측이었다.

"또 노예를 사는 사람은 귀족이죠. 어린아이 푼돈이나 갈취하는 어쭙잖은 노예상이 쉽게 만날 수 있는 신분이 아니에요. 반드시 누군가가 귀족과의 연결망을 제공해야 거래가 가능해요."

불법 노예를 아무런 커넥션 없이 사고파는 것은 불가능하다. 귀족이나 귀족과 거래하는 거대 상단의 후원을 받아야 가능하다. 그리고 그런 거대 상단의 경우 모두 귀족의 소유였다.

이 세 가지 추측은 하나의 교집합을 만들어 낸다.

황태자의 입꼬리가 올라갔다. 그의 눈동자가 이채를 띠었다. 그가 날 바라보며 고개를 끄덕였다.

"나도 그렇게 생각한다."

"합격인가요?"

차갑게 웃으며 쏘아보자 그가 허를 찔린 표정을 했다. 그는 조금 생각에 잠기더니 말을 할까 말까 고민하는 것처럼 날 훑어봤다.

"오해한 거 같은데, 나는 그대를 시험한 게 아니야."

"그러면요?"

"나와 같은 생각인지 궁금했을 뿐이다. 그대는 비상한 의견을 내니까. 그리고…… 아까 미리 합을 맞춘 것도 아닌데 손발이 잘 맞아서 이번에도 그럴지 궁금했어."

뜻밖의 대답에 나는 말을 잃고 눈만 깜빡였다.

괜히 민망해서 그를 쳐다보지 못하고 빈 거리만 눈으로 더듬었다. 오해해서 좀 머쓱하기도 하고 칭찬이 기분 좋기도 하고.

어색한 침묵이 내려앉았다. 이 분위기를 깨기 위해 입을 열었다.

"그러면 일단 모른 척하실 건가요? 그래서 파악만 하라고 명하신 거예요?"

지금 급하게 현장을 덮쳐 봐야 그 자리에 있는 사람만 연루되고 끝날 것이다. 현장에 있는 건 하수인뿐이겠지. 연결된 사람들, 특히 가장 중요한 주모자를 놓칠 확률이 높았다.

황태자가 고개를 끄덕였다.

"우리가 성급하게 움직일수록 저쪽에서 꼬리를 자르기 쉽다. 치밀하게 빠져나갈 구멍을 다 막은 다음에 단번에 타진하는 게 좋아."

나도 그렇게 생각한다. 하지만…….

"마음이 내키지 않는가 보군."

황태자가 날 내려다보며 말했다. 나는 찡그렸던 인상을 폈다.

"저도 지금은 숨을 죽이고 저쪽의 동태만 살펴야 한다고 생각해요. 이런 큰일에 거래 장부나 계약서를 허술하게 관리했을 리도 없고, 발각되면 끊어 낼 방법을 다 마련해 뒀겠지요. 연루된 자와 증거를 파악할 때까지는 섣불리 움직일 수 없어요."

"그렇게 생각하는 것치곤 얼굴 표정이 안 좋은데."

내 안색을 살피는 그가 낯설었다. 나는 그를 피해 고개를 돌렸다가 그 집요한 시선에 결국 항복했다.

"뭐, 최선의 방법과 마음에 드는 방법은 다를 수도 있으니까요."

어깨를 으쓱이며 가볍게 말하자 황태자가 미간을 좁혔다.

"그 아이가 마음에 걸리나?"

누군지 뻔했다. 노예상을 타진하지 않으면 로니가 찾아왔을 때

돈을 줘도 아이의 불행은 해결되지 않는다.

"마음에 걸릴 수밖에요. 증거를 다 찾아내서 빨리 해결된다면 괜찮겠지만, 얼마나 많은 사람이 연루되었을지도 모르는 상황에서 그러길 기대할 순 없잖아요. 어쩌면 로니의 누나는 이미 팔려 갔을 수도 있고요. 그렇다고 지금 괜히 들쑤셔 봤자 경계심만 높아질 테니까요."

절로 한숨이 나왔다. 그런 날 보며 그가 조용히 말했다.

"그대가 원하는 여행을 하기로 했으니 이번에도 그대 뜻을 따르도록 하지."

"네?"

선뜻 이해가 가지 않아 그를 쳐다봤다.

"그대가 원한다면 노예상 근거지를 알아내는 즉시 소탕하겠다."

"그렇게 되면 거물들을 다 놓칠 텐데요."

"하지만 그 애의 누나를 구할 확률은 커지겠지. 그리고 다른 사람들도 팔리기 전에 구할 수 있을 거야."

할 말이 많아서 도리어 입을 다물었다. 그가 아무 말 않는 나를 재촉했다.

"그래서 어떤 걸 원하지?"

차분한 물음이 얄미웠다.

"당연한 걸 물어요."

그를 팩 쏘아봤다. 대체 이런 결정을 왜 내게 맡기는지 모르겠다.

이번에는 어떤 흔적을 남기는 인생을 살고 싶다고 생각했지만, 그렇다고 이렇게 남의 불행을 저울 위에 올려놓고 경중을 따지고 싶진 않다.

어차피 답은 하나뿐이다. 굳이 내게 결정하라는 그가 짜증 났다.

"날 놀리는 거예요? 괴롭히는 거?"

로니와 같은 처지인 사람들이 많을 것이다. 노예로 잡혀간 사람들은 더 많을 테고.

지금 이 순간의 연민에 의해 움직여 봤자 제2, 제3의 로니를 만들 뿐이다. 로니를 위하면 또 다른 피해자를 양산하게 된다.

"최선의 방법을 선택해야죠. ……내 입으로 로니의 불행을 좌시하라고 말하니까 좋아요?"

황태자가 입 끝을 올렸다. 사납고 날카로운 웃음이었다. 어쩐지 오싹한, 잡아먹힐 것 같은 웃음. 내 뒷말은 그의 귀에 닿지 않은 것 같았다.

"역시 그대는……."

그가 내게 바짝 다가왔다. 노란 눈동자가 내 몸을 핥듯이 훑었다. 짐승 같은 눈이었다.

큰 손이 내 턱을 쥐었다. 그대로 뺨과 귓불을 문지르더니 검지가 귀 뒤로 미끄러진다.

단단하게 심이 박힌 손이 목덜미를 쓸었다. 손가락이 움직일 때마다 오소소 소름이 돋았다. 머리카락을 움켜쥘 듯 쓸던 손이 내 떨림을 느끼고 떨어져 나갔다.

그가 한숨을 내쉬었다. 뜨거운 숨이 내 얼굴에 내려앉았다. 내 귓가에 입술을 묻은 그가 낮게 속삭였다. 입술의 움직임이 솜털에 닿아 간지러웠다.

"오늘 밤은 꼭 방문을 잠그고 자도록 해."

숨결 같은 말이었다. 그 말이 끝나자마자 귓바퀴에 따끔한 통증이 느껴졌다. 절로 어깨가 움츠러들었다.

어느새 멀어진 그의 얼굴을 황당한 마음으로 쳐다봤다.

귀가 뜨거웠다. 아직도 따끔거리는 부분을 매만지자 오톨도톨한 요철이 느껴졌다.

잇자국. 나는 그의 뒷모습을 멍하니 쳐다보았다.

이, 이게 무슨…….

전연령 소설에서 대체 무슨 말을, 무슨 짓을 한 거야! 아, 아니, 잠깐. 소설이라니 내가 왜 이러지? 하하, 하도 어이없는 일 겪으니까 내가 무슨 소설 속 주인공인 줄 착각까지 하게 되네.

그의 말이 무슨 뜻인지 모를 정도로 나는 둔하지 않다. 애초에 한방을 쓴다고 했을 때 경계하고 침실이 잠기는지 확인한 사람은 나였다.

그래, 혈기왕성한 스물한 살인데 이렇게 예쁘고 사랑스러운 여자애랑 같이 방을 쓰면 그런 생각도 들겠지. 막 불끈불끈 하고. 나 그런 거 이해 못하는 사람은 아냐.

하지만 지금 이 상황에서 대체 어디가 불끈거리는데……? 원망한 거? 따지는 거? 도무지 이해할 수가 없었다.

갑자기 이 나라의 미래가 걱정되기 시작했다. 다음 대 황제가 이상한 성벽을 가져서야 후사는 제대로 볼 수 있을지. 지금이라도 황태자를 바꾸는 게 좋을지도 모른다.

나는 못 박힌 듯 서서 황태자의 뒷모습만 바라보다가 정신을 차리고 따라붙었다. 물론 간격을 조금 뒀다. 변태한테 함부로 가까이 갈 수는 없는 법.

황태자는 그런 내 모습을 슬쩍 보더니 아무 말 없이 걸음을 옮겼다. 나는 안도의 한숨을 내쉬었다. 그러다 바로 인상을 찌푸렸다. 그의 시선에 나도 모르게 긴장했다는 것을 깨달아 기분이 좋지 않았다.

여관으로 돌아가는 내내 나는 황태자를 힐끔힐끔 쳐다보며 일정 거리를 유지했다.

방에 도착하자마자 일단 더러워진 몸을 씻고 옷을 갈아입었다. 당연히 침실 문도 잠그고 욕실 문도 잠갔다. 그러고서도 응접실에 바로 나가지 않고 머리를 바짝 말렸다.

젖은 내 모습을 보고 흥분하면 어떻게 해…….

머리를 다 말리고 옷도 외출복으로 갖춰 입고 거울을 보자, 막 씻은 후라 그런지 뽀얀 얼굴이 너무 예뻤다.

발긋한 뺨과 촉촉한 피부가 뭇 남성은 물론, 여성의 마음마저 흔들 정도였다. 왜냐면 내 마음이 흔들렸거든.

나는 문 앞에 서서 한참 고민하다가 언제까지 지체할 수 없다는 생각에 크게 심호흡을 하고 침실 문을 열었다.

"……."

내가 나오기만을 오매불망 기다리고 있었을 황태자는 기사들과 함께 심각한 이야기 중이었다.

침실 밖으로 나온 나를, 막 씻고 나와 뽀얗고 발긋한 나를 쳐다보지도 않았다. 쳐다보기는커녕 내가 나왔다는 것조차 모르는 듯했다.

기척을 느낀 기사 몇이 나를 보고 고개를 숙였다. 고개를 숙인 기사들의 귓가와 목덜미가 붉었다.

그래, 저게 정상이지.

나는 다시 한 번 황태자를 쳐다봤다. 시선을 느낀 그가 날 보았다.

“점심만 먹고 바로 이동하기로 했다. 노예 건으로 잠시 지시할 사항이 있으니 기다려.”

그 말만 하고 그는 고개를 돌려 기사단장과 이야기를 주고받았다. 다시 날 쳐다보지도 않았고, 딱히 동요한 기색도 없었다.

설마 진짜 그게 끝……? 아니, 딱히 기대한 건 아닌데. 그건 절대 아니지만 말이지. 나도 모르게 입술을 물어뜯었다. 생각해 보니 열받네? 왜 내가 더 신경 쓰고 있는 것 같지?

그 후로도 그는 평소와 다를 바 없었다. 마주 앉아 식사를 할 때도 여전했다. 완벽한 칼질과 자세였다.

날 바라보는 시선은 언제나처럼 서늘한 온도였다. 도저히 거리에서 날 붙잡고 그런…… 연소자가 관람하거나 청취하면 안 될 파렴치한 짓을 저지른 사람이라고는 생각할 수 없었다.

왼쪽 귀가 후끈거렸다. 나는 고기를 씹어 넘기며 미미하게 인상을 찌푸렸다. 아직까지 아플 리가 없는데. 따끔따끔한 느낌이 잔상처럼 피부에 남아 있다.

무언가 잘못되어도 한참 잘못됐다.

왜 내가 더 의식하고 있는가. 정작 방문을 잠그네 마네 한 인간은 저렇게 이성의 화신처럼 멀끔한 낯으로 포크를 찍는데.

황태자는 적당한 크기로 자른 고기를 입에 넣었다. 그가 입을 벌릴 때 입술 사이로 새하얀 이가 살짝 보였다.

식기를 쥔 내 손에 힘이 들어갔다. 나는 물을 벌컥벌컥 마셨다.

식사를 마친 뒤 그의 에스코트를 받아 마차에 오르면서도 이건 아니라는 느낌을 떨칠 수가 없었다.

나는 곁에 선 황태자를 힐끔 쳐다보았다. 그는 내 손만 차분히 잡고 있을 뿐이다. 너무 가깝지도, 너무 멀지도 않은 적당한 거리였다.

마차 안으로 들어서자 그가 바로 손을 놓았다. 그래 봐야 어차피 좁은 마차 안이라 곁에 앉은 서로의 온기가 느껴졌지만.

"……."

아니, 진짜로 내가 기대하는 건 절대 아닌데. 오히려 경계하는 건데. 이제는 좀 억울하기까지 했다.

날 놀린 건가? 그게 그럴 타이밍이었나?

다시 한 번 그 일을 다시 떠올려 보지만 황태자가 변태 같다는 생각만 들 뿐이다. 대체 그 대화 어디에 불끈할 요소가 있어서…….

눈앞의 로니를 외면하고 대의를 챙기겠다는 말이었는데. 말이 좋아 대의지 결국 나는 사람들의 불행을 저울질한 거다. 불행에 총량이 있는 것처럼.

나에겐 그 아이를 책임질 이유도 없고 도와줄 이유도 없다. 하지만 마음에 걸렸다. 땟국이 흐르는 얼굴과 비정상적으로 가늘었던 팔다리, 움푹 꺼진 눈가가 떠올랐다.

현시점에서 가장 좋은 미래는 노예상을 소탕하기 전에 로니의 누나가 팔리지 않는 것이다.

하지만 설령 그런 행운이 따르더라도, 그동안 로니는 피죽 한 그릇도 못 먹으며 아낀 돈을 노예상에게 바칠 것이다.

나는 시가지 외곽 지역의 거리를 떠올렸다. 사람들의 눈에는 생기가 없었고 입술은 다 말라비틀어져 갈라진 채였다. 허연 입술은 끝이 검붉었다. 말라붙은 핏자국 때문이다.

한 끼라도 제대로 먹은 지 얼마나 오래되었을까. 오죽하면 사람이 사람이길 포기하고 노예가 되었을까.

강제로 잡아간 게 아니라 팔렸다고 했으니 분명 돈을 받고 거래를 했다는 뜻인데. 부모가 자식을 혹은 본인의 의지로 인권을 판 것이다.

성벽 바깥의 상황은 더 심하리라. 마차 밖으로 보이는 풍경은 절대 사람이 살 수 있는 환경이 아니었다.

더 많은 사람들이 노예가 되는 것을 막기 위해, 더 이상 이런 일이 일어나지 못하도록 옳은 선택을 한 것이다.

죄책감을 가질 필요가 없다고 생각하면서도 가슴 한구석이 묵직했다. 나중에 로니가 찾아왔을 때 그 얼굴을 어떻게 봐야 할지 모르겠다.

심적인 부담 외에도 현실적인 문제가 있었다. 노예상이 물건을 팔기로 했다고 하면 노예를 사야 하는 것인가, 말아야 하는 것인가.

당연히 노예상 근거지를 바로 소탕할 거라고 생각해서 이후의 일은 크게 생각 안 했다. 그런데 일이 이렇게 됐으니 걱정이다.

천민 아이까지 시켜서 노예를 사고 싶다고 한 사람이 정작 만남이 주선되자 없던 일로 하자고 하면…….

의심을 안 하는 게 멍청한 거다. 차라리 그쪽에서 거절하면 괜찮을 텐데.

하지만 그런 불확실한 바람에 기댈 순 없다. 의심을 사는 순간 경계가 강화될 것이고, 심할 경우 그것만으로도 꼬리를 잘라 버릴 수 있다. 노예를 거래했다는 사실이 들통나면 한순간에 모든 것을 잃게 되니까.

"전하."

내 부름에 황태자가 고개를 돌렸다. 무언가 마음에 안 드는 듯 미간이 평소보다 아주 살짝 좁았다. 내가 의아함을 표하기 전에 그가 표정을 풀었다.

"노예상이 거래를 하겠다고 하면 어쩌죠? 그때 가서 없으면 의심할 거 아니에요."

"그도 그렇군."

그가 천천히 고개를 끄덕였다. 이번에는 확연히 티가 나게 그의 미간이 좁아졌다. 나는 은근한 목소리로 그에게 말을 붙였다.

"그래서 생각해 봤는데요."

내가 더 말을 안 잇고 그의 눈치만 보자 그가 눈썹을 치켜세웠다. 일단 방법을 들어보는 것으로 마음이 기울었는지 내게 물었다.

"생각해 낸 계책이라도 있나?"

"그쪽에서 거래하자고 하면 응하는 게 가장 나아요."

아니나 다를까, 그가 인상을 찌푸렸다. 나는 그가 반대하기 전에 먼저 입을 열었다.

"그렇긴 하지만 실제로 노예를 사는 것도 웃기잖아요. 그쪽에 자금 대 줄 것도 아닌데."

그가 고개를 끄덕였다. 찌푸려졌던 미간이 조금 느슨해졌다.

"그래서 말인데 노예를 파는 건 어때요?"

"……뭐라고?"

"물론 가짜로요. 그걸 통해 잠입하는 거예요. 정보 빼내는 것도 외부에서 감시하다가 알아내는 것보다 이게 더 빠르잖아요?"

"그야 그렇지만, 노예를 산다고 해 놓고서 갑자기 판다고 하면 이상하게 생각할 텐데?"

"로니가 잘못 전달했다고 하면 되죠."

다행이라고 해야 할지, 로니는 눈치 없고 둔한 아이였다. 실수를 해도 전혀 이상하지 않다.

황태자가 기가 차다는 웃음을 흘렸다. 자연스레 남의 잘못을 만드는 걸 보니 어이없는 모양이다. 내가 봐도 좀.

"거래가 잘 마무리되면 로니에게 피해도 없을 거예요. 아니면 더 좋은 방법 있나요?"

황태자가 입을 꾹 다물었다. 쉽게 묘수가 떠오를 리 없다.

"일단 끝까지 들어보도록 하지."

"그러면서 거래 내역이 적혀져 있는 장부를 잘 관리하는지 물어볼 수 있잖아요? 어떤 식으로 하느냐, 비밀 엄수 확실히 되는 게 맞느냐 하고요."

"확실히."

그가 잠자코 고개를 끄덕이는 걸 보니 또 다른 생각이 떠올랐다. 아주 재미있는 생각.

"아, 혹시 가짜 돈 같은 거 만들 수 있어요?"

황태자의 눈동자가 가늘어졌다. 노란 시선이 내 얼굴을 찔렀다.

"만약 상황이 어찌 흘러 노예를 사게 되면 진짜 돈보단 가짜 돈을 줘야죠."

나는 무해한 척 웃어 보였다. 예기치 못한 상황에 대한 대비가 아니라, 노예를 살 생각이었기 때문이다.

황태자가 들으면 필시 기겁할, 하지만 날 놀린 그에게 복수할 수 있는 방법이 떠올랐다.

"그건 사기……지만 불법 노예상을 데리고 사기 운운하는 것도 웃기는군."

한숨과 함께 그가 말했다.

"위조 화폐라니……. 꽤 과격한 생각을 하는군."

과격할 것까지야. 내 계획을 다 알게 되면 그땐 뭐라 하려고. 나는 속마음을 감춘 채 그를 채근했다. 영화 속에서 본 사기 행각들을 떠올리며 되는 대로 말했다.

"그런 거 있잖아요. 시간이 지나면 먼지로 변하는 돈이라든가, 순간 이동하는 돈이라든가."

"그런 게 있나?"

그가 깜짝 놀라서 물었다. 등받이에 기댔던 몸이 내 쪽으로 기울었다.

그 반응을 보니 김이 샜다. 다른 세상에서도 영화는 영화일 뿐. 마법으로 될 줄 알고 혹시나 했지.

"없나 보군요."

황태자는 안도의 한숨을 내쉬었다. 가짜 화폐가 횡행하고 있는지 긴장한 듯했다.

"하긴 있을 리가 없지. 그런 게 가능한 마법도 없거니와 그 정도 되는 마법사를 고용하는 데 돈이 더 들 테니."

나는 아쉬움에 입맛을 다셨다. 마법이 만능이 아니란 건 알고 있었지만 좀 실망이었다.

"흠, 그럼 가짜 돈은 어렵겠군요."

"나무토막을 금괴로 보이게 할 수는 있겠지. 보통 마법탐지기가 있으니 힘들겠지만. 탐지마법에 안 걸리도록 만들라고 명하면……. 어차피 지금 녹화사업 때문에 고위 마법사들이 이곳에 대

거 파견되었거든."

아아, 들리는구나. 마법사 갈아 넣는 소리가. 공무원의 비극……. 나는 미리 묵념했다. 물론 그 원흉이 나지만. 미안합니다.

돈 문제는 해결했고 이제 다시 본론으로 돌아올 때였다. 나는 씩 웃었다.

"그럼 잠입 말인데요."

힐끔 황태자를 보니 다시 등받이에 몸을 기댄 채였다.

"전하께서 가실 수 없으니 역시 제가 팔려야겠죠?"

"뭐?"

날카롭게 번뜩이는 노란 눈동자를 보며 일부로 몸을 움츠렸다.

"노예로 팔리는 거 말이에요."

"말도 안 되는 소리를……."

"거래를 성사시키려면 그래도 꽤 괜찮은 물건을 내놔야 하잖아요. 그래야 로니한테도 불똥이 안 튀어요."

물론 나 정도면 괜찮다 못해 황송한 물건이지. 속생각을 감춘 채 울상을 지으며 황태자를 바라보았다.

"너무 위험해. 대체 무슨 일이 일어날 줄 알고……. 그대를 보낼 수는 없어."

"그럼 전하께서 가시게요?"

어이없어하는 황태자의 얼굴을 보고 싱긋 웃었다. 대체 사고가 왜 그리로 튀냐는 의문이 그의 표정에서 읽혔지만 가뿐히 무시했다.

"와, 정말 감동이에요! 제가 위험한 게 걱정돼서 전하께서 대신 노예로 팔리신다니!"

그의 손을 덥석 붙잡았다. 그가 움찔했다.

"무슨……."

"전하 정도라면 그쪽에서도 마다할 이유가 없죠! 아주 흡족해하며 도장 찍을 거예요!"

"아니, 잠깐……."

"그래도 정체를 알아볼 사람이 있을지 모르니 환술 마법으로 변장하는 게 좋을 것 같아요."

황태자가 계속 무어라 말하려는 것을 끊고 속사포처럼 말을 뱉었다. 그의 당황한 얼굴을 보니 곤두박질쳤던 기분이 상승 곡선을 그렸다.

"잠입할 사람이라면 호위단도 있고 필요하다면 다른 사람을 부를 수도 있어."

"제도에서 사람이 오기까진 시일이 너무 오래 걸려요. 세베리다까지 며칠이 걸리는데요."

"그럼 기사 중에……."

"싫어요."

내 단호한 거부에 그가 혼란스러운 눈빛으로 날 보았다. 눈앞에서 흔들리는 노란 눈동자를 보니 왠지 모를 희열마저 느껴졌다.

그의 말이 맞다. 어찌 제국의 차기 황제나 그의 후비 될 사람이 노예로 잠입하겠는가. 기사단에게 맡기는 게 보통이다. 그러니 이건 내 억지였다. 날 놀린 황태자에게 복수하기 위한.

"내가 원하는 대로 이번 일을 처리한다면서요?"

얌전해진 그의 얼굴을 들여다보며 나는 또박또박 청원했다. 조금 오싹한 기분마저 들었다.

"전하께서 노예로 팔려 가 주세요."

나는 완전히 굳은 그의 손을 놓고 다시 거리를 벌렸다.

"정 싫으시면 제가 노예가 되죠, 뭐. 전하의 말씀대로 이러저러한 위험이 닥치겠지만 어쩔 수 없죠."

그가 인상을 찌푸렸다. 나는 즐겁게 그의 미간에 박힌 세로줄을 바라보았다.

"이번에는 전하께서 선택하실 차례예요. 어느 쪽이에요?"

물론 이번에도 답은 정해져 있다. 문무 모두 출중하다는 말에 걸맞게 황태자는 검술의 귀재였다. 뿐만 아니라 르웬다나의 축복을 받은 몸. 노예상 밑에서 상품으로 있는다고 해서 그 몸이 위험할 일은 없다.

설령 황태자가 예전만큼 나를 적대시하는 상황이었어도—물론 그런 상황이면 그에게 노예로 팔려 가라는 말을 감히 하지 못했겠지만— 본인이 가겠다고 했을 것이다.

어쨌든 나는 제국의 유일한 공녀이고, 황태자는 카일론을 없앨 생각이 아니니까. 하물며 지금이야.

"당연한 걸 묻는군."

그는 내가 했던 말을 따라 하며 피식 웃었다. 어느 정도 충격이 가셨는지 노란 눈동자는 평소와 같은 여유를 되찾았다.

"그대가 원하는 대로."

나는 만족해서 고개를 끄덕였다. 유치하지만 황태자한테 똑같은 질문을 한 것으로 기분이 풀렸다.

"이전부터 그대와 함께 있으면 별 경험을 다 한다고 생각했지만, 설마 노예로 팔려 가게 될 줄은 몰랐어."

"그러게요."

"어떤 식으로 팔 생각인가?"

"글쎄요."

나는 무심히 대답했다. 재미있는 농담도 원래 한두 줄에서 끝나지 않으면 지루한 법이다.

"노예로 팔려 가면 아마 가둘 텐데, 그럼 탈출하는 척하며 조사를 하는 게 좋겠지."

이쯤 되자 황태자의 말에 당황한 것은 나였다. 나는 그를 살폈다. 그 얼굴은 사뭇 진지했다.

"잠깐만요, 전하."

아니, 좀 장단 맞춰 주다가 대충 흐지부지되어야지. 정말 노예로 팔려 가란 소리가 아니라는 것은 그 자신이 가장 잘 알 텐데.

"진짜 가시게요?"

"진짜 가라는 거 아니었나?"

나는 눈매를 좁혔다. 대체 선수끼리 왜 이러십니까. 그 말이 목구멍까지 차올랐다.

짜증 나서 확 고개를 끄덕이고 싶었지만 그랬다가는 진짜 사달이 날지도 모른다.

"전하께서 말씀하신 대로 위험합니다. 그러다 옥체에 해라도 입으시면……."

"노예로 잠입하라고 한 건 그대였다."

"……."

그거야 농담이죠. 그리고 소소한 복수랄까. 그래서 다른 방법이 생각난 김에 놀리듯 그리 말한 것이고.

나는 입을 꾹 다물고 그를 쳐다봤다. 다 알면서 저러니까 더 얄미웠다. 한 번 놀린 것 갖고 황태자씩이나 되는 사람이 참 더럽고 치사하다. 하지만 지금 그를 말려야 하는 건 나였다. 뿌린 대로 거둔다는 말이 생각났다.

"아니, 전하. 우리 생각을 해 봐요. 그럼 그런 위험한 방법 말고 다른 것도 떠오를 거고."

그 다른 방법은 이미 내가 생각해 놨고.

"글쎄. 나는 괜찮다고 생각하는데?"

괜찮긴 뭐가 괜찮아! 능청을 떠는 그를 보니 뒷골이 당겼다.

"굳이 노예로 잠입한다고 해도 전하께서 가실 이유는 전혀 없잖아요. 전하께서도 잘 아시잖아요?"

대체 왜 내가 그를 말리며 설득하고 있는가. 그냥 하하, 재미있다 하고 넘어갈 만한 일이 아니었던가.

"기사단원도 있고 그들의 종자도 있고. 갈 사람은 많아요."

"노예상 추적도 하고 그대를 호위까지 하려면 인원이 빡빡해."

"……."

끝이 없다.

아무리 뿌린 대로 거둔다고 해도, 내가 뿌리기 전에 황태자가 뿌린 씨앗 추수도 안 했는데! 그 위에 파종 좀 했다고 해서 내가 다 거둬야 해?

"일단 이건 없던 일로 하고 다른 방법부터 생각해 보죠."

지친 기색이 역력한 내 말에 황태자가 눈을 가늘게 떴다.

"그대가 그러길 바란다면."

천연덕스러운 그의 얼굴을 보니 속이 끓었다. 절로 눈매가 뾰족해졌다.

"전하께서 이렇게까지 노예로 팔리고 싶어 하실 줄은 몰랐어요."

"그대야말로 내가 노예로 팔려 가는 걸 보고 싶었던 것 같은데."

"그럴 리가요."

빙긋 웃었다. 자꾸만 팔려 가겠다고 했을 때는 좀 그런 생각이 든 것 같기도.

"그럼 어떻게 할지 진지하게 생각해 보도록 하지."

"네, 진지하게요."

내 부언에 그가 날 쳐다봤다. 그 시선에 아차 했다. 먼저 노예 운운하며 장난친 건 나였지.

"흠흠, 마침 지금 딱 생각난 게 있어요."

그가 의심 어린 시선으로 날 쳐다봤다. 이전부터 생각해 놓은 것 아니냐는 무언의 질문이 콕콕 내 얼굴을 찔렀다.

마차가 목적지에 다다른 것도 모르고 한참 동안 열중해서 이야기를 나눴다.

내가 얼기설기 풀어놓은 계획을 그가 촘촘히 엮었다. 다시 정리하자 꽤 그럴싸한 노예상 소탕 작전이 완성되었다.

만약 성공한다면 외부에서의 추적으로 커넥션을 알아내는 것보다 훨씬 빠르게 일을 해결할 수 있을 것 같았다. 마음이 한껏 가벼워졌다. 마침 마차가 멈춰 섰다. 나는 공모자의 손을 잡고 내렸다.

"와……."

밖으로 나오자마자 감탄이 흘렀다. 바람이 불 때마다 푸른 물결이 일었다. 바람이 나뭇잎을 뒤흔드는 소리가 시원했다.

내 생각보다 훨씬 거대한 수림이 형성되어 있었다. 도저히 붉은 먼지가 날리는 황폐한 지역이라고 생각되지 않았다.

나는 깊게 숨을 들이마셨다. 세베리다에 도착한 후 항상 맡던 텁텁하고 건조한 공기 대신 상쾌하고 개운한 공기가 몸 안에 들어찼다. 이것이 바로 피톤치드인가.

"생각보다 훨씬 녹화 진행이 빠르네요."

마법의 힘이 없었으면 불가능했을 거다. 마력으로 양분을 충당하고 마법으로 생장을 빠르게 한다. 알고는 있었지만 직접 눈으로 보니 그저 경이로웠다.

그의 손을 놓고 나무에 가까이 다가섰다. 손을 내미니 서늘하고 딱딱한 나무껍질이 피부 아래로 느껴졌다. 내가 익히 알고 있는 바로 그 감촉이었다.

"지나오던 길만 해도 풀 한 포기 찾아볼 수 없는 붉은 땅이었는데……."

같은 지역이라는 게 믿기지 않았다. 고개를 위로 들자 겹쳐진 나뭇잎이 만든 그늘 사이로 햇빛이 조각조각 내리쬐었다.

"이곳도 마찬가지였어. 불과 2~3주 전만 해도 이렇게 숲이 될 거라고 생각하긴 힘들었지."

어느새 곁에 다가온 황태자가 말했다. 그의 옆에는 처음 보는 남자가 있었다. 붉은 머리카락에 주근깨가 인상적이었다.

"뵙게 되어 영광입니다. 저는 현장을 관리하고 있는 알베르 코겐이라고 합니다."

알베르는 현장 관리자라고 하기엔 지나치게 젊어 보였다. 총책임자가 따로 있다고 해도 이제 20대 중반으로 보이는 그가 관리직을 맡은 것은 의외였다.

"반가워요, 코겐 남작 영식."

내 인사에 그는 조금 놀란 기색이었다. 코겐가는 제도 귀족이 아니고 서부 지역 변방의 귀족이었다. 내가 모를 거라고 생각하는 것도 무리가 아니었다.

내가 아는 것이라곤 코겐이라는 남작이 있다는 것과 그의 연배가 절대 20대는 아니라는 것뿐이지만.

예상과 다르게 자신의 가문을 아는 게 꽤 호의를 샀는지 살짝 굳어 있던 그의 얼굴이 풀렸다.

"공녀께 대략적인 과정을 보여 드리도록 해."

황태자의 말에 그가 고개를 숙였다.

"네, 알겠습니다."

알베르가 손에 쥐고 있던 얇은 판을 앞으로 내밀었다. 판 위에서 빛이 퍼지더니 허공에 영상이 생겼다.

나는 신기한 마음에 판을 들여다보았다. 마치 3D 홀로그램 같기도 하고……. 문득 영화에서 본 장면이 생각났다. 예전에 깡통 입은 남자가 날아다니는 영화 좋아했는데. 그 시리즈는 어떻게 됐을까.

붉은 대지 위에 묘목이 심기고 그게 곧 녹빛으로 울창하게 자라나는 모습이 눈앞에 펼쳐졌다. 심는 사람들은 차출된 지역민이었고, 그걸 성장시키는 사람들은 파견된 학자와 마법사였다.

나는 땅에 무언가를 꼽거나 주변을 둘러싸는 사람들을 유심히 봤다. 그들이 무언가 할 때마다 나무가 갑작스레 쑥쑥 커졌다.

"전하."

한창 영상이 나오는 중에 한 남자가 다가와 황태자를 불렀다. 황태자는 그에게 고개를 끄덕이고 내게 말했다.

"마저 보고 있어. 곧 돌아올 테니."

"응, 알았어요."

멀어지는 황태자의 뒷모습을 힐끔 보고 나는 다시 영상에 집중했다. 이제 사업 진척도에 대한 도면이 뜨기 시작했다.

벌써 저렇게나 많이 진행됐단 말이야? 혀를 내둘렀다.

조그마한 산 다섯 개 정도 규모로 숲이 형성되어 있었다. 이 모든 것이 한 달 남짓 만에 이루어진 일이라는 게 믿기지 않았다.

시선이 느껴져서 고개를 드니 알베르가 날 바라보고 있었다. 할 말이라도 있나? 의아한 시선에 그가 머리를 긁적였다.

"생각보다 전하와 사이가 좋아 보이셔서요."

그게 대체 무슨 말이지. 저절로 인상이 찌푸려졌다.

"이, 이상한 뜻이 아니라, 그게……."

손을 내저으며 말하던 그가 조개처럼 입을 다물었다. 나는 인상을 풀고 한숨을 쉬었다. 대충 무슨 뜻인지 알 것 같았다.

간택연 때 황태자가 아이린의 파트너로 왔다는 건 유명한 데다가 이 여행도 시찰이라는 오해를 받고 있으니까.

하물며 여긴 녹화사업지다. 오해하지 않는 게 이상했다.

어쩔 줄 몰라 하면서 할 말을 찾지 못하는 걸 보니 기분이 풀렸다. 알베르는 제도에서 보던 귀족들과 많이 달랐다. 화법도, 행동도 성시민보다 조금 더 깔끔할 뿐. 서툰 데다가 세련되지 않았다.

하지만 웃는 얼굴로 세련되게 칼을 꽂는 것보다야 훨씬 나았다.

그래도 아직까지 황태자와 나 사이를 안 좋게 볼 줄은 몰랐다. 저번 챈들럼가 파티 이후로 제도에서 그런 소문은 싹 들어갔는데……. 그 이후 황태자가 공식 회의에서 가뭄에 대해 말하며 내 칭찬을 해서 더더욱.

역시 변방이라서 소문이 느린가 싶었다. 나는 화내는 대신 생긋 웃었다. 눈꼬리를 사르르 접으며 부드럽게 말했다. 적이 아닌 귀족들을 상대할 땐 나긋나긋한 태도가 좋다. 일단 예전 이미지는 벗어야 하니까.

"전하께서 남들의 시선을 많이 받는 자리에 계시다 보니 이러저러한 말이 많이 돌지요. 대부분 사실이 아니지만요. 저는 신경 쓰지 않으니 불편해하지 마세요. 영식께서 불편하신 걸 보니 제 마음이 더 아프답니다."

내 말에 그는 조금 감격한 표정을 지었다.

"역시 소문은 믿을 게 못 되는군요. 공녀께서는 정말 다감하시고 상냥하신 것 같습니다."

소문? 나는 재차 미소 지었다. 그의 말 속에 숨어 있는 것을 콕 집어 꺼냈다.

"어머나, 제 성품에 관해 항간에 떠도는 말을 들으셨군요."

내 말에 그는 당황해서 어쩔 줄 몰라 했다. 나는 그저 상냥하게 웃었다. 굳이 내가 나서서 해명하지 않아도 그 스스로 소문에 대해 부정할 것이다. 또한 나에 대한 미안함에 더더욱 호의를 보일 테고.

"아 저, 그게……. 제가 둔해 실언을 했군요. 죄송합니다. 너무 심려치 마십시오. 공녀께서 말씀하신 것처럼 사실이 아닌 게 대부분입니다."

나는 부러 조금 쓸쓸한 척 시선을 아래로 깔며 작은 목소리로 말했다.

"죄송하다니요. 저는 신경 쓰지 않는답니다. 제가 부족한 탓에 그런 말이 도는 것이니까요."

"전혀!"

벌컥 소리를 지른 그가 얼굴을 붉혔다. 흠흠, 헛기침한 그가 목을 가다듬고는 말을 이었다.

"전혀 그렇지 않습니다. 겸손하시기까지 하니, 왜 전하께서 공녀를 아끼시는지 알겠습니다."

"부족한 저를 이리 칭찬하시니 부끄러울 따름입니다."

살짝 시선을 비끼며 어깨를 움츠렸다. 그가 송구스러운 얼굴을 했다.

흠, 황태자랑 둘이서 편하게 지내느라 감을 잊었으면 어쩌나 했는데 다행이었다. 이대로라면 제도로 돌아가 당장 사교계를 돌아다녀도 괜찮을 테지.

몇 번 말을 주고받은 것으로 경직되었던 분위기가 꽤 풀어졌다. 그 틈을 타 알베르가 조심스레 운을 뗐다.

"저어, 그게 정말입니까?"

"무엇이 말인가요?"

"공녀께서 이 녹화사업을 제안했다는 것 말입니다."

"아……."

다른 소문이 느린 것에 반해 그 부분은 이상하리만치 잘 알고 있다. 아무래도 관련자라서 그런가?

나는 머쓱한 미소를 지었다. 내가 제안했다고는 하나, 말 그대로 제안만 했을 뿐이다. 현장에서 일하는 그보다 아는 게 없을 것이다.

“단순한 생각을 말씀드렸을 뿐인데 거창해진 것 같아 부담스럽네요.”

“공녀께서는 너무 겸손하신 것 같습니다. 전하의 명을 받아 연구하면서 왜 이런 사실을 이제야 알았는지 통탄했습니다. 저는 여태까지 너무 마법에만 의지했던 것 같습니다. 공녀 덕분에 다른 학문과의 결합으로 더 효율적이고 폭넓어질 수 있다는 것을 깨달았습니다.”

“도움이 되었다니 기쁩니다.”

나는 작게 미소 지었다. 가문도 한미한데 나이에 비해 좋은 직책을 맡았다고 생각했더니, 꽤 능력자인 모양이었다. 마법사인 데다가 황태자가 직접 명을 내려 연구시킬 정도니.

“공녀께서는 나무의 효용에 대해 어떻게 알아내신 겁니까?”

알베르의 눈이 호기심으로 차올랐다. 붉은 머리카락 밑으로 푸른 눈동자가 반짝였다.

나는 슬슬 뒷걸음치고 싶은 것을 꾹 참았다. 내가 알아낸 것이라기보다는 지구에선 당연한 상식이었다. 그런 생각을 숨기고 여전히 부드러운 표정을 한 채 말했다.

“대단치도 않은 발견이었는걸요. 주변에 관심을 기울이면 알 수 있어요. 정원에 나무가 죽었을 때, 살았을 때 어떤지……. 조금만 여유를 가지고 애정 어린 시선으로 보면 알 수 있답니다.”

내가 생각해도 참 궁색한 변명이었다. 잘 관리되는 정원수가 한꺼번에 말라비틀어질 리도 없다.

하지만 뉴턴은 사과가 떨어지는 것을 보고 중력을 알아냈다고 하고, 아르키메데스는 목욕하다가 밀도 측정법을 알아냈다고 했다. 내 결론은 그거다. 우기면 그만.

"그렇군요. 매일 정원을 돌보는 정원사도 생각하지 못한 것을 알아내시다니…… 영민하십니다."

"자꾸 과한 칭찬을 하시니 부끄럽습니다."

양심이 콕콕 찔렸다. 나보다 훨씬 똑똑한 사람이 저렇게 감탄한 눈으로 보는 것도, 진지하게 칭찬하는 것도 오글거려 참을 수 없었다. 칭찬도 어느 정도 수위여야 기분 좋게 받지.

"그럼 공녀께서는 나무가 물을 잡아먹는다는 말을 믿지 않으시겠군요."

"그렇습니다."

내 대답에 그가 생각에 잠겨 고개를 끄덕였다. 발치를 바라보는 시선이 고뇌에 차 있다.

"왜 그러시는지 여쭤 봐도 될까요?"

나의 조심스러운 질문에 그가 한숨을 내쉬었다.

"연구를 해 본 결과 녹화사업으로 가뭄을 해결할 수 있다고 생각했습니다. 적어도 계속 토양침식이 일어나 사막화가 되는 것은 막을 수 있을 거라고요. 또 기후가 정상적으로 돌아왔을 때 홍수를 예방할 수 있으니 일석이조 아니겠습니까?"

"그렇죠."

"하지만…… 나무를 심고 나서 비가 더 안 오니 걱정이 됩니다. 혹시 제가 놓친 게 있는 것인지……."

"우연히 시기가 맞물렸을 뿐, 비가 내리지 않는 것과 나무는 전혀 상관 없답니다. 그게 미신일 뿐이라는 것은 단순히 인과를 아는 저보다 직접 연구하신 영식께서 더 잘 아시지 않습니까."

"네……. 더 심도 있게 연구도 해 보고 몇 번이나 재검토도 해 봤습니다. 그때마다 결과를 신뢰할 수 있다고 생각하면서도 정작 이렇게 비가 내리지 않으니 자꾸만 부정적인 생각이 듭니다."

젊은 나이에 무거운 책임을 지게 되었으니 부담이 큰 것 같았다.

하긴, 그저 녹화사업을 제안한 나도 이렇게 신경이 쓸리는데 관리자인 그는 오죽하겠는가. 그래도 그처럼 책임감 강한 사람이 관리자여서 다행이었다.

"계획과 실무 사이에는 항상 괴리가 생기는 법이죠. 너무 심려치 마세요. 비가 내리는 것은 사람이 어찌할 수 없는 것이니."

"공녀께서는 꼭 경험해 본 것처럼 말씀하시는군요."

물론 그런 경험은 없다. 전생에 내가 무슨 정치인이나 사업가, 하다못해 직장인이었던 것도 아니고.

내가 계획과 현실의 괴리를 느껴 본 것은 다이어트 계획 짰을 때? 아니면 시험공부 계획?

"경험해 보지 못했기 때문에 이리 쉽게 말할 수 있는 것인지도 모르겠네요. 하지만 때론 가볍게 생각하는 것도 중요하니까요."

시험공부를 계획대로 안 했다고 마냥 땅을 팔 순 없다. 과거의 자신을 욕하면서도, 당장 시험이 코앞인데 땅 팔 시간에 벼락치기라도 해야지.

"사실 저는 이 일이 처음입니다. 여태까지는 방 안에 틀어박혀 연구만 했지요. 그때 치켜세워 주는 사람도 많아서 제 능력을 과신했나 봅니다. 사람들 말처럼 천재까진 아니어도 이런 시책은 성공시킬 수 있다고 생각했는데……."

알베르가 괴로운 듯 눈을 질끈 감았다. 나는 좀 뜨악한 표정으로 그를 쳐다봤다. 능력자인 것은 알고 있었지만 천재 소리까지 듣는 사람일 줄이야.

아까 그가 한낱 범인인 날 대단하다는 듯 바라보던 게 떠올랐다. 뭔가 내가 삼겹살 구워 먹는 거 보고 엄청 부러워한 사람이 알고 보니 방금 미슐랭 3성 레스토랑에서 캐비아 뿌린 투플러스 스테이크를 먹고 나온 느낌이랄까.

“그래도 공녀의 말씀을 들으니 힘이 납니다. 감사합니다.”

엷게 미소 짓는 그의 얼굴은 지쳐 보였다. 전혀 힘이 나는 것 같지 않았다.

그런 그가 이해됐다. 내가 했던 말은 같이 연구했던 사람들도 했을 것이다. 이 시책의 발의자인 내게선 다른 답을 바랐겠지. 확신을 얻을 만한 무언가를 기대했으리라.

하지만 내가 해 줄 수 있는 말은 전부 했다. 나는 식물학도, 기상학도 특별히 아는 게 없다. 더도 말고 덜도 말고 딱 남들만큼 아는 정도다.

식물학과 가장 친했던 시기는 초등학교 방학 숙제로 식물 관찰일기를 쓰던 때였다. 그때 키웠던 방울토마토는 싹도 못 틔우고 죽었다. 결국 개학하기 전 누구나 다 하는 양파 키우기로 급히 마무리했다. 그때 느낀 점이라곤 양파 뿌리가 징그럽다는 것뿐이다.

기상학은 더 하다. 일기예보가 들어맞는 적이 없다면서 욕했던 게 관련된 기억 중에 가장 선명하니까.

“너무 혼자 책임지려고 하지 마세요. 본인을 못 믿겠으면 남을 믿는 건 어때요? 여기 현장을 맡은 총책임자도 있고, 제도의 고관

들도 이 정책을 지지했고……. 그분들도 별로면 이 정책을 총괄하시는 황태자 전하를 믿으시던가요."

말이 믿으라는 거지 그쪽에 책임을 전가해 마음의 부담을 줄여 보라는 의미였다.

어차피 실패했을 때 알베르는 책임을 면치 못할 테지만, 지금 그에게는 그런 게 필요해 보였다. 하지만 어딘지 엉성한 남자는 그 속뜻을 알아채지 못하고 가볍게 고개를 끄덕였다.

"그렇군요. 그러면…… 저는 공녀를 믿겠습니다."

"네……?"

아니, 왜 이러세요, 천재님. 그에게서 빠져나온 부담이 내게 옮겨 붙은 것처럼 그의 시선이 부담스러웠다. 나는 겨우겨우 입꼬리를 올렸다.

"무엇을 믿는다는 거지?"

뒤에서 낮은 목소리와 함께 어깨가 뒤로 끌어당겨졌다. 고개를 드니 황태자가 매끄러운 미소를 지은 채 알베르를 보고 있었다.

나는 어색하게 황태자의 팔을 내려다보았다. 단단한 온기가 나를 옭아매고 있었다. 우리 사이가 조금 나아지긴 했지만 이렇게 할 정도였던가? 이건 꼭…….

"아, 그게—."

"영상은 다 보여 준 것 같군."

알베르의 말을 끊은 황태자가 내게로 시선을 돌렸다. 마주친 시선이 가깝다. 겸연쩍은 기분에 어깨를 비틀어 그에게서 빠져나왔다.

그의 옆에는 날카로운 느낌의 여성이 있었다. 내 눈길을 느낀 황태자가 그녀를 소개했다.

"총책임자인 샤리안 경이다."

이 사람이 샤리안 경? 나는 놀라서 그녀를 쳐다봤다. 30대 중반이라고 들었는데 5년은 더 젊어 보였다.

"안녕하세요, 공녀."

"반갑습니다, 샤리안 경. 경의 영명은 익히 들었습니다. 이렇게 만나게 되어 무척 기쁩니다."

마주 인사하며 실례가 되지 않을 정도로만 상대를 훑어봤다.

엘도라 샤리안. 샤리안 백작가의 차녀로 엄청난 유명 인사였다. 높은 학식과 능력을 인정받아 폐하께 직접 서작을 받은 재녀.

이곳에서 여성의 사회 진출이 막힌 것은 아니었지만, 남자보다 훨씬 힘들었다. 보통 재원이 아니고서야 그녀처럼 될 수 없다.

작게 미소로 화답하는 그녀를 보니 괜히 가슴이 두근거렸다. 나도 이 언니처럼 되고 싶었는데.

앗, 눈부셔. 능력 있는 여자한테선 원래 이렇게 후광이 나나? 눈가에 살짝 잡히는 주름마저 연륜이 배어 나오는 것 같았다.

대학을 졸업하면 커리어 우먼으로서 당당히 살고 싶었다. 가족들에게 보란 듯이. 여자가 돈 벌어 봤자 얼마나 버냐고, 시집 잘 가서 집안일이나 하면 그게 행복한 거란 말이 틀렸다는 걸 몸소 증명하고 싶었다.

샤리안 경은 내 열렬한 눈길에 당황한 듯 시선을 피했다. 나는 실례를 깨닫고 고개를 돌렸다.

황태자가 굉장히 미묘한 얼굴로 날 보고 있었다.

……뭔데, 그 시선은? 아니야. 오햅니다. 나 남자 좋아한다고! 멋진 언니 보면 걸크러시 당할 수도 있는 거지!

무언의 시선으로 열심히 항변해 봤자 먹히지 않는 것 같았다. 황태자는 여전히 묘한 눈으로 날 보았다.

"전하, 나머지 보고 사항은……."

그 어색한 기류를 깬 것은 다름 아닌 샤리안 경이었다. 역시 멋진 언니는 다르다.

그녀는 날 힐끗 쳐다보고선 말끝을 흐렸다. 이 사업 내용이 기밀까지는 아니겠지만 참여하지 않는 내가 듣는 게 신경 쓰이는 모양이다. 거기다 황태자랑 나 사이의 소문도 아직 안 좋게 알고 있을 테니.

굳이 소문이 아니더라도 황태자가 스테나가를 위시한 신흥 세력을 밀고 있는 건 사실이었다.

"상관없다. 보고하도록."

황태자가 허락하자 그녀는 지체 없이 입을 열었다.

"전의 보고에 이어서 마무리 단계에 있던 2구획은 잘 완료했습니다. 하지만 이대로 가다간 3구획 작업에 차질이 생길 것입니다."

차질이라는 말에 나와 황태자가 덩달아 인상을 찌푸렸다.

"강수량이 예상보다 훨씬 적습니다. 일부러 오차 범위를 넓게 잡았는데 그보다 한참 부족합니다. 지난 가뭄 기간 중 최저입니다."

아까 알베르와 나누었던 이야기가 생각났다. 단순히 비가 더 적게 내리는 수준이 아니라 작업에 문제가 생길 정도라니. 상황이 예상보다 훨씬 심각한 듯했다.

주변을 둘러봤다. 아름드리나무가 울창한 숲을 형성하고 있었다. 일정 부분 빗물에 기대는 것 없이 오직 마법에 의지해 숲을 일궈 낸 것이라면 당연히 힘이 부칠 수밖에 없다.

"그 때문에 생장을 유지하는 데 드는 마력이 계산 값을 심각하게 초과했습니다. 예정대로 3구획 작업을 진행하려면 마력이 부족합니다. 마법사들도 한계에 달할 거고요."

황태자가 깊이 한숨을 쉬었다. 그가 검지로 미간을 문지르며 말했다.

"인력을 충원하는 것도, 마력석을 더 들이는 것도 어렵지는 않아. 하지만 계속 비가 내리지 않으면 결국 그 모든 것이 허사가 된다."

숲 사이로 나무를 살피며 마법을 거는 사람들과 저 멀리 개간 지역에 열심히 흙더미를 파 작은 묘목을 심는 사람들이 보였다.

사람들의 노력이 허사가 되는 것도 안타까운 일이지만 그보다 더 큰 문제는 이 사업에 막대한 비용이 들었다는 것이다. 그 돈은 다른 정책을 포기했기에 나온 돈이었다.

"이 정책이 실패로 돌아가면 서부 지역을 지원할 방법이 한계에 부딪힌다."

밑 빠진 독에 물 붓듯 한 지역에만 모든 지원을 집중할 순 없다. 제국은 넓다. 다른 영지를 다스리는 영주들의 불만이 생길 것이고, 더 많은 제국민의 삶이 헝클어질 것이다.

국책 사업과 제반 정책은 나라에 부담이 된다. 자칫 잘못하면 제국 전체가 침체기에 들어설 수도 있다. 황조가 오래된 만큼 어쩌면 쇠락의 분기점이 될 수도 있으리라.

"……."

입술이 따끔거렸다. 나도 모르게 입술을 깨물고 있었나 보다.

오늘 봤던 그 황폐한 거리가 떠올랐다. 메말라 갈라진 입술에 피딱지가 엉켜 있던 사람들도 스쳤다. 상황이 그보다 훨씬 악화될 수 있다.

전생에 힘든 삶을 살았다, 어쩐다 했지만 배곯는 일은 없었다. 어쩌다 한두 끼 굶어도 고통스러웠는데 하루에 한 끼조차, 아니 물조차 제대로 못 마시는 삶은 어떨지.

나는 황태자를 쳐다보았다. 그는 날 쳐다보지 않았다. 나를 원망도 하지 않았다. 그게 이상하게 내 가슴을 차갑게 찔렀다.

그는 알고 있다. 내가 비가 내리지 않는 이유를 파악하고 있다는 걸. 차라리 그가 내게 비가 내리지 않는 이유에 대해 물었다면, 아니 날 원망하는 눈으로 보기만 했어도 이런 느낌이 안 들 텐데…….

나는 말할까 말까 입술을 달싹이다가 결국 꾹 다물었다.

처음 라니냐라는 것을 깨달았던 때처럼 여전히 말하고 싶지 않았다. 이전에는 그를 약 올리기 위해 입을 다물었다면, 지금은 절망시키고 싶지 않아서 침묵했다.

어차피 내가 말해 봤자 가뭄을 해결할 순 없다. 하지만 그는 아직 자신이 알지 못하는 '비가 내리지 않는 이유'에 대해 기대하고 있을 것이다. 그게 돌파구가 되어 타개책을 만들 것이라고.

이례적인 슈퍼 라니냐로 이렇게 극심한 가뭄이 찾아왔지만 특별한 해결법은 없다. 이건 그냥 주기적으로 찾아오는 이상기후일 뿐이다.

라니냐가 이렇게까지 심해진 이유가 있을 수도 있다. 하지만 교과서나 신문에서 몇 줄 본 게 전부인 내가 파악할 수 있는 건 없었다. 심지어 이곳엔 공해도 없다.

이유를 알아봤자 결국 이게 아무런 해결책도 없는 자연적인 현상이라는 것만 깨달을 뿐이다. 이 참황을 손도 쓰지 못하고 지켜볼 수밖에 없다는 건…… 사람을 비참하게 만든다.

알베르가 나무에 대한 말이 그저 낭설이라는 것을 알면서도 내게 물은 것과 같은 맥락이다.

혹시 그 미신이 맞을까, 본인이 놓친 게 있는 건 아닐까 고민했던 것은 그렇게라도 눈에 보이는 희망을 붙잡고 싶어서이기 때문이다.

만약 미신이 사실이라면, 여태까지의 모든 것이 허사가 되어도 나무를 뽑는 것으로 비가 내릴 수 있으니까.

나는 의견을 주고받는 세 사람을 쳐다봤다. 그들은 앞으로의 일정 조정에 관해 이야기를 나누고 있었다. 결론은 나지 않는다. 이미 모든 것이 예상 범위를 뛰어넘은 상황이었다.

여전히 황태자는 내게 묻지 않는다. 아쉬운 소리 한번 없다.

모르겠다. 말을 해야 하는지. 이런 상황에서까지 그는 왜 내게 이유를 묻지 않는지. 전부 알 수 없었다. 기묘한 부채감에 손끝이 저렸다.

혹시 그가 모르는 척하는 이유가 날 배려한 것일까 봐 두려웠다.

지금 그가 내색하면 알베르와 샤리안 경은 내가 가뭄의 이유를 알고 있으면서 의도적으로 숨겼다고 생각할 것이다.

이유야 어쨌든 결과적으론 그게 맞긴 하다. 현장에서 고생한 사람들인 만큼 나는 그들의 원망을 피할 수 없을 것이다.

만약 그걸 생각하고 내게 묻지 않는 것이라면, 나는…….

세 사람은 심각한 얼굴로 답이 나오지 않는 고민을 계속하고 있었다. 내가 이유를 말한다면 희망을 꺾게 된다. 나는 그 면면을 번갈아 보다가 결심을 굳혔다.

"전하, 드릴 말씀이 있습니다."

그 말에 모두 말하던 것을 멈추고 날 쳐다봤다. 나는 어느새 바짝 마른 입술을 축였다.

황태자는 내가 무얼 말하려는지 바로 알아챘다. 이 상황에서 내가 할 말이라곤 정해져 있다. 그의 얼굴이 사뭇 진중해졌다.

"제가 하려는 말이 오히려 해가 될지도 모르겠지만, 몇 가지 가능성은 추릴 수 있을 것 같아서요."

적어도 비가 더 오지 않는 이유를 다른 데서 찾으며 낭비하는 시간과 인력을 줄일 수는 있다.

"모든 정보는 의미 있다. 그게 설사 해가 된다고 해도."

나도 그렇게 생각했다. 만약 내가 그여도 알고 싶을 것이라고. 아무런 방법도 없다는 걸 깨닫고 실망하게 되더라도 모르는 채 있긴 싫다고.

"일전에 전하께서 알려 주신 몇몇 기후 현상을 그간 혼자 조사해 봤어요."

예전부터 알고 있었다고 말하기엔 알베르와 샤리안 경이 신경 쓰였다. 내가 알고서도 말하지 않았다는 걸 눈치챌까 봐.

잠시 말을 골랐다. 엘니뇨와 라니냐라는 단어를 언급할 수도 없고, 어떻게 이걸 설명할지 애매했다. 내 지식을 어디까지 내보여야 정상범주로 보일지도 모르겠고.

"기후 현상?"

알베르가 혼잣말처럼 되묻고는 고개를 갸웃했다.

"이렇게 비가 내리지 않는데 다른 곳에 영향이 없을 리 없죠."

내 말에 샤리안 경이 미간을 모았다.

"저희도 조사해 봤습니다. 그것도 가뭄 초기부터요. 하지만 다른 지역의 강우량이 눈에 띄게 불어나진 않았어요. 이 정도면 홍수가 나도 이상하지 않은데…….”

“꼭 비에 국한되는 건 아니다.”

황태자가 그녀의 말을 끊었다. 두 사람이 의아한 시선으로 그를 쳐다봤다. 나는 고개를 끄덕이며 그의 말을 받았다.

“해풍의 방향과 강화, 낮아진 해수면 고도, 대륙 북부의 강추위.”

“그건…… 전하께서 일전에 제게 조사를 명하신 것과 같군요. 거기다 해수 온도를 더해서 그게 강수량에 미치는 영향을 알아보라고 하셨죠.”

알베르가 턱을 쓸며 말했다. 그날 마차 안에서 나와 나눈 대화를 근거로 역추적해 볼 생각이었던 듯하다.

나는 황태자를 힐끔 쳐다봤다. 고민이었다. 알베르가 기상학 전문이 아니라서 못 알아낸 것인지, 아니면 이게 그만큼 어려운 거라 못 알아낸 것인지.

내가 똑똑하다고 해서 다른 세계에서 온 사람이라는 의심을 받지는 않겠지만……. 어느 정도로 수위를 조절해야 하나 난감했다.

“……사실 그와 동시에 주신 방대한 일거리에 밀려 아직 제대로 연구하지 못했습니다. 죄송합니다!”

갑작스러운 고해성사와 함께 알베르가 허리를 접었다. 거참, 사람 한번 엄청 성실하네.

황태자는 대충 손을 내저었다. 근무 태만을 이리 쉽게 넘어가다니 의외였다. 그라면 뭐라고 할 것 같았는데…….

하긴 그 후로 이제 고작 3주가량 흘렀다. 녹화사업이 시작되어 한창 바쁜 시기에 저런 것까지 연구하려면 몸이 두 개, 아니 세 개여도 부족할 것이다.

나는 질린 눈으로 황태자를 봤다. 가만히 놔두면 사람 과로사로 내몰 상이었다. 여기는 고용노동법 뭐 그런 거 없나.

"그래서 공녀께서는 그 관련성을 알아내신 건가요?"

알베르가 눈을 반짝였다. 데자뷔가 일었다. 아까도 부담스러웠는데, 변함없이 부담스럽다.

어쨌든 그가 제대로 연구하지 않았다는 것은 내게 좋은 소식이다. 천재도 못 알아낸 걸 내가 턱 집어내면 이상하니까.

조심스럽게 머릿속으로 말을 골랐다.

내륙에서 바다로 뻗어 나가는 해풍은 무역풍이다. 바다를 가로질러 저 반대편에 있는 대륙까지 닿는 바람.

이 바람은 바닷물을 뒤섞는 데 아주 중요한 역할을 한다. 얼마나 뒤섞이느냐의 차이로 해수의 온도가 달라지고, 이 달라진 수온은 비구름 형성에 큰 영향을 미친다.

라니냐는 이 무역풍이 강화되어 일어나는 현상이다.

제국은 기껏해야 이 대륙에 한한 기상 정보를 가지고 있다. 해수의 용승이나 적도 부근의 뇌우, 뭐 이런 별로 기억도 안 나는 근거 자료를 활용하려고 해도 할 수가 없다. 있었어도 명쾌히 설명했을 거라고 장담할 순 없지만.

고민해 봐야 소용없다. 황태자는 나를 재촉하지 않고 그저 바라만 보고 있었다. 그가 별말 않으니 다른 이들도 그냥 보고만 있었다. 하지만 표정에서 조급함이 드러났다. 나는 한숨을 쉬었다.

"확실한 게 아니라 여태까지 말씀을 못 드렸으나, 지금 이 상황에서는 부족한 의견이라도 모으는 게 필요한 것 같아서요. 또 다른 분들과 의견을 나누면 그 와중에 옳은지 그른지도 판단할 수 있겠지요."

일단 바람이 거세진 게 기상과 해상에 미치는 영향에 대해 설명해야 하나……. 두통이 일었다.

퍼즐을 짜 맞추던 중, 나는 곧 그럴 필요가 없다는 걸 깨달았다. 여기서 중요한 건 원리가 아니다. 그 원리 속에서 해결점을 찾을 수 없기 때문이다.

그러니 엉성한 귀납법으로 대충 넘어가 사실을 전달하는 게 나을 듯했다. 이렇게 하면 이곳엔 아직 정립되지 않은 이론을 알고 있다는 의심을 확실하게 피할 수 있다.

그다음은 뭐, 천재님께서 알아서 하시겠지. 이래서 과로를 시키는구나. 확실히 편하네.

음, 왠지 점점 황태자를 닮아 가는 것 같지만 내 착각이겠지.

"여태까지의 기록을 살펴봤어요. 지금처럼 해풍이 강화되면 꼭 북부 대륙에 강추위가 찾아오고 서부 연안의 강수량이 줄더군요."

솔직히 살펴본 적은 없지만 안 봐도 뻔한 사실이니 상관없을 거다. 나는 시침을 뚝 떼곤 말을 이었다.

"아마 해풍이 해수에 영향을 미쳤고, 이게 다른 현상에 연쇄적으로 영향을 주었을 거라고 추측해요. 확실한 건 아니지만……. 중요한 건 비뿐만이 아니라 다른 기후, 심지어 해수까지도 가뭄과 상관관계가 있다는 거예요. 전체적인 기상 현상이 서로 유기적으로 연결되어 있는 거죠."

내 말에 샤리안 경이 턱을 쓸었다. 날카로운 눈동자가 무언가를 떠올리며 깜빡거렸다.

"확실히 그럴 수도 있겠군요. 비가 오는 조건엔 여러 가지가 있으니까요. 바다가 영향을 끼칠 것이라곤 생각해 보지 못했지만, 온도 변화가 기상에 얼마나 영향을 끼치는지는 대륙 내에서도 확인했으니까요. 한 지역에 혹한이나 혹서가 오면 다른 지역에도 이상기후가 동반됐죠."

나는 고개를 끄덕였다. 생각보다 훨씬 유연하게 받아들여 줘서 다행이었다. 부정했을 때 설득할 자신은 없었다.

"가뭄이 찾아왔지만 대륙 전역에 특별히 강수량이 증가한 곳은 없다고 하셨죠. 생각을 바꿔 보면 어떨까요? 이 대륙이 아니라 바다 너머 다른 대륙에 홍수가 났을 수도 있어요."

"해상에서 일어난 이상기후가 가뭄을 불러온 것이라면 그렇겠군요!"

알베르가 들뜬 목소리로 말했다. 그의 얼굴은 새로운 사실을 알아냈다는 즐거움에 물들어 있었다.

"연유야 어찌 되었든 해풍이 강화될 때마다 가뭄이 찾아왔다면 상관관계가 있다는 건 확실하다."

황태자가 미간을 찌푸렸다. 앞머리를 쓸어 넘기는 그의 손짓은 고통에 차 있었다.

그럴 줄 알았다. 그래서 꺼렸던 것이다.

이 사실을 알아봤자 해결책은 나오지 않는다. 희망 하나가 말 몇 마디로 너무나 간단하게 꺼졌다. 나는 한숨을 쉬었다. 세 사람은 모두 충격에 휩싸여 있었다. 여기서 수습할 사람은 나뿐이었다.

"……어쨌든 비가 안 내리는 이유를 더 알아봤자 소용없어요. 비를 내리게 할 수도 없고. 중요한 건……."

"아니."

황태자가 내 말을 끊었다. 날 바라보는 노란 눈동자는 고통과 후회와 책임감에 산산조각 나 있었다.

"해결할 수 있다. 당장에라도."

순간적으로 그의 말이 이해되지 않았다. 의미 없는 소리처럼 내 귓가에 닿고선 흩어졌다. 한 번 더 곱씹고 나서야 뜻을 온전히 이해할 수 있었다.

그 순간 어떤 생각도 들지 않았다. 내가 생각을 정리하기도 전에 입술이 제멋대로 움직였다.

"무슨……. 해결할 수 있다고요?"

황태자가 고개를 끄덕이는 게 비현실적으로 보였다.

"해풍은 인위적으로 강화된 것이다."

선고처럼 내려진 목소리가 내 의식을 잘랐다. 나는 가빠진 호흡을 진정시키며 머릿속으로 천천히 상황을 정리하려 애썼다.

"마탑에서 소라이나 해海에 거대한 마력 생성 장치를 만들었다. 그 때문에 해풍이 강화되었어."

"그걸 허락하셨어요?"

저절로 날카로운 목소리가 나갔다. 뾰족하게 날 선 음성에 내가 더 놀라 흠칫했다.

그에게 따질 사항이 아니라는 것은 안다. 가뭄은 3년 전부터 시작되었다. 아직 어렸던 황태자보다는 다른 대신들이나 황제가 결정했을 것이다. 그것도 숙고한 결과였겠지.

"제국 영해가 아니니까. 마탑은 영해 경계를 아슬아슬하게 넘는 해역에 장치를 설치했다."

마탑은 어느 나라에도 속하지 않은 독립기관이다.

대마탑의 도시, 투로알마는 하나의 국가나 다름없고 각국에 설치된 마탑도 치외법권 지역으로 인정받았다. 그렇게 해서라도 자국 내에 마탑을 유치하려는 나라는 많았다.

"아무리 영해 밖이라 해도 그렇게 가까운데 아무런 마찰이 없었어요? 당장 외교 문제로 번졌을 텐데요."

투로알마가 도시 국가 같다고 하나 진짜 나라는 아니다. 마탑은 영토에 관심 없다. 전생으로 따지면 다국적기업과 좀 비슷할까.

아무리 그렇다고 해도 이건 말이 안 된다. 영해 바로 앞에 폭탄을 두고 있는 것이나 마찬가지다. 설마가 사람 잡는다고, 속으로 어떤 생각을 할 줄 알고…….

"물론 마탑과 협의했지. 마탑은 해적으로부터 상선과 어선을 보호하고 마력석 일부를 납품하기로 했다. 제국에도 나쁜 조건은 아니었어. 오히려 서로 도움이 되었다고 봐야지."

"그래도 위험 부담이 커요. 마력장치면 언제 폭탄으로 변할지 모르는데……."

거대한 힘이 응집된 만큼 폭발하면 그 여파가 얼마나 클지 짐작도 가지 않는다.

"그렇게 생각하면 마탑도 문제다. 영토 내에 독립기관을 유치하는 거니까. 그것도 엄청난 화력을 가졌지."

그 말에 입을 다물었다. 하기야 내가 이리 쉽게 생각해 낼 수 있는 것을 고관 대신들이 생각하지 못했을 리 없다. 오히려 더 꼼꼼하게 따졌겠지. 장치에 대한 답사도 아마 주기적으로 했을 거다.

다만 아무도 몰랐을 뿐이다. 강화된 무역풍이 불러올 결과를.

아는 사람은 나밖에 없었다.

오로지 나 하나.

세 사람이 나누는 대화 소리가 멀어져 갔다. 멍멍해진 감각 속으로 낮에 걷던 거리가 파고들었다.

텁텁한 공기가 점막에 달라붙었다. 걸을 때마다 붉은 먼지가 풀썩이던 거리를 지나 사람들이 보였다. 사람이라기엔 그 형태가 비쩍 말라비틀어진 나뭇가지 같았다. 움푹 꺼져 버린 몸과 핏기가 비치던 입가.

손끝이 떨렸다.

사람들이 모두 나를 원망하는 눈으로 쳐다보고 있었다. 생기라고는 찾아볼 수 없는 얼굴에서 눈동자만 형형하게 빛났다. 그 속에서 낯익은 모습이 보였다.

로니가 내 손을 덥석 잡았다. 다 갈라져서 거칠다 못해 아린 손이었다.

"아……."

"괜찮나?"

나는 눈을 깜빡였다. 메마른 사람들도 붉은 거리도 사라졌다. 갑갑했던 숨통이 트였다. 맑고 청량한 공기가 느껴졌다.

황태자가 내 손을 잡고선 날 들여다보고 있었다.

"공녀가 많이 지친 것 같군. 오늘 하루 종일 돌아다녔으니 무리도 아니지."

"볕이 따갑습니다. 쉬실 만한 곳으로 안내하겠습니다."

샤리안 경이 앞장섰다. 황태자가 내 어깨를 그러잡고 부축했다. 그에게 이끌려 걸음을 옮기면서도 혼란스러움은 가시지 않았다.

"지시하신 사항을 처리하겠으니 쉬고 계십시오."

간이 사무실까지 안내한 샤리안 경은 알베르를 데리고 나갔다.

황태자의 손길에 의해 푹신한 소파 위에 앉으면서도 나는 망연함 속에서 빠져나오질 못했다. 그는 유리병에서 물을 따라 내게 건넸다. 컵에 한가득 담긴 물을 보니 소름이 돋았다. 나는 고개를 돌렸다.

"공녀."

그가 곁에 앉으며 나를 불렀다. 목소리가 낮고 차분했다. 그게 날 참을 수 없게 만들었다.

"왜……."

작게 새어 나온 소리가 목을 따갑게 긁었다. 나는 쥐어짜 내듯 말을 마무리했다.

"왜 안 물어봤어요?"

노란 눈동자에 비친 내 얼굴은 사정없이 일그러져 있었다. 목소리가 덜덜 떨렸다.

그때 나는 겨우 황태자를 약 올려보겠다고 침묵했다. 어차피 아무 소용도 없는 정보라고 속단했다. 여기가 내가 살던 세계와는 전혀 다르다는 것도 잊고. 하다못해 무언가 더 찾아볼 생각도 못했다. 아니, 안 했다.

황태자와 아이린에게 한 방 먹인 것에 도취되어서, 집에 돌아가는 기쁨에 푹 파묻혀서는 머릿속에서 지워 버렸다.

내 이기심에 얼마나 많은 사람들이 고통받고 있는지 외면한 것이다.

"나를 겁박해서라도, 그렇게 해서라도 알아냈어야죠! 명령만 하면 말하겠다고 했는데……!"

그가 잘못한 건 아닌데, 알면서도 견딜 수 없었다. 마음에도 없는 소리가 나왔다. 그를 탓할 일이 아니라고 생각하면서도 도저히 멈출 수 없었다. 뱉어 내지 않으면 내 속에서 터져 버릴 것 같았다.

"당신 황태자잖아요. 차기 황제가 될 사람. 고작 사람 하나 존중하겠다고, 나 하나 존중하겠다고 어떻게……. 내 기분 같은 거 무시하고 명했어야지."

내가 한 말이 다시 내게 돌아왔다. 고작 사람 하나 이겨 먹겠다고, 그게 뭐가 그렇게 중요하다고 침묵했나. 그렇게 잘난 척을 했나. 내 기분 같은 게 다 뭐라고.

"대체 왜……."

기껏해야 몇 주 전이었다. 이제라도 말해서 다행이라는 생각은 안 들었다.

그 몇 주간 많은 일이 일어났다.

조금이라도 내리던 비는 아예 내리지 않았고, 로니의 누나는 노예상에게 팔려 갔고, 내가 보지 못한 사람들은 굶주림과 목마름에 허덕이다 죽었을 것이다.

그날 황태자가 고개를 숙였음에도 녹화사업에 대해 말하기 싫었다.

그럼에도 이야기한 것은 절망한 채 포기하고 있을 사람들에게, 나처럼 삶이 짓밟힌 사람들에게 힘이 되고 싶어서였다.

그러나 내가 라니냐에 대해 침묵함으로써 더 많은 사람이 절망에 빠졌다. 죽음이 그들의 삶에 드리워진 것이 눈에 보일 지경이었다.

나 때문에……!

의식은 계속해서 속으로 침잠했다. 점점 더 밑으로 가라앉기만 하는 나를 건져 올린 것은 등에 닿은 온기였다.

당황스럽다는 생각도 들지 않았다. 나는 눈만 깜빡였다.

황태자가 내 등을 감쌌다. 커다란 손이 가만가만 나를 더 가까이 끌어당겼다.

알싸하면서도 시원한 향이 날 휘감았다. 이상하게도 격랑처럼 몰아치던 마음이 점점 차분히 가라앉았다.

“그대를 믿었다.”

낮고 탁한 음성이 귓가에 떨어져 내렸다. 믿었다는 말에 몸이 오그라들었다.

“그대를 존중해서 묻지 않았다. 그대의 의사에 반하고 싶지 않았어. 하지만 단순히 그뿐인 것은 아니야. 그대가 가뭄을 해결할 수 있는 이유를 뻔히 알면서도 사감 때문에 침묵하진 않을 것이라고 믿었다. 실제로 녹화사업에 대해 알려 준 것도 제국민을 위해서였지.”

가라앉던 마음이 다시 거칠게 들썩이기 시작했다. 몰랐다고는 하나 결과적으로 내 감정에 취해 아무 말도 하지 않은 것이다.

믿음을 저버렸다는 생각에 가슴이 답답했다. 나는 이전까지 단 한 번도 기대받지 못했다. 겨우 받게 된 기대를 미처 몰랐고, 알게 된 순간에는 이미 믿음을 저버린 후였다.

당장에라도 그가 날 밀어내며 너처럼 속 좁은 애를 믿었던 게 잘못이라고, 그것도 모자라 남 탓이나 한다고 화를 낼 것 같았다.

그가 날 원망해도 할 수 없다. 나도 나 자신이 원망스러우니까.

절로 몸이 움츠러들었다. 굳은 어깨를 풀듯 그가 살살 어루만졌다.

“그리고 내 믿음대로 그대는 해결할 수 없다고 생각해서 내게 해풍에 관한 말을 안 한 것이었지.”

부드러운 말에 울컥했다.

“제가 말을 안 해서 사람들은 극심한 피해를 입었습니다.”

“그건 내 탓이다.”

그가 강한 어조로 내 말을 부정했다.

"내가 그대에게 박하게 굴지 않았다면 그대가 그런 결정을 내리지 않았을 테지. 상처를 주고선 내가 필요할 때 도움을 바랄 정도로 어리석진 않다. 뭐, 어리석다 해도 할 말은 없군. 그대가 말하고 나서야 내가 상처 줬다는 것을 깨달았으니."

나직하게 흘러나오는 말에 나는 숨을 멈췄다.

라니냐가 인위적이었다는 것과 해결책이 바로 나온다는 것을 알았을 때 처음 나를 덮친 것은 죄책감이었다.

그것은 한발 늦게 찾아온 책임감과 혐오감과 함께 더 불어났다. 질식할 것 같은 감정을 견디지 못해 그 화살을 타인에게 돌렸다.

그런데 지금 나는 그 타인에게 위로받고 있다.

"그대가 아니었다면 마력 장치가 가뭄을 불러왔다는 것을 알지 못했을 거야. 서부 지역엔 점점 더 비가 오지 않다가 아예 사람이 살 수 없는 사막이 되어 버렸겠지."

그가 말을 하면 할수록 나 자신이 너무나도 부끄러워졌다. 도저히 그를 볼 수 없어 눈을 질끈 감았다.

"그대 덕분에 그런 참상이 일어나기 전에 알 수 있었다. 그대에게 감사해."

어깨를 쓸던 그의 손이 팔을 타고 내려와 내 손을 감싸 쥐었다. 그의 입술이 내 손등에 닿았다.

나는 깜짝 놀라 눈을 떴다.

기사가 레이디에게 하듯 정중하고 절제된 키스였다. 내리뜬 눈꺼풀에 매달린 속눈썹이 그의 눈가에 깊은 그림자를 만들어 냈다.

그는 도장을 찍듯이 잠시 꾹 누르고선 입술을 뗐다. 하지만 그 말랑하면서 단단한 감촉은 그 후에도 내 손등 위에 남았다. 정말 보이지 않는 도장이라도 찍은 것처럼 그의 입술 윤곽까지 생생하게.

나는 어색하게 그에게 잡힌 손을 빼냈다. 손등이 뜨거웠다. 보이지 않는 흔적에서 시작된 열기가 핏줄을 타고 온몸으로 퍼졌다.

손등을 바라보던 시선을 들자마자 그와 눈이 마주쳤다. 얼굴이 가깝다. 그와 이렇게 가까이 있었던 게 한두 번이 아닌데, 새삼스레 이 거리가 부담스러웠다.

"전하……."

나도 모르게 나온 목소리는 작고 가냘프고 힘이 없었다. 그에게 닿았는지도 의문이었다. 그가 눈을 깜빡였다. 노란 눈동자 속에 내가 오롯이 담겨 있다.

똑똑.

갑작스러운 노크 소리에 깜짝 놀랐다. 나는 그의 품에서 재빨리 빠져나왔다. 황태자는 그런 나를 잠깐 보다가 문을 향해 고개를 돌렸다.

"들어와."

그가 딱딱하게 답했다. 곧 문이 열리고 알베르가 안으로 들어왔다. 그는 간단히 묵례하고 고개를 들다가 흠칫 놀랐다.

"아, 그, 저……."

알베르가 버벅거리며 허둥댔다. 팔을 붕붕 흔들며 손짓하는 게 꼭 언어 기능에 장애가 온 것 같았다. 왜 저러지?

"무슨 일인가?"

결국 보다 못한 황태자가 그에게 물었다. 간단한 물음에도 알베르는 몸을 움츠렸다.

젊은 사람이 벌써부터 오락가락하는 모습에 안타까웠다. 머리가 너무 좋다 보니 부작용이 있는 걸까……. 나도 모르게 동정하는 시선으로 그를 쳐다봤다.

겨우겨우 진정한 알베르가 보고를 시작했다.

"흠흠, 마탑에 연락했습니다. 간략하게 상황 전달을 했습니다만……. 해풍 강화와 함께 가뭄이 시작되었다는 증거 자료를 만들어야 할 것 같습니다. 회담 일정은 어찌할까요?"

"나중에 정하도록 하지. 중앙과 연락해서 참석 인원을 추려야 하니."

"알겠습니다. 일단 회담일까지 마력 장치는 가동을 중지하기로 했습니다."

"용케 설득했군."

"그쪽에서도 가뭄의 심각성은 잘 알고 있으니까요. 진짜 마력 장치에 문제가 있어서 이러는 건지, 다른 꿍꿍이가 있어서 이러는 건지 재고 있는 듯합니다만……."

알베르가 말을 줄였다. 마탑에선 제국이 괜히 태클을 걸어서 다른 걸 뜯어내려는 게 아닐지 의심이 드는 모양이다. 서부 지역은 그렇게 해서라도 지원이 필요한 상황이니까.

"요구 사항은?"

"샤리안 경이 해결하는 중입니다."

황태자가 가볍게 고개를 끄덕였다.

"한동안 바쁘겠군."

"그렇지요. 그래도 가뭄을 끝낼 수만 있다면야 뭘 못하겠습니까."

열의에 차서 말하던 알베르가 내게로 고개를 돌렸다. 눈이 마주쳐 반사적으로 입꼬리를 올렸다.

"이제 몸은 괜찮으십니까?"

"네, 덕분에요. 감사합니다."

알베르의 눈동자가 아까와는 다른 열의로 빛났다. 갑자기 불길해졌다. 부담감이 막막 밀려오는 게…….

"공녀께서는 정말 비범하십니다! 전하, 이분이야말로 진정한 천재이신 듯싶습니다. 그에 비하면 저는 한낱 범인에 지나지 않습니다. 아니, 범인은커녕 무지렁이라고 해야겠죠. 저따위를 감히 공녀께 비교하는 것 자체가 말이 안 됩니다."

닥쳐! 진짜 천재한테 그런 소리 듣고 싶지 않아! 쪽팔려! 창피하다고! 으아앙앙, 내 손발!

내가 당황하든 말든 알베르의 말은 계속되었다. 그는 이제 아예 날 지혜의 신 헤이루안의 현신이라고 찬양하고 있었다.

그와 동시에 그 자신에 대해선 어찌나 깊게 땅을 파는지, 땅굴로 지하수를 끌어 올릴 수 있을 것 같았다. 이걸로 가뭄을 해결할 수 있을지도.

더 듣기 괴로워 억지웃음을 지은 채 닥치라는 말을 최대한 순화했다.

"하하, 영식께서는 참 겸손하시군요. 영식의 영명이야말로 황궁에까지 자자한데, 그런 분께서 절 이리 칭찬하시니 부끄러움에 몸 둘 바를 모르겠습니다."

그러나 내 말은 역효과만 불렀다. 알베르는 더 흥분해서는 가까이 다가왔다. 나는 무너질 뻔한 미소를 애써 수습했다.

"대체 무슨 말씀을……! 제 이름은 그저 허명일 뿐입니다! 공녀께서야말로!"

"아니요! 이렇게 마주 이야기하는 것만으로도 영식의 혜안이 느껴집니다."

"공녀께서 그리 말씀하시면 대체……."

"코겐."

"네?! 네, 전하."

끝이 나지 않을 것 같은 공방을 끝낸 것은 황태자였다. 낮고 서늘한 부름에 알베르가 찔끔해서는 황태자를 쳐다봤다.

"무엇이든 한다고 했지?"

"예?"

갑작스러운 황태자의 말에 알베르와 나 둘 다 고개를 갸웃했다.

"아까 전에."

"아, 가뭄 해결을 위해 뭐든 할 수 있다고 한 것 말씀이십니까?"

천재답게 기억력도 좋았다. 바로 되묻는 알베르에게 황태자가 천천히 고개를 끄덕였다.

"그래. 그 생각, 확실한가?"

"당연합니다."

황태자가 흡족하게 입꼬리를 말아 올렸다. 조금 불안한 미소였다. 마치 포식자가 먹이를 앞에 두고 만족스러운 미소를 짓는 것처럼.

"좋아. 안 그래도 마법사 한 명이 필요했거든."

"하명하십시오."

알베르가 고개를 숙이자 황태자는 눈을 가늘게 떴다. 그가 낮은 목소리로 운을 뗐다.

"불법 노예 거래가 이 지역에 있다는 건 알고 있나?"

"네?! 노예라니……."

생각지도 못한 말에 깜짝 놀라는 알베르와 달리 나는 슬슬 감이 왔다.

가짜 금괴를 만들기 위해서는 마법사가 필요했다. 그 비운의 공무원에 알베르가 당첨된 모양이다. 나는 짠한 눈으로 그를 바라봤다.

오늘 야근 확정 축하드려요……. 추가 수당은 확실히 주겠죠. 그래도 황태자인데.

“그 노예상을 소탕하는 일에 자네가 협조해 줘야겠어.”

아니나 다를까, 알베르에게 곧장 야근이 떨어졌다.

“제가 어떤 일을 하면 될지 말씀해 주십시오.”

뭐든 맡겨 달란 자세로 답한 알베르는 이어진 황태자의 설명에 동공을 흔들기 시작했다.

야무졌던 그의 얼굴이 점점 허물어지다가 종래에는 아예 희게 질렸다. 나 역시 질린 눈으로 황태자를 바라보았다.

“저, 전하. 저는 학자이고 몸을 써 본 일이 없고 또…….”

알베르가 주절주절 늘어놓는 변명에 황태자가 날 힐끔 쳐다봤다. 무표정했지만 어딘지 의기양양하게 느껴졌다. 기분 탓인가. 왜 그러지?

“과연 함께 가는 것이 도움될는지……. 괜히 발목만 잡을 것 같습니다.”

내가 생각하는 말을 알베르가 그대로 했다. 우리 계획에 마법사가 필요한 건 어디까지나 가짜 금괴를 만들기 위해서다. 굳이 현장에 함께 갈 이유도, 필요도 없다.

그런데 황태자는 그에게 노예상 소탕 현장에 동행할 것을 명했다. 황태자가 말한 마법사가 동행해야 하는 이유도 급조한 티가 역력했다.

가짜 금괴가 들통 났을 상황을 염두에 두었다는 말인데, 그렇게 되면 아예 망한 것 아닌가. 바로 대치 상황으로 넘어갈 텐데 무력이 없는 알베르가 큰 도움이 될지는…….

"코겐 영식의 말이 맞아요. 위험 부담만 커질 뿐이에요."

내 말이 심기를 불편하게 했는지 황태자가 눈썹을 까닥였다.

조금 이상했다. 처음 내 오해와 달리 그는 독선적인 사람이 아니었다. 여태까지 내가 그의 의견에 반하는 말을 해도 기분 나빠한 적은 없었다. 그런데 어째서?

내 당황스러운 시선에 그가 고개를 돌려 알베르를 쳐다보았다.

"가뭄을 해결하기 위해서 무엇이든 한다고 하지 않았나? 이 역시 가뭄 때문에 일어난 파생 범죄야."

"그건……."

알베르가 침울하게 고개를 떨구었다. 잠시 땅을 내려다보던 그는 두 주먹을 불끈 쥐고 고개를 들었다.

"알겠습니다. 전하의 명이라면, 또 제가 도움이 된다면 당연히 따라야지요."

그렇게 말한 후 인사하고 방을 나서는 알베르의 어깨가 축 처져 있었다. 나는 황태자를 보고 물었다.

"무슨 생각이에요?"

"무엇이?"

눈을 가늘게 뜨고 그를 쳐다봤지만 알 수 있는 건 없었다.

나는 노예상 소탕에 관해 생각난 걸 모두 공유했고, 그와 의논하며 계획을 완벽하게 발전시켰다고 생각했는데……. 어쩐지 분했다. 흥, 말하기 싫으면 말라지.

"됐어요."

"어차피 그가 위험할 일은 없어."

"그러면 그가 나설 일도 없겠죠."

톡 쏘아붙이자 황태자가 잠잠한 눈으로 날 바라보았다.

"걱정되나?"

"……."

말문이 턱 막혔다. 그야 당연히 걱정된다. 엄청나게 마음 졸이면서 걱정한 것은 아니지만, 엉뚱한 사람이 말려들어서 다칠 수도 있는데 당연히 걱정되지.

하지만 지금 내가 기분 나쁜 것은 다른 이유가 더 컸다. 아니, 이 모든 것을 차치하고서 지금 걱정되느냐고 묻는 황태자의 말이 꼭, 그럴 리는 없겠지만…….

그가 내 시선을 피했다. 소파에서 일어나며 그는 작게 말했다.

"……쉬는 게 좋겠군. 오늘 일정은 그대에게 무리가 되었을 테니."

왜인지 본인한테 하는 말 같았다. 머리를 조금 식히는 게 좋을 것 같다는.

나는 잠자코 고개를 끄덕였다. 그 역시 지쳤을 거다. 라니냐에 관해서, 마탑에 관해서도 생각할 게 많겠지.

다시 아까 상황을 떠올리자 뺨에 열이 올랐다. 알베르가 칭찬 좀 했다고 쪽팔려 할 게 아니었다. 진짜 쪽팔린 것은 따로 있었다.

가출했던 이성이 돌아오자 부끄러운 것투성이다. 원망한다면 그가 날 원망해야 하는데, 되레 내가 그를 원망했다. 억지 부리며 투정했다.

그것만으로도 쪽팔려 죽겠는데 그에게 위로까지 받았다. 그 덕분에 나는 숨 막히는 죄책감에서 헤어 나올 수 있었다.

믿기지 않았다. 황태자가 나를 그렇게 다독인 것이. 그가 내 생각과는 다른 사람이라는 것은 최근 들어 종종 깨닫고 있지만, 어쩌면 내 생각보다도 더…….

이런 사람이 다른 황자를 밀었다고 카일론을 원망하고 적대시했다고는 도저히 생각할 수 없었다. 지금 내 앞에 있는 그는 그렇게 속 좁은 사람이 아니었다.

어쩌면 그 역시 변한 것인지도 모른다. 그때 그는 어렸으니까.

태어날 때부터 완벽하게 정해진 자질은 없다.

10장

세베리다 부부사기단

세베리다 부부사기단

바로 다음 날 오전, 로니가 찾아왔다. 내 생각보다 훨씬 이른 방문이었다.

어제 고생을 해서 조금 쉬고 싶었지만 늦는 것보다야 훨씬 나았다. 이번 주 내로 황궁으로 돌아가야 한다는 걸 생각하면 더더욱.

"아래층에서 기다리고 있습니다."

"올라오라고 전해 주세요."

마침 늦은 아침 겸 점심을 먹으려던 참이었다. 로니도 같이 먹으면 좋을 것 같았다.

내 말에 기사는 난처한 듯 눈썹을 모았다.

"내려가시는 게 좋을 듯합니다. 아이가 노예상과 함께 왔습니다. 마법사는 아니었지만 마법탐지기를 착용하고 있을지도 모르니 방 안에 들이는 것은 위험합니다."

방 안에 잔뜩 걸려 있는 마법을 보고 그가 의심할지도 모른다는 게 요지였다.

그것보단 노예상이 같이 왔다는 사실이 걸렸다.

"같이 왔다고요?"

내 반문에 기사는 그저 고개를 끄덕일 뿐이다. 당황한 시선이 저절로 알베르에게 향했다. 그는 어제 우리와 같이 와서 이 여관에 묵는 중이었다. 물론 다른 방에서.

알베르가 고개를 저었다.

"일단 가짜 금괴는 완성했지만 마법탐지기를 피할 수 있을지는……. 간단한 마법은 파훼할 수 있지만 완벽해지려면 조금 더 시간이 필요합니다."

"계속 작업하고 있어."

황태자가 명했다. 알겠다고 하면서도 알베르의 안색은 핼쑥해졌다. 밤새 잠도 못 자며 금괴를 만들었으니 당연하다면 당연했다.

"나타나지 않으면 더 이상하게 생각할 테니 일단 내려가 보지. 단순히 마음이 급해서 함께 찾아온 것인지, 의심이 많아서 그런 건지 확인해 보자고."

황태자의 말에 한숨이 나왔다.

"전자였으면 좋겠지만요."

"후자를 가정하는 게 안전하겠지."

그와 마주 본 채 고개를 끄덕였다.

1층에 마련된 별실에 로니와 노예상이 앉아 있었다. 방으로 들어서자 노예상은 우리 둘을 훑어보더니 한쪽 손을 들며 고개를 까딱였다.

"안녕하쇼."

황태자와 내 행색이 소박해서인지 조금 넉넉한 성시민이나 못 사는 귀족 정도로 본 모양이다. 누런 이를 드러내며 웃는 노예상의 얼굴에는 깔보는 기색이 역력했다.

"그래, 노예를 사고 싶으시다고?"

거만한 태도였다. 우리가 귀족일 가능성이 없는 것도 아닌데…….

이것으로 다른 귀족이 노예상의 뒤를 봐준다는 것은 확실했다. 믿는 백이 있으니까 저러는 거겠지.

나는 노예상을 무시하고 로니를 쳐다봤다.

"얘."

내 물음에 로니가 벌떡 일어났다. 얼굴에는 긴장한 빛이 또렷했다.

"너는 이만 가 봐. 이제 필요 없으니까."

"어? 저, 저…… 돈은……."

로니가 노예상을 힐끔힐끔 곁눈질하며 말했다. 그가 꽤 무서운 모양이었다. 이전에 만났을 때와 사뭇 다른 모습에 놀랐다. 나한테 바락바락 대들던 녀석이라고는 생각할 수 없었다.

하긴, 한 번도 제게 피해를 준 적 없는 귀족보다야 매번 폭력을 행사하던 사람이 더 무섭겠지. 얼마나 못살게 굴었으면 그 당돌하던 애가 저럴까. 나는 찌푸려지려는 눈살을 애써 폈다.

"아, 그 돈은 날 주면 됨다. 어차피 이 녀석이 나한테 갚을 돈이 있어서. 그치?"

노예상이 로니의 머리카락을 쓰다듬으며 씩 웃었다. 탐욕스럽게 벌어진 입술 사이로 금니가 번쩍거렸다.

로니는 아무 말도 못하고 바짝 얼었다. 고개를 젓지도 끄덕이지도 않고 바닥만 보는 시선이 파르르 떨렸다.

"돈이라니?"

나는 무슨 소리인지 모르겠다는 듯 되물었다. 노예상과 로니 둘 다 날 쳐다봤다. 나는 천연덕스럽게 어깨를 으쓱였다.

"무슨 돈을 말하는 거야?"

"아저씨를 만나게 해 주면 돈 주겠다고……."

더듬더듬 로니가 기어들어 갈 것 같은 목소리로 말했다.

"그런 적 없는데?"

"뭐?!"

로니가 숨을 삼켰다. 날 보는 눈동자에 배신감이 가득했다. 분노가 두려움을 넘어섰는지, 아니면 여전히 내가 만만한 건지 로니가 소리를 질렀다.

"거짓말! 그때 분명히……. 나한테 돈 주겠다고 했잖아! 이 마귀할멈!"

"내가 그랬어요?"

계속 소리를 지르는 로니를 무시하고 황태자를 힐끗 보며 물었다.

"아니."

간결한 대답에 로니의 얼굴이 새빨갛게 익었다.

"이, 이 사기꾼들!"

"시끄러워. 나가란 말 못 들었어?"

날카롭게 쏘아붙이자 로니의 눈동자에 눈물이 고이기 시작했다. 너무 화가 나서 눈물이 나는 것 같았다.

나는 미안한 마음을 감추고 싸늘한 시선으로 로니를 바라보았다.

"분명히 준다고 했잖아!"

"증거 있어?"

"……."

로니는 말문이 막혀서 멍하니 입을 벌렸다. 나는 그 모습을 보며 입매를 비틀어 올렸다. 설령 있다고 해도 지저분한 천민 꼬마하고 한 약속, 지킬 이유가 있나? 꼭 그렇게 말하는 것처럼.

"야."

그때까지 가만히 있던 노예상이 툭 로니의 어깨를 건드렸다.

"나가."

"그치만……."

우물쭈물 뭐라 항변하려던 로니는 노예상의 눈빛에 찔끔해서 뛰쳐나갔다. 내 곁을 스치는 아이의 얼굴에 눈물이 가득했다.

나는 새어 나오는 한숨을 속으로 삼켰다. 돈은 밖에 있는 기사가 알아서 두둑하게 챙겨 줄 거다. 그게 나름의 보상이 되었으면 싶었다.

노예상을 쳐다보고 생긋 웃자 그가 뒷머리를 벅벅 긁었다.

"저 꼬마와의 일은 어째도 좋지만 나와의 거래는 확실히 하쇼."

그의 눈에서 미약하게 서려 있던 의심이 풀린 것을 보고 나는 만족스레 고개를 끄덕였다.

조금 전의 일로 우리가 거래할 만한 상대라고 생각한 모양이다. 약자를 짓밟고 착취하는, 우리 역시 자기네들이랑 비슷한 부류라고. 의도한 것이었으나 순간적으로 치고 올라오는 욕지기를 참기 힘들었다.

"그쪽이야말로."

조용히 말한 황태자에게 노예상이 빙긋 웃었다. 여전히 누런 이가 거슬렸다.

"다른 건 몰라도 상도덕은 잘 지키니 걱정 마쇼. 자, 이제 방해꾼도 없으니 앉으시지?"

불법 노예상 주제에 상도덕을 운운하는 게 기가 막혔다. 자리에 앉자 여관에서 차를 내왔다. 이야기는 잠시 소강상태를 맞았다.

찻잔에 붉게 차오르는 홍차를 보니 가슴이 꽉 막혔다. 이 몇 모금의 물을 마시지 못해서 사람들은 노예가 됐다.

눈앞에 있는 노예상의 손에 끌려갔을 걸 생각하니 이 자리가 너무나 역겨워 속이 메슥거렸다.

"그래서 어떤 노예가 필요한 거요? 원하는 조건을 말하면 이쪽에서 맞춰서 대령하지."

역시 근거지에 가서 고를 리는 없나. 예상했던 바였다.

이제부터 작전을 펼칠 때였다. 마음을 굳게 다지고 황태자를 쳐다봤다. 마음에 준비가 필요했다. 한번 크게 심호흡한 후에 그를 불렀다.

"자기야."

일명 졸부와 꽃뱀 작전.

황태자가 당황스러운 눈으로 날 쳐다봤다. 여전히 무표정했지만 그의 노란 눈동자가 지금 얼마나 황당해하고 있는지 선명하게 느껴졌다.

야, 이거 우리 작전이잖아. 그냥 설정 한 줄 잡고 넘어간 거라 당황한 건 알겠는데 너까지 그러지 말아 줄래. 나도 엄청 쪽팔리거든? 나 연애할 때도 자기야 소리는 안 해 봤다고.

"나 아직 어떤 노예 살지 못 정했눈뎅. 저 사람 넘 빨리 와쪙."

"……."

황태자는 아무 말도 없었다.

아씨, 나 혼자 박수 치려고 손 내밀면 뭐 하나. 맞닿는 손이 없는데. 이대로 가면 나 혼자만 쪽팔리고 망할 게 뻔하다.

그나마 다행인 건 황태자의 표정이 워낙 한결같아서 노예상이 보기에 당황한 티가 안 난다는 것이다.

"샤티 필요한 거 다 사면 안 돼여?"

나는 턱을 끌어당기고 눈을 위로 뜨고선 그를 쳐다봤다. 주먹을 앙증맞게 말아 쥐고 입가에 댄 채 슬쩍 몸을 비트는 것은 기본 옵션이다.

황태자는 아무 반응도 없었다. 돌이 된 것 같다.

그래, 그럴 만도 하지만 정신 좀 차려 줄래? 너보다 내가 더 쪽팔리거든?

이딴 몹쓸 애교도 예쁜 얼굴 버프를 받아서 그럭저럭 봐 줄 만해질까 싶었는데, 반응을 보니 영 아니었다. 그러고 보니 황태자는 원래 샤티의 애교에도 끄떡없는 사람이었지.

나는 테이블 밑으로 그의 허벅지를 세게 꼬집었다. 옥체에 손을 대는 불충, 이럴 때 아니면 또 언제 마음 놓고 저지를까.

이건 내 애교를 보고 굳은 것에 대한 복수가 아니야. 절대. 우리의 숭고한 작전을 위한 것일 뿐이지.

꽤 세게 꼬집었는데도—절대 내 감정이 들어가서가 아니다— 눈 하나 깜짝 안 하던 황태자가 드디어 입을 열었다.

"그럼, 우리 여보야가 원하는 건데."

"푸……. 흐으, 끄응, 여름 감기가 아직 안 나았나 봐요."

웃음이 터져 나와 재빨리 고개를 숙이고 양손으로 얼굴을 가렸다. 웃으면 안 되는데 자꾸만 간지러운 숨이 새어 나오려 했다.

'그 황태자' 입에서 여보야래…….

그가 그런 호칭을 생각했다는 것도 웃겨 죽겠는데, 직접 소리 내어 말했다는 게 참을 수 없었다.

애써 수습하고 고개를 들자 황태자가 날 바라보고 있었다. 반짝반짝한 미소를 지은 채.

커다란 손이 내 얼굴을 조심스레 보듬었다.

"저런, 우리 여보야가 자꾸 아파서 어떻게 하지?"

"……."

순간적으로 소름이 끼쳤다. 닭살 돋은 팔을 힐끔 쳐다보는데 황태자가 내 얼굴을 잡고 자신에게로 돌렸다. 그는 여전히 미소를 짓고 있었다.

나는 목이 졸리는 심정으로 말을 쥐어짜 냈다. 그냥 '응, 그래 너 원하는 대로 다 사!' 이 말 한마디면 모든 것이 계획대로 흘러갈 텐데, 왜…….

"우리 자기 걱정시켜서 미안해요."

"저기요……."

"우리 사이에 미안하단 말은 하지 말랬잖아. 우리 여보야는 낫는 것만 생각해요."

얘, 얘가 진짜 왜 이러니?

노예상한테는 얼굴이 제대로 인식되지 않아 평범한 사람 A처럼 보이겠지만 내 눈에는 다르다. 황태자 본연의 모습 그대로 보였다. 그것도 아주 잘.

잘생긴 건 알고 있었지만 이딴 것까지 소화해 낼 미모일 줄이야. 이런 건 원빈이 해도 좀 아닐 거 같은데.

"이보쇼……."

가만 보니 내 항마력을 시험하는 것 같았다. 내가 좀 웃었다고 복수하는 건가? 아니면 꼬집었다고? 내 손발을 오그라들게 만들어서 불구로 만들 작정? 자기는 석상이 되어 사람 머쓱하게 만들어 놓고!

여기서 패배할 순 없었다. 나는 '기싱꿍꼬또' 같은 게 유행하는 현대에서 살던 사람이다. 항마력으로 날 이길 자는 없다! 필살!

"댜기가 이떠서 저눈 갠탸나여!"

"갠탄긴 뭐가 갠탄아!!!"

괴성과 함께 테이블이 부르르 떨렸다. 황태자와 나는 놀라서 건너편을 쳐다보았다.

노예상이 어느새 벌떡 일어나 두 주먹으로 테이블을 쾅 내려찍고 있었다. 우리를 쳐다보는 얼굴에는 오톨도톨 닭살이 돋아 있었고 테이블 위에서 떨리는 손은 이상한 모양으로 배배 꼬여 있었다.

그래……. 다른 이들이 보기엔 황태자랑 나랑 단둘이 그들이 사는 세상을 찍었지. 너도 힘들었겠구나.

물론 하나도 불쌍하진 않았다. 이왕 짜증 나게 한 거 확실히 할 생각이었다. 나는 눈을 동그랗게 뜨고 한 손으로 입가를 가렸다.

“어머나, 저 사람 지금 혀 짧은 소리를 낸 건가요?”

“그런 듯하군.”

못 들을 걸 들었다는 듯 쳐다보자, 노예상이 발을 굴렀다.

“내가 언제……!”

“거래나 하지.”

황태자가 차갑게 그의 말을 끊고 무표정하게 말을 이었다.

“우리 여보야가 원하니 노예는 여러 명 사겠어. 한 여덟 명 정도면 충분하겠지.”

싸늘하게 말하면서 여보야 운운하는 게 진짜 웃겼다. 노예상의 얼굴이 일그러지는 건 더더욱. 그래서 나는 열심히 추임새를 넣어 주었다.

“꺄, 역시 우리 댜기가 최고얌!”

“그만…… 하, 됐다. 돈은 있으시고?”

순식간에 늙어 버린 노예상이 지친 목소리로 물었다.

“당연하지.”

아까 전의 공세로 사그라들었던 미소가 노예상의 얼굴에 다시 피어올랐다. 그 거만하고 방자한 표정을 보고 있자니 절로 혀 짧은 소리가 내고 싶어졌다.

“뭘 모르나 본데, 노예 값이 그렇게 싼 게 아니야. 당신들 수준에 여덟 명? 한 명이어도 벅찰걸.”

똑똑, 타이밍 좋게 노크 소리가 울렸다. 밖에서 듣고 있었을 테니 타이밍이 안 좋을 수가 없지만.

“들어와.”

문을 연 사람은 알베르였다. 그는 손수레를 끌고 방 안으로 들어와 허리를 숙였다.

"주인님, 말씀하신 금괴 가지고 왔습니다요."

꽤 하인 같은 어조였다. 그 역시 우리처럼 역할에 심취한 듯했다. 황태자가 고개를 까딱이자 그가 금괴가 든 궤짝을 열었다. 거대한 상자 한가득 번쩍번쩍 빛나는 금괴가 쌓여 있었다. 노예상이 입을 떡 벌렸다.

"우리 수준에?"

황태자가 입꼬리 한쪽을 끌어 올리며 묻자 노예상이 손사래를 쳤다.

"충분히! 사실 수 있겠구먼요. 아이고! 제가 감히 귀빈을 몰라뵙고!"

아까와는 태도가 완전히 변해서 납작 엎드리는 그를 보고 있자니 통쾌함이 밀려왔다.

저게 다 가짜라는 걸 알게 되면 어떤 표정을 지을까?

"여태 제 무례를 용서해 주십쇼, 나으리."

노예상이 두 손을 비비며 사근사근하게 말했다. 눈동자가 돈 모양으로 바뀐 것 같았다. 탐욕스럽고 밑바닥이 뻔한 사람이라서 경멸스러운 한편 안도했다.

나는 속마음을 감춘 채 황태자의 팔에 매달렸다.

"후응, 쟈갸 나 노예 직접 보고 고르고 시푼뎅……."

올려다보며 눈을 깜빡깜빡하자 황태자보다 노예상이 먼저 나서서 대답했다. 조금 전까지 몹쓸 애교에 화내던 사람이 맞나 싶었다. 역시 돈이 최고야.

"암요, 암요. 지금 당장 모시도록 하겠습니다."

"지금 당장?"

지금 곧바로 근거지에 가기에는 준비가 부족했다. 생각보다 훨씬 이른 노예상의 방문 때문에 정비할 시간이 없었다. 무엇보다 금괴가 불완전한 상태였다. 과연 노예상과 이야기하는 그 짧은 시간 동안 금괴가 완성되었을지.

"예, 빠를수록 좋지 않겠습니까."

웃으며 고개를 숙이는 노예상의 눈빛에 의심이 깃들기 시작했다. 근거지 위치를 물어볼까 긴장하는 티가 역력했다. 위치를 알아낸 다음 치는 건 아닐지 의심하는 것이다.

위치야 이미 붙여 놓은 미행으로 알고 있다. 고작 그걸 알아내려고 부른 건 아니었지만 난감했다.

이렇게 찝찝한 상태에서 핑계를 대고 다음을 기약하면 괜한 의심만 더 불어날 것이다. 생각할 시간을 적게 줄수록 좋았다. 우린 꿍꿍이가 있으니까.

준비할 시간이 없는 건 아쉽지만……. 나는 황태자와 눈짓을 교환했다.

"그래. 마음에 드는군."

황태자의 말에 노예상이 히쭉 웃었다. 의심이 사라진 그의 눈이 탐욕스레 금괴가 든 궤짝을 훑었다.

"그럼 따라오시지요."

노예상이 먼저 말을 타고 앞장섰다. 진짜 마부를 대신해 마부석에 앉는 알베르를 보며 나는 은연중에 불안해졌다. 방콕만 하는 학자여도 면허증은 있겠지? 안전 운전해야 하는데…….

마차 문이 닫히자마자 황태자가 날 빤히 쳐다봤다. 부담스러운 시선에 얼굴이 따끔거렸다.

눈짓으로 묻자 그가 됐다는 듯 고개를 돌렸다. 말을 하다 마는 것만큼이나 사람 찝찝하게 만드는 행동이었다. 나는 그의 팔을 쿡 찌르고는 물었다.

"왜요?"

"……조금 놀라서."

말을 할까 말까 망설이던 황태자가 내 눈빛에 결국 답을 내놓았다. 하지만 그 답이라는 것도 영 개운치 않은 것이었다.

"뭐가요?"

"생각보다 훨씬 능숙하더군. 마치 해 본 적 있는 것처럼."

"무슨……. 아."

뭔가 했더니 그 몹쓸 애교를 말하는 거였다. 나는 황당한 얼굴로 그를 쳐다봤다.

"해 본 적? 허, 참. 내가 그럴 사람으로 보여요? 전하께서야 말로 경험이 있으신 거 아니에요? 그러니까 이렇게 생각하는 거지."

억울했다. 전생의 남친한테도 '댜기야'는커녕 '자기야'라는 말도 안 해 봤건만.

"그런 낯부끄러운 짓을 했을 리가 없지 않은가."

"낯부끄럽다는 건 아시는군요? 너무 자연스럽게 '여뽀양'해서 당당하신 줄."

"그대야말로 댜……."

차마 나머지 발음까지는 못하는 듯했다. 말하던 그대로 굳은 황태자처럼 나 역시 듣던 그대로 굳었다.

황태자의 멀끔한 얼굴에서 '댜'라는 혀 짧은 소리가 났다는 게 그냥 웃겼으면 좋았을 텐데, 내 입에서 저딴 말이 나왔다는 것도 동시에 떠올랐기 때문이다.

왜 그랬니, 과거의 나.

이불과 베개가 절실해졌다. 나는 마차를 발로 쾅쾅 차고 싶은 충동을 힘들게 이겨 냈다. 황태자의 안색도 좋지 않았다. 서로에게 상처뿐인 공방이었다.

"……그만하죠."

"그러지."

지친 목소리로 대화를 마무리하고 나니 한숨만 나왔다.

조용해지자 과연 이 일이 잘 마무리될까 걱정되기 시작했다. 저딴…… 짓거리까지 했는데 실패하면 진짜 제명에 못 죽을 것 같았다. 준비가 부족하긴 하지만 그래도 큰 흐름은 작전대로 잘 흘러가고 있다. 지금까지는 괜찮다.

문제는 금괴랑 거래 장부였다.

나는 마부석과 통하는 창을 열었다. 알베르가 기척을 느끼고 돌아봤다.

"앞! 앞을 보세요!"

잠시 마차가 덜컹거렸다. 황태자가 불안정한 자세였던 날 잡아주었다. 잘 훈련된 준마는 갑작스러운 방향 전환에도 무리 없이 따랐다.

나는 마차와 부딪칠 뻔한 사람을 돌아봤다. 깜짝 놀라서 가슴을 쓸어내린 남자가 곧 삿대질하며 욕을 해 댔다. 우렁찬 목소리를 보아 하니 멀쩡한 듯했다.

"으아, 죽는 줄 알았어요."

"괜찮아요? 갑자기 나타나서 미안해요."

그리고 죽었어도 저 사람이 죽었겠죠. 나는 뒷말을 삼켰다.

"아니요. 뒤에서 소리가 난다고 돌아본 제 잘못이죠. 무슨 일이신가요?"

초보 운전이 확실했다. 신경이 분산되면 어떤 꼴이 날지 뻔했다. 노예를 소탕하기도 전에 병원행은 사절이었다.

알베르의 뒷덜미는 긴장한 탓에 뻣뻣하게 경직됐다. 용건만 묻고 빨리 들어가는 게 좋을 것 같았다.

"금괴는요?"

"불완전합니다. 웬만한 마법탐지기에는 걸리지 않겠지만…… 저쪽에서 뭘 준비했느냐에 따라 걸릴 수도 있어요."

"그렇군요."

"죄송합니다. 제가 부족해서……."

"아니에요! 그 짧은 시간에 만들어 낸 것만으로도 대단한걸요."

땅 파다가 운전에 집중하지 못할까 봐 나는 재빨리 창문을 닫았다. 서로가 더 잘났다는 말은 어제 질리도록 했다. 황태자가 혀를 찼다.

"기사들은요?"

"쫓아오고 있다. 근거지 주변에도 은신하고 있고."

"가짜인 게 들키면……."

"바로 제2안으로 가야지."

지체 없는 대답이었다. 만일의 사태가 일어난다면 빠르게 태세를 전환해야겠지만, 이왕이면 평화롭게 해결하고 싶은 게 사람 마음이다.

"걱정할 필요 없다. 그대가 다칠 일은 없을 것이야."

날 바라보며 덧붙인 말에 피식 웃음이 나왔다. 그러고 보니 내 한 몸 건사하는 것도 주요 과제였다. 다치는 건 싫다.

"한번 믿어 보죠."

장난스럽게 답하자 황태자의 입매가 느슨해졌다.

"제 안전이야 그렇다 쳐도 2안으로 가게 되면 소란을 틈타 증거자료를 빼돌리거나 소각할까 걱정이네요."

증거자료를 찾기 위해 이런 짓을 벌이는 만큼 그게 가장 중요했다. 헛수고가 되지 않아야 할 텐데…….

"금괴가 가짜인 게 들킨다면 역으로 상대가 마법에 의존한다고 볼 수 있다. 코겐이 저래 보여도 능력 하나만큼은 확실해. 불완전하다지만 꽤 견고하게 수식을 쌓았을 거다. 그걸 찾아낼 정도의 탐지기를 갖고 있다면 마법에도 관심이 많고 마법 물품도 많겠지."

"그래서요?"

"거래 장부 역시 마법으로 감춰 놨을 수도 있다는 거다. 은폐나 환시를 통해서. 그냥 숨기는 것보다 돈이 많이 들지만 그만큼 확실한 방법이야. 이번엔 상대가 안 좋았지만."

"아하. 마법탐지기를 역이용하면 되겠군요."

"그게 가장 이상적이지."

그의 말에 고개를 끄덕였다. 가장 이상적인 건 금괴가 들키지 않는 것이겠지만…….

앞으로 일어날 일을 염려하는 사이 마차가 멈춰 섰다.

나는 두근거리는 가슴을 누르며 황태자의 에스코트를 받아 마차에서 내렸다.

“어서 오십쇼!”

말에서 내린 노예상이 과장되게 꾸벅 고개를 숙였다.

“저희가 방문 판매를 주로 하다 보니 손님을 맞기엔 영 초라합니다. 양해 부탁드립돠.”

“상관없다. 오래 머물고 싶진 않으니 먼저 물건부터 보지.”

“아무렴요.”

노예상이 씩 웃으며 앞장섰다.

건물 외관도 그렇고 내부도 그렇고, 도저히 불법 노예상의 근거지로는 보이지 않았다. 황폐화되어서 아무것도 없는 허허벌판에 덩그러니 세워져 있는 게 좀 의심스럽지만, 그것만 제하면 평범했다.

통로를 따라 쭉 들어간 다음 문 두 개를 통과한 후, 노예상이 멈춰 섰다.

“자, 보시고 마음에 드는 걸로 골라 보시죠.”

가장 먼저 느껴진 것은 고약한 악취였다. 나는 철창 속에서 웅크리고 있는 사람들을 둘러보았다. 화장실도 제대로 못 가게 하는지 구석진 곳에는 오물이 쌓여 있었다. 그 위로 파리 떼가 들끓었다.

구석에서 어린아이 한 명이 땅바닥에 고인 물을 핥아 먹었다. 고인 물의 색이 이상했다. 꼭…….

전쟁 포로도, 아니, 수많은 사람들을 죽인 흉악범도 이것보단 더 나은 환경에서 지낼 것이다. 아주 기본적인 인권조차 유린당한 현실에 구토감이 몰려왔다. 나는 속에서 역류하는 분노를 그대로 토해 냈다.

"이게, 뭐야?"

"예?"

반문하는 노예상을 노려봤다. 무엇이 문제인지 모르겠다는 그의 얼굴을 보자 아연해졌다.

그는 이 사람들을 같은 인간이라고 생각하지 않는다. 노예상에게 이들은 가축이나 다름없다.

가축이 배설물 옆에서 생활하든, 아예 먹어 버리든 상관하지 않고 자연스럽게 보는 것처럼 사람들이 그렇게 행동해도 이상함을 못 느낀다.

지금 제국은 노예제를 금하고 있다. 예전처럼 몇 대에 걸친 노예는 없다. 다시 말해, 노예 신분이 태생적으로 결정되지 않는다.

본인이 사 오기 전까진 같은 거리를 거닐던 사람들이었을 텐데 이런 취급을 하는 것이 믿기지 않았다.

아무런 죄책감도 없는 무고한 눈을 마주 보고서 깨달았다. 그는 자신과 노예들을 철저히 분리한 것이다. 그건 두려움과 공포, 죄책감 그리고 자기애의 무의식적인 발현이었다.

운이 나쁘면 그 역시 언제든 이들처럼 노예가 될 수 있다. 그 자신의 태생 역시 이들과 똑같다.

그러한 사실을 외면하기 위해 구분을 짓고 노예들에게 가축과 같은 낙인을 찍었다. 자신과는 다르다고, 자신은 그렇게 될 리 없다고 생각하기 위해.

머리가 차가웠다. 화를 내지 않고는 도저히 견딜 수 없었으나 마음대로 내뱉었다간 모든 것이 허사로 돌아갈 것이다. 그렇게 되면 또다시 저렇게 유린당하는 사람들이 생긴다. 더 많이.

내 감정보다 계획이 더 중요하다.

"지금 나한테 이런 너저분한 것을 팔겠다는 거야?"

카랑카랑하게 울리는 목소리에 노예상이 두 손을 비비며 비굴한 웃음을 지었다.

"아이고, 보기에는 이래도 멀쩡합니다요."

나는 멱살이라도 잡을 기세로 그에게 다가섰다. 반은 연기였지만 반은 진짜였다.

"멀쩡하다고? 이게? 다른 사람들도 이 상태인 노예들을 산다고?"

"그, 그게……. 원래는 원하는 조건을 말씀해 주시면 그 조건에 맞는 노예를 관리한 다음 전해 드리기 때문에……."

"아, 다른 사람들한텐 양품을 팔고 나한테는 이딴 걸 팔겠다고? 쓰지도 못하는 물건 떨이하는 거 아냐? 돈 많은 호구 하나 잡았다, 생각하나 보지?"

고개를 치켜들고 낮게 짓씹었다. 어물어물 변명하려는 노예상을 가로막고 물었다.

"여기 책임자 누구야? 데려와."

"예?"

가슴속에 치밀었던 분노를 표출해서인지 시간이 지나서인지 날뛰었던 감정들이 점점 차분해졌다.

황태자를 힐끔 쳐다보니 그 역시 분노를 안으로 다 삭인 상태였다.

"내 말 못 들었어? 사장 불러오라고."

"손님, 일단 진정하시고……."

"진정? 지인정? 내가 진정하게 생겼어?"

노예상은 생각지도 못한 내 진상에 당황해서는 제대로 말도 못 하고 버벅댔다. 그 모습을 보니 체증이 좀 내려가는 것 같았다.

눈앞에서 그 닭살 돋는 민폐 광역기—애교—를 봤으면서도 이런 진상을 떨 줄은 몰랐나 보지?

나는 황태자에게 눈짓했다. 노예상이 완전히 밀렸을 때 쐐기를 박을 것이 필요했다.

"너 지금 우리 여보야 말 안 듣냐?"

……이런 쐐기 말고.

"……."

방심하던 차에 날아온 크리티컬 히트에 노예상은 벌린 입을 다물지도 못했다.

일순 움직임을 멈춘 노예상의 얼굴에 도독 닭살이 돋는 것이 보였다. 힐끗 시선을 아래로 내리니 그의 팔다리가 꽈배기처럼 뒤틀려 있었다.

노예상과 눈이 마주쳤다. 식은땀까지 흘리는 그의 얼굴을 바라보며 입을 열었다. 뒤집어지는 속이야 어쨌든 이 방법이 가장 효과적인 것 같았다.

"잉잉, 댜……."

"마스터! 마스터를 불러오겠습다!"

노예상은 그 말만 다급히 남기고 뒤돌아 쏜살같이 사라졌다. 붙잡을 새도 없었다.

나는 휑한 바람까지 이는 통로를 쳐다봤다. 내 애교를 저렇게 질색하다니…… 좀 상처가…….

뭐, 결과적으로는 잘됐다. 졸부와 꽃뱀 작전에 이어 진상 손님과

사장님 작전도 성공이다. 문제가 있다면 마지막 황태자의 쐐기가 팀킬이었다는 것 정도?

나는 오그라들어 버린 손가락을 구슬프게 바라보았다. 옥을 깎아 만든 것같이 고운 손가락이 사정없이 뒤틀려 있었다. 노예상한테 박으랬지, 나한테까지 박으랬나.

황태자에게 피해 보상을 요구하고 싶었지만 따지고 보면 나 역시 만만찮은 공격을 퍼부었다.

상처뿐인 공방 2라운드를 뛸 생각은 없었기에 나는 잠자코 입을 다물었다.

그나마 진상 짓을 하며 스트레스가 풀려 좀 살 것 같았다. 막장 드라마를 볼 때 느꼈던 카타르시스 비슷한 게 오그라드는 손발을 펴 주었달까. 이래서 아침 드라마에 진상 악역이 빠지지 않는구나.

"정말 잘하더군. 꼭……."

황태자가 힐끔 쳐다보며 하는 말에 내 눈이 뾰족해졌다.

"어디 가서 진상 짓한 적 없으니까 그만하시죠?"

저절로 불손한 어투가 나왔지만 그도, 나도 신경 쓰지 않았다. 그런 것까지 신경 쓰기엔 우리 둘 다 너무 많은 것을 경험했다. 무려 '댜기야'와 '여보야'를 이겨 냈으니 방자한 말 따위는 거슬리지도 않았다.

대꾸하고 나서야 샤티가 꽤 진상 떨었던 게 생각났다. 그러고 보니 나 역시 악녀 짓 한다면서 진상 떤 적이 있었지.

머릿속에 마일러트 남작이 스쳤다. 두 번째 만남에서 폭풍 칭찬을 해 줬음에도 어딘지 석연찮아 보이던 모습이 떠올라 괜히 찝찝해졌다.

물론 그렇다고 사실은 진상이었다고 고해바칠 건 아니었다. 나는 그대로 입을 꾹 다물고 새침 떨었다.

곧 사라졌던 노예상이 다시 모습을 드러냈다. 그의 등 뒤에서 콧수염 끝이 하늘 위로 말려 올라간 남자가 나타났다. 처진 눈썹과 얄따란 입술이 비굴하면서도 야비해 보이는 사람이었다.

"아이고, 말씀은 전해 들었습니다. 죄송합니다. 제가 이곳 책임자인 데반스입니다."

깊게 고개를 숙이는 그를 냉한 눈으로 바라봤다. 황태자도 나도 그의 인사를 받지 않았다. 데반스는 전혀 개의치 않고 아주 자연스럽게 말을 이었다. 그 미묘한 침묵이 처음부터 없었던 것처럼.

과연 콧대 높은 귀족을 상대로 장사하는 사람다웠다. 보통 귀족들은 귀족이 꾸린 상단과 거래하기 마련이다. 같은 귀족이 아니고서야 쳐다보지도 않았다.

"이런 누추한 곳에 귀빈을 모셔 오다니……. 이놈은 나중에 제가 따끔히 혼내도록 하겠습니다. 당연히 대접도 더 좋게 해 드릴 것이고."

"흠, 그 말을 믿어 보지."

"일단 내실로 드시지요."

그가 공손히 읍하며 앞장섰다. 그 뒤를 따르며 건물 구조를 살폈다.

밖에서 보기에도 그랬지만 건물은 크지 않았다. 그만큼 단순한 구조였다. 거래 장부를 찾을 때 헤매진 않을 것 같아서 다행이었다.

문제는 복도와 연결된 방 안쪽에서 느껴지는 기척이었다. 문 너머에서 남자들의 걸걸한 목소리가 들렸다. 저 사람들이 다 무장했다고 생각하면 아찔했다.

통로 제일 끝에 있는 문을 열며 데반스가 방 안을 향해 손짓했다.

"내실이라고 해 봐야 제 사무실이라 좀 부족합니다. 저희가 손님을 이곳에서 맞진 않아서……. 준비가 미흡한 점 죄송합니다."

빙고. 뜻밖의 행운을 내색하지 않기 위해 표정을 갈무리했다. 안으로 들어서며 부채로 얼굴을 살짝 가렸다.

방을 훑어보니 책상 위에 서류 뭉치도 보이고 뒤편으로 금고도 있는 게 진짜 사무실이 확실했다.

"이쪽에 앉으시지요."

중앙에 있는 소파에 앉자 데반스가 책상에서 의자를 끌어와 맞은편에 놓고 앉았다. 이곳에서 손님을 맞지 않는다는 게 정말 사실인지 소파가 하나뿐이었기 때문이다.

데반스의 손짓에 노예상이 홍차를 내왔다. 붉은 찻물을 바라보고 있으니 목이 깔깔해졌다.

노예를 팔아 번 돈으로 대접하는 차 따위 마시고 싶지 않았다. 벌건 물이 사람들의 고혈로 보였다. 이렇게 내올 게 아니라 저 안에서 고통받는 사람들에게나 줄 것이지.

"여기서 편히 계시면 팔팔하고 튼튼한 걸로 데려오겠습니다."

데반스가 싱긋 웃으며 찻물을 들이켰다. 그가 노예상에게 눈짓하자 노예상이 고개를 끄덕이곤 나갔다.

"기다리는 동안 말입니다."

찻잔을 내려놓고 두 손바닥을 비비며 데반스가 얇은 입술을 말아 올렸다. 올 것이 왔다. 긴장감에 목이 탔다.

"우선 금괴부터 확인할 수 있을는지요."

아니나 다를까 이어진 말에 내 시선이 궤짝을 향했다. 긴장해서 굳은 낯빛이 여실히 드러났는지 데반스가 손사래를 치며 웃었다.

"물론 두 분을 의심하는 건 아닙니다만……. 워낙 큰 금액이다 보니까요. 저희 고객님들은 대부분 소개로 오시는데 두 분은 예외적인 상황이시고, 또 따로 보증하시는 분도 없고……. 그냥 형식적인 절차라고 생각해 주시면 감사하겠습니다."

구구절절 이어지는 변명에 황태자가 고개를 끄덕였다.

"이쪽도 확실히 하는 게 좋아. 나중에 딴소리하면 곤란하니까."

"하하, 호쾌하십니다. 걱정 붙들어 매십시오. 이래 봬도 신용 하나는 이 바닥에서 알아줍니다."

불법 거래를 하면서 신용 운운하는 게 영 미덥지 않았지만, 마찬가지로 불법 거래를 하러 온 입장에서 뭐라 할 순 없는 법이다.

황태자가 알베르에게 눈짓했다. 알베르가 손수레를 앞으로 끌었다. 가운데에 수레를 놓고 궤짝을 열었다. 샛노란 금괴가 모습을 드러냈다.

"오……."

번쩍거리는 금덩이를 황홀한 눈으로 바라보며 데반스가 감탄을 흘렸다. 잠시 그 양을 가늠하며 침을 삼키던 그가 자리에서 일어났다.

그러고는 사무실 한쪽에서 곤봉같이 생긴 것을 꺼내 왔다. 꼭 공항에서 금속을 탐지할 때 쓰는 것 같았다. 누가 알려 주지 않아도 저게 마법탐지기라는 것을 알 수 있었다.

나는 조마조마한 심정으로 데반스가 금괴에 탐지기를 가져다 대는 것을 바라보았다. 그 순간 궤짝 옆에 쭈그려 있던 알베르의 안색이 창백해지는 게 시야 한구석에 걸렸다.

설마……. 불안해졌다. 나도 모르게 두 손을 꽉 맞잡았다. 알베르가 황태자에게 필사적으로 눈짓했다.

"흠, 처음 보는 탐지기군. 나도 마법 물품에는 꽤 관심이 있다고 생각했는데 말이야."

황태자가 자연스럽게 데반스의 주의를 끌었다. 당황한 티 하나 나지 않았다.

고개를 든 데반스가 씩 웃는 순간 탐지기에 빨간 불이 들어오기 시작했다. 알베르가 금괴 위에 손을 얹었다. 눈을 감고선 집중하는 얼굴에 땀이 송골송골 맺히기 시작했다.

"알아보시는군요. 얼마 전 거금을 주고 새로 들인 신상입니다. 좀 비싸긴 하지만 앞으로 거래할 때 요긴하게 쓰일 것 같아서요. 노예가 워낙 고가여야죠."

데반스가 자랑스레 수염을 쓰다듬으며 말했다. 황태자가 천천히 고개를 끄덕였다.

"그렇군. 확실한 것만큼 좋은 게 없지. 이쪽도 괜한 오해는 사절이라서. 흉흉한 지역이다 보니 좀 차려입으면 귀찮은 일이 생겨서 이렇게 다니는 중인데, 또 이런 행색으로 큰돈을 내면 이상하게 생각하는 사람이 있더라고."

황태자가 거만하게 미소 지었다. 이런 순간에까지 여유를 잃지 않는 그가 존경스러울 정도였다.

데반스가 시선을 조금이라도 내리면 탐지기의 빨간 불을 볼 것이다. 아슬아슬한 대화에 식은땀이 손바닥을 적셨다.

"아, 그러셨군요. 겉차림으로 판단하는 것은 하수들이나 하는 짓이죠. 제가 믿는 것은 손님이 내놓는 돈과 요 녀석입니다."

요 녀석이라고 말하며 데반스는 탐지기를 내려다봤다. 순간 심장이 입 밖으로 튀어나올 것 같았다. 터져 나오려는 거친 숨을 급하게 속으로 욱여넣었다.

탐지기는 언제 붉은 빛을 뿜어냈냐는 듯 잠잠했다.

데반스가 시선을 내린 순간 알베르가 손을 치웠고, 그와 동시에 붉은 빛이 사그라들었다. 안도의 한숨조차 나오지 않았다.

"그런 의미에서 손님들은 귀빈이라 함이 맞지요."

무슨 일이 일어났는지 모르는 데반스만 히쭉 웃으며 우리를 쳐다봤다.

나는 그에게 억지로 마주 웃어 보였다. 들킬까 봐 알베르를 쳐다보지도 못했다. 아직도 심장이 두근거렸다.

"그렇다면 이번에는 그에 걸맞는 상품을 내오도록 해."

나는 자신만만하게 말하는 황태자를 조금 질린 눈으로 쳐다보았다.

빨간불이 일렁이는 동안 그는 데반스의 시선을 잡아끌면서 단 한 번도 탐지기를 보지 않았다. 그야 시선을 내리면 데반스 역시 그를 따라 볼 것이 뻔하니 현명한 처사이긴 했다.

하지만 확인도 안 하다니. 데반스가 탐지기를 본 순간에도 빨간불이 그대로였으면 어쩌려고 그랬는지……. 계속 지켜보고 있던 내 심장도 쫄깃하다 못해 딱딱해졌는데.

황태자의 대범함에 혀를 내둘렀다. 가짜 금괴인 게 들통 나는 순간 무력 다툼으로 번지는 상황인데도 저렇게 여유로운 게 보통은 아니었다.

사기 치는 것엔 도가 텄군. 나는 간단히 판단을 내리고 고개를 끄덕였다.

감탄하는 시선을 보내는데, 어딘지 불손한 기색이 느껴졌는지 날 보는 황태자의 눈이 찜찜한 게 보였다. 나는 아무렇지 않게 미소를 지었다.

“여부가 있겠습니까. 마음에 드시는 게 없으면 만들어서라도 대령하겠습니다.”

그 말과 동시에 방문이 열렸다. 노예상이 노예들을 끌고 들어왔다. 아까 전 감옥에서 본 사람들보다 훨씬 상태가 양호했다. 그래도 어딘지 생기가 없다는 느낌은 지울 수 없지만.

나는 허리를 폈다. 이제 내가 사기…… 아니, 작전을 수행할 때였다.

“흐음, 아까보단 낫네.”

거만하게 한 마디 하고 손으로 대충 콕콕 집어 노예들을 골랐다. 총 일곱 명. 거침없이 고르던 내가 손가락을 내리자 데반스가 의아한 듯이 물었다.

“여덟 명을 사신다고 하지 않으셨습니까? 그렇게 전해 들었습니다만…….”

“맞아. 근데 내 마음에 쏙 드는 노예가 없네.”

소파에 등을 기대며 떨떠름하게 말하자 데반스가 두 손을 비볐다.

“아까 말씀드렸다시피 어떤 걸 원하시는지 말씀만 하시면 구해서 대령하겠습니다.”

“글쎄……. 아주 사소하고 사적인 부탁까지 들어줄 노예가 필요한데. 수족처럼 부릴 수 있게.”

일부러 사적인 부탁에 힘을 주어 말했다. 앞을 보던 시선을 옆으로 굴려 황태자를 눈짓하자, 미간을 찌푸리며 의아해하던 데반스가 탄성을 내뱉었다.

“오, 그렇군요.”

야비한 입꼬리가 씩 올라갔다. 나를 향해 은밀한 눈짓을 하는 눈매가 비속했다.

"그러고 보니 결례를 저질렀는데 그에 대해 말뿐인 사과만 드렸군요. 더 좋게 해 드린다면서 뭐 하나 챙겨 드리지도 않고……."

그가 슬쩍 바람을 잡으며 샐쭉 웃었다. 대체 속내를 감출 생각이 있기는 한지 궁금할 정도로 음흉한 얼굴이었다.

"그런 의미에서 레이디께 귀한 선물을 드릴까 싶습니다. 곧 부인이 되실 것 같으니 말입니다."

내 나잇대를 어림짐작하여 혼전이라고 생각한 것 같다. 노예상한테 내가 꽃뱀이라는 것을 전해 들었을 테니 부인이 될 거란 건 나름의 아부인 셈이다. 나는 기분 좋은 듯 입꼬리를 올렸다.

"뭐, 호의를 거부할 필요는 없겠지."

"그럼 잠시 따라오시겠습니까? 아무래도 새 신부님께 좋은 것이라 비밀리에 드리고 싶군요."

나는 가볍게 고개를 끄덕이곤 데반스를 따라 일어났다. 그런 나를 황태자가 마뜩잖은 눈으로 쳐다봤다.

다 작전인데 뭐가 어때서. 나는 어깨를 가볍게 으쓱였다. 시선을 돌리다가 방 안에 있는 노예들과 노예상이 눈에 들어왔다. 이들을 다 치워야 계획에 차질이 없다.

"아, 그런데 노예들은 바로 데려갈 수 있는 건가?"

"그러길 원하신다면야."

내 질문에 데반스가 대수롭지 않게 대답했다. 고개를 끄덕이자 그는 노예상에게 손짓했다.

"나가서 준비해. 남은 것들도 우리에 집어넣고."

"알겠습다."

노예상이 노예들을 데리고 나갔다. 나는 데반스가 안내하는 대로 사무실 옆에 달린 곁방으로 들어갔다. 창고로 쓰이는지 잡다한 물건들이 어지럽게 널브러져 있었다. 퀴퀴한 먼지 냄새가 났다.

"자, 취향을 말씀해 보시죠."

문을 닫자마자 데반스가 씩 웃으며 말했다.

그의 얼굴 가득 떠오른 야비한 웃음에, 여태까지 그가 짓던 표정들이 나름대로 관리했던 것이라는 걸 깨달았다. 얼굴에 '나 모리배요.'라고 쓰여 있었다.

나는 그런 속내를 감추고 마찬가지로 간특하게 웃어 보였다.

"나 같은 사람이 좀 있나 봐?"

"솔직한 말로 귀부인들께서 자주 찾으시죠. 워낙…… 젊은 분들이 나이 드신 분들한테 가시는 경우가 많으니. 색다른 놀이를 즐겨 보시고 싶은 경우도 있고요."

말하는 것과 은근한 눈짓을 보아 꽤 상당수가 특별한 용도의 노예를 찾은 것 같았다. 일반적인 노예를 사는 것보단 적을 테니 내 짐작보다 훨씬 많은 거래가 이루어졌을 것이다.

아마 한두 달 된 장사가 아닐 터다. 적어도 해를 넘겼겠지. 절로 얼굴이 굳었다.

"아, 오해는 마십시오. 그걸 흠이라고 생각하진 않습니다. 오히려 제겐 참 고마운 일이지요."

데반스가 비위를 맞추며 두 손을 비볐다. 나는 그의 짐작 그대로의 이유 때문에 속이 상한 척 흥, 코웃음을 쳤다.

"그런데 레이디의 부군 되실 분은 연치도 적당하시고 골격도 꽤 늠름한 것이……. 굳이 이런 사적인 노예를 찾으실 필요가 있으신 건가요?"

은근슬쩍 말 돌리는 것을 모르는 척, 나는 퉁명스레 답했다.

"허우대만 멀쩡하면 뭘 하나."

"아, 저런……."

데반스가 애매한 탄식을 흘렸다. 처진 눈이 안타까움으로 물들었다. 음흉함을 내던지고 처음으로 보인 진심이었다. 뭘 상상하는지 그의 눈동자가 허공을 헤맸다.

"그런 경우도 있지요. 역시 길고 짧은 건 대봐야 아는 법. 뭐든 까봐야 안다고 하지 않습니까."

고개를 야무지게 끄덕이는 그를 보며 나는 비뚜름하게 웃었다.

"맞는 말이야. 설마하니 성격이 그 모양일 줄이야."

"암요. 역시 사내는……."

연신 까닥거리던 머리통이 멈췄다. 데반스가 화등잔만 하게 커진 눈으로 날 쳐다봤다.

왜, 뭐, 왜. 그런 시선을 보내자 그가 고개를 한쪽으로 돌렸다.

"성……격 말씀이셨군요."

"그럼 뭘 생각했는데?"

"아니요, 저도 성격이라고 생각했습니다."

목소리엔 매가리가 하나도 없었다.

데반스가 나를 연신 힐끔거렸다. 그 시선도 거북한데 왜 얼굴까지 붉히는 거야.

기분이 순식간에 더러워졌다. 인상을 팍 찡그리고 노려보자 그가 흠흠 헛기침하며 천장을 본다.

"그래서 특별히 원하시는 게 뭔지요. 성, 격이라든가."

'성'자에 힘이 들어간 것 같은 건 내 착각이겠지?

"당연히 힘이 좋아야겠지? 그이는 힘이 없단 말이야. 아니, 힘이 없는 것뿐이면 다행이지."

에휴, 대놓고 한숨을 쉬자 데반스가 킥킥 소리 죽여 웃었다.

"젊으시던데 벌써부터 그런 문제가 있다니 큰일입니다."

"물론 성, 격 말하는 거야. 성, 격. 그걸 물어봤으니까."

성격은 원래 성性의 격格, 즉 성의 품위…… 등급 같은 걸 나타내는 말 아닌가. 나는 차원이 다른 성격을 원한다.

"예예. 알죠, 압니다. 잘 알고말고요."

데반스가 느물거리며 말했다. 콧수염이 씰룩씰룩 움직인다. 시간 좀 끌려고 아무 말이나 막 던졌지만 저 얼굴을 보니 빈정이 팍 상했다.

"또 다른 건 없습니까?"

"글쎄, 막상 말하려니까 좀……."

나는 턱을 쓸며 골몰하는 척했다. 들어온 지 얼마나 되었을까.

내가 데반스를 잡아 놓는 동안 황태자와 알베르는 거래 장부를 찾아내기로 했다. 행운이 따랐는지 마침 마스터의 사무실에서 접대를 받았다. 이 기회를 놓칠 순 없다.

"일단 남자가 돼서 성격은 좀 고분고분해야지. 말도 잘 듣고 내 말이면 팥으로 메주를 쑨다고 해도 믿어야 해."

반은 드립이었지만 반은 진심이었다. 마지막 연애가 거하게 배신당하고 끝난 터라 좀 온순한 사람이랑 사귀고 싶었다.

게다가 여기 와서 만난 남자들은 묘하게 기가 세서 내가 눈치를 봐야 했던지라 더더욱. 소개팅하는 게 아니니 이상형 말해 봤자 소용없지만.

"……조금 특이하시네요."

또 뭐가 좋을까? 생각을 거듭하자 두루뭉술하던 상상 속 인물이 점점 구체적으로 잡혀 갔다.

"키 크고 몸 좋은 거야 기본이고……. 고분고분하지만 가끔은 짐승 같은 면모도 있었으면 좋겠어. 반전 매력이 있어야 해. 전형적인 낮져밤이?"

"낮져……? 그건 어떤 건지요."

"흑표처럼 날카로운 눈매도 좋고, 서글서글하니 대형견 같은 스타일도 좋은데 어쩌지? 양손의 꽃, 이런 건 안 되려나?"

"저, 레이디 알아듣게 확실히 말씀해 주셔야……."

수많은 연예인들의 얼굴이 내 머릿속을 스쳐 갔다. '갓빈'과 '강참치'부터 시작해 멀리 물 건너 사는 '빵오빠'와 '햄식이'까지.

생김새만으로 여심을 저격하는 수많은 남정네의 얼굴이 눈앞에서 어른거렸다. 실로 황홀경이었다. 여기가 천국이구나. 예전에는 사람 외모 안 따진다고 했던 것 같은데 사람은 이렇게 속물…… 아니, 어른이 되는 거구나.

그 반짝거리는 얼굴들 사이로 단연 돋보이는 게 하나 있었다.

칠흑보다도 더 검은 머리카락, 그 밑에 번뜩이는 노란 금안, 날카로운 콧날에 얇으면서도 도톰한 볼륨감이 느껴지는 입술. 이 모든 게 완벽한 비율로 조막만 한 얼굴 위에 놓여 있었다.

……황태자가 다른 건 다 별로여도 얼굴 하나는 끝내주지. 그 끝내주는 얼굴 밑으로 단단하니 각진 어깨와 옷 위로도 굴곡진 탄탄

한 가슴과 쭉 뻗은 기럭지가 보였다.

……몸도 끝내줬지, 참.

"그냥…… 딱 보면 감이 오는 애로 할래."

천년의 열정이 식어 버렸다. 진짜 노예를 들일 것도 아닌데 이렇게 고민해서 무엇 하나. 다 부질없다.

갑자기 팍 가라앉아선 귀찮은 듯 손을 젓는 날 데반스가 의아하게 쳐다봤다. 아무 말도 않자 그가 콧수염을 쓸었다.

"곤란합니다, 손님. 맞춤형 서비스를 위해선 준비가 필요해요. 이렇게 하면 무작위로 노예를 선별해 와야 하는데 그 인건비며 유통비는 또 얼마나 들지……."

이 기회에 한 푼이라도 더 뜯어내려는 속셈이 빤히 보였다. 어차피 내 돈도 아니고 진짜 돈도 아니다. 나는 쿨하게 답했다.

"돈은 얼마가 들어도 상관없어. 레오가 딴 건 몰라도 돈 하나는 썩어 나도록 많거든."

"흠, 그렇게 말씀하시니 저도 최선을 다해 준비하겠습니다."

고개를 끄덕이는 그를 보고 아차 했다. 파장 분위기였다.

"아예 여기서 조건을 정하지. 레오 앞에서 시시콜콜 다 이야기할 순 없으니까."

"그러면 저야 더 좋죠."

시간 끌기라는 것도 모르고 노예상은 옳다구나, 하고 덥석 물었다.

그가 요구하는 금액에 퇴짜를 놓고 조건을 따져 가며 흥정을 했다. 타결되려고 하면 다시 트집을 잡고 또 협상하다 좁혀지면 연신 고개 젓기를 몇 차례.

약이 바짝 오른 데반스가 돈줄이라는 것도 잊고 눈꼬리를 세울 때쯤 나는 고개를 끄덕였다.

이 정도까지 시간을 끌었으면 할 만큼 했다. 그동안 거래 장부를 손에 넣었길 바라는 수밖에 없다.

"휴, 서로 만족하는 거래를 하게 되어 기쁩니다."

데반스가 홀가분한 미소를 지으며 말했다. 진상 짓 좀 부렸다곤 하나 금괴를 생각하면 마냥 너그러워지는 모양이다.

"서로 만족할지는 내 마음에 들 만한 노예를 대령하고 난 후에 생각해 봐야지."

"여부가 있겠습니까."

그가 살살 비위를 맞춰 오며 고개를 끄덕였다. 그러다가 뭔가 생각난 듯 짐이 널브러진 선반을 뒤져 상자 하나를 꺼냈다.

"일단 이걸 받아 두시죠. 선물한다고 했는데 빈손으로 가시면 이상하게 생각할 것입니다."

"이건……."

나는 상자를 받아 들고 앞뒤로 돌려 보았다. 대체 뭘까? 내가 열어 보려고 하자 그가 만류했다.

"나중에 풀어 보시지요. 말씀드렸듯 새 신부에게 좋은 것입니다."

데반스가 음흉하게 웃었다. 열어 볼 마음이 대번에 사라졌다.

새 신부한테 좋다는 건 여러 가지가 있겠지만 그중 불법 노예상한테 받을 만한 건 뻔했다. 여기서 열어 봤자 서로 민망할 것 같았다.

나는 꺼림칙한 기분으로 상자에서 시선을 뗐다. 이걸 버릴 수도 없고.

"자, 그럼 나가시지요. 시간이 너무 많이 지체되었습니다. 밖에서 목을 빼며 기다리실 겁니다."

"괜찮아. 레오는 내 말이면 아주 껌뻑 죽으니까. 내 애교 한 방이면 사르르 녹아."

입에 침도 안 바르고 거짓말을 했다. 물론 데반스는 내 말이 옳다며 그저 고개만 끄덕였다.

태연한 척했지만 가슴이 두근거렸다. 과연 거래 장부를 찾았을까.

곁방에서 나오자마자 황태자를 봤다. 무표정한 얼굴은 어쩐지 조금 날이 서 있다. 불뚝한 얼굴을 보니 철렁했다. 못 찾은 건가? 언성을 높이더라도 좀 더 시간을 끌었어야 했나?

데반스가 걸음을 멈춘 날 의아하게 쳐다봤다. 나는 애써 발을 움직였다. 이제 어떻게 하지?

불안한 마음으로 알베르를 살폈다. 눈이 마주치자 그가 씨익 웃었다. 주근깨 가득한 얼굴 한가득 웃음이 피었다.

턱 막혔던 숨이 풀어졌다. 성공하지 않고서는 저리 웃지 못하리라. 확인차 눈짓으로 묻자 그가 살짝 고개를 끄덕였다. 그제야 시름이 놓였다.

그런데 황태자는 왜 저런 얼굴이지?

다시 보아도 뾰족한 얼굴 그대로다. 고개를 갸웃하는데 데반스가 뒤에서 껄껄 웃으며 말했다.

"오래 기다리셨지요. 글쎄, 손님 자랑을 어찌나 하시는지 그것 듣느라 늦었습니다."

"뭐, 내 자랑이면 오래 걸릴 만하군."

황태자가 입매를 당겨 올렸다. 오만한 웃음이 어딘지 비틀려 있었다.

진짜 왜 저래? 의아한 시선을 보내도 돌아오는 건 없다.

"레이디께서 마음에 드는 노예가 없다고 하시니 나머지 한 명에 대해선 제가 후보를 추려서 다시 연락드리겠습니다. 오늘은 먼저 고르신 일곱 명만 데려가시지요."

황태자가 고개를 끄덕였다. 곁방에서 데반스와 작당한 대로 지불에 대한 이야기를 했다.

황태자에게서 돈을 뜯어내는 날 보며 데반스가 감탄한 시선과 은밀한 미소를 보냈다. 공모자의 사인이었다. 정작 나의 진짜 공모자는 뭐가 불만인지 고개를 끄덕이면서도 못마땅한 눈으로 날 훑었다.

"시간이 많이 지체되었군. 오늘 이곳에 오는 것 자체가 일정에 없던 일이라 좀 서둘러야겠어."

"이런, 더 붙잡지 않겠습니다."

일어서는 황태자를 따라 모두 일어섰다.

건물 밖으로 나오자 커다란 짐수레가 보였다. 한쪽 면에만 좁다란 창 하나가 나 있는데 창살로 막혀 있었다. 밖으로 덧창이 나 있어서 가릴 수 있는 구조였다.

"한번 확인해 보시죠."

데반스가 창문 옆에서 말했다. 그 안을 보니 노예들이 웅크리고 앉아 있었다. 눈이 마주쳐서 나도 모르게 뒤로 물러섰다.

"고르신 물건이 맞으신지요."

고개를 끄덕이자 그가 덧창을 닫았다. 그의 손짓에 예의 노예상이 짐수레 마부석에 올라탔다.

"그럼 준비되는 대로 기별을 넣겠습니다."

정중히 읍하는 데반스를 지나쳐 마차 위에 올랐다. 어서 빨리 이곳을 떠나고 싶었다.

마차 문까지 닫히고 밖과 완전히 단절되자 한숨부터 나왔다. 일단은 아무것도 생각하고 싶지 않았다.

목덜미가 찌르르 울렸다. 푹신한 등받이에 몸을 기대고 눈을 감았다.

언제나 그렇듯 마차는 덜컹거림조차 없었다. 황태자가 창을 열었다. 창을 타고 들어온 바람이 내 머리카락을 흔들었다. 두통이 좀 가시는 듯했다.

나는 눈을 떴다.

"어떻게 됐어요?"

황태자는 조금 못마땅한 눈으로 날 쳐다봤다. 대답을 하는 대신 품에서 책자를 꺼냈다.

"거래 장부예요?"

"그래."

짧은 긍정에 시선이 절로 밖을 향했다. 노예상 근거지는 이미 보이지 않는다.

장부를 가져오다니 이상했다. 원래 계획은 내용만 알아내고 그 자리에 그대로 두는 것이었다.

"없어진 거 알면 바로 쫓아올 거 같은데……. 우리랑 거래한 것도 적으려고 할 거 아니에요. 쫓아오진 않더라도 대비는 할 거고."

황태자 역시 알 만한 일인데 위험하게 가져온 이유를 알 수 없었다.

"복제품을 만들어 놨다. 장부에 걸린 마법이 꽤 견고해서 바로 풀 순 없었어."

과연 철저한 그다웠다.

"들키지 말아야 할 텐데요."

"얼마간은 괜찮을 거다. 환시를 사용했으니 자기 머릿속에 들어있는 내용으로 보일 거고 마법탐지기도 고장 냈으니."

"고장 냈다고요?"

얘기를 들어 보니 마법탐지기가 가짜 금괴를 잡아냈을 때 알베르가 고장을 냈다고 한다. 그래서 빨간불이 사라진 것이라고.

금괴에 걸린 마법을 한순간에 강화하거나 추가 마법을 걸어 탐지기를 속인 줄 알았다. 하긴, 뭐든 망가뜨리는 게 훨씬 쉽겠지. 그 급박한 순간의 날카로운 판단력에 감탄했다. 역시 괜히 천재가 아니다.

"어쨌든 잘 해결되어서 다행이에요. 앞으로 처리할 일이 산더미지만 오늘 계획했던 것은 잘 끝냈으니."

빙긋 웃자 그가 고개를 돌렸다. 고집스러운 옆모습을 보고 있자니 나도 점점 기분이 상했다.

나름대로 합이 잘 맞는 사기단…… 아니, 콤비라고 생각했는데 나 혼자만의 생각이었나. 일을 성공시켜서 뿌듯한 건 나뿐인가.

"……왜 그래요?"

낮게 깔린 물음에 노란 눈동자가 내 얼굴을 응시했다. '뭐가'라고 말하는 눈짓에 나는 입을 꾹 다물었다.

아까부터 계속 미묘하게 딱딱한 어투에 반응도 시원찮았다. 하지만 이걸 또 콕 집어 말하기는 애매했다. 대답도 제대로 했고 설명도 잘했다. 그렇다고 별문제 없다치고 넘어가기엔 무진장 꽁했다.

그의 태도가 이상해진 건 내가 데반스랑 이야기하고 나온 뒤부터다. 그사이 무슨 일이 있었나? 설마, 나랑 데반스의 얘길 들은 건 아니겠지? 등 뒤로 식은땀이 주르륵 흘렀다. 설마…….

아무리 딸려 있는 곁방이래도 소리가 다 넘어갈 정도로 벽이 얇진 않았다. 게다가 방음이 안 되면 데반스가 그쪽으로 안내하지도 않았을 거다. 나는 스스로를 안심시켰다.

하지만 설마가 사람 잡는다고 했다. 그것 외에는 황태자가 갑자기 변한 이유를 설명할 수 없었다.

그 순간 하나의 가능성이 머리를 스쳤다. 거래 장부를 찾느라 바쁜 와중에 그러진 않았겠지만, 마법을 써서 들었을 수도 있지 않을까?

"혹시……."

무심코 말을 꺼내다가 황태자의 얼굴을 보고 그대로 삼켰다. 확인하고 싶지 않았다. 나는 아무것도 아니라며 고개를 젓고는 창밖으로 시선을 돌렸다.

확인한다고 해서 달라질 건 없다. 난감하기만 할 뿐이다. 말을 주워 담을 수도 없고 기억을 지울 수도 없다. 수습할 길 없는 흑역사는 봉인하는 게 최고다.

조금 억울하기도 했다. 이 모든 것은 다 계획의 일환이었다. 사적인 용도로 사용할 건장한 노예를 원하는 척하며 시간을 끌기로 다 합의한 것 아니었나.

……물론 거기에 허우대만 멀쩡하다느니 등등의 말을 할 거라고는 안 했지만.

근데 그건 그 상황에서 당연히 나올 수 있는 말이잖아?

황태자의 성적 기능에 대해 의문을 제기하는 척했지만—다시 떠올리니 조금 미안해지긴 했다— 이야기 흐름상 불가피했던 거고. 나중에는 성격이라고 바꿔 줬는데.

뭐어, 황태자를 은근히 놀리려는 의도가 아예 없었다고는 말 못하지만…….

안 보이는 곳에서는 나라님 욕도 한다는데 어떤가. 자긴 나 야설 본 거 야무지게 놀려 먹고선. 그건 별 이유도 없었지. 나는 대의를 위해서였다고! 난 당당해!

진짜로 당당한데, 내가 너무 착한 게 문제인지 양심 한구석이 콕콕 찔렸다.

황태자를 힐끔거리며 창밖을 살폈다. 언제 도착하나. 마법으로 만든 푹신한 좌석이 꼭 돌멩이로 만든 것처럼 딱딱했다.

이윽고 마차가 멈춰 서자마자 나는 구르듯 내렸다. 하지만 곧 부질없다는 걸 깨달았다. 어차피 한 방에 묵고 있으니 그를 완전히 피할 수는 없다.

노예상이 짐수레를 열고 빨리 나오라며 윽박질렀다. 연이어 나오는 노예들의 손발에는 똑같은 모양의 띠가 둘러져 있었다. 아마 도망치는 경우를 대비한 것 같았다.

노예 자체가 불법인 상황에서 수갑이나 족갑을 채우는 건 너무 눈에 띄기 때문에 비싼 마법용품으로 대체한 거겠지.

"그럼 저는 이만 가 보도록 하겠습니다요."

노예상이 꾸벅 고개를 숙였다. 그가 여관 부지에서 나가는 것을 확인한 순간 기사들이 모습을 드러냈다.

황태자가 그들에게 노예를 맡겼다. 우선 밥부터 먹일 것이다. 그 후엔……. 노예들의 향방에 대해 생각하니 다시 두통이 일었다. 첩첩산중이다.

단순한 피해자로 생각하고 수습해 돌려보낼 수는 없다. 그들은 제 발로 노예상에게 간 사람들이다. 제 존엄성에 값을 매기고 돈을 받았다. 가족을 위해서, 가족에 의해서 혹은 굶어 죽는 것보단 낫다는 절박함 때문에.

응당 처벌해야 한다고 생각하면서도 입안이 씁쓸한 것은 어쩔 수 없다.

노예상이 엄한 사람을 납치해서 노예로 만든 게 아닌 이상 그들에게도 책임을 물어야 한다. 무조건적인 자비를 베풀 수는 없다. 선례를 만들지 않는 것은 중요했다.

"고생하셨어요."

돌아보니 알베르가 미소를 지은 채 서 있었다. 가까이서 보니 그의 눈 밑에 그늘이 졌다. 어제오늘 합해서 가장 고생한 사람은 그일 것이다.

"네, 영식께서도. 덕분에 위기를 넘겼네요."

"도움이 되어서 기쁩니다. 그 상황을 보니 정말……."

그는 뒷말을 차마 잇지 못했다. 그가 떠올리는 광경이 내 앞에도 펼쳐졌다. 쇠창살 안에서 가축처럼 오물과 엉켜 지내던 사람들. 나는 상념을 털어 내듯 밝게 말했다.

"그 사람들도 곧 다 빠져나올 수 있을 거예요."

"그렇겠죠."

마주 미소 짓고 있으려니 황태자의 시선이 느껴졌다. 따끔따끔한 시선에 다시 양심이 콕콕 찔려 왔다.

슬금슬금 그의 눈치를 봤다. 그렇다고 지금 가서 '님, 허우대뿐만이 아니라 다른 것도 훌륭하시군요! 물론 성. 격. 말이에요.'라고는 할 수 없잖아.

방에 도착하자마자 거래 장부부터 살폈다. 알베르가 페이지를 넘기며 한숨을 쉬었다.

“삼중으로 마법이 걸려 있군요. 거기다가 조금이라도 잘못 건드리면 내용이 싹 다 날아가게 해 놨어요.”

거래 장부는 겉으로 보기엔 평범해 보였다. 상단에서 일반적으로 거래할 만한 물품들로 채워져 있었고 마법이 걸려 있다는 표시도 없었다.

“파훼하면 안 되니 역산하는 수밖에 없겠어요. 조금 시간이 걸릴 겁니다.”

“완벽하게 복원할 수만 있다면 오래 걸려도 상관없다.”

알베르의 얼굴이 밝아졌다.

황태자는 빨리 완벽한 금괴를 만들라면서 어젯밤 내내 그를 압박했다. 그 탓에 그는 거의 밤을 새우다시피 했다. 이번에도 마찬가지로 시달릴 거라고 생각했던 모양이다.

나 역시 의외였다. 어제 알베르를 굴리는 걸 보고 학을 뗐는데, 그래도 사정 봐 가면서 굴리는구나.

“네, 그럼 3일 정도…….”

“하루면 되겠지.”

“예……?”

알베르의 푸른 눈동자가 멍하니 황태자를 올려다봤다. 몇 차례 깜빡이던 눈동자는 곧 현실을 깨닫고 처량 맞게 풀이 죽었다.

황태자의 시선은 이미 그에게서 멀어졌다. 그는 다음 계획을 읊었다.

“바꿔치기한 걸 알고 대처하기 전에 일단 노예상부터 잡아들여야겠군.”

알베르의 골수까지 빼먹는 느낌이었다. 없었으면 큰일 날 뻔했다. 나는 축 처진 알베르의 어깨를 토닥토닥 두드려 주었다.

내가 황태자 아랫사람이 아니라 정말 다행이야. 자신의 불행에 내가 안도하고 있다는 걸 깨닫지 못한 알베르가 날 감격한 눈으로 쳐다봤다. 나는 생긋 웃었다.

"이제 모든 건 영식의 손에 달려 있어요. 이렇게 힘들게 장부를 손에 넣었는데 마법을 못 풀면 다 헛수고가 되니까요. 힘내세요!"

나름대로 응원한 거였는데 알베르의 안색이 더 핼쑥해졌다. 영웅심을 고취시켜 각성 효과를 주려고 했는데 부담만 됐나. 나는 목덜미를 긁적였다. 거래 장부에 코를 박는 그를 놔두고 황태자에게 다가갔다.

"전하, 노예들은 어떻게 하실 생각이세요?"

"이대로 풀어 줄 수는 없지. ……그러길 원하나?"

노란 눈동자가 날 내려다봤다. 원한다면 풀어 주겠다는 눈빛이었다. 나는 고개를 저었다. 그는 내 얼굴을 살피더니 고개를 끄덕였다. 내가 그렇게 대답할 줄 알았다는 듯이.

"그렇다고 감옥에 넣기에는 조금 마음에 걸리네요. 뭐, 그곳에서 생활했던 것보다 감옥이 훨씬 안락할 테지만요."

생각해 보니 정말 그랬다. 때 되면 밥 나와, 비바람도 피할 수 있어, 심지어 교육도 시켜 준다.

3년간의 가뭄을 경험한 그들에겐 자유의 박탈보다 그런 게 훨씬 더 중요할 터였다.

"벌이 아닐 수도 있겠는데요?"

처벌이 제 기능을 못하면 안 하느니만 못하다. 그들을 벌하는 것에 안타까움은 있었지만 그것과는 별개다.

“차라리 노역을 시키는 건 어때요?”

“나도 그 생각을 했다. 녹화사업에는 더 많은 인력이 필요할 테니까.”

다시 비가 내린다면 마력 부담이 줄어든다. 지금은 양분으로 쓸 마력이 허락하는 만큼 나무를 심지만 곧 상관없어질 것이다.

비가 올 것을 확신하고서야 나오는 말에 새삼 가슴이 먹먹했다. 그는 아직 해수의 온도나 북부 추위에 대한 정확한 기록을 살펴보지 않았다. 내가 살펴보고 내린 결론을 그대로 받아들인 것이다. 인정받는 것 같아 기뻤다.

“먹을 게 배급되니 처음엔 그것만으로 충분하다고 생각할 거다. 하지만 같이 일하는 사람들을 보며 점점 박탈감을 느끼겠지. 그들은 급여도 받고 대우도 달리 받을 테니. 기간은 10년 이하로. 이 정도면 적당한 처벌이겠지.”

평생 인간으로 대우도 못 받으며 살 생각을 한 사람들이었다. 하지만 사람은 상황에 따라 같은 것도 달리 느끼기 마련이다. 관대하면서도 엄격한 처사였다.

“영명하십니다.”

생긋 웃자 황태자가 얼굴을 굳혔다. 내게서 고개를 돌리는 그를 보고 있자니 나 역시 얼굴이 굳었다.

노예 처리 문제에 관해 이야기하면서 어느새 딱딱했던 분위기가 풀어졌던 차였다. 그런데 한순간에 아까보다도 더 딱딱해졌다.

둘 다 입을 다무니 어색한 대치 상태가 되었다. 식탁에 앉아 있는 알베르가 거래 장부를 넘기는 소리만이 간간이 들렸다. 먼저 입을 연 것은 황태자였다.

"대체 그대는 무……."

갑자기 눈앞이 새하얘졌다. 눈이 시려서 질끈 감았다. 빛이 얼마나 강한지 감았는데도 눈이 부셨다.

무슨 일이지? 당황스러운 마음에 눈을 떠 보려 했지만 도저히 뜰 수 없었다. 아주 살짝만 떠도 날카로운 빛이 동공을 찔렀다.

시간이 지나자 붉은 시야가 검게 변하기 시작했다. 빛이 잦아들었다는 것을 깨닫고 눈을 떴다. 의문을 입에 담기도 전에 눈앞이 또 번쩍번쩍 빛났다. 아까에 비하면 견딜 만한 빛이었다.

나는 눈살을 찌푸리며 그 빛의 근원을 향해 고개를 돌렸다. 등을 푹 수그린 알베르가 보였다. 그의 주변에 빛 무리가 일렁이는 것을 보고 무슨 일인지 알아차렸다.

이 난리에도 알베르는 꼼짝도 하지 않고 거래 장부를 살피고 있었다. 엄청난 집중이었다. 이 공간에 황태자나 내가 있다는 것도 잊은 듯했다. 안도인지 허탈인지 모를 한숨이 나왔다.

그때 노크 소리가 들렸다.

"들어와."

허락이 떨어지자 문이 열렸다. 기사단장이었다. 그는 황태자와 내 모습을 확인하고 굳은 얼굴을 풀었다.

나는 속으로 혀를 찼다. 황태자가 하려던 말이 신경 쓰였지만 다시 묻기도 난감해졌다.

"무슨 일 있으셨습니까? 진에는 위험 반응이 없었습니다만 강한 빛이 새어 나와서……."

"거래 장부에 걸려 있는 마법을 푸는 과정에서 나온 빛이었다."

"그렇습니까."

황태자의 말에 그가 고개를 숙였다. 안쪽까지 들어와서 벽에 가려졌던 알베르의 모습을 확인하고는 물었다.

"다른 방으로 데려갈까요?"

"됐다. 지금 한창 집중하는 중인 것 같으니. 그보다 노예들은 뭘 하고 있지?"

"방금 식사를 마치고 아래층 방에 데려다 놨습니다. 어떻게 할까요?"

황태자가 턱을 쓸었다. 아직 구체적인 안을 생각하지 않은 상태였다. 그는 조금 고민하다가 입을 열었다.

"노역을 지울 생각이지만……. 우선 대기시켜 둬. 아, 노예가 된 경위에 대해서 심문해 보고."

"알겠습니다. 노예상을 잡아들일 준비는 다 끝냈습니다. 근거지 안의 병력으로 봐서는 관군이나 영주의 지원 없이 저희만으로도 충분할 듯합니다."

"좋아. 주저할 것 없이 다 잡아들여. 증거는 손에 넣었으니 이제 망설일 필요가 없지."

"명을 받들겠습니다."

"감히 국법을 어긴 대가를 치르게 해야지. 어떤 고위 귀족이라도 예외는 없다."

황태자가 삐뚜름하게 웃었다. 그가 만만찮은 계략가였다는 게 떠올랐다.

날 냉대했던 것은 짜증 나는 일이었다. 하지만 그게 원활한 세력 교체에 꽤 괜찮은 수라는 건 부정할 수 없다.

나는 노예상을 비롯해 관련된 귀족들의 미래를 생각하며 고소를 머금었다. 직접 볼 수 없는 게 한이었다.

세베리다에서 다 해결하기엔 시간이 걸릴 테니 결국 제도에 도착한 이후에야 재판이 열릴 것이다. 그 자리에 내가 관여하진 못할 것이다.

아쉽지만 황태자의 눈에 날이 선 걸 보니 어련히 잘하겠거니 싶었다.

기사가 황태자에게 보고하는 것을 넘겨듣다가 걸음을 옮겼다. 여전히 거래 장부에 걸린 마법을 해제하고 있는 알베르한테 다가갔다. 어찌나 집중하고 있는지 내가 반대편 의자를 빼서 앉아도 몰랐다.

그가 손을 얹을 때마다 거래 장부의 수식이 빛났다. 그는 그 흐름을 역산하며 무언가를 받아 적었다.

나는 그가 집중에서 깨어날 때까지 조금 기다렸다. 하지만 도무지 고개를 들 기미가 안 보였다. 황태자 쪽을 힐끔 쳐다보았다. 방해하는 건 미안했지만, 황태자 몰래 물어보고 싶은 게 있었다.

"흠흠."

헛기침도 못 들은 것인지 알베르는 뭐라 뭐라 중얼거리며 빠르게 손을 놀릴 뿐이다. 나는 식탁을 툭툭 쳤다. 알베르가 헉 소리를 내며 고개를 들었다. 깜짝 놀란 모습에 나는 겸연쩍은 미소를 지었다.

"미안해요. 많이 놀랐어요?"

"아닙니다. 앗! 저, 잠시만요."

알베르가 시선을 뗀 그 짧은 순간에 거래 장부에서 빛 꼬리가 튀어 올랐다. 그가 급히 장부를 붙잡고 수식을 몇 개를 지웠다.

"아, 이제 됐어요. 무슨 일이신가요?"

"방해해서 죄송해요. 여쭤 보고 싶은 게 있어서……."

알베르가 사람 좋게 웃으며 손을 내저었다.

"아닙니다. 마침 저도 쉬고 싶던 차였어요. 뭐든 물어보세요."

날 배려하는 말에 더 미안해졌다. 빨리 자리를 비키는 게 좋을 듯했다. 그도 얼른 마치고 쉬고 싶을 테니.

하지만 막상 물으려니 입이 잘 떨어지지 않았다. 알베르의 친절한 응대에도 물어보기 민망했다. 나는 침을 꿀꺽 삼켰다. 적어도 황태자한테 직접 묻는 것보다야 훨씬 나았다.

"혹시 말이에요. 노예 근거지에서 제가 데반스와 따로 이야기할 때 마법을 사용하셨나요?"

에둘러서 묻자 그가 바로 고개를 끄덕였다.

"예, 사용했지요."

역시나. 가슴이 확 조여들었다가 풀렸다. 어느 정도 예상은 했지만 진짜란 것을 확인하니 또 충격이었다.

허우대만 멀쩡하면 뭘 하냐는 말부터 시작해서 주절주절 늘여 놓은 말들이 머릿속에 맴돌았다. 하, 너무 기억력이 좋은 것도 큰일이야. 토씨 하나 안 틀리고 그대로 생각나네.

남자가 고분고분 어쩌고랑 낮져밤이 운운하며 이상형 이야기했던 건 어마무지하게 쪽팔리는 걸로 끝나지만, 황태자를 조루—혹은 고자— 취급한 건 어떻게 수습하지.

이상형 말할 때 생각나는 대로 아무렇게 드립치지 말 걸 그랬나. 생각이라는 걸 하고 말할 걸 그랬나. 하지만 그 상황에서 진지해지는 것도 웃기잖아! 물론 내 이상형 드립이 진실이 아니라고는 말 못하지만.

아니, 지금 쪽팔린 게 문제가 아니다. 황태자의 성 기능에 장애가 있다고 한 건 뭐라 그래…….

엄마……. 아빠……. 갑자기 제도에 있는 부모님이 보고 싶어졌다.

머릿속에 온갖 생각이 휘몰아치는 동안에도 알베르는 지극히 평안해 보였다.

얘는 내가 자기 상관이자 이 나라 차기 황제의 주요 부위에 심각한 결함이 있다고 했는데 어쩜 이리 동요가 없지?

내 의아한 시선을 알아채고 그가 입을 열었다.

"탐지기를 고장 내서 장부를 찾기 위해선 마력추적마법을 써야 했거든요. 거기다 은폐 마법으로 숨겨 놓기까지 해서 해제도 해야 했고요."

"아……."

머리로 이해하기 전에 탄식부터 나왔다. 귀를 꽉 막고 있던 드립들이 흩어지기 시작했다.

아직 안심하기는 이르다. 나는 한 번 더 물었다.

"저, 그럼 다른 마법은 안 쓴 거죠? 도청이나 그 비슷한 거요."

"네? 그건 왜……. 쓸 필요 없어서 안 썼는데 혹시 필요했던 건가요?"

"아니요!"

알베르의 말이 끝나기 무섭게 소리 지르듯 대답했다. 그가 깜짝 놀란 얼굴로 날 바라보았다. 푸른 눈동자가 동그랗다. 떨어져 있던 황태자와 기사단장까지 날 보는 게 느껴졌다.

나는 세웠던 등을 등받이에 기대고 작게 말했다. 얼굴이 뜨거웠다.

"아니에요. 그냥…… 궁금해서 여쭤 봤어요. 고마워요."

어쨌든 다행이었다. 나는 가슴을 쓸어내렸다. 앞으로는 마법사랑 같이 행동할 때 조심해야지. 언제 도청이나 감시당할지 모른다.

뭐, 그것도 알베르 정도 되는 천재니까 즉석에서 아무런 준비 없이 시전 가능한 거지만…….

그나마 황궁 내궁에는 마력 제어 장치가 있어서 다행이었다. 도청당할 염려는 없으니 안심하고 황태자의 뒷담화를 깔 수 있다.

문제는 나랑 같이 황태자의 뒷담화를 깔 사람이 없다는 거다. 괜찮은 애들은 황가에 대한 충성심이 높으니, 원. 외로운 내 인생.

마력 제어 장치 하니 아빠한테 부탁해서 받아 온 통신기가 떠올랐다. 안 들키고 잘 있겠지?

여행 기간 내내 황태자랑 같이 행동하니 들킬 게 염려되어 궁에 놓고 왔다. 시녀들은 내가 여행하는 동안 휴가를 받았다. 특별한 일이 아닌 이상 내궁에 들어오지 않을 것이다.

게다가 하녀들은 내 물건에 손댈 수 없다. 아무도 건들지 못할 것이다.

혹여 본다고 해도 그것만으로 그게 통신기인지 알 수 없다. 마법사가 아닌 이상에야…….

놓고 오길 정말 잘했다. 안 그랬으면 알베르가 마력 탐지를 할 때 발각되었을 거다. 궁에 있는 게 훨씬 안전하다. 혹시 모르니 궁에 도착하자마자 통신기를 확인하기로 했다.

그런데 내 말을 들은 게 아니면 황태자는 왜 갑자기 저러지?

나는 기사단장과 심각하게 이야기를 주고받는 황태자를 힐끔 쳐다보았다. 평소처럼 차갑고 무표정한 얼굴. 나 이외의 사람한테는 언제나 똑같다.

결국 나한테 무언가 걸리는 게 있었다는 건데……. 내 말을 엿들은 게 아니면 대체 뭔지. 이렇게 급변한 이유를 모르겠다.

알베르는 고민에 잠긴 내 모습을 보고 고개를 갸웃했다. 그러더니 밝게 웃으며 말했다. 내 마음을 어둡게 할 말을.

"혹시……. 그때 노예상과 나눴던 대화 내용이나 그에 대한 증인이 필요하신 거라면 전하께 여쭤 보면 될 겁니다."

"네?!"

말이 잘 이해되지 않았다. 나는 긍정도 부정도 하지 못하고 되물었다.

"전하께서는 르웬다나의 축복을 받으신 몸이 아닙니까. 귀를 기울이셨다면 그 정도 벽을 사이에 둔 대화는 충분히 들렸을 겁니다. 전하께서 공녀께 신경 쓰지 않으셨을 리 없죠."

"……!"

나는 비명을 참았다. 튀어나오려는 말을 필사적으로 삼켰다. 양손을 꽉 맞잡았다. 그렇지 않으면 죄 없는 알베르의 멱살을 잡고 짤짤 흔들 것 같았기 때문이다. 죄가 없다고 하기엔 애매했지만.

사람을 안심하게 만든 뒤 후려치다니. 나는 역류할 것 같은 아우성을 억누르며 겨우겨우 차분하게 물었다.

"……르웬다나의 축복에 그런 효과가 있어요?"

"신체 능력을 강화하는 것도 축복 중 하나니까요."

할 말을 잃었다. 그 정도면 축복이 아니라 사기 아닌가. 지가 무슨 소머즈야? 신체 능력 강화가 건강하게 해 준다는 말인 줄 알았지…….

도청했을지도 모른다며 각오하고 물었을 때도 충격이었는데. 이번에는 아예 아니라고 방심하던 차에 후려 맞았다. 뒤통수가 얼얼하다 못해 감각이 없었다.

알베르는 허옇게 질린 내 얼굴을 안쓰럽게 쳐다봤다.

"대체 그 노예상이 무슨 말을 했길래……. 혹시 전하를 모욕하거나 공녀를 욕보인 건가요?"

"아니, 아니에요."

나는 고개를 저었다. 어떻게 말할 수 있을까. 당신의 그 전하, 노예상이 아니라 내가 욕보였습니다. 죄송.

"말씀하십시오. 어차피 노예를 사고판 죄는 엄중히 물을 것이나 감히 황실과 공녀를 욕보인 죄는 따로 벌하여야 할 것입니다."

아니, 그러니까 벌할 사람이 나라고. 그만해!

"아니에요. 그냥 궁금해서 여쭌 거였어요."

"카일론 공녀……."

왜 그렇게 아련한 눈으로 쳐다보는 거야. 나는 당한 걸 배로 갚으면 갚았지 참지 않는다고! 그렇게 촉촉이 젖은 눈으로 보지 마! 내가 다른 사람을 위해 모욕을 참는 것처럼 느껴지잖아!

더 이상 못 참겠다. 나는 알베르의 눈빛 공격을 피해 자리에서 일어났다.

"눈치 없이 제가 너무 방해했네요."

정말 눈치 없는 건 알베르지만, 이 자리를 벗어날 수 있다면 사실 따위 아무래도 좋았다.

"아닙니다."

알베르는 습관적으로 예의를 차려 대답하면서도 그 습기 가득한 시선을 거두지 않았다.

"정말로 아무 일 아니니 영식께선 염려 마세요. 그보다 거래 장부를 어서 해석하셔야 하지 않나요? 노예상을 잡아들일 준비는 다 끝났다고 하니. 장부를 해석하지 못하면 이 일이 다 헛수고가 되는 것, 알고 계시죠?"

이번엔 알베르의 얼굴이 하얘졌다.

"최선을 다하고 있습니다……."

다 죽어 가는 목소리로 답한 그가 장부에 고개를 박았다. 그 모습을 보니 아주 조금은 통쾌해졌다. 나는 그를 지나쳐 방문으로 갔다.

"공녀."

한창 기사단장과 이야기를 주고받던 황태자가 날 불렀다. 작전 짜느라 이쪽엔 신경 쓰지 않는 줄 알았는데……. 찔끔해서 돌아보니 그가 의문이 가득한 눈으로 쳐다봤다.

"잠시 산책 다녀올게요. 답답해서."

"그러면 같이……."

"아니에요. 바쁘신데 시간을 뺏을 수는 없죠. 걱정 마세요. 여관 앞에 있는 정원에 있을 거예요."

지금 같이 있기 싫은 사람 제1순위가 황태자였다. 그런데 둘이서 산책이라니. 황태자랑 산책하느니 아이린이랑 차를 마시겠다.

속마음을 감추고 생긋 웃으며 답하자 기사단장이 고개를 끄덕였다.

"여관 주변에는 호위기사들이 진을 치고 있으니 괜찮을 겁니다. 염려 마시지요, 전하."

황태자가 고개를 끄덕이는 것을 일별하고 문고리를 돌렸다. 등 뒤로 문이 닫히자마자 나는 소리 없이 발광했다.

아, 쪽팔려!

대체 이 일을 어찌 수습할 것인가. 일단 답을 미뤄 두기로 했다. 일단 멘탈을 수습할 때까진 아무 생각도 안 하는 게 좋을 것 같았다.

정원에 마련된 벤치에 앉아 있으려니 나오는 건 한숨뿐이다.

귀족들이 이용하는 고급 여관답게 나름대로 꾸며 놓았지만, 가뭄이라는 상황에 잘 자란 정원수를 보는 것도 사람을 우울하게 만들었다. 이 밖에는 나무 한 그루 없는 붉은 대지가 이어지지 않았던가 싶어서.

나는 발밑만 바라본 채 한숨만 폭폭 내쉬었다. 한참 그러고 있으려니 말소리가 작게 들려왔다.

"……지 않아?"

"그러게. 왜 저러시지?"

너무 작아서 잘 안 들리던 목소리가 점차 커지더니 알아들을 수 있을 정도가 되었다. 아마 내가 생각에 푹 잠겨 자기들 목소리를 들을 수 없을 거라 생각했거나, 말하는 데 심취해서 소리를 낮추는 걸 잊은 모양이었다.

"전하랑 싸우셨나?"

차라리 싸운 게 낫겠다.

"아까까지만 해도 괜찮았는데……."

괜찮긴 뭐가 괜찮아.

"소꿉친구라며? 네가 가 봐."

유타? 한순간 솔깃했지만 그에게도 말 못할 일이다. 생각해 보자.

있잖아. 들어 봐. 내가 너네 주군이 못 들을 줄 알고 조금 욕……아니, 장난을 쳤어. 근데 그게 성불구자 취급 비슷한 거였는데……그냥 농담이었거든? 그 검 치워 줄래? 일단은 나는 네 소꿉친구에다가 지금 네 호위 대상인데…….

이렇게 되겠지. 내 목숨은 소중하다. 한 번 죽어 봤으니 더더욱.

절대 말하지 말자.

그새 유타바인이 내 앞까지 다가왔다. 발치에 닿은 그림자를 보고 고개를 들었다. 나는 말없이 한쪽으로 슥 몸을 옮겨 그가 앉을 자리를 만들어 줬다.

"안 그래도 못생긴 얼굴 왜 찌푸리고 있냐?"

"너 어떻게 하냐."

"뭐가?"

"시력이 나빠지다 못해 장님이 된 것 같은데. 이제 막 기사 서임받았는데 은퇴해야 하는 거 아니야?"

유타바인이 기가 차다는 듯 픽 웃었다. 그 웃음이 옮아 나 역시 입가에 엷은 미소가 퍼졌다.

"걱정 마. 네 얼굴 잔주름까지 다 보이니까."

"없는 걸 보다니 정신이 오락가락하는 걸지도."

둘이서 마주 본 채 한차례 낄낄거렸다. 확실히 혼자 있는 것보단 기분이 나아지는 것 같았다.

"앞으로도 주름 없이 살고 싶으면 지금처럼 웃어. 넌 봐줄 만한 게 얼굴뿐이니까 조심해야 해."

"죽는다."

주먹을 내보이자 유타바인이 가소롭다는 듯 웃었다.

"대체 왜 그래? 전하랑도 사이 좋아 보이더만. 난 네가 레지나 된다고 했을 때 걱정 많았는데……. 사실 네가 궁에서 살기엔 좀 그렇잖아. 성격이 좀……. 궁에 들어가고 나서는 좀 변한 것 같지만."

"너 은근슬쩍 나 욕한다? 내가 어때서?"

"전하께는 연인도 있고 그 연인이 또 레지나이기까지 하지. 그래서 걱정 많이 했어."

유타바인은 내 말이 들리지 않는 척 자기 할 말만 계속했다. 괘씸했지만 그 말에 걱정이 구구절절 묻어 있었다. 나는 꽉 쥐었던 주먹을 풀었다.

"너무 걱정하지 마. 내가 누군데. 소박맞고 아무도 안 찾는 초라한 후궁에 박혀서 울고나 있을까 봐?"

내 말이 뭐가 그렇게 웃긴지 유타바인이 끅끅대며 웃음을 삼켰다.

"그래, 누가 감히 널 건들겠냐. 황태자 전하를 지갑처럼 다루고 짐꾼으로 부린 사람인데."

"야! 그거는……."

놀리듯 말하는 그를 흘겨보다가 씨익 웃었다.

"……아주 좋았다. 기회를 잘 활용했다고 해 줄래? 나도 내가 감히 전하께 그럴 줄은 몰랐는데. 조금 재밌었긴 했어."

소리를 낮춰 비밀인 양 말하자 유타바인이 어처구니없어 했다. 그러는 그의 눈가에도 짓궂은 즐거움이 가득했다.

"그래, 그래. 너 진짜 대단해. 설마 전하랑 자기야, 여보야 하면서 놀 줄은……."

"야!"

"아, 자기야가 아니라 댜기야였던가? 미안."

결국 나는 풀었던 주먹을 다시 쥐었다. 퍽퍽 소리가 날 정도로 때리는데도 유타바인은 뭐가 그리 좋은지 낄낄댔다.

그에 반해 내 얼굴만 시뻘게졌다. 밖에서 듣고 있는 건 알고 있었지만, 머리로 아는 것과 이렇게 놀림받는 것은 또 다른 문제였다.

때려 봤자 내 손만 아플 뿐이다. 전혀 잦아들지 않는 웃음소리를 듣다 보니 자포자기인 심정이 되었다.

그래, 웃어라 웃어!

한참을 껵껵대며 웃던 유타바인이 겨우겨우 진정하고 고개를 들었다. 어찌나 웃었는지 눈가엔 눈물마저 맺혀 있다.

"웃기냐?"

"어."

대답하는 입매에서 비식비식 웃음이 새어 나왔다. 그를 흘겨보자 눈을 찡긋거린다. 웃는 낯에 침 뱉을 수도 없는 노릇이라 그저 한숨만 쉬었다. 고개를 드니 유타바인이 사뭇 진지해진 얼굴로 날 바라봤다.

"정말 다행이야. 전하께서 널 많이 아끼시는 것 같아서. 둘이 잘 어울리더라."

"……고마워."

달리 할 말이 없어서 그냥 그렇게 답했다. 작게 미소 짓는 날 보고 유타바인이 습관적으로 머리카락을 쓰다듬으려고 했다. 하지만 내 머리에 닿기 직전, 그의 손이 멈칫했다. 어색하게 손을 거두는 그를 보고 나는 그냥 웃었다.

"이제 들어가 봐야겠다."

"그래."

치맛자락을 털며 일어나자 유타바인이 따라 일어났다. 방까지 에스코트하는 것을 흘낏 곁눈질했다.

아직 레지나여서 유타바인과 이렇게 티격태격할 수 있지만 나중에 황후가 된다면 어떻게 될까? 절대 지금과 같지는 않겠지. 아무렇지 않던 것에 예의와 법도가 결부될 것이다. 지금 유타바인이 내 머리를 쓰다듬지 않은 것처럼.

방 안 풍경은 내가 나갈 때와 그다지 달라지지 않았다. 알베르는 여전히 거래 장부를 붙들고 있었고 황태자는 기사단장과 다른 기사 몇에게 지시를 내리고 있었다.

황태자가 날 쳐다보자 다른 기사들 역시 날 쳐다보았다. 머쓱함에 눈인사만 하고 침실로 들어왔다.

침대를 보니 갑자기 잊고 있던 피로감이 몰려왔다. 그대로 다이빙했다. 부드러운 시트가 출렁거리며 요동치는 것을 즐기다가 반 바퀴 뒹굴었다.

오늘 하루 있었던 일이 머릿속을 스쳐 지나갔다. 아침부터 다사다난했다. 아니, 이곳에 온 순간부터 사건이 끊이질 않았다.

소매치기범과 만나고, 인공적인 라니냐에 대해 알게 되고, 노예상 근거지에 잠입했다. 하나하나 빠짐없이 내 정신을 쏙 빼앗는 사건들이었다.

퍽 대범하게 행동했지만 평범하게 살아온 여대생에겐 좀 버거운 일이었다. 그런 날 잡아 준 건 황태자였다. 그가 옆에서 버티고 있었기에 마음 편하게 할 말 못 할 말 없이 내키는 대로 할 수 있었다.

—전하께서 널 많이 아끼시는 것 같아서.

유타바인의 말이 귓가를 맴돌았다.

아낀다라…….

해풍의 강화가 가뭄을 불러왔다는, 이곳 사람들에게는 허무맹랑하기 그지없는 말을 그는 어떤 의심도 없이 믿었다. 증거도, 자료도 확인하지 않았다. 그저 내 말 한마디였을 뿐이다.

하지만 그는 믿었고, 자책하고 있는 내게 손을 내밀었다. 그걸 아낀다고 한다면 아끼는 것이리라.

확실히 황태자와 나와의 관계는 이전과 다르다. 조금씩, 아주 조금씩 변화한 관계는 어느새 처음의 모습은 찾아볼 수 없다. 꼭 탈피한 나비처럼.

언제부터였을까. 이곳으로 오는 마차 안에서 그가 의외로 장난기 많다는 것을 깨달았을 때? 아니면 그가 내게 감사를 표한다고 정중히 인사하던 때? 그것도 아니면…… 함께 귀궁하던 마차 안, 서로를 노려보던 때인지도 모른다. 어쩌면 그보다 더 전일지도.

그와 마주하지 않은 채 그에 대한 말을 듣고 그에 대해 생각하며 내가 마음을 바꾼 것처럼, 그 역시 나에 대해 생각하고 곱씹으며 달리 느낀 것일 수도 있다.

확실한 건 처음에는 티도 안 나는 실금이었다는 것이다. 하지만 더 많은 이야기를 나눌수록 그 위로 또다시 금이 갔다.

무수한 실금이 모여 결국엔 선입견을 깨뜨렸다.

서로를 굴절시키던 막이 깨져 나가자, 뒤틀린 형상으로는 상상도 못했던 모습이 드러났다.

그가 내 짐작과는 다른 사람이라는 걸 깨달아 가는 과정은, 솔직히 말해서 즐거웠다. 이번 여행만 해도 그렇다. 다사다난했고 편한 여행은 아니지만…… 재밌었다.

유쾌했다. 그와 둘이서 밖을 돌아다닌 것도, 궁중 법도와 관계없이 식사하며 장난친 것도, 노예상 근거지에 잠입했던 것도 모두 다.

"……."

나는 몸을 다시 뒤집었다. 딱히 안 좋은 생각을 하고 있는 것도 아닌데 왜인지 가슴이 답답했다.

황태자는 나를 아낀다. 하지만 유타바인이 말했던 '아낀다'와는 차이가 있다. 유타바인의 말은 꼭, 그가 남자로서 여자인 나를 아낀다는 것 같았으니까.

그것보다는 정치적 동반자로서 나를 존중한다고 보는 게 옳을 것이다. 우리가 남녀이고 내가 그의 잠정적인 약혼녀라는 상황 때문에 다르게 비칠 뿐.

황태자에게는 연인이 있다.

그 연인 사이를 찢고 황후가 되겠다고 결심했지만, 황태자를 유혹해서 날 사랑하게 만들겠다는 뜻이 아니었다. 내가 선택한 사람이 황제가 되게 하겠다고 한 말처럼, 내 존재 가치를 증명하겠다는 뜻이었다.

아이린도, 황태자도 절대 경시할 수 없는 사람이 되어서 나 이외에는 그 누구도 이 나라의 여군女君이 될 수 없도록.

어차피 나는 그를 사랑하지 않을 것이니 그렇게 해서 내 가족을, 내 가문을, 내가 손안에 겨우겨우 움켜쥔 것들을 지키면 된다고 생각했다.

그 생각에는 지금도 변함없다. 나는 꽉 막힌 듯 답답한 가슴을 눌렀다. 왜 새삼 씁쓸한지.

지금 이 상황은 내 생각보다 훨씬 좋았다. 한때 나는 그가 제왕의 그릇은커녕 기본적인 됨됨이도 안 된 사람이라고 생각했었다.

그때에 비하지 않더라도 객관적으로도 지금 상황은 나쁘지 않았다. 황궁에서 사는 걸 생각하면 더더욱.

그래, 나쁘진 않다. 사랑하지 않아도 서로를 존중하고 뜻을 이룬다면.

사랑은 배신하기 마련이다. 예고도 없이, 눈 깜짝할 사이에.

그걸 생각하면 그도, 나도 지금이 딱 좋았다. 사랑하지 않는 것이 우리의 완벽한 결말이다.

부드럽게 흔드는 감촉에 서서히 정신을 차렸다. 눈을 뜨니 카란이 날 걱정스레 내려다보고 있었다.

"아, 잠들었나 보네."

목이 텁텁했다. 카란이 건네주는 물을 마시자 좀 살 것 같았다.

"식사 시간이야?"

"예, 아가씨."

고개를 끄덕이고 침실을 나가려는데 카란이 조심스럽게 날 붙잡았다.

"저, 막 기침하셨으니 소세라도 하시는 게 어떻겠습니까?"

설마 침이라도 흘렸나? 미소녀는 자는 모습도 예쁠 게 틀림없는데?!

찔끔해서 욕실로 들어갔다. 거울에 비친 모습을 보고 기겁했다. 입가에 말라붙은 침 자국 대신 눈에 눈곱이 잔뜩 껴 있었다.

아무리 미소녀여도 이건 좀…….

꼼꼼히 세수하고 나니 그럭저럭 볼 만한 얼굴이 되었다. 카란 덕분에 쪽팔릴 일 하나는 줄었다.

그런데 갑자기 눈곱이 왜 이리 많이 꼈지? 설마 울었나. 무슨 꿈을 꾸었는지 더듬어 보지만 기억날 리 없다. 무언가 찝찝한 감각만 이 되살아날 뿐.

욕실 밖으로 나가자 카란이 머리를 빗질해 줬다. 차분한 손길이 기분 좋았다.

“카란.”

“네, 아가씨.”

“혹시 내가 자면서 뭐라고 했어? 걱정스러운 얼굴로 깨우길래.”

“아……. 악몽을 꾸시는 것 같았습니다. 조금 앓는 소리를 내시더라고요.”

궁금함에 눈썹을 까딱해 보았지만 카란은 더 말이 없다. 끙끙대기만 했을 뿐 무언가를 말하진 않은 듯했다. 꿈도 좀체 꾸지 않는데 악몽을 꿨다고 하니 마음에 걸렸다. 너무 이런저런 생각을 많이 하다 잠들어서 그런가.

“악몽이면 기억나지 않는 편이 더 좋지 않겠습니까.”

“뭐, 그것도 그러네.”

가볍게 고개를 끄덕이고 미소 지었다. 마침 빗질을 마친 카란이 한 걸음 뒤로 물러났다.

침실 밖으로 나가자 이미 음식이 다 차려져 있고 황태자까지 앉아 있었다.

“미안해요. 기다렸어요?”

“별로.”

짧은 대답이었지만 낮처럼 냉랭한 기색은 없었다. 삐진 거 다 풀어졌구나. 아니더라도 제발 풀어졌으면 좋겠다. 그 김에 내가 한 말도 모두 잊었으면.

슬쩍 눈치를 보다 눈이 마주쳤다. 멋쩍음에 히, 하고 웃자 그가 입매를 풀었다. 그 모습을 보니 일단은 이렇게 넘어갈 것 같았다.

문제는 황태자가 뒤끝이 아주 끝내준다는 거지만. 나는 여장 사이에 처박혀 있는 〈에마 부인〉을 떠올렸다.

물론 나 역시 한 뒤끝 하는 이로서 그의 뒤끝을 이해 못하는 바는 아니지만, 그게 날 향하는 건 좀…….

"잠을 잤다고 들었는데도 피곤해 보이는군."

"이래저래 일이 많았으니까요."

기억도 안 나는 악몽 덕분에 자도 개운하지 않았다. 대충 넘기자 그가 미간을 살짝 찌푸렸다.

"그렇다면 서부 해안궁은 가지 않는 게 좋겠군."

"음……."

우리의 휴양지가 서부 해안궁으로 알려져 있는 만큼 여행 중 한 번은 들르기로 했다. 탁 트인 바다와 맞닿은 곳에 지어진 궁이 꽤 괜찮다고 해서 기대했던 차였다.

하지만 피곤한 건 사실이었고, 장시간 마차에 갇혀 있는 건 사양이었다.

"그러는 게 좋겠네요. 거기 가면 몇 시간 있지도 못하고 제도로 출발해야 할 것 같으니."

황태자가 고개를 끄덕였다.

"그러면 내일 하루는 온종일 아무것도 하지 않고 보내요!"

씩 웃으며 말하자 황태자가 눈썹을 치켜세웠다. 그 모습을 보니 알 것 같았다.

"전하께서는 아무것도 하지 않고 하루를 보내 본 적 없으시죠?"

잉여의 기쁨을 모르다니 당신이 불쌍해요! 여름에는 에어컨 바람 밑에서 아이스크림 먹고, 겨울에는 전기장판 위에서 귤 까먹는 게 인생의 행복이건만.

나는 연민 가득한 눈으로 그를 쳐다봤다. 그 눈빛이 기분 나빴는지 그가 인상을 찌푸렸다.

"게으름은 곧 죄다. 그렇게 시간을 낭비할 수는……."

"하루 정도는 괜찮다고요. 우리 여기 휴양 온 거잖아요. 어떻게 된 게 계속 일하게 됐지만."

"하지만……."

"어허, 내가 원하는 여행을 하기 위해서 온 거라면서요? 그 말 잊었어요? 정 그러면 오후에 한번 쇼…… 아니, 산책하든가요."

산책이란 말에 황태자의 얼굴이 핼쑥해졌다. 입을 다문 모습을 보니 만족스러웠다.

지난날의 과오를 잊지 않고 와인은 딱 한 잔만 마셨다. 포도주를 머금는 내 얼굴을 황태자가 뚫어져라 쳐다봤다.

아무래도 저번에 술 취한 것 때문에 걱정이 되는 모양이다. 물론 뒷수습할 자신에 대한 걱정. 나는 보란 듯이 잔을 탁 소리 나게 내려놓았다. 그런데도 황태자의 시선은 한동안 술잔과 나를 스쳤다.

진짜 내가 더럽고 치사해서 안 먹는다.

밥을 다 먹고 잠시 이야기를 나누다 보니 벌써 잘 시간이었다. 인사를 나누고 침실에 들어와 눕자마자 잠기운이 솔솔 밀려왔다. 아까 선잠을 잤는데도 이러는 것을 보니 나도 많이 피곤했던 것 같다.

잠이 들락 말락 했다. 불현듯 침실 문을 잠그지 않았다는 것이 생각났다. 하지만 이미 몸은 무거웠고 정신은 잠과 현실의 경계를 지나고 있었다.

—오늘 밤은 꼭 방문 잠그고 자도록 해.

어제 그가 했던 말이 떠올랐다. 낮고 습했던 목소리와 따끔하던 귓바퀴의 통증.

아, 잠가야 하는데…….

둔해진 머리 한쪽에서 이성이 외쳤지만 허무한 메아리가 되어 울려 퍼질 뿐이었다. 벌떡 일어나도 모자란데 이상하게 손 하나 까딱하기 싫었다.

5분만 누워 있다가 일어나자. 스스로 핑계인지 아닌지 모를 생각을 하다가 결국 완전히 잠에 빠졌다.

눈을 떴을 땐 이미 날이 훤했다. 시계를 보니 아침보다는 점심시간에 더 가까웠다. 기지개를 켜고 카란을 불렀다.

온몸이 찌뿌듯했다. 아무리 좋은 침대여도 오래 자면 허리가 아프구나. 허리를 툭툭 두드리고 있으려니 카란이 들어왔다.

말끔히 단장하고 나가자 황태자는 이미 소파에 앉아 기사들과 이야기를 나누는 중이었다. 그는 날 보자 이야기를 정리하고 기사들을 내보냈다.

"얘긴 다 끝났어요?"

"오늘 하루는 아무것도 안 하고 보내기로 했으니까."

들려오는 대답이 의외였다. 그걸 저렇게 충실하게 지킬 줄이야. 어쩐지 아무것도 안 한다는 것에 대한 부담감이 팍팍 밀려왔다.

이른 점심을 먹은 후, 군것질거리를 옆에 쌓아 두고 소파에 늘어지게 앉았다. 귀족 특유의 반듯한 자세를 내던지고 앉자 황태자가 놀란 눈으로 봤다.

그래 봤자 엉덩이를 살짝 빼 등을 푹 기댄 자세일 뿐이다. 살짝 개구지게 웃으면서 그에게도 권했지만 그는 좀체 세운 허리에서 힘을 빼지 않았다.

그 상태로 많은 이야기를 나눴다. 가뭄과 불법 노예로 시작된 주제는 점차 시시콜콜한 것까지 흘렀다.

황태자의 유년기는 그야말로 사극 드라마 속 세자 이야기보다 흥미진진했다. 나는 감자칩을 와삭와삭 씹으며 더 캐물었다.

단단한 그의 얼굴이 케일라덴에 대해 말할 때마다 희미하게 풀어졌다. 실제로 그의 유년기 대부분은 케일라덴과 함께였다.

듣자 하니 케일라덴의 생모가 병환으로 사망한 후, 황후가 그를 거둬 동복형제처럼 자랐다고 한다. 황실에선 진짜 동복형제도 마냥 신뢰할 수 없는데 그들 사이에는 그걸 뛰어넘는 각별한 우애가 있었다.

어쩐지 조금 부러웠다. 나는 전생의 남동생을 떠올렸다. 애가 욕심이 많고 못되게 굴 때도 있었지만 그래도 콧물 흘리며 누나, 누나 할 때는 참 귀여웠다.

더 이상 돌아보지 않겠다고 하면서도 돌아보게 되는 게 사람 마음이다. 이곳에 와서 또 남자 형제가 하나 생기긴 했지만 아직 얼굴도 보지 못했다.

여동생이 죽을 정도로 앓아누웠을 때도, 레지나로 간택돼 황궁에 들어갈 때도 얼굴을 비치지 않았던 사람이니 만나 봐야 뻔했다.

"……래서 내기를 했지."

어느새 황태자의 자세도 나와 다를 바가 없게 변했다. 그 역시 소파에 폭 파묻힌 채 감자칩을 와삭와삭 씹어 먹고 있었다.

그가 손가락을 움직일 때마다 소금기가 살랑거렸다. 그걸 깨닫는 순간 웃음이 나올 뻔했다. 나는 애써 입꼬리를 내렸다.

그가 나에 대해서도 물었지만 딱히 할 말이 없었다.

샤티의 기억을 뒤져 보면 그럭저럭 이야기할 만한 에피소드가 있을 것이다. 하지만 그건 진짜 내 유년기가 아니었다. 다른 사람의 이야기를 내 것인 양 그에게 말하기 싫었다.

어물쩍 넘기자 그가 기억하는 샤티의 모습이 도마 위에 올랐다.

"잠깐, 제가 전하 것을 뺏었다고요?"

"그래. 기억 못하나? 하긴 어렸으니."

그 순간 머릿속에 스치는 것이 있었다. 굳이 샤티 사전을 넘겨 볼 필요도 없었다. 이 세계에 와서 몸의 주인이 어떤 사람인지 알기 위해 기억을 살폈을 때 봤던 장면이었다.

샤티가 초코바를 갈취해 먹던 장면. 다시 떠올려 보니 샤티 옆에 있는 남자애의 머리카락과 눈의 색하며 어린데도 이목구비가 뚜렷한 것이 황태자가 확실했다.

……기억 못하는 척하자.

"기억이 잘 안 나네요."

눈알을 굴리며 말하자 황태자가 고개를 끄덕였다.

그 역시 자세히 말하진 않았다. 샤티가 뭘 뺏었는지조차. 하긴,

초코바를 뺏어 먹었다고 하기엔 좀 그렇지. 그걸 스무 살인 지금까지 기억하고 있다는 게 좀.

잠시 이야기가 끊겼다. 딱히 어색하진 않았다.

얼마간 평화로운 침묵을 공유하고 있는데 방문을 두드리는 소리가 들렸다. 황태자가 반사적으로 허리를 세웠다. 나 역시 자세를 바로 한 뒤 손끝에 묻은 부스러기를 털어 내곤 새침을 떨었다.

"들어와."

방 안으로 들어온 사람을 보고 깜짝 놀랐다.

"……코겐 영식?"

죽어서 좀비가 되어 버린 건가? 나도 모르게 몸을 움츠렸다.

"거래 장부 복원을 마쳤습니다."

다행히 알베르는 살아 있는 것으로 판명 났다. 몰골은 이미 죽은 사람과 다를 바 없었지만.

"수고했다. 이만 가서 쉬도록."

"고생하셨어요, 영식. 덕분에 잘 해결되겠네요."

"감사합니다."

서 있는 것도 힘들어 보이는 모습에 황태자가 서둘러 그를 내보냈다.

이족보행인지, 사족보행인지 헷갈리는 모양새로 방을 나서는 알베르를 보니 공무원이라고 다 좋은 게 아니라는 생각이 들었다. 역시 상사를 잘 만나야 해.

절대 좋은 상사는 아닌 황태자가 거래 장부를 훑어봤다.

"이제 중앙으로 돌아가 회의에서 증거 자료로 제출하면 되겠군."

"다행히 잘 끝났네요. 기사분들이 노예상도 잡아들였고, 연루된 귀족에 대한 자료도 손에 넣었으니."

"그대 덕분이다. 그대가 아니었으면 노예 건도, 가뭄 건도 해결하지 못했을 거야. 정말 그대에게 감사해."

"전하 덕이 큽니다."

눈을 내리깔았다 다시 드니 시선이 마주쳤다. 노란 눈동자가 한 치의 틈도 없이 날 붙들었다. 그의 눈 깊은 곳에 내가 있었다.

갑자기 열이 오르는 느낌에 화들짝 일어섰다.

"자, 그럼 산책 가 볼까요!"

깔끔하던 황태자의 얼굴이 살짝 무너지는 것을 바라보며 나는 이마에 손을 얹었다. 열기는 착각인 양 사라졌다.

다시 한 번 황태자를 지갑 및 짐 셔틀로 만들고 나니 싱숭생숭했던 마음도 가벼워졌다.

나는 양손 한가득 짐을 들고 있는 황태자를 즐겁게 쳐다봤다. 아, 정말 카메라라도 있으면 좋았으련만.

"이제 돌아가지."

안 그래도 그럴 생각이었다. 그에게 팔 하나 더 달렸으면 모를까 이 이상 짐을 들 수 없어 보였기 때문이다.

나는 만족스레 고개를 끄덕였다. 여관에 거의 다다를 무렵 정수리에 차가운 게 느껴졌다.

'어라?'

나도 모르게 멈칫해서 하늘을 올려다봤다. 손바닥을 내밀자 똑, 물방울이 떨어졌다. 손바닥에 고인 물에 눈이 둥글어졌다. 나도 모르게 황태자부터 찾았다.

"레오!"

"……비다."

그가 나와 마주 보며 고개를 끄덕였다. 한두 방울씩 똑똑 떨어지던 것이 금세 굵은 빗방울이 되었다.

"진짜 비예요!"

"그래."

그의 얼굴에 환한 미소가 떠올랐다. 빗줄기 사이로 흐릿하게 보이는 그 얼굴이 묘하게 생동감 넘쳤다. 비에 젖은 머리카락이 평소보다 더 짙었다.

생기를 띤 것은 그뿐만이 아니었다. 거리로 사람들이 몰려나왔다. 모두 비를 피할 생각도 하지 않고, 우산도 쓰지 않은 채 하늘을 향해 두 팔을 벌렸다.

그 모습을 보니 가슴이 아릿했다. 코끝이 시큰거리는데 자꾸만 웃음이 나왔다.

"아?"

갑자기 황태자가 날 제 품으로 끌어당겼다. 차가운 빗방울과 달리 그의 몸에선 더운 열기가 느껴졌다.

얼굴 바로 앞에 탄탄한 가슴팍이 보였다. 젖은 셔츠가 굴곡을 여실히 드러냈다. 당황스러워 품에서 벗어나려는데 그가 날 더 꽉 끌어당겼다. 꼭 가두듯이.

"레오?"

"잠시 이대로."

얼굴을 올려다보는데 그는 나 대신 주변에 눈짓했다. 무언가 일이 생겼구나 싶어 그 상태로 가만히 있었다.

비 때문에 그의 체취가 더 짙어져 어지러웠다. 젖은 천 사이로 식어 버린 몸과 뜨거운 그의 몸이 맞닿았다. 열이 옮은 듯 천천히 내 몸도 뜨거워지기 시작했다.

잠시 후, 기사 한 명이 다가오고 두꺼운 천이 어깨 위로 둘러졌다.

"이제 됐다."

그의 말에 몸을 뗐다. 둘러진 천을 여미며 고개를 갸웃했다.

"감기 걸릴까 봐 그래요? 이 정도는 괜찮은데. 여관도 코앞이고요."

내 말에 황태자는 애매하게 고개를 끄덕였다.

여관으로 돌아가는 동안 그는 나를 쳐다보지 않았다. 감기에 걸리는 건 내가 아닌 그 같았다. 나는 살짝 붉어진 그의 눈 밑을 보고 걸음을 빨리했다.

"오, 젠장."

저절로 감탄 아닌 욕이 나왔다.

방으로 돌아와 씻기 위해 천을 걷은 순간, 천의 진정한 용도를 깨달았다. 더불어 그가 왜 나를 감쌌는지도.

비에 젖은 블라우스에 속이 내비쳤다. 그 안에 내의를 입긴 했지만 그 역시 젖어서 속옷의 색과 윤곽이 어슴푸레 보였다.

이젠 쪽팔리지도 않다. ……는 무슨. 엄청 쪽팔렸다. 나는 소리 없이 쪽팔림의 탭댄스를 추었다. 솔직히 거울이라도 깨고 싶었지만 아플 것 같아 참았다.

아씨, 내일 떠나면 다시 여기 오나 봐라. 여기 와서 쪽팔린 일밖에 없어!

다사다난했던 여행도 막을 내렸다. 아이트라 악시스에 앉아 밖을 내다보았다.

어제 비는 한 시간 남짓 내리고 그쳤다. 짧은 비가 아쉬웠지만 토사가 쓸려 내려갈 수 있다는 점을 생각하면 다행이었다.

단시간이라도 충분히 내린 비 덕분에 마을은 숫제 축제 분위기였다.

이제 작아져서 보이지 않는 곳을 바라봤다. 거기서 조금 고개를 돌리니 푸른 물결이 일렁이는 곳이 보였다. 녹화사업지다. 하늘에서 보니 더더욱 장관이었다.

저 멀리 적란운이 보였다. 오늘 오후 즈음에 한바탕 비가 쏟아질 예정인가 보다. 하늘에서 보는 그 짙고 빽빽한 구름은 또 다른 절경이었다. 이따금 뇌우가 번뜩이는 걸 한없이 바라보다가 어느새 잠이 들었다.

"공녀."

작게 부르는 목소리에 눈을 떴다. 시야가 흐릿해 몇 번 눈을 깜빡였다.

슬슬 잠기운이 물러나며 지금 내 상태를 깨달았다. 무려 황태자의 어깨에 기대어 자고 있었다.

정신이 번쩍 들어 자세를 바로 했다. 눈치를 보아 하니 딱히 화내진 않을 것 같았다. 혹시 침 흘렸나 확인해 보고 멀쩡한 어깨를 보고 안도했다. 더 이상 흑역사를 쌓을 순 없다.

"도착했어요?"

그가 고개를 끄덕였다. 창밖을 보니 익숙한 레지나궁과 그 앞에 도열한 시녀들이 보였다.

"시녀들이 꽤 오래 그대를 기다렸다."

눈이 둥그레졌다. 오래 기다렸다니?

"지금 막 도착한 거 아니에요?"

"조금 됐다."

"왜 깨우시지 않고……."

"곤히 자길래."

너무나도 의외인 대답에 할 말을 찾지 못했다. 기다리던 그가 먼저 나가 손을 내밀었다. 나는 그 손을 맞잡고 마차에서 내렸다. 흙날리는 모래 대신 푹신한 잔디가 발바닥을 받쳤다.

돌아왔다, 황궁으로.

시녀들이 귀환을 환영하며 고개를 숙였다. 만감이 교차했다.

저번에 집에서 다시 궁으로 돌아올 때는 이곳이 그리울 리 없다고 생각했는데, 조금이지만 반가운 느낌이 들기도 했다. 그러면서도 앞으로 신경전을 벌일 생각을 하니 머리가 아팠다.

상반된 감정이 날 흔들었다. 그런 날 황태자가 붙잡았다. 이끄는 대로 궁으로 들어가며 힐끗 그를 올려다봤다. 그는 똑같았다. 여행지에서 보던 모습과 다름없이. 궁에 왔다고 해서 변한 것은 없다.

뒤를 보자 유모가 따스하게 미소 지었다. 그녀의 주변으로 라브엘과 이디스가 보였다. 마찬가지로 포근한 얼굴이었다.

어쩐지 안심이 되어서 나는 온전히 돌아온 기쁨만 생각할 수 있었다.

11장

가재는 게 편

가재는 게 편

궁에 들어와 가장 먼저 한 일은 현재 동향 파악이었다. 라브엘과 이디스가 각각 내게 전한 내용은 날 바짝 긴장하게 만들기 충분한 것이었다.

아이린은 세도가가 아닌 신진 귀족들과 깊은 연을 맺고 그들을 규합하고 있다고 했다.

몇몇 가문의 이름에 미간이 찌푸려졌다. 북부 상권을 장악한 노리엔가, 카이엔과 맞닿은 국경을 지키는 변경백 세오펠가 등. 명문가가 아닐 뿐, 무시 못할 가문들이었다.

"그뿐만이 아닙니다. 귀족파와도 친분을 쌓았습니다."

"귀족파랑?"

심각하게 고개를 끄덕이는 라브엘을 보고 나 역시 심각해졌다. 귀족파랑 손을 잡다니 대체 무슨 생각인지…….

귀족파는 현재 딱히 지지하는 황자가 없지만 황제파의 지지를 받는 황태자를 좋게 보진 않았다. 그런데 황태자의 연인인 그녀가 귀족파와 친분을 맺다니 이건 무슨 뜻일까.

하긴, 생각해 보면 그녀는 어느 계파에도 소속되지 않은 사람이었다. 황태자가 세력 개편을 원하는 것은 자명했고, 그걸 위한 초석인지도 모른다.

황제파와 귀족파에 속하지 않은 신진 세력을 주축으로 삼고 중도를 유지하는 것. 이를 위한 움직임인가?

황태자는 무슨 생각일까.

나를 레지나로 들였을 때는 저런 계획이었을 테지만 여행 때도 그렇고 그 전에 공식 석상에서 날 치하한 것도 그렇고, 변했다는 느낌인데…….

저 계획을 위해서는 계속 날 무시해야 했다. 나는 복잡해지려는 생각을 끊고 사실만 주시했다. 여태까지 선입견으로 너무 많은 오해를 했다.

팩트는 간단히 정리된다. 황태자가 카일론에게 힘을 실어 준 상황에서 아이린은 귀족파와 신진 세력과 접선했다.

그 사실에만 집중하자 다른 생각이 떠올랐다. 아이린이 독단으로 행동했을 수도 있다. 황태자가 나를 치하한 것에 불안해져서 자신의 위치를 공고히 하기 위한 발판을 마련한 것일 가능성도 있다.

하지만 그녀의 가장 강력한 기반은 황태자다. 황태자의 연인이기에 아무것도 없는 스테나가가 이렇게 클 수 있었다.

황태자의 의중을 무시하고 독단적으로 움직였을 거라고는 생각하기 힘들었다. 황태자와 틀어지면 바로 기반을 잃는다. 그런 그녀가 황태자와 적대시하는 세력과 독단적으로 손을 잡았다는 것은…….

설마 황태자와 틀어질 경우를 대비한 제2안인가. 황태자 외에 다른 기반을 마련함으로써 그가 쉽게 내칠 수 없도록, 내치더라도 황후가 될 발판을 마련할 수 있도록.

아이린의 앞에서 날 끌어당기던 황태자의 모습이 떠올랐다. 모욕감에 희게 질렸던 그녀의 모습도.

"스테나가 착하고 고아한 성녀가 아니라는 게 알려졌는데도 용케도 사람들을 모았군요."

이제는 그녀를 향한 맹목적인 믿음이 없다.

"자신의 이익을 위해 행동하는 거죠. 서로 목적을 위해서."

나는 눈을 감았다. 황태자가 카일론을 무시한 덕에 귀족들은 카일론을 넘어설 수 있다고 생각하기 시작했고, 그를 위해 아이린과 손을 잡은 것이다.

내가 황후가 되면 카일론이 또 독주할 게 자명하다. 여태까지처럼 두 공작가와 세 후작가에 머리를 조아려야 한다.

귀찮게 됐다. 에르마가 그랬던 것처럼 선망으로 묶인 것은 쉽게 풀린다. 하지만 서로의 이익을 위한 결속과 공동의 적을 둔 결속은 쉽게 깨지지 않는다.

"가장 문제인 것은 스테나 영애와 황후 폐하와의 친분입니다."

전혀 생각도 못한 말에 눈이 번쩍 뜨였다. 라브엘의 얼굴을 보고 그녀가 한 말이 무슨 뜻인지 정확히 이해했다.

"……한 방 먹었네요."

절로 한숨이 나왔다. 내가 없는 동안 황후와 친교를 나눴다라…….

공식 일정을 제외하면 레지나가 황제와 독대할 수 없다는 것이 그나마 다행이었다. 황태자에게 일임한 레지나 건에 황제의 영향이 미칠 것을 미연에 방지하기 위한 조치였다. 그렇다고 해서 후계에 관한 일에 황제가 아무런 영향도 주지 않을 순 없지만.

황제는 무슨 생각일까. 카일론에 우호적이지만 속으론 무슨 생각을 하고 있을지 모른다.

이제 곧 라하딘이다. 라하딘이 시작되기 전 레지나는 황제와 독대할 기회를 얻는다. 그때 그 의중을 파악해야 한다. 황후와도 따로 자리를 마련하는 게 좋을 것 같고.

"황후께선 황제파 출신이신데 스테나 영애와 친분을 쌓았다니 의외입니다."

"황제파라고 다 카일론을 좋아하는 건 아닙니다. 황제파의 수장이라 따르고 있긴 하지만 기회를 보는 사람도 있죠. 특히 마르켈 후작가는 황후의 친정이 되니 수장 자리를 꿰차고 싶어 할 것입니다."

과연. 고개를 끄덕였다. 여태까진 세력 전복을 생각하지 못했겠지만 황태자의 행보로 수장좌를 넘보기 시작했을 것이다.

생각할수록 대단한 수였다. 이 모든 일의 배경에는 황태자의 계책이 있다. 오싹했다. 공포와는 다른 오싹함이었다.

꼭 이 덫을 깨부숴 주겠다. 그래서 황태자에게 다시 한 번 날 각인시킬 것이다.

그가 중간에 마음을 바꾼 것 같아 숨통이 트인 것은 사실이지만 조금 아쉽기도 했다. 그에게 보여 주고 싶었다. 내가 판을 짜고, 사람들을 규합하고, 여론을 다루는 것을. 그뿐만 아니라 다른 사람들에게도. 그래서 그를 비롯한 사람들이 날 인정하도록.

황태자가 저런 판을 짜는데 그보다 부족하게 보이고 싶진 않았다. 내 능력을 보여 주고 싶었다.

나도 황태자를 오싹하게 만들고 싶다. 그래서 누구든 나와 손잡고 싶도록. 나와 손잡은 사람이 황제가 될 거라는 생각을 은연중에 하게 되도록.

아직 황태자에 대해서 완전히 안심할 순 없다. 과연 그의 계획이 바뀌었을지도 불분명했다. 설령 안 바뀌었더라도 바뀌게 될 것이다. 나와 공생하고 싶게 만들 것이니까.

이상한 일이다. 상황은 전보다 나을 것이 없는데 조금 유쾌한 기분까지 들었다. 전처럼 절망에서 헤어 나오기 위해 몸부림칠 기분은 안 들었다. 반드시 해내고 싶은데 절박하진 않았다.

"전에 나를…… 아니, 스테나 영애를 욕하던 하녀 둘을 불러 오세요. 아무도 모르게요."

일단 그간 내궁에 오지 않았을 시녀들이 잘 모르는 상황도 알아봐야 했다. 이전에 라브엘과 같이 산책 나갈 때 마주쳤던 하녀들을 떠올리며 말하자 그녀가 고개를 끄덕였다.

"알겠습니다."

라브엘이 고개를 숙이고 방을 나갔다. 그녀가 나간 사이 이디스를 불러 황제파 영애들 사이에서 바람 좀 잡아 달라고 했다.

"물론 우리 사이가 안 좋다고 알고 있는 게 더 편하니 너무 깊게 흘리진 말고."

"음, 딱히 칭찬할 것이……."

해 줄 거면서 괜히 튕기는 그녀를 보고 씩 웃었다.

"스테나보단 낫잖아."

"그 계집이랑 비교하고 싶으세요?"

뾰족한 대꾸에 픽 웃었다. 그런 날 보던 이디스가 입매를 씰룩거렸다. 나는 그녀를 흘겨봤다. 새침한 척하면서 웃음을 참는 게 다 보였다.

"뭐, 없는 장점도 만들어 내는 것이 뛰어난 보좌관의 능력. 해 보죠."

"그러렴……."

대체 언제부터 뛰어났니. 챈들럼가 파티에서 도움을 받긴 했지만 그 각본 내가 짰다는 건 알고 있지?

떨떠름하게 대답하자 그녀가 일어났다. 차가 식었다면서 새로 우려 오겠다는 말에 고개를 끄덕였다. 하여간 새침 떨면서도 안 그런 척 세심하다.

방문을 열던 이디스가 멈칫했다. 그러곤 재빨리 그러나 흠이 되지 않는 자세로 무릎을 굽혔다.

"황태자 전하를 뵙습니다."

그 말에 나 역시 벌떡 일어났다. 이디스가 옆으로 비켜나자 장신의 인영이 방 안으로 들어왔다. 정말 황태자였다.

"황태자 전하를 뵙습니다."

"잘 쉬었나?"

"예, 덕분에."

그가 내 곁으로 다가왔다. 묘하게 가까웠다. 예에 어긋나지 않으면서도 이전보다 가까운 거리.

"다행이군."

날 보며 말하는 그의 입매가 조금 부드러웠다. 나는 고개를 숙였다.

어쨌든 마냥 안심할 수는 없다. 그 여행으로 확실히 알았다. 황태자는 개인적인 감정에 따라 움직이는 사람이 아니었다. 대의나 선정을 위해서 얼마든지 냉정하게 행동한다.

그런 사람이니만큼 나에 대한 인식이 조금 좋아졌다고 당장 카일론에 호의적이 될 거라고 기대할 순 없었다. 귀족 세력 교체에 대한 조짐은 이미 나타났다.

그가 더 이상 원하지 않는지 확신할 수 없는 만큼 조심해야 했다. 절대 방심하지 않고 이 덫을 파훼해 내 능력을 보여 줄 것이다.

"차를 내올까요?"

그가 고개를 저었다.

"조금 걷도록 하지. 괜찮겠나?"

"물론입니다, 전하."

나는 살짝 미소 지었다. 정원에 아이린이 있으면 더 좋고.

안타깝게도 정원에는 아무도 없었다.

황태자는 따라오는 시녀들을 물렸다. 단둘이서 정원을 느긋하게 천천히 걸었다.

그가 하는 말은 그다지 중요하지 않은 것들이었다. 나는 그에게서 조금 떨어져 걸으며 그가 왜 찾아왔는지 고민했다.

딱히 용건이 있어 보이진 않았다. 오늘은 함께 식사하는 날도 아니다. 하기 어려운 말이 있나? 타이밍을 재고 있을 수도 있다.

그 순간 황태자가 우뚝 멈춰 섰다. 나는 의아한 눈으로 그를 보았다.

"이틀 만에 사람이 달라진 것 같아."

대뜸 던져진 말에 살짝 미간을 찌푸렸다. 이틀 전이라면 여행에서 돌아온 날이다.

여행과 지금 내 태도가 달라진 것은 당연하다. 일단 여긴 궁이다. 어디서 누가 보고 있을지 모른다.

또 그가 카일론에게서 권력을 빼앗을 생각인지 아닌지도 확실하지 않다. 대비를 해야 한다.

이젠 남은 카드가 없다. 그전까진 가뭄에 대해 무언가 쥐고 있는 척—결과적으로 척이 아니라 진짜였지만—했지만 지금은 정말 아무것도 없는 것이다.

"궁에 왔으니 몸가짐을 바로 해야죠."

"나와 둘이 있을 때는 그럴 필요 없지 않은가?"

뭐, 물론 볼 장 다 보긴 했다. 태도로 책을 잡았으면 이미 수백 번 잡고도 남았지.

"편하게 대하는 걸 허락하시니 감사할 따름입니다."

가볍게 고개를 숙이자 그가 미간을 찌푸렸다.

"전하, 여긴 정원이고 이따금 사람들이 지나가요. 전하 곁엔 호위 기사도 있을 거 아니에요."

결국 작게 속삭이자 그가 입매를 풀었다.

"이미 주위를 물려 놨다. 그리고 누가 보더라도 상관없어. 그대는 내게 그래도 된다."

"정말요?"

"그래."

"진짜죠?"

"그렇대도."

"그래요, 그럼."

어깨를 으쓱했다. 자기가 저렇게 말했으니 곤란한 상황이 오면 알아서 해 주겠지. 정말 남들 앞에서까지 편히 대하진 못하겠지만.

"그렇다고 너무 막 대하진 말고."

"어머나, 제가 언제 전하를 막대했다고 그러세요."

왠지 그를 짐 셔틀로 삼은 일화가 떠올랐지만 고의가 아니었으니 상관없겠지? 해맑게 웃는 날 보는 황태자의 시선이 따가웠다.

나는 웃음을 거두고 그를 똑바로 바라보았다.

"전하께선 저를 믿지 않는다고 말씀하셨죠. 다만 존중한다고."

"그랬지."

"저 역시 마찬가지예요. 저는 전하를 믿지 않아요. 그렇잖아요. 어떻게 믿겠어요?"

그가 입을 다물었다. 노란 눈동자가 가만히 침잠했다.

"우리 확실히 해요. 전하가 제 편이 아니듯, 저 역시 전하의 편이 아닌 거. 그렇죠?"

아무 말 없이 한참 나를 바라보던 그가 고개를 끄덕였다. 잠시 침묵이 찾아왔다. 시선을 비껴 만발한 여름장미를 보던 그가 입을 열었다.

"그대의 그런 면이 좋다. 감정에 휩쓸리지 않고 냉정하게 바라보는 모습이 좋아."

살짝 미소 짓는 그의 입매에서는 어쩐지 씁쓸한 기색이 배어 나왔다. 가라앉은 눈동자가 내 얼굴을 쓸어내렸다.

그가 다시 눈을 감았다가 떴을 땐 그 눈동자에 머물던 쓴 기운이 사라져 있었다. 꼭 환영이었던 것처럼.

"여쭤 보고 싶은 게 있어요."

그가 눈짓으로 물었다. 나는 혀를 내밀어 바짝 마른 입술을 축였다.

"전하의 목적은 변했나요?"

아직도 카일론에게서 황제파 수장 자리를 뺏고 신진 세력을 추대해 권력 교체가 일어나게 할 생각인지. 날 대하는 태도가 변했듯 그 목적 역시 변한 것인지. 나는 그의 입이 열리는 것을 두근거리는 심정으로 지켜봤다.

"궁극적인 목표는 항상 같다. 제국의 번영과 평화."

단단한 대답에 미간을 찌푸렸다. 그가 내 말뜻을 이해 못한 건 아닐 텐데.

채근하려는데 그가 나보다 먼저 말을 이었다.

"그걸 위한 길은 달라질 수 있겠지. 생각이 바뀌면 가는 길도 바뀌기 마련이니. 전에 보이지 않던 길이 보이기도 하고."

시선이 마주쳤다. 그 시선에서 나는 그의 말을, 그는 나의 말을 이해했다. 나는 고개를 끄덕였다.

"그대가 원하는 것은 어떤가."

"저 역시 마찬가지예요."

과정은 바뀔 수 있다. 하지만 궁극적인 목표는 변하지 않는다.

이번 생에서야 겨우 움켜쥔 소중한 것들을 놓치지 않기 위해, 지키기 위해 힘을 가질 것이다. 그러기 위해서 이 나라의 여군女君이 될 것이다.

황태자에 비하면 소박하다 못해 이기적이기까지 한 생각이었다. 하지만 그렇게 살고 싶었다.

"그렇다면 서로의 목적을 위해서."

그가 손을 앞으로 뻗었다. 제국의 국교인 차이람식 인사였다. 서로의 안녕과 성공을 빌어 주는 인사. 과거 전쟁이 잦을 때는 기사에게, 지금은 여행자가 떠날 때 많이 사용했다.

나는 손을 뻗어 그의 손바닥에 내 손바닥을 댔다. 약동하는 피와 살이 느껴졌다.

"부디 전하와 제가 가는 길이 부딪치지 않기를."

"……부디 그대와 내가 가는 길이……."

뒷말은 너무 작아 들리지 않았다. 나는 손을 거둬들이곤 그와 맞닿았던 손끝에 내 입술을 묻었다.

아주 잠깐 맞닿았을 뿐인데도 입술에 그의 향이 옮은 것 같았다.

세베리다를 비롯한 서부 지역에 강수량이 늘기 시작했다는 소식이 잇따랐다.

불법 노예에 대한 것 역시 얼추 마무리 단계였다. 증거자료가 너무나 확실했기 때문에 재판은 쉽게 끝났다.

그러나 생각보다 많은 귀족들이 그 사건에 연루되어 있었다. 어느 계파에도 소속되지 않은 영세 귀족은 물론, 서부 지방을 주름잡는 대귀족까지 끌려 나왔다.

귀족파와 황제파에서도 노예를 사거나 거래에 일조한 사람이 있었다. 많은 재산이 몰수되고 작위가 박탈됐다. 예외는 없었다. 자발적으로 제 인권을 팔아 노예가 된 자들은 그에 합당한 벌을 받았다.

"이번 가뭄과 노예 문제에 저하의 공이 크다고 들었습니다."

라브엘이 머리 장식을 꽂아 주며 말했다. 웃는 입매가 부드러웠다.

"국무회의에서 황태자 전하께서 직접 저하의 공적을 말씀하셨다지요."

"공식적으로 저하를 치하하기 위한 준비를 한다고도 들었습니다."

나는 다소곳이 앉은 채 시녀들이 한마디씩 보태는 말을 들었다. 굳이 겸손 떨 필요도 없고 나서서 스스로를 치켜세울 필요도 없다.

어찌 됐든 고생한 뒤 그 결실을 본 건 기쁜 일이다. 마음껏 칭찬받아도 되겠지.

"저하께선 구국의 영웅이 아닙니까. 오늘 폐하께서도 필시 저하를 치하하실 겁니다."

아니, 아무리 마음껏 칭찬받는다고 해도 구국의 영웅은 좀 너무 나갔어. 그렇게 생각한 건 나뿐만 아닌지 다들 떨떠름한 표정으로 날 쳐다봤다.

내가 한 말도 아닌데 왜 날 쳐다봐! 억울한 눈으로 항변하자 그제야 시선이 떨어져 나갔다.

준비가 다 끝났다.

시녀들이 한 발 물러섰다. 나는 일어서서 거울에 비친 내 모습을 확인했다.

하얀 드레스 위에 은사로 수놓은 드레스는 단정하고 고아한 기품을 더해 주었다. 장식은 결코 과하지 않게, 하지만 자세히 보면 박힌 보석이며 세공하며 엄청난 공을 들인 물건이었다.

'언제나처럼 오늘도 예쁘군.'

짧은 감상을 한 후 나는 몸을 돌려 방을 나섰다.

오늘은 라하딘의 시작 전 황제가 레지나를 독대하는 날이었다. 독대는 황제의 심궁, 임페레와토르에서 이루어졌다. 내궁 중에서도 가장 깊은, 황제의 직계도 감히 함부로 들어갈 수 없는 곳.

이곳에서 레지나를 보는 것은 작위나 세력과 관계없이 사람 하나만을 보겠다는 뜻에서 비롯된 것이다. 모든 것을 차치하고서 제국의 안주인이 될 만한지 이 나라의 군주가 평가하는 자리다.

임페레와토르 입구에는 아이린의 시녀들이 도열해 있었다. 내게 허리를 숙이는 걸 보고 생긋 웃으며 고개를 끄덕였다.

“오랜만이군요, 프래쳇 백작 부인.”

내 반응에 시녀들이 사뭇 놀라는 게 보였다.

아이린이 나에 대해 항상 말하던 것과 다른가 보지? 바보도 아니고 이렇게 보는 눈이 많은 곳에서 냉대할 정도로 멍청하진 않다. 이곳은 황제의 거처. 곳곳에 황제의 눈과 귀가 심어져 있다.

“잘 지냈는지요, 공녀.”

“덕분에요.”

별 뜻 없이 예의상 웃었는데 그게 무얼 생각나게 했는지 프래쳇 뒤에 있던 시녀들이 눈살을 찌푸렸다. 그 얼굴을 살피다가 곧 이유를 찾았다.

말 그대로 나는 잘 지내고 있다. 황태자와 서부 지역으로 행궁 아닌 사찰을 갔다며 비웃고 있었는데 그야말로 금의환향해서 돌아온 것이다.

전과 달리 미소로 여유롭게 대하는 게 깔보는 걸로 보일 수도 있다.

‘뭐, 그렇다면…….’

열폭하는 걸 굳이 달래 줄 필요는 없다. 오히려 부채질했으면 했지. 나는 사르르 눈매를 접었다.

“부인께서도 잘 지내셨지요? 이번 노예 사건으로 여기저기서 시끄러워서 걱정이 많았답니다."

이 말은 프래쳇이 아닌 그녀 뒤에 있는 내 또래 시녀를 향한 말이었다. 그녀의 외가가 노예 거래에 연루되었기 때문이다.

아니나 다를까, 그녀의 얼굴이 새하얗게 질렸다. 고개를 바짝 치켜들고 뭐라 쏘아붙이려다가 입술을 깨물고 참았다.

하긴, 할 말이 없을 것이다. 하지만 해 줬으면 좋겠는데. 아무것도 모른다는 듯이 생글생글 웃으니 하얀 얼굴이 곧 붉으락푸르락해졌다.

"꽤 시끄러웠지만 이제 다 정리되었으니 다행입니다. 지엄한 국법을 어긴 자들이 벌을 받는 것은 마땅한 수순. 공녀 덕에 계보가 깨끗해졌습니다."

프래쳇이 아무렇지 않게 받아쳤다. 꽤 냉정한 소리였다. 자기가 이끄는 시녀의 외가가 죄를 저질렀다는 걸 생각하면. 시녀는 찔끔해서 고개를 푹 숙였다. 떨리는 머리통을 보다가 고개를 끄덕였다.

선 긋기인지 선수 치기인지 모르겠지만 더 파고들 수 없어진 건 사실이다.

"시간이 지체되었군요. 이만 들어가 봐야겠어요."

"살펴 가시길."

프래쳇을 따라 고개 숙이는 시녀들을 일별하고 몸을 돌렸다.

"다녀오십시오, 저하."

내 시녀들 역시 나를 배웅했다. 임페레와토르에는 같이 들어갈 수 없다. 나는 그들을 향해 한번 미소 짓고는 발걸음을 옮겼다.

궁 안으로 들어가자 황제의 시종이 날 맞았다.

"안녕하십니까, 공녀."

"반갑습니다."

"잘 맞춰 오셨습니다. 스테나 영애께서도 방금 나오셨습니다."

"다행이네요."

그가 날 궁 안쪽으로 이끌며 낮고 빠르게 말했다. 그렇게 빠르게 말하는데도 발음이며 억양이 매우 귀족적인 게 인상 깊었다.

"예법은 숙지하셨습니까? 괜한 노파심이라고 생각하지만 긴장 때문에 예를 잊는 경우도 있습니다."

"제가 부족하여 누가 되지 않을 정도로만 익혔습니다."

정석적인 겸양에 그가 미소 지으며 고개를 끄덕였다.

"공석에서 알현할 때처럼 격식을 갖추지 않으셔도 됩니다. 원래 그런 자리이고 무엇보다 폐하께서 그러시길 바랍니다."

"영광입니다."

반대편에서 걸어오는 사람이 보였다. 아이린이었다. 그녀는 날 발견하고 살짝 무릎을 굽혔다. 언제나처럼 상냥하게 웃는 얼굴이었다.

"오랜만입니다, 공녀."

"예, 같은 궁에 살면서도 자주 뵙질 못했네요."

나 역시 부드럽게 웃으며 응대했다. 아이린이 지지 않겠다는 듯 더 짙은 웃음을 머금고 사근사근 말했다.

"서로 여행을 다녀오느라 어쩔 수 없었지요. 공녀의 여행은 어떠셨는지요? 전 감히 그 아름답다는 수정궁을 직접 눈으로……."

"아, 다음에 얘기하죠. 폐하께서 기다리셔서. 전 이만."

의도적으로 말을 끊었다. 아이린이 내게 인사할 틈도 주지 않고 곁을 빠르게 지나쳤다.

귀족 예법에 충분히 무시로 보일 수 있는 행동이었다. 하지만 다른 사람도 아니고 황제가 기다린다는데 어쩌겠는가. 나는 고소를 숨기며 등 뒤의 기척에 귀를 기울였다.

내가 지나치고 나서도 아이린은 한참을 움직이지 않았다. 그녀에게 길었을 수 초가 지나고 나서야 발걸음을 옮기는 소리가 났다.

나는 떠오르는 웃음을 안으로 갈무리했다. 어쨌든 황제와의 독대가 코앞이다.

시종장이 내 방문을 고하는 소리가 들렸다. 다이아몬드에 마력을 담아 만든 웅장한 문 앞에서 허리를 똑바로 폈다.

"어서 오려무나, 샤르티아나."

황제가 인자하게 웃으며 말했다. 이전에 만났을 때 카일론 공녀라 부른 것과 달리 이름을 부르는 모습이 이 자리가 지극히 사적이라는 것을 일깨웠다.

하나 그것도 윗사람이 아랫사람에게나 할 수 있는 법. 나는 치맛자락을 곱게 펴고 예법에 맞춰 무릎을 굽혔다.

"카일론의 딸, 샤르티아나가 감히 폐하의 존안을 뵙습니다."

흐트러짐 없이 몸을 세우자 황제가 흡족하게 웃었다.

"과연 카일론의 이름에 걸맞는 기품이구나. 가까이 와서 앉거라."

"감사합니다, 폐하."

티테이블 위에는 소다수에 냉침한 차와 커스터드크림을 가득 넣은 밀푀유가 마련되어 있었다.

먹음직스러웠지만 그림의 떡일 뿐이었다. 내가 맞은편에 앉자 황제가 날 차분히 훑었다.

황제의 눈은 황태자와 같은 날카로운 금안이었다. 살피는 기색이 역력했지만 그렇다고 기분 나쁜 시선은 아니었다.

"레오에게서 네 이야기를 많이 들었단다. 아주 장한 일을 했다지."

"미력하나마 제국에 보탬이 될 수 있어 영광일 뿐입니다."

"너무 딱딱하게 얘기하지 마렴."

작게 고개를 숙이자 황제가 온후하게 웃었다.

"네가 어렸을 때부터 널 황후감으로 점찍어 두었단다. 이렇게 훌륭하게 큰 모습을 보니 내 눈이 틀리지 않았구나."

황제의 말은 조금 의외였다. 아무리 칭찬하기 위해서 듣기 좋은 말을 하더라도 마음에 아주 없는 소리를 하진 않을 거다.

생각해 보니 가문과 나이를 보면 샤티는 황후에 가장 가까운 여자였다. 어렸을 때부터라고 했으니 카일론에 여아가 태어난 순간부터 은연중에 황실로 들일 생각을 했을 거다. 샤티가 어릴 때 황태자와 만난 것도 그런 이유가 컸으리라.

대수롭지 않은 것을 이리 포장하다니 역시 황제였다. 듣기에 나쁜 말은 아니었다. 나는 수줍은 듯 미소 지으며 고개를 숙였다.

"부족한 저를 귀히 여겨 주셔서 감사할 따름입니다."

"부족하다니. 네가 부족하면 누가 자격이 있다 하겠느냐. 지나친 겸양 또한 허물인 법이다."

"송구합니다."

짐짓 엄하면서도 부드럽게 치켜세우는 말에 부끄러운 미소만 지었다. 하지만 무언가 가슴에 걸렸다.

"짐의 말은 진심이다. 그저 하는 말이 아니야."

그 한마디에 가슴에 걸려 있던 게 울컥 치솟아 올랐다. 그제야 이 감정의 정체를 깨달았다. 치하하는 김에 한마디 좋게 하고 넘어가는 건 괜찮다. 별 뜻 없는 말이고 나 역시 의미를 두지 않는다. 하지만 이렇게 몇 번이나 내심 날 황후로 생각하고 있었다는 말을 하자 화가 났다.

평범하게 기뻐하면 좋을 텐데 황제의 목소리에 자꾸만 지난 일들이 겹쳐 도저히 그럴 수가 없었다.

황태자가 레지나 간택 축하연에 아이린과 파트너로 등장했을 때, 그가 그녀와만 춤을 추었을 때, 나를 업신여겼을 때. 황제는 그 모든 순간을 제재할 수 있었다. 단 한마디면 됐을 거다. 그러나 황제는 아무런 말도 하지 않았다.

그런데 왜 이제 와서?

황제는 방관자였다. 그래 놓고서 지금 사실은 너를 황후로 내정하고 있었다고? 그 말에 망극하다며 웃을 정도로 나는 속이 좋지 않았다.

나는 쉽게 잊지 않는다. 이건 기만이었다. 황제는 단 한순간도 나를 비호하지 않았다.

"제가 불민하여 폐하의 심중이 그러하신 줄은 미처 몰랐습니다."

차분히 예를 갖춰 말했지만 불만이 보였는지 황제가 눈을 둥글게 떴다. 이내 너털웃음이 터져 나왔다.

사실 조금 드러났으면 하는 마음도 있었다. 제국의 황제에게 감히 액면 그대로의 마음을 말할 순 없으니.

"그래, 짐이 너를 황후로 생각한다고 하면서 그간 네게 무심했지. 짐도 알고 있다. 네가 염치없다 생각해도 할 말이 없어."

"제가 어찌 감히 폐하께 그런 생각을……."

황급히 말하자 황제가 껄껄 웃으며 고개를 저었다.

염치없다고 생각한 적은 없지만 뭐 비슷한 생각을 하긴 했다. 그래도 아는구나 싶어 조금이나마 가슴이 시원해졌다.

"사실 자라나며 방황하는 모습에 널 오해했단다. 하지만 지금은 괜찮아 보이는구나."

단번에 그가 무슨 말을 하는지 알 수 있었다.

샤티가 좀 못되고 이기적이었어야지. 완전히 안하무인에 교만하고 방자했다. 그런 자를 황후로 생각할 수는 없었을 것이다.

그래서 내가 외면당하는 것을 묵인한 건가. 황후로 삼을 수 없다고 생각해서.

황제로서 타당한 판단이었지만 그에 대한 말은 일언반구도 없이 언제나 변함없이 널 지지해 왔다고 말하는 게 기가 막혔다.

믿을 수 없다. 과연 그 말에 진정성이 얼마나 있을까. 내가 불편한 내색을 하지 않았으면 본심을 말하지도 않았을 것이다.

"심려를 끼쳐 드려 죄송합니다."

"아니다. 완벽한 사람이 어디 있겠느냐. 그리고 그런 시기를 거쳤기에 네가 이리 성장한 것이겠지."

아뇨. 아예 다른 사람인데요.

차마 그 말은 할 수 없었기에 눈을 내리깔고 고개를 숙였다.

어쨌든 황제가 내 편이 되어 주는 것은 좋은 일이었다. 황후와 아이린이 가까워졌다고 하니 나 역시 황실에 지지자를 마련해 놓는 편이 좋았다.

"폐하께서 저를 이리 생각해 주시니 감읍할 따름입니다."

물론 생각하는 만큼 행동으로 보여 주길 바랍니다. 전과 달리. 그런 뜻을 담아 쳐다보자 황제가 미소 지었다.

"그러니 앞으로도 지금처럼 제국의 미래를 위해 노력해 주려무나. 네가 정말 이 나라의 황후로 선택받기 위해."

뭐라고?

갑작스레 한발 빼는 황제의 태도에 당황했고, 당황이 가시자 화가 났다. 여태까지 구구절절 널 차기 황후로 생각한다고 하더니— 심지어 내가 뭐라 하기 전에 먼저 말을 꺼냈다— 이제 와서 그러니 노력하라고?

한 대 얻어맞은 기분이었다. 날 지지해 주겠다는 듯 말하고 손을 뗄 바에야 처음부터 아무 말도 하지 않는 게 낫다.

황당한 기색을 감추지 못하고 황제를 쳐다봤다. 갑자기 잽도 아니고 보디블로를 먹은 기분인데요.

"짐은 이 일에 대한 모든 것을 태자의 뜻에 맡기기로 했단다."

그게 내 억울한 시선에 대한 답이었다. 즉, 황태자가 날 외면한 것을 묵인한 것과 날 황후감으로 생각하는 것은 또 다른 문제라는 소리다. 또다시 같은 일이 일어나더라도 방관할 것이라는 말.

나는 아연한 마음을 감추고 미소 지었다.

더 이상 따져 봐야 소용없다. 아무짝에도 쓸모없는, 심력 소모만 극심한 독대를 어서 끝내고 싶었다.

그린 듯 화사한 가면을 쓰고 황제에게 말했다.

"제 가문이 과분한 권세를 누리고 있으니 황태자 전하께서 염려하시는 것도 당연합니다. 폐하께서도 마찬가지시겠지요."

황제는 제국의 정점에 서 있는 자다. 후계 문제에, 그것도 후계가 권력 구도를 바꾸려 하는 문제에 정말 손 놓을 거라곤 생각할 수 없었다.

그게 본인의 뜻과 대치된다면 벌써 손을 쓰고도 남았겠지. 결국 황제가 카일론이 냉대당하도록 내버려 둔 것은 본인의 뜻과 같았기 때문이다.

나는 정말, 정말로 화가 났다. 황태자야 그렇다 쳐도 황제가 이러면 안 되지 않나?

황태자는 제가 카일론에 배신당했다고 생각했다. 타당한 선택이었으나 결과적으론 배신과 크게 다르지 않았다. 거기에 황태자는 그 배신의 이유가 사욕이라고 오해했다.

그런 상황에서도 황태자는 나에 대한 생각을 바꾸고 카일론에 대한 태도도 바꿨다.

하지만 황제는 다르다. 카일론 공작은, 아빠는 항상 그를 따르고 섬겼다. 일평생 제국에 충성하며 나라의 안녕과 번영을 위해 삶을 바쳤던 우리 아빠한테, 우리 엄마한테 어찌 이럴 수 있는가.

이용할 대로 이용하고 그 힘이 크다고 경계하며 뺏을 생각을 하다니.

나는 테이블 밑으로 드레스 자락을 콱 움켜쥐었다. 부르르 떨리는 손이 새하얗다.

어쨌든 눈앞에 있는 자는 이 나라의 수장. 마음껏 비난할 수 없다. 하지만 그렇다고 알랑거리기도 싫었다.

지쳤다. 그저 이 자리를 뜨고 싶다는 생각만 가득했다.

새삼스레 황태자가 대단해 보였다. 내가 그 앞에서 속의 말을 그대로 했다는 것이, 그걸 듣고서도 그가 내게 고개를 숙였다는 것이, 이제는 먼저 내게 편히 대하라 한 것이.

항상 사람 위에서 군림해 왔을 그가 그렇다는 것이 황제와 너무나 비교되어서.

"짐의 말을 오해한 것 같구나. 짐은 카일론 공작의 충정과 능력을 높이 산다."

황제가 내게 말했다. 타이르는 말투였다. 그 말투에 더 울컥했지만 나는 가까스로 진정했다. 상대는 황제. 상황을 직시하고 정신 차려서 행동해야 한다.

내가 선을 넘었다고는 생각하지 않지만 건방지다고 화낼 수도 있었다. 특히 지금 황제가 하는 짓을 보면 더더욱.

"그런 만큼 그에 걸맞은 보상이 주어져야 하지. 카일론의 명성은 카일론의 것이다. 개국 이래 황가를 보좌하며 나라를 위해 애쓴 대가이니 응당 그 권세를 누려야지."

차분히 말하는 황제의 눈에선 진심이 느껴졌다. 점점 이해할 수 없었다. 그렇게 말하면서 대체 왜……? 정치인은 누구 하나 믿을 수 없다더니 황제도 마찬가지인가?

"다만 태자에게 짐이 준 상처가 너무 깊고 많다. 태자가 카일론 공가를 멀리하는 것도 짐이 준 상처 때문. 더 이상 그 상처를 헤집고 싶지 않구나. 미안하다. 제국을 다스리는 황제라고 하나 결국엔 자식의 아비일 뿐."

그 말을 그대로 돌려주고 싶었다.

나 역시 레지나에 미래엔 황후나 황비가 된다 하더라도 결국엔 부모의 자식이다. 그가 제 자식이 소중하듯 나 역시 내 부모가 소중했다.

그런데 내 소중한 부모를 밀어내는 걸 막으면 자기 아들의 상처를 헤집게 되니 받아들이라고? 너무 기가 막혀서 말이 안 나왔다.

"이기적이라는 것은 알고 있다. 짐은 태자가 아직 걷지 못할 때부터 네가 다음 황제라고 말했지. 그만큼 명석하고 영민한 아이였다. 하지만 그 뒤로 7황자가 태어났고, 카일론 공작이 그랬듯 짐 역시 그 아이가 더 황제에 어울린다고 생각했단다. 개인의 능력이 뛰어난 것과 황제로서 뛰어난 것은 다른 것이니."

황제의 시선이 먼 곳을 훑었다. 상처를 숨기듯 그의 눈동자가 한 번 깜빡였다.

"하나 그 아이는 일찍 세상을 떠났지. 너무나도 일찍 떠났어……. 결국 지금의 태자를 후계로 책봉했다."

아빠에게 들어서 알고 있던 이야기지만 황제의 입을 통해 나온 말은 또 다르게 느껴졌다.

황제가 얼굴을 일그러뜨렸다. 여태까지 항시 사람 좋은 미소를 짓고 있던 것과 다른 얼굴이었다. 고통과 후회가 가득했다.

"그 후부터 죽은 7황자와 태자를 항상 비교했다. 더 잘되라는 뜻이었고 그땐 그게 옳다고 생각했어."

항상 부족한 것 없이 자라났을 황태자의 성장기가 눈앞에 그려졌다. 비교당하는 것만큼 사람을 지치게 하는 것은 없다.

"하나 산 사람이 죽은 망령을 이길 순 없는 법. 짐은 태자에게 굴레만 씌운 것이야. 지나고 보니 태자에겐 상처만 남았지."

황제가 눈을 지그시 감았다. 조용히 침강하는 그의 얼굴에서 절제된 감정이 새어 나왔다. 딱 보여도 좋을 만큼의 감정이었다.

황제를 절대자로 따르거나 충성을 바친 사람이라면 천자의 이러한 면모에 인간적인 동질감을 느낄지도 모른다. 제게만 보여 주는 이 나약한 모습에 감읍할 수도 있다.

하지만 나는 아니었다.

태어날 때부터 황제에게 순복해야 한다는 말을 듣고 자란 사람도 제 이익을 위해 황제와 대립하는 판이다. 나는 날 때부터 무조건적으로 경애할 황족이나 왕족이 없는 곳에서 살아왔다. 어느 날 이곳에 떨어졌다고 해서 없던 마음이 생겨날 리 없다.

그렇기에 나는 이 뻔뻔하고 몰염치한 황제에게 분노했다. 그가 제 가족을 아끼는 건 상관없다. 하지만 적어도 본인이 준 상처는 본인이 수습해야 하지 않는가. 왜 지가 똥 싸는 데 내가 힘을 줘야 하냐는 말이야.

도와 달라는 것도 아니고, 대체 결론이 뭐지?

널 황후감으로 생각은 하나 도와주지 않을 거라고? 네가 외면받고 네 가문이 모욕당해도 나는 가만있겠다고? 게다가 내가 내 아들에게 상처 준 게 미안해서 그러니 네가 이해하라고?

황제가 날 도울 의무는 없다. 하지만 그 자신이 말했듯 카일론이 보인 충정에는 그에 합당한 대가가 와야 하는 법이다. 응당 나를 차기 황후로 내정하라는 말이 아니라, 충신의 모멸을 거둬들이는 성의는 보여야 한다는 것이다.

어떻게 내게 당당히 방관하겠다 말할 수 있으며 어찌 내게 이해를 구하는가. 나는 불손한 시선을 숨기지 못했다. 번뜩이는 내 눈동자를 보고 황제가 아련한 미소를 지었다.

"네가 나를 위해 무언가 해 주길 바라는 건 아니다. 어찌 그럴까. 네게도 소중한 가족이 있는데. 짐은 그저 네가 알아줬으면 했다."

그 말이 기가 막혔다. 내가 알아서 뭐 어쩌라고?

그는 천상 황제였다. 단 한 번도 약자가 돼 본 적이 없는 것이다. 감내하는 것은 그의 몫이 아니었다.

그러니 본인 마음 조금 편해지겠다고 내 속을 이렇게 긁는 것이지.

황제에 대한 분노와 별개로 황태자에게 연민이 가는 것은 막을 수 없었다. 이렇게 이기적이고 편협한 아비 밑에서 그 정도 포용력을 가진 것 자체가 용했다.

게다가 자라는 내내 죽은 아우와 비교당했다. 그 심정이 어떻겠는가.

나 역시 마찬가지였다. 내가 여자라는 이유만으로, 동생이 남자라는 이유만으로 언제나 비교당하고 핍박받았다. 굳이 남 탓으로 돌리고 싶진 않지만…… 아니, 나 자신에게 솔직해지자면 부모 탓을 하고 싶다.

그들이 날 근시안적인 사람으로 만들었다. 나는 가족의 그늘 아래에서 벗어나는 것 외엔 다른 것을 꿈꾸지 못했다.

만약 부모의 지지가 있었다면 더 큰 꿈을 꿀 수 있었을 거다. 하지만 그들로 인해 내 세계는 닫혔고, 가장 높이 날아도 결국 새장 안이었다.

무엇 하나 부족함 없이 자랐을 황태자 역시 나와 비슷한 일을 겪었을 거라 생각하니 이상한 동질감이 들었다.

"폐하께옵선……."

어차피 여기서 왜 내 가문을 알아주지 않느냐며, 이런 처사는 받아들일 수 없다 항변해 봐야 소용없다.

나는 황제의 얼굴에서 묻어 나오는 회한을 비웃었다. 황태자는 지금보다 훨씬 더 나은 사람이 될 수 있었다. 그 기회를 앗아 간 것은 아비인 자신이다. 그 사실을 알고 있으니 이리 후회하는 것이리라.

뭐, 그렇다고 해도 지금 황제보다야 황태자가 훨씬 나으니 자식 농사는 그나마 잘 지었다고 볼 수 있다. 나는 상냥하게, 그러나 아비로서 부족함을 실감한 황제에게 더없이 잔인할 말을 혓바닥에 감았다.

"폐하께옵선 전하를 믿지 않으시는군요."

정작 아비인 황제는 모르고 있다.

황태자는 변했다. 변하고 있다. 레지나 간택 축하연 때의 모습을 기억하고 있는 황제가 지금의 우리 관계를 알았다면 처음부터 내게 이딴 망언은 하지 않았을 거다.

황제의 눈이 놀람과 충격, 그리고 혼란을 거쳐 서서히 붉어지는 것이 보였다.

그가 정제되지 않은 감정을 드러낼 정도로 칼을 꽂았다는 것이 만족스러운 한편, 그보다 더 안타까운 마음이 내 목을 졸랐다. 물론 황제에 대한 안타까움은 아니었다.

나는 찔러 넣은 칼을 끝까지 밀어 넣기 위해 남은 말을 마저 뱉었다.

"저는 황태자 전하께서 이보다 더한 것이라도, 더 큰 상처라도 헤쳐 나갈 수 있는 분이라고 생각합니다."

이 상냥한 말이 황제의 가슴에 피를 냈다.

아끼는 충신을 외면할 정도로 사무치게 후회하는 일. 이제는 더 이상 안 한다고 생각했던 일. 그 일을 지금도 하고 있다고 일깨웠다.

비교하고 못마땅해하는 것만이 사람을 위축시키고 한계를 좁히는 건 아니다.

황제는 아무 말이 없었다. 한순간에 갈무리된 감정은 더 이상 새어 나오지 않았다. 아까부터 의도적으로 내비치던 후회마저 사라진 얼굴은 밀랍 인형처럼 무감했다. 완벽한 공백이었다.

"역시 짐은 네가 황후가 되었으면 좋겠구나."

한참, 아니 고작해야 수 초에 불과했을 침묵 끝에 황제가 말했다.

그의 얼굴은 어느새 인자한 미소를 머금고 있었다. 그러나 뻣뻣하게 굳은 내 몸은 풀리지 않았다.

"하지만 말했듯 나는 너를 돕지 않을 거란다."

결론은 나와 내 가문을 외면하겠다는 소리다. 이 상황에서 마음을 바꾸길 기대하지도 않았다. 다만 재차 말하는 그를 이해할 수 없었다.

"그러니 네 스스로의 힘으로 황후가 되어 보려무나. 태자의 마음을 돌리고 상황을 바꿔서."

나는 고개를 숙였다. 도저히 황제를 마주 볼 수 없었다. 다시 고개를 들었을 때는 속에서 끓어오르는 감정을 꽉꽉 누른 후였다. 그래서 웃었다.

"예, 저는 황후가 될 겁니다."

황제의 말에 괜한 오기를 부려 황후 따위 되지 않겠다고 할 정도로 다혈질은 아니었다. 이 문제에 대해 나는 충분히 많은 고민을 했다.

황비가 되어서 황후가 된 아이린에게 고개를 숙이진 않을 것이다. 내 가족이 비웃음 당하며 추락하는 것을 지켜볼 수는 없다.

나는 나긋나긋한 어조에 신경 쓰며 입을 열었다.

"그것이 절 위한 것이고 제 가족을 위한 것이니까요."

굳이 한마디 덧붙인 것은 내가 아직 어린 탓이겠지. 곱고 순종적인 눈으로 황제와 시선을 맞췄다.

결코 당신 때문이 아니야. 꽃잎처럼 보드라운 시선 밑으로 뻗은 가시 같은 본심에 황제가 입꼬리를 올렸다.

이제는 정말 떠나고 싶었다. 지치고 피곤했다. 무엇보다 불쾌했다. 그러나 특별한 사유 없이 황제에게 먼저 물러가겠다고 할 수는 없다.

다행인지 돌아가고 싶은 내색을 읽은 황제가 날 놓아줬다. 무언가 아쉬운 눈치였지만 구태여 날 잡진 않았다.

배려라면 배려지만 어차피 그의 용건이 다 끝난 것이기에 나온 배려일 뿐. 나는 조소를 삼켰다.

들어올 때 그랬듯이 다시 한 번 고상하고 우아한 예를 갖췄다. 뒤를 돌아 천천히 문을 향해 걸었다.

마음 같아서는 빨리 이 방에서 나가고 싶었지만 걸음걸이로 흠 잡히는 건 싫었다.

"바라지도 않았건만…… 어쩌면 네가 내 아들의 상처를 보듬어 줄 수 있겠구나."

문이 열리는 순간, 뒤에서 황제가 말했다. 혼잣말처럼 작았으나 충분히 내게 들릴 만한 목소리였다. 나는 돌아보지 않았다.

이를 악물었다. 들으란 듯이 내비친 기대가 짜증 났다.

임페레와토르 입구에 도열해 있던 시녀들이 나를 반겼다. 어느새 그림자가 길어졌다. 꽤 오랜 시간 황제와 독대한 것이다.

궁금할 텐데도 시녀들은 섣불리 호기심을 내비치지 않았다. 보는 눈이 많다. 나 역시 밝은 미소를 머금어 이 짜증 나는 감정을 감췄다.

레지나궁으로 돌아오고 나서도 시녀들은 내게 황제와 무슨 이야기를 나눴는지 묻지 않았다.

나는 특별히 화를 내진 않았지만 기분이 안 좋은 걸 숨기지도 않았다. 괜히 질문을 받아 황제와 있었던 일을 상기하고 싶지 않았다.

시녀들은 이제 거의 사라지다시피 한 내 패악이 다시 도질까 봐 발걸음조차 조심히 옮겼다.

"임페레와토르에 다녀오신 후로 기분이 안 좋아 보이시는군요."

유모가 조심스레 말을 붙였다. 나는 따스하게 미소 짓는 그녀를 쳐다본 후, 뒤에 있는 시녀들을 돌아보았다. 다들 날 주목하고 있었다. 이 상황에서 내게 말을 붙일 사람으로 유모를 꼽은 것은 당연했다.

그녀들의 예상대로 날카롭게 날을 세우는 대신 무슨 일이냐는 뜻을 담아 쳐다보았다. 내 기분이 나쁜 것을 알면서도 호기심에 황제와의 독대를 언급하는 것은 아닐 터.

"폐하께서 저하께 선물을 내리셨습니다."

"……스테나 영애는?"

감사보다 먼저 그 말부터 나왔다. 전혀 감사하고 싶지 않았으니 당연했다. 유모는 싸늘한 내 반응에 당황하면서도 차분히 대답했다.

"영애 역시 받았다고 합니다."

"그래."

그럼 그렇지. 비뚜름하게 웃는 내게 라브엘이 고했다.

"폐하께서 똑같이 선물을 하사하셨으나 그 내용물이 어찌 같을 수 있겠습니까."

그녀의 말은 내 흥미를 당기는 것이었다. 눈을 굴려 그녀를 보자 라브엘이 미소를 지으며 말했다.

"스테나 영애는 고작해야 루비 보석으로 만든 액세서리 세트를 받았습니다."

루비로 만들었다고 해도 황제의 하사품인 만큼 엄청난 물건일 게 분명했다. 일반 다이아몬드가 박힌 것보다 값어치가 나갈 것이다. 아이린을 위해서가 아니라 황제의 위신을 생각해서.

그런데 그런 물건을 '고작'이라고 폄하한 것은 그 정도로 내 선물이 엄청나다는 말이겠지.

"저하께 온 선물은…… 직접 보시죠."

라브엘의 눈짓에 세실리아가 내게 선물을 가져왔다.

상자가 열린 순간 주변에서 숨을 들이켜는 소리가 났다. 그럴 만도 했다. 이곳에 온 후 온갖 화려하고 귀하다는 물건에 둘러싸여 생활한 나조차 입이 떡 벌어지는 물건이었다.

어린아이 주먹만 한 다이아몬드로 만든 목걸이가 영롱하게 빛났다. 이렇게 큰 것은 처음 본다.

다이아몬드는 특이하게도 오페라색이었다. 바이올렛 다이아몬드를 보긴 했지만 그보다 더 붉은빛이 돌았다.

다이아몬드를 감싸는 장식도, 목걸이의 체인도 다이아몬드에 뒤처지지 않을 정도로 화려했다. 체인에 줄줄이 박힌 보석이 부담스러울 법도 한데 전체적으로 조화를 이루고 있어 오히려 세련된 느낌이었다.

귀걸이와 반지 역시 오페라 다이아몬드가 메인이었다. 팔찌는 오히려 단출했다. 하지만 어디까지나 목걸이에 비해서였다. 얇은 팔찌가 여러 개 들어 있었는데 하나하나 장인의 숨결이 느껴졌다.

"전 이런 다이아몬드는 처음 본답니다."

라브엘이 들뜬 음성으로 말했다. 항상 침착하던 그녀답지 않았다. 제국 3대 상단 중 하나를 거느린 피오겔가의 안주인인 그녀가 못 봤다고 하면 다른 사람도 같을 것이다.

나는 액세서리 상자를 닫고 그 옆의 작은 함을 살폈다. 함은 상아 위를 은으로 마감하고 청금석을 장식한 것으로 굉장히 기품이 넘쳤다.

함을 들어 올리자 잠시 내 손끝에 빛이 어렸다.

"어머나! 차이람 신전에서 축성한 은이네요."

유모가 감탄을 흘렸다. 황금보다 귀한 은을 바른 함이 담고 있을 물건이 궁금했다. 뚜껑을 열자마자 향긋한 냄새가 올라왔다.

"페리올라 차입니다."

페리올라 차의 별칭은 황제의 차다. 황실에서 엄격히 관리하는 차로, 초대 황제가 즐겨 마셨다고 한다.

특별한 환경이 갖춰지지 않아도 잘 자라는데 초대 황제를 기리기 위해 재배 자체를 금했다.

오직 황실에서 관리하는 차밭에서만 나고 자유롭게 마실 수 있는 사람도 황실 직계뿐이다. 다른 이들은 황제가 하사할 때만 맛볼 수 있다.

"이 때문에 축성한 은으로 만든 함에 주신 거로군요. 최상의 상태를 유지시켜 주는 것은 마법으로도 가능하나 이렇게 하면 차에도 축성의 효과가 배니까요."

"저하를 향한 폐하의 성은이 이다지도 깊습니다."

시녀들이 감탄하는 소리를 흘려들었다. 과연 아이린에게 준 선물을 '고작'이라고 폄하할 만했다. 그런다고 해서 딱히 황제에게 감사하는 마음은 들지 않았다.

아주 조금 기분이 풀리긴 했는데 그건 황제와는 다른 것 때문이었다.

첫 번째는 그간의 노력이 빛을 발해 아이린 쪽의 정보가 쉽게 들어왔다는 거다. 황제의 사자가 공식적으로 다녀간 만큼 알아내기 쉬운 정보였으나 그래도 이렇게 빨리 소식이 닿은 것은 좋았다.

"폐하께서 이리 과분한 선물을 내리시다니 내 어찌 감사를 표할지."

뒤늦게 구색 맞추듯 감사를 표하자 라브엘이 말을 받았다.

"폐하께서 부담드리지 말라고 하셨다며 시종은 전해 주기만 하고 갔습니다."

흥, 코웃음이 나오려는 걸 겨우 참았다. 날 배려하는 듯 행동하는 게 어이없었다.

황제가 나를 이용하는 것처럼 나 역시 그를 이용할 것이다. 나는 고소를 머금었다. 이게 내 기분이 나아진 두 번째 이유였다.

"보석이야 스테나 영애도 받았다지만 페리올라 차를 받지 못했다니 마음이 쓰이는구나. 그래도 한날 궁에 입궁한 사이 아닌가. 같은 처지인 것을."

부채를 좌악, 소리 나게 접었다. 가슴 아픈 듯이 말하는 것과 다르게 비뚜름한 미소를 지었다. 아이린을 생각하자 눈매가 절로 가늘게 접혔다.

"영애 역시 고귀해질 사람. 차를 조금 나눠서 영애께 보내야겠다."

일부러 고귀해질 사람이라고 말했다. 이미 고귀해 황제의 차를 하사받은 나와 다르다는 뜻을 못 알아들을 사람은 없다.

"저하의 마음씨가 어쩜 이리 비단결 같을까요. 스테나 영애도 기뻐할 것입니다."

이디스가 냉큼 대답했다. 그녀의 얼굴엔 숨길 수 없는 희열이 만연했다. 아이린을 특히 싫어하니 그럴 만도 했다.

이디스를 심부름 보낼까 생각하다가 내가 직접 가기로 했다. 아까 황제와 독대하기 전 아이린을 모욕하긴 했지만, 그 일그러진 얼굴을 볼 수 있는 기회는 많을수록 좋았다.

"폐하께서 친히 하사하신 귀한 것이니 내가 직접 가서 전해야겠다. 그간 영애와 같은 곳에 살면서도 서로 행궁을 다녀오느라 소원했으니 안부도 나눠야 하지 않겠느냐."

씩 웃으며 말하자 이디스가 고개를 숙인다. 나는 만족스레 그 모습을 보고 자리에서 일어났다.

이왕 가는 김에 황제가 준 액세서리도 하고 갈 생각이다. 문제는 액세서리가 화려함의 극치라 지금 입고 있는 단아하고 고아한 드레스와는 어울리지 않는다는 것이다.

드레스를 골라 오라는 말에 내 뜻을 알아챈 시녀들이 악동 같은 미소를 지었다.

드레스룸으로 들어가는 시녀들의 뒷모습을 보고 복잡한 심정을 느꼈다. 어쩐지 시녀들이 날 닮아 가는 것 같다. 좋은 건지 나쁜 건지.

드레스를 기다리는 동안 라브엘이 내 머리카락을 빗겨 주었다. 거울을 통해 사륵사륵 흩어지는 머리카락을 보다가 시선을 내려 화장대 위에 놓인 목걸이를 봤다.

황제와의 독대 후 레지나에게 하사품을 주는 것은 관습이다. 그에 차등을 두는 것도 당연한 관행이다.

누구한테 무엇을 주는지는 황제의 마음이지만, 단순히 만남이 즐거웠다고 해서 더 좋은 물건을 주는 것은 아니다. 대체로 가문과 세를 보고 주기 마련이다.

나는 목걸이를 들어 올렸다. 커다란 다이아몬드가 빛을 머금고 찬란하게 빛났다. 내게 더 좋은 물건이 온 것은 당연하다.

게다가 이번에는 내 공적을 치하하는 의미도 있을 터. 특히 페리올라 차는 그런 뜻이 크다. 원래 공적을 세운 신하에게 내리는 하사주 같은 차니까.

다이아몬드에서 눈길을 조금 틀자 거울에 비친 내 모습이 보였다. 오색찬란한 빛 무리를 만들어 내는 오페라 다이아몬드와 내 눈동자는 그야말로 한 쌍으로 태어난 액세서리 같았다.

혹시…….

"저하?"

눈을 드니 의아한 기색이 가득한 라브엘이 보였다.

"아니에요."

순간적으로 떠오른 생각에 잠시 멍했다.

황제는 방관하겠다고 했지 아이린에게 힘을 실어 주겠다고 한 건 아니었다. 그러니 다이아몬드의 주인이 내가 되는 것은 당연하다. 하지만 아이린에게는……. 이건 조금 더 좋은 물건을 내린 수준이 아니지 않나.

"스테나 영애에게 특별하지 않은 루비 세트를 준 게 확실한가요?"

머리를 쓸어내리던 손길이 잠시 멎었다. 라브엘을 올려다보자 조금 난처한 미소를 지었다.

"특별하지 않다기엔……. 저하께서 받으신 물건에 못 미칠 뿐 굉장히 아름답다고 합니다. 진한 붉은빛이 양품의 루비에서도 보기 힘든 빛깔이라더군요. 특히 브로치에 박힌 루비는 안에 진짜 불꽃을 담고 있답니다. 아마 마법이겠죠."

말만 들어도 굉장하다. 그걸 '고작'이라고 폄하한 것은 내 마음을 풀어 주기 위해서였으리라.

"오페라 다이아몬드에 뒤처지는 것은 사실이나 그 역시 세상에서 하나뿐인 것입니다. 저하의 것과 달리 만들 수야 있겠죠. 하지만 누가 감히 황제께서 내리신 물건의 모사품을 만들겠습니까."

엄청난 루비를 줬다고 해서 의문이 해결된 건 아니었다. 내 침묵을 어찌 해석했는지 라브엘이 날 위로했다.

"황가와 폐하의 위엄을 위해 격에 맞는 물건을 준비했을 뿐입니다. 일반적인 루비였다면 그것도 문제니까요."

그건 나도 알고 있다. 그녀의 생각과 달리 나는 화도 짜증도 나지 않았다. 그렇게 보이는 건 황제의 행동을 탐탁지 않아 하는 게 겉으로 드러나서겠지.

"제가 더 좋은 것을 받은 건 충분히 알고 있어요. 그게 당연하다고도 생각해요. 하지만 이건…… 좀 과해요."

보석의 질이 문제가 아니라 착용했을 때의 문제다. 라브엘의 시선을 느끼고 나는 그녀의 의문을 풀어 주었다.

"폐하께선 내게 누구의 손도 들어 주시지 않겠다고 하셨어요."

"그러셨군요."

멈췄던 손길이 다시 내 머리를 쓸었다. 한동안 사락거리는 소리만이 이어졌다.

"하나 폐하께선 저하를 마음에 두고 계시죠."

라브엘의 말에 조금 놀랐다. 황제가 그녀에게 의중을 드러낼 기회는 없었을 텐데 어떻게 알았을까.

생각해 보면 간단했다. 라브엘은 출가한 황녀의 시녀였다. 황녀에 대한 황제의 사랑이 각별했으니 대면할 기회도 많았겠지.

"폐하께서는 전과 많이 달라지셨습니다. 많이…… 온화해지셨죠."

나약해졌다는 말일까. 확실히 지금 그는 제 아들에게 강압적인 사람으로 보이지 않았다. 과거 정책을 추진하던 독선적인 모습이나 내정된 황태자를 갈아치우는 냉철함은 없었다.

그야말로 이빨 빠진 호랑이. 하지만 이빨이 빠졌어도 호랑이는 호랑이다.

라브엘이 빗을 내려놓는 것과 동시에 뒤에서 기척이 느껴졌다. 옷을 가지러 간 시녀들이 드레스룸에서 나온 모양이다.

아니나 다를까 곧 거울을 통해 그 모습이 보이기 시작했다. 나는 그녀들을 향해 몸을 돌렸다.

황제는 방관하겠다고 했다. 이건 대외적인 명분 속에서 그가 원하는 미래의 황후인 내게 줄 수 있는 최대의 선물이다.

그 오만하고 이기적인 마음의 표시에 살짝 질렸다. 당장 갖다 버리고 싶은 마음과 이 기회를 이용해야겠다는 마음이 소용돌이쳤다.

답은 하나다. 버리고 싶다고 버릴 수 있는 물건이 아니다. 결국 한 번쯤은 파티에서 착용도 해야 한다. 그렇다면 소모적인 감정은 뒤로 하고 이용하는 게 좋다.

나는 시녀들이 골라 온 드레스를 살폈다. 금박으로 문양을 넣고 수정을 촘촘히 박은 드레스, 섬세한 레이스와 정교한 자수로 장식한 드레스 등등. 하나같이 다 화려한 것들이었다.

나는 그중에서 은은하게 붉은빛이 도는 드레스를 택했다. 오묘한 붉은 빛이 아름다웠다. 화려한 드레스들 틈에선 조금 간소한 느낌이었다.

하지만 이 정도가 좋았다. 파티에 가는 것도 아닌데 너무 화려하게 입으면 우스울 뿐이다.

가슴선이 살짝 파인 드레스는 오프숄더형이었다. 깔끔하게 드러난 목이 목걸이를 더 돋보이게 만들었다.

마찬가지의 이유로 머리카락도 아까와 달리 완전히 틀어 올렸다. 이렇게 하면 목걸이뿐만 아니라 귀걸이도 잘 보일 것이다.

머리 장식은 너무 시선을 끌지 않도록 작은 것으로 하지만 뒤처지지 않게 화려한 것으로 골랐다.

화장을 고치고 하사받은 액세서리까지 모두 착용했다.

"세상에……."

에스더가 감탄을 흘렸다. 원체 조용하던 그녀가 이리 반응하는 것은 처음이었다.

"이렇게 화려한 액세서리가 잘 어울리는 분은 저하뿐이실 겁니다."

“그렇습니다. 보통 이렇게 화려하면 되레 보석에 주인이 묻히기 마련이니까요.”

유모의 말에 라브엘이 고개를 끄덕였다. 나는 거울에 비친 내 모습을 위아래로 훑었다.

드러난 어깨는 하얗고 둥글었다. 그 위로 가늘게 뻗은 목덜미에 걸린 목걸이를 따라 내려가면 풍만하게 부푼 가슴이 보였다.

은은한 붉은빛이 도는 드레스는 목걸이와도 내 눈동자와도 잘 어울렸다.

드레스는 선명한 장식이 없는 대신 상의에 진주를 박아 우아함을 더하고 겹겹이 쌓인 풍성한 치맛자락을 이용해 볼륨을 주었다.

절제된 장식이 목덜미와 귀밑에서 반짝이는 다이아몬드로 시선을 끌었고, 그 시선의 흐름은 다시 내 눈동자로 향했다.

입은 옷과 꾸밈 자체가 너무 액세서리를 강조한 스타일이라서 얼굴보다는 장신구만 보일까 걱정했는데 전혀 아니었다.

오히려 내 얼굴을 살려 주고 있다. 그야말로 액세서리의 기능에 충실해 날 돋보이게 한다.

하긴 이 미모가 다이아몬드에 가려질 미모던가. 나는 만족스레 미소를 지었다.

“하아, 저하. 미소까지 지으시니 너무 아름다워서 현기증까지 나요. 저 쓰러질지도.”

……아무리 그래도 그건 아니지.

나는 조금 어이없는 눈으로 헐떡이는 세실리아를 보다가 다시 거울을 봤다. 뭐, 내가 봐도 좀 위험하긴 하네.

자, 그럼 황제를 이용하러 가 볼까. 화풀이도 보태서.

"스테나 영애."

아이린의 녹색 눈동자가 내 모습을 훑어 내렸다. 그녀뿐만이 아니라 그 뒤에 있는 시녀들과 하녀들도 날 보는 게 느껴졌다. 평상시와는 조금 다른 시선이었다.

나는 턱을 치켜들고 어깨를 쭉 폈다. 마치 자랑이라도 하듯. 자랑하는 거 맞으니까.

하녀들의 눈에는 어쩔 수 없는 선망이, 시녀들의 눈에는 질투와 불안과 숨기지 못한 동경이 서렸다. 그리고 아이린의 눈에는…….

눈이 마주치는 순간 나도 모르게 입꼬리가 올라갔다. 내 웃음을 본 아이린이 흠칫했다. 정신 차린 그녀가 순식간에 충격으로 굳었던 표정을 갈무리하고 인사를 했다.

"어서 오세요, 카일론 공녀."

어쩐 일이냐고 묻지 않았다. 누가 봐도 황제에게 받은 하사품을 자랑하러 온 게 보이니까. 하지만 내 입으로 그걸 곧이곧대로 말할 순 없는 법. 생긋 웃으며 간을 봤다.

"낮에 영애와 너무 짧게 스쳐 아쉬운 마음에 이렇게 찾아왔답니다."

말하던 도중에 무시당한 일이 생각났는지 아이린은 대답이 없었다. 그럼에도 표정은 흔들림 없이 상냥했다. 나는 일부러 그 일을 끄집어냈다.

"내게 하려던 말이 있었는데 중간에 끊은 게 신경 쓰였어요."

"……폐하께서 기다리시는데 어쩔 수 없죠. 이해합니다."

다정한 귀족 영애로서 정석적인 대답을 하는 아이린을 바라보며 나는 눈매를 접었다. 감사나 사과를 하는 게 마땅한 흐름이지만 빈말로도 그러기 싫었다.

내가 했던 변명을 자기 입으로 그대로 읊는 건 어떤 기분일까? 굴욕적이고 수치스럽겠지.

아이린은 온유한 미소로 그 감정을 얄팍하게 덮고 있었다. 너무나 얄팍해 내 눈엔 그 안에 든 감정이 다 보였다.

내 즐거운 시선에 아이린이 움찔 입매를 떨었다. 아주 미약한 변화였다. 내가 사과하지 않을 것을 깨달은 그녀가 기다리는 것을 멈추고 입을 열었다.

"제가 실례를 했군요. 앉아서 차분하게 이야기를 나누도록 하죠."

절대 자신의 공간으로 들이고 싶지 않은 사람을 안내하는 모습에 황제로 인해 기분이 나빴던 것도 서서히 잊혔다. 나는 먹이를 노리는 짐승처럼 먹음직스러운 희생양을 응시했다.

소파에 앉은 후 다과를 준비해 오라는 말에 아이린을 저지했다. 의심을 감추지 못하는 녹색 눈동자를 향해 웃었다.

"사실 영애에게 주고 싶은 것이 있답니다."

내 눈짓에 라브엘이 아이린에게 작은 함을 건넸다.

아이린의 눈동자에 의심이 더 짙어지더니 불안이라는 싹을 틔웠다. 그녀는 받은 선물을 열어 보는 대신 그대로 테이블 위에 내려놓았다.

"감사합니다. 그럼 다과를 준비해 오도록 하죠."

나는 무해한 미소를 지었다. 물론 내 미소에 속을 사람은 이곳에 아무도 없지만.

원래 아이린의 성격이라면 아니, 아이린이 연기하는 성녀 아이린이라면 받자마자 열어 보고 성심성의껏 선물에 대한 감사를 표했을 것이다.

아무리 성녀 이미지에 금이 갔다고 해도 완전히 버린 것은 아닐 테다. 버리지 못한다는 게 옳겠지.

아이린은 구색을 맞추기 싫을 정도로 내가 준 선물을 열고 싶지 않은 것이다. 이렇게 뜬금없이 등장해서 주는 물건에는 꿍꿍이가 묻어 있기 마련이니.

꽤 자연스럽게 내려놓았지만 난 그녀를 그대로 놔줄 생각이 없다. 혼자 있을 때 열어 봐도 열 받을 게 뻔한 물건이지만, 여기까지 몸소 행차한 이유가 이유이니만큼.

"영애답지 않게 성급하네요. 열어 보세요."

꼬집어 말하자 아이린이 얼굴을 살짝 붉혔다. 그녀는 조금 망설이는 시선으로 함을 보다가 손을 뻗었다.

이렇게 된 이상 그녀는 열어 볼 수밖에 없다. 나처럼 너 따위가 준 선물 따위 받기 싫다고는 절대 말하지 못할 테니까.

함을 꼭 쥔 아이린의 시선이 빠르게 제 주변의 시녀들을 훑었다. 내 시녀들도 문제지만 자기 시녀들의 입단속도 불확실할 거다. 에르마의 경우만 봐도 알 수 있다.

"죄송해요. 전 공녀께 드릴 게 아무것도 없어서 어서 대접이라도 해야겠다는 생각에 그만……."

"그렇군요."

적당히 싸늘하게 흠이 되지 않을 정도로만 대꾸했다. 변명 따위 듣기 귀찮다는 태도에 아이린의 얼굴이 굳었다. 결국 그녀는 함을 열었다.

"이건……."

초록색 눈동자에 가장 먼저 비친 것은 순수한 놀람이었다. 그리고 그 직후 짙은 패색감이 시꺼먼 동공 속을 꽉 메웠다. 넘실대는 패색감은 온갖 감정들을 낳았다.

모욕감과 분노, 질투.

"영애도 이 차가 무엇인지 알고 있군요?"

모르는 척 반색하자 아이린이 탁 소리 나게 함을 닫았다. 그사이 넘쳐흐르던 감정을 정리했는지 목소리는 깔끔했다. 지나치게 깔끔한 것이 감정을 없앤 티가 났다.

"어찌 모르겠습니까. 귀족이라면…… 아니, 제국의 백성이라면 황제의 차인 페리올라를 당연히 알고 있습니다. 제 상식을 의심하시는 건가요?"

이렇게 참는 모습이나 보자고 옷을 갈아입고 화장을 다시 하고 여기까지 온 게 아니었다.

"그럴 리가요. 하지만 직접 보는 건 처음일 테니 외관만 봐서는 모를 수도 있겠다고 생각했답니다. 아니면 혹시 본 적 있나요?"

노래 부르듯이 가볍고 나긋하게 말하자 처음으로 아이린의 눈매가 경련했다. 씰룩거리는 에메랄드빛 눈동자를 들여다보며 나는 채근하듯이 속눈썹을 깜빡였다.

"……없습니다."

"와, 그림으로만 본 걸 첫눈에 알아보다니. 역시 영애의 안목은 대단해요."

짝 소리 나게 손뼉을 치며 감탄했다. 누가 봐도 비꼬는 기색이 역력했다.

보다 못한 아이린의 시녀 하나가 나서려고 했다. 외가에서 불법 노예를 거래한 전적이 있던 시녀였다. 제 등 뒤에서 한 발짝 앞으로 나서는 시녀를 어떻게 봤는지 아이린이 손을 들어 저지했다.

조금 아쉬웠다. 시녀를 추궁하는 것은 곧 그 주인을 욕보이는 것과 같다. 보통 시녀나 하녀가 무례를 범하면 당사자가 아닌 주인이 혼낸다.

당연히 나는 아이린이 제가 혼내겠다 말하는 걸 받아들이지 않을 생각이었다. 그렇다고 다른 방법이 없는 건 아니다. 아이린을 자극할 방법은 차고 넘친다.

황송하옵게도 황제 폐하의 선물 덕에.

"폐하께서 방금 주신 차인데 영애는 못 받았다는 소리를 듣고 안타까워서요. 우린 같은 레지나 아닙니까. 좋은 것은 함께 나눠야지요."

"저까지 생각해 주시는 공녀의 마음이 참 감동스러워요. 하지만 번거롭게 절 따로 챙겨 주실 필요는 없습니다. 괜히 죄송하기만 하네요."

"어머, 그리 생각할 건 전혀 없어요. 저 멀리 다른 대륙에는 기쁨은 나누면 두 배, 슬픔은 나누면 반이라는 말이 있어요. 영애와 이렇게 함께 기쁨을 나누니 제 기쁨은 네 배랍니다."

"……."

고맙다는 말이 나올 타이밍인데 아이린은 부드럽게 미소만 지을 뿐 입을 열지 않았다.

약 올리려고 온 것에 대해 고맙다고 말하는 굴욕을 주고 싶긴 했지만, 내가 기다리는 것은 다른 말이었다. 선물로 차를 가져왔을 때 응당 나와야 하는 말.

손님이 선물한 차는 바로 맛보고 평하는 게 예의다. 하지만 어색한 침묵이 흐를 정도로 기다렸음에도 아이린은 입을 다문 채 아무 말도 하지 않았다.

아이린이 이럴 줄은 몰랐다. 싫어하면서도 예법을 지키리라고 생각했는데……. 아이린의 시녀들도 이상한지 힐끔힐끔 밤색 머리를 쳐다봤다.

나는 부드러운 호선을 그리고 있는 아이린의 입술을 바라보았다. 그 모양과 달리 안에 베어 물고 있는 것은 거칠고 딱딱한 감정일 테다.

아이린은 나와 함께 페리올라 차를 마시며 감상을 말하는 것보다 훗날 사교계에 예의도 모르는 사람으로 회자되는 게 낫다고 판단한 모양이다.

내게 지는 건 정말 참을 수 없나 보지.

성녀 이미지엔 이미 금이 갔다. 그 금을 어찌 잘 수습했던 것처럼 이번에도 그럴 수 있을 거라 생각하는 거겠지. 원래 처음 한 번이 두려운 법, 그다음은 쉬우니까.

하지만 아무리 메워도 계속 금이 생기면 결국 무너져 내리는 법이다.

나는 생긋 웃었다. 그 무너지는 꼴을 보고 싶긴 했지만, 그보다는 아이린이 위험을 감수하면서까지 회피하는 것을 방해하고 싶었다. 피해 가면 당연히 따라잡아 줘야지.

다른 귀족들은 무시당한 처사에 파르르 떨며 화를 내고 나가겠지만 난 순순히 그녀가 원하는 대로 해 줄 생각이 없다.

"영애와 함께할 생각에 나 역시 아직 차를 맛보지 못했어요. 어떤 맛일지 궁금하네요."

"그렇군요."

나는 아이린을 똑바로 쳐다봤다. 이렇게까지 말했는데도 페리올라 차를 내오지 않는다면 내가 명할 생각이었다.

아이린의 눈동자가 파르르 떨렸다. 온갖 감정이 방향을 잃고 휘몰아쳤다. 그녀가 입술을 살짝 깨물었다.

그 순간 나는 다음에 나올 말이 무엇인지 깨달았다.

"차를…… 이걸로 우려 주세요."

나는 승리자의 미소를 지었다. 아이린이 저 성녀 기질을 버리지 못하는 이상 절대 나와의 부채 싸움에서 이길 수 없다.

물론 내 여행 기간 동안 다른 귀족들과 황후의 환심을 샀던 것처럼 정치적 행보로는 날 앞지를 수 있다. 이번에는 내가 공을 세워서 정말 다행이었다. 안 그랬으면 아이린의 입지만 대폭 늘어났을 것이다.

조금 더 마음을 굳게 먹어야 했다. 아이린이 여행 갔을 때 난 집에서 쉬며 간만에 보는 가족의 모습에 들뜨기만 했다. 간간이 사교 활동을 했지만 그건 입지를 넓힐 만한 행보가 아니었다.

곧 쿠키와 차가 테이블 위에 놓였다. 은장식이 음각된 찻잔에 담긴 차는 맑고 투명한 수색이었다.

나는 찻잔을 들어 올렸다. 귀족적이다 못해 오만해 보이는 자세로 찻잔을 입가에 댔다. 한 모금 머금고 마찬가지로 차를 마시는 아이린을 쳐다보았다.

저래서 안 되는 거다. 나라면 배가 아프다든지 당장 쓰러진다든지 해서라도 이런 굴욕적인 상황을 피했을 거다.

어차피 보는 사람은 궁인들뿐. 그 일이 전해진다고 해도 사람들은 시녀들에게서 나오는 말은 조금씩 걸러 듣기 마련이다.

그래서 이디스와 나처럼 사이 나쁘다고 알려진 편이 소문을 퍼트리는 데엔 더 좋다. 그리고 정말 아프다는데 어쩔 거야.

아이린은 소리 없이 찻잔을 소서에 내려놓았다. 그녀의 얼굴은 벌써부터 모멸감에 물들어 있었다.

막장 드라마에 익숙해진 내게 아이린은 지나치게 선한 악녀였다. 조막만 하지만 양심도 있고 도덕심도 있다. 그걸 도저히 버리지 못하는 거다.

원래 궁중에서 계략을 꾸밀 정도라면 목숨 정도는 노릴 텐데. 나 역시 아이린을 죽일 생각은 절대 못하니 이런 말 할 처지가 아닐 수도.

하지만 아이린은 나보다 훨씬 더 어정쩡하다. 그러니까 이렇게 마주할 때면 내 손 위의 장난감처럼 놀림을 당하는 거다. 나는 먼저 입을 열지 않는 아이린에게 감상을 종용했다.

"맛이 어떤가요?"

황제의 하사품인 데다가 페리올라의 내력상 절대 부정적인 말은 할 수 없다.

그걸 알면서도, 아니, 잘 알기에 엄청 궁금한 눈으로 그녀를 바라봤다.

"향이 굉장히 좋네요. 맛도 깔끔하면서 입안을 상쾌하게 해 줍니다. 과연 초대 황제께서 즐겨 마신 차답네요. 감사합니다, 공녀."

사무적으로 감정 없이 튀어나오는 말을 노랫소리라도 듣는 것처럼 음미했다.

노래가 끝나자마자 활짝 웃었다. 시시한 반응으로 실망시키겠다는 건 너무 순진한 발상이다.

"당연한 것을요. 영애에게 나눠 드리길 정말 잘했어요. 이렇게 마음에 들어 하실 줄이야."

나는 흔들리기 시작한 미소를 즐겁게 쳐다봤다. 잠시 손을 떨던 아이린이 등을 세우고 날 똑바로 바라보았다. 떨리는 손은 치맛자락 사이로 자취를 감췄다. 부드러운 표정으로 가린 도전적인 시선이 날카로웠다.

"공녀께서 큰 공을 세우셨다고 들었습니다. 전하와 함께 갔던 행궁에서 불법 노예 문제를 해결하시고 가뭄의 원인까지 밝혀내셨다지요."

아까와 달리 어조도 안정되었고 호흡도 느긋하다. 평소의 아이린으로 돌아왔다. 이렇게 칭찬하는 걸 보니 비꼴 준비를 마친 듯했다.

"폐하께서 공녀께 이런 하사품을 내리신 것도 당연합니다."

아하. 그러니까 황제가 날 차기 황후로 내정한 게 아니라 단순히 공을 세워서 그런 거다?

그게 정말이라면 황후도, 황제도 아이린의 편이라는 소리니 조금 불안했을지도 모른다.

하지만 이렇게 당하는 상황에서 반격하듯 말해 봤자 별 설득력도 없을뿐더러, 그 오만하고 이기적이기 짝이 없는 황제는 날 지지하고 있다.

나는 여유로운 미소를 차 한 모금으로 감췄다.

"페리올라 차는 원래 공을 치하할 때 내리는 차. 폐하께서 공녀께 차와 함께 귀한 보석을 내리신 것도 그런 마음을 담으신 거겠죠."

아이린이 당당하게 결론을 읊었다. 나는 순순히 고개를 끄덕였다.

"네, 당연한 일을 했는데 폐하께서 따로 신경을 써 주셔서 감사할 따름이에요. 저는 장차 이 나라를 지탱하는 황후가 될 몸. 백성들의 삶을 살피고 돌보는 것은 마땅히 해야 할 일인걸요. 누구와는 달리."

아이린의 시녀들이 경악한 시선으로 날 쳐다봤다. 몇몇은 본인의 귀를 의심하기도 했다. 황후가 될 거라고 너무나도 당당히 말한 것에 대한 비난이라도 던지는 시선이었다.

그렇게 소란 떨 일인가.

확실히, 황가에 결정을 맡기고 겸허히 결과를 받아들여야 하는 입장에서 이런 말은 교만을 지나쳐 죄악에 가까울지도 모른다. 적어도 이곳 사람들에겐 그와 비슷하게 받아들여지겠지.

나는 옅은 미소를 지으며 허리를 꼿꼿이 세웠다. 받아들일 때 감정이 어떻든 결국 그들도 인정할 수밖에 없도록.

나 이외에 과연 누가 황후가 될 수 있을까. 최면을 걸듯 나 자신에게 속삭였다. 다른 사람들까지 그렇게 생각하게끔.

사실 내 자질의 부족함은 스스로가 가장 잘 알고 있다. 하지만 결코 겉으로 내보이지 않을 것이다. 황후가 되겠다고 결심한 이상.

"그런데 아닌 척하면서도 신경 쓰였나 봐요. 폐하께 받았다고 말한 적 없는데."

검지로 목걸이를 천천히 쓸며 아이린을 바라보았다.

명백한 조소에 그녀의 입술이 한차례 떨렸다. 핏기가 가신 입술이 짓이겨지며 다시 붉게 물들었다.

“저 역시 공녀의 능력에 감탄했습니다. 서부 지역의 가뭄은 여태까지 아무도 해결하지 못한 문제 아닙니까. 공녀께선 그쪽으로 따로 교육받은 것도 없으신데 어찌 가뭄의 원인을 아셨는지요. 참으로 대단하십니다.”

녹색 눈동자가 차분하게 내 얼굴을 훑으며 동요를 살핀다. 여태까지 아무도 의심하지 않았지만 사실 처음부터 의심했었어야 하는 일이다. 관련된 소양을 하나도 갖추지 못한 내가 어찌 해결책을 알고 있는지.

내가 의심받지 않은 것은 황태자가 의심하지 않았기 때문이다. 그는 이곳 사람들에겐 허무맹랑하게 들릴 녹화사업에 대해서 진지하게 검토했고, 가뭄의 원인이 무역풍의 강화라는 것에 대해서도 단번에 믿었다.

그리고 그 생각이 관련 지식이 없을지도 모르는 내 머릿속에서 나왔다는 것도 의심하지 않았다.

“그러고 보니 불측한 소문도 있었지요. 감히 레지나와 전하의 행궁을 시찰이 아니냐고 폄하하는 사람들. 물론 저는 그런 소문 따위 믿지 않습니다. 그게 사실이라 알려지면 공녀께 해가 되는 것은 물론 전하께도 좋지 않을 테니까요.”

그제야 아이린이 무엇을 말하고 싶은지 깨달았다. 이미 그녀는 내 행궁이 시찰이라고 결론 내렸다. 이 모든 것을 그걸 감추기 위한 연극으로 치부하는 것이다. 내가 아니라 다른 사람이 해결한 것이 진실이라고.

녹색 눈동자에는 불신과 의문이 담겨 있다. 아직 연극의 이유에 대해서는 확신을 못한 듯했다. 그녀가 생각할 만한 것은 뻔하다.

내가 꾸민 일이면 공을 세우기 위해 다른 사람의 지식을 산 것이고, 황태자가 관여한 것이라면 카일론을 달래고 비난을 피하기 위해 내게 공을 돌렸다고 생각하겠지. 아이린의 말대로 정말 시찰이면 황태자 역시 지탄을 받을 테니까.

흠, 어떻게 대답할까. 구구절절 설명하고 싶지도 않은 데다가, 다 설명하면 시찰을 다녀왔다고 내 입으로 말하는 것이나 다름없다.

아무리 내가 원한 여행이라고는 하지만 가서 한 일이라곤 사업지를 둘러보고 노예를 소탕한 것뿐이다.

물론 쇼…… 산책도 했지만 그걸 황태자와 레지나의 행궁이라고 할 순 없다.

"게다가 노예까지……. 어쩌다가 노예를 만나게 되셨는지 정말 모르겠으나……."

기어코 내 입에서 시찰이라는 소리를 듣고 싶나 보다. 하긴, 질 떨어지는 선물을 받는 것보다 훨씬 모욕적인 일이니 당연하다.

내가 진짜 시찰을 다녀온 것이라면 지금쯤 손바닥에 손톱자국이 짙게 남았을 거다. 괴롭히러 왔다가 역으로 공격당하는 것이니 더 치욕스러웠겠지. 꼴도 우습고.

아이린에겐 안됐지만 내 행궁은 시찰이 아니었다. 따라서 내 감정이 상할 것도 없다. 다만 사실을 사실대로 말하기도 애매했다.

나는 말없이 차를 한 모금 마셨다. 내 침묵에 아이린은 더 의기양양해서 말을 이었다.

"그렇지 않나요? 해안궁에 계셨고 일정 중 잠시 녹화사업지대에 가셨다고 들었는데……. 마차로 이동하셨을 거고 사업지대에서는 노예를 못 봤을 텐데 어찌 불법 노예 현장을 적발하신 건가요? 대체 어떤 우연이 생기면 그럴 수 있죠?"

나는 탁, 소리 나게 소서에 찻잔을 내려놓았다. 아이린은 그 날카로운 소리에 더 진한 미소를 지었다. 날 동요하게 만들었다고 여긴 모양이다.

조금 변했으나 사람이 뒤바뀌지 않는 이상 샤티의 다혈질이 어디 가진 않을 거라고 생각하는 게 보였다. 내가 분노로 폭발해 자멸하길 기대하는 것이다.

그러면 언제나처럼 샤티의 폭언에 상처받은 척, 그 상처를 애써 숨기는 척하며 미소 짓겠지. 좋은 시도였지만 정말로 사람이 뒤바뀌었다. 쓸데없는 수였다.

어서 화를 내길 숨죽여 기다리는 녹색 눈동자와 눈을 맞추고 달콤하게 웃었다. 눈 밑과 뺨이 도톰해지도록.

아이린이 미소 지은 얼굴 그대로 굳었다.

"정말 영애는 내 일에 관심이 많군요. 나는 영애가 수정궁에서 뭘 했고 또 어디를 갔는지 전혀 모르는데 말이에요. 내게 주는 관심을 제국민에게 돌려 보는 건 어떤가요? 그렇다면 충분히 고통받는 백성들의 사정을 알 수 있을 거예요. 예를 들면 불법 노예라든가."

유치원 선생님이 아이에게 하듯 나긋나긋 친절히 가르쳐 주었다.

올라간 채 멈춰 있던 아이린의 입매가 점점 무겁게 내려가는 것을 즐거운 마음으로 쳐다봤다.

"이걸 뭐라고 해야 하지. 자질의 차이? 하긴, 영애가 황후가 될 일은 없으니 그냥 그 정도밖에 안 돼도 괜찮아요."

드라마나 소설 속 악녀가 착한 여주인공에게 할 법한 말을 유쾌하게 읊었다.

네가 그 사람과 결혼할 리 없다며 비꼬는 장면 몇 개가 스쳤다. 절로 실소가 나왔다. 아이린과 황태자가 연인 사이라는 것도 그렇고, 딱이다.

그 악녀와 나 사이에 다른 점이 있다면 딱 하나, 결국 승리를 거머쥐는 사람은 나라는 것.

드라마와 달리 현실에서는 가문도 능력도 안 되면서 착한 척하며 사랑만 받는 여자는 결국 버림받기 마련이거든. 특히 그 배경이 황궁이라면야.

"굳이 구구절절 내가 어떻게 알아냈다고 설명할 필요는 없겠죠. 고작 당신의 오해나 풀자고."

당신이 뭔데. 완전히 깔보는 시선으로 아이린을 내려다봤다. 희게 질린 얼굴이 수치심에 물든다.

여주인공이 이렇게 악녀에게 당하고 있는데 남주인공이 타이밍 좋게 나타나서 도와주지 않는 것만 봐도 결말이 드라마와는 다르다는 걸 알 수 있다.

아이린의 역습은 실패했다.

그럼 진짜 역습이 어떤 건지 좀 알려 줘 볼까. 나는 짐짓 진지한 조언이라도 하는 양 목소리를 가다듬었다.

"그래도 주변 사람을 의심하고 믿지 못하는 버릇은 좀 고치도록 해요."

"무슨……."

"내가 가뭄의 해결책을 제시한 것은 전하께서 직접 말씀하신 겁니다. 이를 의심하는 것은 전하를 의심한다는 것 아닌가요?"

아이린이 부정하기 위해 굳은 입술을 움찔거렸다. 물론 나는 그녀가 대답할 틈을 줄 생각이 없었다.

"제게는 영애의 말이 이렇게밖에 안 들리는군요. 전하께서 사사로운 감정과 자신이 비난받을 것을 두려워해 거짓말을 했다. 이를 위해 진짜 공을 세운 신하를 감췄다. 영애는 전하를 굉장히 치졸하고 졸렬한 사람으로 보고 있군요."

"그런 뜻이 아닙니다!"

아이린이 희게 질린 얼굴로 자리에서 벌떡 일어날 기세로 외쳤다. 나는 그녀의 동요를 미소 지으며 바라보았다. 내 거짓 동요를 본 아이린이 아까 그랬던 것처럼.

"그러면요?"

"전하는 항상 다정하신 분. 공녀께서 이런 수치는 없다며 눈물로 호소하셨으면 어쩔 수 없었겠지요. 또 전하께서 모르는 진실이 있을 수도 있지 않습니까. 가령 진짜 공을 누가 세웠는지."

황태자가 다정하다고? 지나가던 개가 웃겠다.

자신한테는 다정한 모습만 보였다는 어필일 수도 있겠지만, 황태자는 그녀에게도 썩 다정한 사람은 아니었다. 다정했으면 옛날 샤티에게 아이린이 모욕당했을 때 도와줬을 것이다.

"아하. 전하께서 내게 속아 넘어갈 정도로 판단력이 없다는 말이었군요. 내가 오해했네요."

"그게 아니……."

"아니면 내가 전하를 사주해서 거짓으로 공을 돌리게 만들었다?"

아이린이 입을 꾹 다물었다. 어떻게 말하든 결국 내가 황태자를 걸고넘어질 것을 깨달은 모양이다.

"듣기 거북하군요."

"그 거북한 생각을 영애가 먼저 한 것 아닌가요?"

"상황상 가장 합리적인 결론이니까요."

"영애의 그 귀엽고 조그마한 머리로는 감히 상상도 못하겠지만, 그 일은 내가 해결한 것이 맞답니다."

사르르 웃으며 쿠키를 집어 먹었다. 바삭한 쿠키를 소리 한 번 내지 않고 삼킨 뒤 부들부들 떠는 아이린을 쳐다보았다.

"맛있네요."

이 대화가 차 마시며 나누는 한담처럼 내겐 더없이 가볍고 의미 없다는 걸 나타내듯이 여유로운 태도로.

실제로 내게 아이린을 괴롭히는 것은 화풀이 겸 유희였다. 물론 내 놀이 상대는 전혀 그렇지 않아 보였지만.

"아, 참! 그러고 보니 폐하께서도 영애에게 선물을 내리셨겠네요."

너무 호들갑스럽지는 않게 박수를 치며 화제를 돌렸다.

무슨 말이 나올지 예상한 아이린이 입술을 깨물었다. 답하지 않는 그녀를 끈질기게 응시하자 마지못해 고개를 끄덕였다.

"네, 받았습니다."

"어떤 걸 받으셨나요? 페리올라 차는 못 받으셨지만 폐하께서 내린 것이니 분명 진귀한 것이겠죠."

말을 하며 귀걸이가 우아하게 흔들리도록 고개를 살짝 틀었다.

아이린의 녹색 눈동자가 내 귀와 목 언저리를 훑는 걸 놓치지 않았다. 다시 눈이 마주쳤을 때 나는 미소를 지었다. 명백한 비웃음이었다.

"예, 폐하의 은덕에 감읍할 따름입니다. 제게 과분한 것이죠."

무난하고 겸손한 대답이었다. 나는 극찬을 들은 것처럼 눈을 동그랗게 뜨고 열렬한 시선을 보냈다.

"어머나, 영애께서 그렇게까지 말씀하시니 어떤 것인지 한번 보고 싶어요."

"……."

"보여 주실 거죠?"

답이 없는 그녀를 집요하게 바라봤다. 대답할 때까지 아무 말도 하지 않을 작정이었다. 거절해도 상관없다. 이미 꽤 만족스러울 만큼 갖고 놀았고 다음 기회도 있다.

아이린 역시 거절이 끝이 아니라는 것을 알았을 거다. 작게 한숨을 쉰 그녀가 입을 열었다.

"프래쳇 부인."

프래쳇이 고개를 끄덕이곤 벨벳에 감싸인 상자를 가져왔다. 아이린은 굳은 표정으로 상자를 열었다. 황금에 둘러싸인 피처럼 붉은 루비가 모습을 드러냈다.

"과연. 영애께서 그렇게 말씀하실 만하네요."

본인에겐 과분하다고 말할 만해. 속뜻이 잘 전달되도록 특별히 어조에 더 신경 써서 말했다.

"너무나 아름다워요. 역시 폐하의 안목은 정말 뛰어나요."

감탄하며 브로치를 들어 올렸다. 허락받지 않은 행동에 모두가 깜짝 놀랐다.

나는 개의치 않고 브로치를 그대로 내 가슴에 대어 봤다. 불꽃 같은, 아니, 실제로 불꽃이 타오르는 루비가 내 가슴 위에서 반짝였다. 내가 입고 온 드레스와 꽤 잘 어울렸다.

"어때요?"

의문형이되 답은 정해져 있다는 듯이 자신만만한 미소를 지었다. 지금 내가 하는 행동은 굉장히 실례되는 일이었다. 같은 상황에서 아이린은 절대 하지 못할 짓이다.

사실 황제가 가장 신경 쓴 건 내게 하나뿐인 다이아몬드를 내린 것도 아니고 페리올라 차를 내린 것도 아니다. 바로 이것이다.

"……잘 어울리시네요."

아이린보다 내게 더 잘 어울리는 것. 루비가 아이린에게 전혀 안 어울린다는 것.

녹색 눈동자가 내 가슴팍에 머물렀다. 영혼 없이 예법대로 잘 어울린다고 대답했지만 그게 사실이라는 것과, 자신은 그보다 더 못할 것을 알아 꽤 치욕스러울 거다.

나는 생긋 웃으며 그녀에게 브로치를 건넸다.

"영애가 착용한 모습을 보고 싶네요."

아이린은 한참 손에 쥔 브로치를 내려다보았다. 그녀의 이지적인 녹색 눈동자도, 차분한 밤색 머리카락도 정열적으로 타오르는 루비와 어울리지 않았다.

입고 있는 옷도 마찬가지였다. 단정한 상아색에 연둣빛 포인트 컬러가 들어간 드레스는 불꽃을 품은 루비에 이질감만 더했다.

그녀는 상자 안에 브로치를 넣었다. 힘이 들어가 하얗게 질렸던 손가락이 원래 색을 되찾고 분기에 떨리던 입술이 침착하게 가라앉았다.

고개를 든 아이린의 얼굴은 처음 그녀를 봤을 때처럼 깔끔한 가면으로 뒤덮여 청초했다.

"저어, 죄송해요. 모처럼 받은 것이니 황태자 전하께 가장 먼저 보여 드리고 싶어요. 공녀 역시 여자이니 연인에게 예쁘게 보이고 싶은 제 마음, 이해하죠?"

수줍은 듯 살짝 볼을 붉히며 말하는 아이린을 보고 있자니 절로 비뚜름한 미소가 생겼다.

황태자에게 예쁘게 보이고 싶다면 그 브로치를 착용하지 않는 게 좋을 거라는 말이 입술을 툭툭 쳤다. 지금 비교당하지 않기 위해 마련한 핑계일 뿐이고 날 도발하려고 저렇게 구는 것은 알고 있다.

황태자를 사랑하지 않으니 아이린이 연인이라 콕 집어 말하는 것에 상처받을 이유도 없다.

그럼에도 기분이 더러운 것은 아이린의 득의만면한 얼굴 때문이다, 분명.

"공녀께서는 전하께 가장 먼저 보여 드리지 않아도 괜찮나요? 사랑받으려면 그에 걸맞은 행동도 필요한 법이랍니다."

기가 살아난 아이린이 내게 가르치듯이 말했다. 조금 전 내가 그녀에게 그랬던 것처럼. 그녀처럼 치욕감에 벌벌 떨 생각은 없다. 그럴 일도 아니고.

나는 고개를 모로 꼬았다.

"글쎄요. 저는 잘 모르겠는걸요. 전하를 뵐 때 굳이 특별하게 치장해야 하는지."

그렇게 안 해도 나는 예쁘거든.

눈을 깜빡깜빡하며 속눈썹을 나부꼈다. 예상치 못한 반응에 아이린의 눈에서 얼이 빠졌다. 하나 그것도 한순간이고 곧 기세등등하게 입을 연다.

나는 입꼬리를 끌어 올렸다. 솔직히 내 입으로 그 일을 끄집어낼 줄은 몰랐지만 기분이 더러워진 것은 갚아 줘야겠지.

"공녀, 교만은……."

"게다가 전하께선 아무런 장신구도 안 한 내 모습을 보고도 날 원하셔서."

—오늘 밤은 꼭 방문 잠그고 자도록 해.

황태자의 목소리가 되살아났다. 나는 붉어지려는 얼굴을 수습하며 최대한 새침하게 말했다.

"무슨……."

아이린의 얼굴이 창백해졌다. 아까 전부터 계속 얼굴이 파래졌다가 풀리길 반복했지만 이번엔 정말 말 그대로 종잇장처럼 희게 질렸다.

그녀뿐만이 아니라 내 뒤에서도 당황한 기척이 따끔따끔하게 느껴졌다. 무언의 질문이 내 뒤통수를 쿡쿡 찔렀다.

방으로 돌아가자마자 아침 새처럼 재잘거릴 시녀들의 모습에 벌써부터 귓불이 달아오르려 했다.

나도 모르게 황태자에게 깨물렸던 귓바퀴에 손이 갔다. 흠흠. 나는 애써 마음을 가다듬고 아이린을 응시했다.

"영애의 마음은 알겠어요."

그렇게 해서라도 황태자의 시선을 끌려고 하는 그 절박한 마음 말이에요. 뒷말은 눈짓으로 대신했다.

"……."

아이린은 아무런 반응도 없었다. 황태자가 날 그…… 흠흠했다는 말 때문에 충격이 큰 듯했다. 초점도 살짝 어긋난 게 현실이 아닌 다른 곳을 헤매는 것 같았다.

사실 별일 없었지만, 알아서 별일을 상상하는 모습에 어이없기도 하고 웃기기도 하고 조금 민망하기도 했다.

아이린의 머릿속에선 황태자랑 내가…….

으아아악!

나도 모르게 벌떡 일어날 뻔했다. 팔걸이를 틀어쥔 손가락에 힘이 바짝 들어갔다. 애써 엉덩이를 꾹 내리눌렀다. 이건 인간 승리다. 내 이성과 자제력에 경의를 표한다.

다행히 아이린은 내 동요를 눈치 못 챘다. 더 있다간 나 역시 그녀처럼 평정을 유지 못할 것 같았다. 서둘러 상황을 정리했다.

"나중에 파티에서 볼 수 있겠죠. 영애가 그 브로치를 한 모습, 기대하고 있을게요."

그때를 위해 지금의 즐거움은 일단 미뤄 두는 것으로. 관객은 많을수록 좋으니까.

"내가 영애의 시간을 너무 많이 뺏었네요."

그제야 정신을 수습한 아이린이 날 바라보았다. 초점만 돌아왔을 뿐 시한부 선고를 받은 것 같은 얼굴은 여전했다. 다만 눈빛이 형형했다. 어쩐지 윗배가 얹힌 것처럼 더부룩했다.

결심했으니 후회하진 않는다. 사랑하는 연인 사이를 찢어발기고 한소정보다 더 독한 악녀가 되겠다고 정한 건 다름 아닌 나였다.

"곧 라하딘이네요. 우리 잘해 봐요. 제국의 발전과 번영을 위해."

그러니까 악녀답게 말했다. 속 안에 든 악의를 숨기고 손을 내밀자 아이린이 반사적으로 맞잡았다.

한차례 흔들어 악수하곤 그녀가 손을 빼려는 걸 다시 강하게 붙잡았다. 아이린이 아픔에 미간을 살짝 찌푸렸다. 나는 웃었다.

"날 많이 도와줘요."

황후가 아랫사람한테 하듯 속삭였다. 동등한 관계라는 것은 애초에 염두에 두지 않은 것처럼.

"카일론 공녀."

아이린의 초록색 눈동자에 독기가 바짝 올랐다. 여태까지와 전혀 다른 시선이었다.

"그 반대는 생각해 본 적 없나요?"

그녀답지 않은 도발에 조금 놀랐다. 하지만 놀람이나 걱정보단 재밌겠다는 생각이 더 드는 건 내가 정말 못됐기 때문일까.

"그럴 일은 없어요. 나는 의미 없이 적선하는 거 굉장히 싫어하거든요."

적선이라는 말에 아이린의 눈가가 경련했다. 나는 그걸 즐겁게 관찰하며 손을 뗐다.

"하지만 스테나 영애는 다르잖아요? 너무 착해서 남 돕는 것도 좋아하고."

생긋 웃자 아이린이 고개를 돌렸다. 부정하진 않는다.

조금씩 아이린은 달라지고 있다. 내가 그녀 앞에서 이를 드러낸 순간부터 이변을 해결하기 위해 움직이고 있다.

하지만 저 착한 것에 대한 집착을 완전히 벗지 않는 이상 이렇게 내게 당하는 수밖에 없다. 그녀도 알고 있으리라.

그러나 알고 있는 것과 실천하는 것은 다르다. 아이린은 가식을 기반으로 모든 것을 쌓았다. 그걸 한 번에 버리는 건 어렵다. 지금

차마 부정하지 못하고 외면하는 것처럼.

"뭐, 영애가 날 돕는 건 어디까지나 날 보조한다는 뜻이지만. 영애가 어찌 감히 날 적선하겠어요."

그렇게 미적댈수록 나야 좋다. 뚜렷한 조소를 담고 아이린을 훑었다.

희게 질린 입술과 떨리는 몸을 보니 절로 동정심이 들 만했다. 내게는 어떤 감흥도 주지 못했지만. 나는 자리에서 일어났다.

"그럼."

일어나지도 못하는, 고개 숙인 정수리를 내려다보다가 제대로 된 인사 없이 그대로 뒤돌아섰다.

"저하는 정말 못됐군요."

이디스가 내 귓가에 속삭였다. 나는 목걸이를 그녀에게 건네면서 픽 웃었다.

돌아오는 내내 할 말이 가득한 것처럼 쳐다보더니—물론 그녀 말고 다른 시녀들도 마찬가지였다— 결국 기회를 봐 하는 말이 저거였다.

"그래서 날 좋아하는 거 아니었어?"

자신만만한 물음에 이디스가 어이없는 눈으로 날 쳐다봤다. 곧 정색하며 말한다.

"저한텐 그런 취향 없는데요. 하지만 상대가 스테나라는 것만으로도 통쾌하긴 하네요."

"나 좋아하면서 튕기긴."

귀걸이를 빼느라 못 봤을 거라 생각했겠지만 나는 다 봤다. 이디스가 주먹을 꾹 말아 쥐는 것을. 거울을 통해 그녀의 얼굴을 살피니 시침 뚝 뗀다.

코르셋을 풀던 이디스가 진지하게 말했다.

"좀 오싹하긴 해요. 저하의 한계를 모르겠어요. 귀족 영애가 하면 안 되는…… 아니, 전혀 하지 못할 말을 너무 아무렇지도 않게 해서."

이디스의 얼굴은 나한테 가려서 거울에 비치지 않았다. 목소리만 들어서는 그녀가 어떻게 생각하는지 알 수 없었다.

감탄과 책망, 그 양가적인 감정이 모두 깃들어 있는 목소리였다.

"조금, 뭐라 그래야 하지……. 황족 같았어요. 지극히 오만한데 그게 납득되는……."

"곧 황족이 될 테니 당연하지."

나는 뒤돌아서며 이디스와 눈을 맞췄다. 붉은 눈동자가 떨린다.

바로 그 점이요. 그렇게 말하는 얼굴이었다. 살짝 질린 표정과 탄복하는 표정이 뒤섞였다.

머리 장식을 빼고 편한 실내용 드레스로 갈아입었다. 이디스는 묵묵히 날 도우면서도 힐끔힐끔 쳐다봤다. 신경 쓰인다. 결국 보다 못한 내가 그녀를 붙잡았다.

"할 말 있으면 해."

허락이 떨어졌는데도 그녀는 우물쭈물했다. 항상 시니컬하고 직설적이던 그녀답지 않았다.

"그, 정말이에요?"

기다린 끝에 나온 말은 주어가 다 생략된 모호한 말이었다.

"뭐가?"

"그거요."

"정확히 말해야 알지."

"전하께서 저하를……."

"나를?"

"……."

이디스의 입술이 앙 다물린다. 나는 픽 웃었다.

"원한다는 거?"

화르륵 이디스의 얼굴이 새빨갛게 달아올랐다. 정말 놀랐다. 그 이디스에게 이런 면모가 있을 줄이야.

쿡쿡 웃음이 나오는 걸 굳이 참지 않았다. 나로서도 부끄러운 말이지만 이렇게 격하게 반응하는 사람을 앞에 두니 재미있다는 생각만 들었다.

"그……. 하아, 그래요. 그거."

잘 익은 토마토 같은 얼굴이 된 이디스가 작게 웅얼거렸다. 나는 유쾌하게 고개를 끄덕였다.

"정말이야. 왜 아니라고 생각해?"

"세상에! 지금 저하는 아직 성년도……!"

"어머머머? 무슨 상상을 하는 거야?"

"그……."

이디스는 입만 벙긋거리더니 포기했다. 평소 냉소적이라 이런 화제도 아무렇지 않게 직구를 던질 것 같던 사람이 이러니까 더 흥이 올랐다.

"응? 뭔데? 무슨 상상을 했는지 말해 봐."

신이 나서 놀리는데 드레스룸 문이 벌컥 열렸다. 유모였다.

"공녀 저하."

단단히 굳힌 표정만큼이나 한껏 낮은 목소리였다. 이번에는 내 얼굴이 사색이 됐다. 반대로 이디스의 얼굴엔 생기가 돌기 시작했다.

"잠시 저 좀 보시죠."

그 말만 마치고 유모는 뒤돌아서서 드레스룸을 나갔다. 따라오라는 뜻이었다.

이디스는 고소하다는 눈으로 날 보며 손까지 살랑살랑 흔들었다. 그녀를 한차례 째려보고는 터덜터덜 방을 나섰다.

정말 누가 유모고 누가 주인인지 모르겠다.

침실에서 유모에게 미혼의 레이디로서 갖춰야 할 자세에 대해 일장연설을 듣고, 황태자와 정말 아무 일도 없었다는 걸 구구절절 설명하고 나서야 풀려날 수 있었다.

창밖을 보니 이미 날이 어둑어둑했다. 해가 지는 시간이 빨라졌다.

나는 창가로 다가갔다. 시원한 바람이 머리카락을 스쳤다. 끈적끈적한 여름 바람과는 다른 서늘한 바람이었다. 어느새 가을의 초입, 라하딘이 시작되려 하고 있었다.

12장

하늘은 높고 사람은 살찌는 계절

하늘은 높고 사람은 살찌는 계절

"이건 말도 안 됩니다!"

방으로 들어오자마자 유모가 소리쳤다. 나는 소파에 앉아 머리를 기댔다. 두통에 머리가 지끈거렸다.

"일단 머리 장식 좀 빼 줘."

그렇게 말하며 높은 힐을 벗었다. 눈치 빠른 에스더가 곧장 푹신한 슬리퍼를 갖다 줬다.

부드러운 털 사이에 발가락을 묻으며 눈을 감았다. 머리 장식을 빼자 머리카락이 간지럽게 흘러내렸다.

자연스레 조금 전에 있었던 일이 머릿속에서 일렁였다.

황태자와 아이린 그리고 나. 아직 익숙하지 않은 조합이었다. 앞으로는 익숙해지고 싶지 않아도 익숙해질 조합이기도 했다.

볕 좋은 정원에 마련된 티테이블에 앉아 황태자가 말했다.

"따라서 레지나가 팔방의 곡창 중 하나씩 맡아 관리한다. 스테나 영애는 동곡창東穀倉을…….”

서류를 보며 말을 잇던 그가 나를 쳐다보았다. 노란 눈동자에 비친 것은 죄책감이었다. 그에 의문을 품는 순간 그의 입이 열렸다.

“카일론 공녀, 그대는 서곡창西穀倉을 맡는다.”

뒤에 시립해 있는 시녀들의 얼굴에 무엇이 번져 나갔는지 알 수 있었다.

굳이 확인해 보지 않아도 서곡창은 텅텅 비어 있을 것이다. 서부 지역의 가뭄에 대해서는 직접 눈으로 보고 겪었다.

아이린은 물론이고 심지어 황태자조차 내 안색을 살피고 있었다. 아이린은 숨길 수 없는 조소를 짓고 있었고 황태자는 어울리지 않게 눈썹을 조금 내려뜨리고 있었다.

나는 앞에 놓인 차를 마시며 고요한 소란이 지나가길 기다렸다. 우아하고 매끈한 동작으로 차향을 음미하고 한 모금 넘긴다. 소리도 안 나게 소서 위에 찻잔을 내려놓고 고개를 들었다.

두 사람은 알 수 없다는 시선으로 날 바라보고 있었다. 확실히, 당장 이 말도 안 되는 처사에 대해 따지는 게 보통이겠지. 이렇게 여유로운 반응은 이상할 것이다.

조금 고민했다. 나라고 해서 뾰족한 수가 있는 것도 아니다. 당장 곡식을 만들어 내거나 빵 한 덩이로 수백 명의 사람을 먹일 수 있는 전능을 가지지도 않았다.

아이린의 시선이 불안해졌다. 녹색 눈동자가 나와 황태자를 번갈아 가며 훑는다. 그녀의 시선에도 아랑곳없이 황태자는 나만을 바라보고 있었다. 내 입에서 무슨 말이 나올지 기다린다는 듯이.

시간이 지나면서 노란 시선에는 미약한 기대가 깃들기 시작했다.

나는 미소를 지었다.

"알겠습니다, 전하. 아직 제국의 모든 이들을 보살피지 못하는 게 아쉬울 뿐입니다. 서부 지역민들만이라도 넉넉하게 살펴보겠습니다."

황태자의 얼굴에 여러 감정이 스쳐 지나갔다. 미안함과 대견함 그리고 기대. 여전히 무표정한 얼굴이지만 신기하게도 난 알아볼 수 있었다.

"부탁한다, 공녀."

그가 내 손을 한번 강하게 잡았다가 놓았다. 나는 고개를 끄덕이며 미소 지었다.

"예, 전하."

그대로 일어서자 그 역시 날 따라 일어섰다. 자연스레 내 곁에 와 에스코트해 주려는 모습에 나 역시 편안히 손을 내밀려고 했을 때였다.

"앗, 전하."

아이린이 다급히 황태자를 부르며 일어섰다. 나는 조금 놀라서 그녀를 쳐다보았다.

계속 아이린을 의식하고 있었는데 황태자와 서로 몇 마디 주고받는 사이에 완전히 잊어버렸다. 그런 내 자신에게 조금 황당했다.

힐끗 황태자를 쳐다보니 그의 단단한 입매에도 난감함이 서려 있었다.

"잠시 드릴 말씀이 있사옵니다."

아이린이 날 살짝 쳐다보았다. 내가 있으면 곤란한 주제라는 뜻이었다.

"그렇다면 전 먼저 돌아가 보겠습니다."

나는 순순히 물러나기로 했다. 굳이 황태자 앞에서 패악을 부리며 모르는 척 있을 정도로 궁금하진 않았다.

살짝 무릎을 굽히고 일어나자 아이린이 날 가늠하듯 응시했다. 서곡창의 관리에 대한 의문이 가득한 시선이었다.

정말 무슨 수가 있는지, 아니면 그저 허세를 부리는 것인지. 후자라고 생각하지만 가뭄을 해결한 전례가 있으니 설마, 하는 생각이 드는 듯했다.

"다음에 보도록 하지, 공녀."

황태자의 인사에 미소 짓고 그대로 몸을 돌렸다. 조급함을 드러내지 않도록 천천히 발걸음을 옮기며 생각에 빠졌다. 이 난관을 어떻게 해결해야 하는가가 문제였다.

무거운 머리 장식이 다 빠지고 가벼운 빗질이 머리를 지압했다. 흘러내린 머리카락을 한쪽으로 땋아 정리해 주는 손길을 느끼고는 편히 하도록 고개를 틀었다. 훨씬 가벼워진 머리를 들고 눈을 떴다.

유모가 날 바라보고 있었다. 분노와 억울함과 원망이 뒤섞인 얼굴이었다.

나는 한숨을 쉬었다. 그녀의 마음을 이해 못하는 건 아니다. 하지만 불평해 봤자 해결될 일이 아니다.

"어차피 스테나와 나, 둘 중 누구 하나는 맡아야 하는 거였어."

"아니요, 맡지 않아도 됩니다. 여덟 개의 곡창 중 레지나가 관리를 맡는 곳은 하나씩, 총 두 군데예요. 굳이 서곡창을 맡지 않아도 됐지요. 이건 저하를……."

"나를?"

날카로운 시선으로 유모를 봤다. 유모가 움찔해서는 입을 다물었다. 나는 재차 한숨을 쉬었다.

방에 내 시녀들만 있다고 하지만 말이 어떻게 새어 나갈지 모른다.

확실히 예전보다는 사이가 좋아졌지만 시녀들을 전부 믿진 않았다. 그런 상황에서 속말을 할 수는 없다.

"이미 결정된 일이야. 물론 바꿀 수도 있겠지. 하지만 그만큼 부담이 따를 거야."

카일론을 위시한 대신들이 우르르 들고일어나 부당하다고 하면 바뀔 것이다. 실제로도 형평성에 맞지 않는 결정이었다.

황제는 굳이 반대하지 않을 것이고, 황태자 또한 마찬가지일 것이다.

아까 날 바라보던 황태자의 얼굴은 결코 편안하지 않았다. 그의 뜻이 아니었다는 소리다. 그러니 바뀔 수도 있겠지.

하지만 황태자가 카일론을 다시 보기 시작했는데 여론을 형성해서 황가의 결정에 반대하기가 애매했다.

물론 이건 제국을 위한 일이기도 하다. 그러나 동시에 카일론의 권력을 강화시킬 수단이기도 했다. 내가 잘되면 카일론의 권력 역시 필연적으로 강해지니까.

아이린은 내 입에서 못한다는 말이 나오길 기다리고 있을 것이다. 그 한마디만으로 차기 황후로서의 내 자질에 대한 의심과 불만이 튀어나오게끔 만반의 준비를 갖추고 있겠지.

그렇다고 이대로 서곡창을 맡기엔 무덤에 스스로 들어가는 꼴이다. 그래서 유모도 저렇게 말하는 거다.

"하지만……."

유모가 우물쭈물 입을 열었다. 그녀의 입술에서 나올 말은 충분히 예상할 수 있었다.

구휼 행사는 레지나의 능력을 처음으로 시험하는 장이다. 서곡창은 누가 관리하더라도 불만이 안 나올 수 없는 상태다.

이대로라면 평타는커녕 거하게 말아먹고 능력에 대한 의심만 받게 될 것이다. 이는 다음 시험에도 영향을 미칠 수 있다.

"나를 못 믿어?"

"아니요. 믿습니다."

나는 생긋 웃었다. 사실 못 믿는 게 맞겠지. 나는 고작 열여덟 여자애고 별다른 경험이 없다. 그럼에도 믿는다고 말한 것은 유모의 바람과 애정에서 비롯된 신뢰다.

"그렇다면 지켜봐 줘. 내가 어떻게 해결하는지."

"……알겠습니다."

유모가 고개를 끄덕이자 나는 시녀들에게 각자 할 일을 배분했다. 그리고 도서관에 가겠다며 라브엘을 데리고 나왔다.

"난감하긴 하네요. 수가 있으신가요?"

그녀가 빠르게 물었다. 거두절미하고 본론부터 꺼내는 모습에 나는 솔직하게 고개를 저었다. 라브엘이 작게 한숨을 내쉬었다.

"내가 궁금한 건 왜 서곡창이 내게 떨어졌냐는 거예요. 구휼제는 라하딘의 시작이에요. 레지나가 동일 선상에서 시작한다는 것을 보여 주기 위해서라도 비슷한 조건의 곡창을 주는 게 관례잖아요."

라하딘은 레지나가 간택되고 난 뒤 황궁에서 처음으로 보내는 가을과 겨울 그리고 봄을 말한다.

가을에 떨어진 씨앗이 겨울을 지나 봄에 싹을 틔우는 것처럼, 제국의 씨앗을 품을 레지나의 자질을 시험하는 기간이다.

레지나로 간택되고 처음으로 치러지는 의식인 만큼, 이때의 승패가 레지나의 앞날을 결정한다. 제국민의 지지도도 달라지고 이후 주어지는 업무도 다르다.

황후는 하루아침에 만들어지는 존재가 아니다. 따라서 라하딘의 승자를 황후로 내정하고 교육하는 것이다.

첫 가을이 흉년이면 구휼제를 치르고, 풍년이면 감사제를 지낸다. 현재 제국은 가뭄이 심각하므로 구휼제를 치르게 된다.

추수 후 레지나는 팔방에 있는 곡창 중 하나를 맡아 관리함으로써 자질을 증명한다. 그다음 제국민 앞에서 치르는 행사가 이어진다.

구휼제에선 특히 이 행사가 중요하다. 먹을 것이 없는 만큼 관리를 제대로 못하면 반발이 심하기 때문이다. 현대였으면 아마 날계란을 던지는 분위기가 아닐까.

잠시 남의 일처럼 생각하다가 정신을 차렸다. 라브엘을 쳐다보자 그녀는 깊은 고심에 빠져 있었다.

"……아마도 황후 폐하시겠죠."

"역시 그렇게 생각하시는군요."

어느 정도 예상은 했다. 이 상황에서 결정권에 힘을 쓸 수 있는 사람은 단 세 사람뿐이다. 황제, 황후 그리고 황태자.

레지나에 관한 결정권은 황태자에게 있다고 하지만, 세상일이 그렇게 무 자르듯 쉽게 잘리는 것은 아니다.

결재는 황태자가 하지만 그 황태자는 사람의 영향을 받는다.

황제는 방관하겠다고 했으니 굳이 이런 결정을 종용하지 않았을 거고, 아까 미안해하던 기색으로 보아 황태자의 뜻도 아니었다.

물론 그의 연인인 아이린이 조르는 통에 거절 못한 것일 수도 있다. 예전이라면 그렇게 생각하고 확신했을 거다. 레지나 간택연에서 아이린의 허리를 잡고 등장한 그를 보며 여자 치마폭에 감싸여 제대로 판단도 못하는 예비 폭군이라고 단정했으니까.

하지만 직접 겪어 본 그는 달랐다. 총명하고 대의를 위해서라면 자신을 낮출 줄 아는 사람이었다.

그렇다면 남은 사람은 단 한 사람이다. 최근 아이린과 부쩍 가까워졌다는 황후.

"정확히 어떤 식으로 이야기가 오갔는지 알 수 있을까요?"

황태자가 효심이 깊다는 것은 유명하다. 하지만 그는 자신의 모친을 사랑하는 만큼 제국민들을 사랑한다.

아무리 황후가 말했다고 해도 나한테 서곡창을 맡긴 건 의외였다. 노련한 관리한테 맡겨도 부족할 판인데…….

"조사해 보겠습니다."

라브엘에게 고개를 끄덕였다. 도서관으로 가던 발걸음을 돌려 외궁으로 향했다.

라브엘은 다른 곳으로 방향을 트는 내게 아무것도 묻지 않고 따랐다. 어차피 도서관에 간다는 말은 그녀와 따로 이야기를 나누기 위한 핑계였다.

"카, 카일론 공녀님?"

외궁 국무성 관리는 내 모습을 보고 깜짝 놀라 벌떡 일어섰다. 하는 행동을 보니 평민 관리였다. 나는 그가 편안히 느낄 만한 미소를 지으려 노력하며 다가갔다.

"여기까지 어쩐 일이십니까?"

깜짝 놀라 물은 그는 곧 얼굴을 붉히고 덧붙였다.

"아, 저……. 카일론 공께선 오늘 등청하지 않으셨습니다."

당연히 아빠를 보러 왔을 텐데 멍청한 질문을 했다고 생각했는지 그는 멋쩍은 표정으로 머리를 긁적였다. 나는 생긋 웃으며 고개를 끄덕였다.

"알고 있습니다. 아버님을 뵈러 온 것이 아니에요. 셰드먼 경은 계시나요?"

"예, 예……. 미하일 경께선 계신데……. 아, 말씀 낮추십시오, 공녀님. 어찌 저같이 미천한 자에게……."

횡설수설하는 그를 보며 애써 난감함을 감췄다. 국무성이 손님을 받을 일이 없긴 하지만, 이렇게 당황해서야 일을 어떻게 하나 싶었다. 함께 일하는 자 대부분이 귀족일 텐데 이렇게 황송해해서야 괜

찾을지.

"안내해 드리겠습니다. 이쪽으로 오시죠."

그를 따라 안으로 들어갔다. 국무성 안쪽까지 들어온 것은 처음이었다.

복도를 오가며 마주친 사람들은 모두 바쁘고, 바쁘고, 또 바빠 보였다. 약식 인사를 주고받으며 흥미로운 시선으로 사람들을 살폈다.

"이곳입니다."

"안내해 주셔서 감사합니다."

문을 열어 주는 그에게 감사를 전하자 그는 어쩔 줄 모르는 표정을 지었다. 꼭 뭐 마려운 강아지같이…….

무심코 실례되는 생각을 해서 조금 미안해졌다. 내가 뭐라 할 새도 없이 그는 허리를 숙이곤 문을 쾅, 소리 나게 닫았다.

"카일론 공녀?"

미하일이 놀란 얼굴로 나를 쳐다봤다.

"안녕하세요, 세드먼 경. 연락도 없이 불쑥 찾아와서 죄송해요."

"아닙니다. 어서 오세요. 일단 앉으시죠."

커다란 원목 책상에서 우아하게 일어나 소파로 손짓하는 그를 보며 새삼 감탄했다.

그가 하녀를 불러 차를 부탁하는 동안 집무실을 살폈다. 책상 위에는 서류가 산처럼 쌓여 있었다. 그걸 보니 더 미안해졌다.

"바쁘신데 시간 내주셔서 감사해요."

"아닙니다. 여기까지 오신 데엔 그럴 만한 이유가 있으시겠죠."

온화하게 웃으며 말했지만 '그럴 만한 이유'가 없으면 당장 쫓아낼 것처럼 느껴졌다. 물론 쫓아내는 것도 정중하겠지.

"부탁드릴 게 있어서 왔어요."

"부탁이요?"

문이 열리고 하녀가 다가왔다. 잠시 나는 말을 멈췄다.

남이 듣기 거북한 내용이라는 것을 눈치챈 미하일이 어색함을 감춰 주듯 화제를 돌렸다.

"그러고 보니 아까 공녀를 안내해 준 사람이 투더스였던가요?"

나는 고개를 갸웃했다. 찻잔과 간단한 다과가 테이블 위에 놓였다.

"성함을 듣진 못했어요. 말을 걸 때마다 당황하셔서."

"아까도 문을 엄청 세게 닫고 갔죠."

미하일이 재미있다는 듯이 쿡쿡 웃었다.

"그래 봬도 유능한 친구랍니다. 그러니 이 귀족 천지인 국무성 본궁에서 일하고 있는 것이죠."

"귀족들 틈에서 일하는 것치곤 썩 익숙해 보이진 않았는데요."

"공녀께서도 본인의 모습을 잘 알고 계실 텐데요."

미하일이 내 얼굴을 보며 슬쩍 눈짓했다. 나는 순순히 고개를 끄덕였다.

"제가 좀 예쁘긴 하죠."

사실이니 별로 쪽팔리지도 않았다. 미하일은 뭐가 그리 웃긴지 어울리지 않게 박장대소를 했다.

"공녀 같은 레이디를 처음 봐서 더 그런 것도 있을 것입니다. 여기서 함께 일하다 보면 레이디가 레이디로 안 보이거든요."

복도를 지나며 봤던 사람들을 떠올렸다. 한창 꾸밀 나이인 여자들조차 드레스나 장신구는커녕 편한 복장에 머리를 질끈 묶고 있었다.
많이 본 모습이었다. 고삼……까지는 아니고 시험 기간에 밤을 새던 내 모습이랑 닮았다. 나는 나무라는 얼굴로 미하일을 쳐다봤다.
“경께 그렇게 짓궂은 면도 있으셨군요.”
“피차일반이랍니다. 저 역시 그분들께 신사로 보이진 않겠죠.”
“그런가요?”
의외였다. 복도에서 마주쳤던 남자들은 수염을 깎지 못해 푸른 자국이 뺨에 나 있었고 셔츠 깃이 흐느적대서 단정하지 못했지만, 미하일은 달랐다.
살짝 마른 몸을 감싸고 있는 옷은 흐트러짐 없이 단정했으며 그의 얼굴 역시 깔끔했다. 어디로 보나 말쑥한 신사였다.
내 시선에 그가 재미있다는 듯이 웃었다.
“공녀께서도 잘 아시지 않습니까. 같이 부딪치다 보면 외양은 별로 중요하지 않아지죠.”
그 말에 아빠마저 미하일의 잔소리를 무서워하던 게 생각났다. 상관한테 그 정도인데 다른 사람들한텐 얼마나 엄격하고 무서운 사람일지 알 만했다.
그야말로 피도 눈물도 없는 상사일 것이다.
그런데 나도 잘 안다니, 그게 무슨 뜻이지?
하녀가 문을 닫는 소리를 들으며 미하일을 쳐다봤다. 여유로운 그 얼굴을 보니 순간적으로 황태자의 얼굴이 스쳤다.
확실히 겉모습만 보면 당장 사랑에 빠져도 이상하지 않을 외모이긴 했다. 하지만 정작 그를 처음 봤을 때 나는 화려한 똥차라고 생각했다.

"저는 처음부터 그랬는걸요."

"그래요? 공녀께서 황궁에 들어오기 전까지만 해도 전하를 꽤……."

미하일이 내 얼굴을 보더니 어색하게 말을 흐렸다. 잠시 헛기침하더니 애써 날 변호해 주었다.

"뭐, 어렸을 적의 일이니까요."

불과 몇 달 전의 일이었다. 내가 샤티에게 빙의하기 전의 일이니 이제 겨우 계절 하나가 지난 셈이다.

나는 애써 태연하게 미하일을 쳐다봤다. 안 그래도 이곳에 와서 쌓인 흑역사만 해도 이불 몇 채는 뚫을 정도인데, 왜 남의 흑역사까지 책임져야 하는가.

자괴감과 쪽팔림에 목이 탔다. 찻물을 벌컥벌컥 마시는 날 보다 못한 미하일이 주제를 환기시켰다.

"그래서 부탁하실 게 있으시다고요?"

"아, 네."

나는 찻잔을 내려놓고 자세를 바로 했다. 진지하게 그를 쳐다보자 그 역시 눈빛이 바뀌었다.

"셰드먼 경도 아시겠지만 레지나로서 제국민을 구휼하게 되었습니다."

"예, 서곡창을 맡게 되셨다고 들었습니다."

미하일이 은연중에 내 안색을 훑었다. 가늠한다기보다는 괜찮은지 살피는 기색이었다. 나는 조용히 고개를 끄덕였다.

"네, 감사하게도 제 능력을 높게 평가해 주셨습니다."

그의 눈이 가늘어졌다. 미하일 역시 이 배정이 부당한 처사라는 것을 알고 있다.

"공녀께선 이 위기를 기회로 생각하시는군요."

묘한 어조였다. 뿌듯하며 대견해하는 한편 어리석다고 생각하는 것 같았다. 아직 세상 물정을 잘 모르는 어린아이를 보는 것 같은 느낌.

그렇게 생각할 수밖에 없다. 그가 아는 샤티는 열여덟 철부지였고, 경영 수업 같은 것은 받아 본 적이 없다. 귀족의 화법조차 제대로 못 알아들을 정도이니 정치 같은 건 기대할 수도 없는 데다가, 다른 사람을 무조건 하대하는 경향까지 있었다.

최근 조금 바뀌었다고 생각하겠지만 여전히 샤티에겐 어려운 일이었다. 이 일은 기합과 자세만으로 해결할 순 없다.

내가 이 일을 기회라고 생각하는 것은 야망이 있어서도, 내 능력을 과신해서도 아니었다.

"기회라고 생각하지 않으면 그저 위기일 뿐이에요. 어떻게든 피해 가려고 하겠죠."

피할 수 없는 일을 피하려고만 하면 어떤 해결책도 마련하지 못한다. 위기를 기회로 만드는 것은 결국 사람이다.

나는 학교에서 배웠던 몇몇 경영 사례들을 떠올렸다. 이것보다 훨씬 힘든 위기를 극복하고 기업을 성장시킨 사람들이 있다. 그걸 생각하면 이건 쉽다. 수급할 자원은 있는데 경쟁이 없다.

물론 궁극적으로 아이린과 경쟁하긴 하겠지만 그건 사후 평가일 뿐 구휼에서 겹치는 건 없다. 물론 확실한 건 자료를 봐야겠지만.

문제는 그런 성공한 경영인에 비하자면 한없이 초라한 내 능력이다. 그렇기에 도와줄 사람이 필요했다.

"쉽지 않은 일입니다."

"어머나? 셰드먼 경, 생각보다 포부가 작으셨군요."

장난스러운 말에 미하일이 피식 웃었다. 요것 봐라? 하는 게 얼굴에 다 드러났다. 나는 고개를 끄덕였다.

"예, 말씀하셨듯이 쉽지는 않지요. 하지만 불가능하진 않습니다."

"지금 공녀께서 말씀하시는 걸 보니 가능성이 보이긴 하는군요. 서부 지역의 가뭄과 불법 노예 건을 해결하셨단 소리는 들었습니다. 그때도 그간 제가 공녀를 잘못 보고 있었다고 생각했는데, 오늘도 그런 생각이 드는군요."

반응이 꽤 괜찮다. 나는 미소를 숨기며 고개를 숙였다.

"감사합니다."

"신기하군요. 공녀의 가정 교사였던 분들은 저도 잘 압니다만……. 공녀께선 입신의 뜻이 없으셔서 경영이나 행정은 배우지 않았다고 들었습니다. 카일론 공께서도 교양만 가르치셨다고 하셨고요."

그 말에 어색한 웃음만 나왔다. 입신의 뜻은커녕 배우는 것 자체를 싫어해서 교양을 익히는 것도 힘들었다. 샤티가 갈아치운 교사만 해도 그 수를 셀 수 없다. 미하일이 그 내막을 모를 리 없다.

"어렸을 적엔 철이 없어서 그랬지만 요 몇 년간 조금씩 책을 읽으며 부족하나마 지식을 쌓았답니다."

"그랬군요."

고개는 끄덕이긴 했지만 아주 납득한 얼굴은 아니었다. 나는 서둘러 화제를 돌렸다.

"이 위기를 기회로 바꾸는 것은 어려운 일이죠. 매우 뛰어난 인재가 필요해요."

레지나의 능력을 시험하는 자리이기 때문에 보좌 인력이 최소일수록 높게 평가받았다. 마찬가지의 이유로 가문의 개입 또한 없어야 했다.

카일론의 재력으로 곡식을 사서 구휼미에 더하면 일이 수월해진다. 하지만 이는 내 능력이 부족하다고 증명하는 것과 동시에 이후 황후가 되었을 때 외척의 그늘 아래 있겠다고 선언하는 것이나 다름없다.

그렇기에 내겐 가문의 연이 닿지 않는 인재가 필요했다. 미하일은 아빠의 보좌관이나 그건 황가의 명령에 의한 것이었다. 셰드먼 백작가는 우리 가문의 가신 가문도 아니었다.

"그리고 저는 셰드먼 경의 능력이 뛰어나다고 생각해요."

텅텅 비어 있을 서곡창에서 곡식을 만들어 낼 수는 없다. 결국 내게 필요한 것은 협상력과 인맥이다. 조금 더 내게 유리하게 상황을 이끌어 갈 패가 필요하다. 현재 내가 가지고 있는 패는 아무것도 없다.

"아름다운 레이디께 그런 말씀을 들으니 거절하기 힘드네요. 위기니, 기회니, 불가능이니, 포부니. 이런 것들도 꽤 괜찮은 말이었어요. 아직 제 능력을 펼쳐 보이지 못한 젊은이들의 가슴에 불을 지펴 볼 수 있겠죠. 하물며 그 상대는 차기 황후이니 뭐가 부족할까요."

은연중 그는 차기 황후로 날 확정 짓고 있다는 말을 흘렸다. 하지만 그것만으로 좋아하기엔 그의 대답이 미묘했다.

"경께선 아니라는 말로 들리네요."

"그런 말에 현혹되기엔 제가 너무 일에 치여 살고 있습니다."

미하일이 책상을 눈짓했다. 딱 봐도 날 도우려면 몸 하나가 더 있어야 할 것 같았다.

나는 별로 실망하지 않았다. 애초에 그가 바쁘다는 것은 알고 있었고 거절할 거라고 예상했다.

찔러 보고 되면 좋고 안 되면 말고. 딱 그 정도의 기대였다. 본래 목적은 다른 것이었다.

"탓하려면 아버님이신 카일론 공을 탓하세요."

"어머, 아버님께서는 경께서 없는 일도 만들어 하신다고 하셨는데요."

내 말에 그가 허를 찔린 표정을 지었다.

"뭐, 틀린 말은 아니군요. 지금도 솔직히 조금 혹했답니다. 놀랐거든요. 공녀의 성장이 기대됩니다."

"감사합니다. 셰드먼 경께서 그렇게 봐 주시니 저 역시 확신을 가질 수 있을 것 같아요. 그렇다면 제게 다른 도움을 주실 순 있으실까요?"

미하일이 입꼬리를 올렸다. 내가 이곳까지 찾아온 진짜 본론이 다른 것이라는 걸 눈치챈 얼굴이다. 제법이라는 표정이 한순간 떠올랐다가 사라졌다.

"제가 드릴 수 있는 도움이라면 얼마든지."

"경께서도 아시다시피 제가 부족하여 매우 협소한 인간관계를 갖고 있답니다. 지금 제게 가장 필요한 것은 절 도와줄 사람이에요. 경처럼 아주 뛰어난 분이요."

"흠, 저처럼 뛰어난 사람은 찾기 힘드시겠지만……."

미하일이 검지로 턱을 쓸었다. 그 매끄럽고 여유로운 동작이 퍽 얄미웠다.

나는 애써 그 마음을 죽였다. 부탁하러 온 사람은 나다. 그가 보기 드문 인재라는 것 역시 사실이었다. 가늘어진 눈으로 내가 숨을 삭이는 꼴을 보던 그가 툭 내뱉었다.

"공녀의 가까운 곳에도 인재가 있지 않습니까."

"예?"

나는 내 주변인을 떠올렸다. 시녀들을 제하고 나면 남는 사람은 유타바인 정도다.

유타도 나름 천재 소리를 듣는 재원이지만 분야가 달랐다. 의아한 얼굴을 본 미하일이 부드럽게 답했다.

"공녀의 오라버니이신 카일론 공자 말입니다."

"……알테 오라버니요? 하지만……."

이곳에 온 뒤로 여태까지 단 한 번도 그를 본 적이 없다.

알테미르 로이한 카일론, 그는 명색이 샤티의 오빠였다. 하지만 그는 동생이 사경을 헤맬 때도, 레지나로 간택되었을 때도, 황궁에 들어올 때도 오지 않았다. 그런 사람이 과연 도움을 줄까?

아니, 그 전에 그 역시 카일론가의 사람이다.

또한 지금 제도에도 없다. 알테는 아카데미 도시인 팔레스트라에서 수학 중이다. 내가 빙의하기 전부터 그래 왔다.

그가 날 도울 수 없는 이유들이 동시다발적으로 떠올랐다. 말을 흐리는 날 보더니 미하일이 입을 열었다.

"이제 제도로 돌아오실 시기죠. 가을인 데다가 카일론 공자는 올해가 마지막입니다. 바쁜 일은 끝났을 겁니다."

"셰드먼 경께서도 팔레스트라의 졸업생이시죠."

"수석이랍니다."

자랑하듯 그가 덧붙였다. 아까부터 왜 저렇게 얄밉지? 나는 그를 흘겨보지 않도록 노력했다.

알테가 구휼 기간 동안 제도에 머문다고 해도 문제는 남아 있다.

"글쎄요. 오라버니의 도움을 받으면 가문의 힘을 빌린 것이 됩니다."

"카일론 공자는 팔레스트라의 학생이죠, 지금은. 아시지 않습니까. 팔레스트라의 학생은 그곳의 학생일 뿐입니다. 교수도 마찬가지죠. 다른 신분은 배제되고 오로지 팔레스트라에 적을 두게 됩니다."

"……."

물론 그렇긴 하지만 썩 내키지 않았다. 무엇보다 알테가 도와줄 것 같지 않다. 그에게 난 죽든 말든 상관도 하지 않던 동생이다.

"하지만 나중에 황후가 되었을 때 외척을 등용할 거란 비난을 받을 수도 있습니다."

"외척을 등용하지 않는 황후도 있었습니까?"

미하일의 반문에 말이 턱 막혔다.

"못하는 상황이 아니고서야 반드시 합니다. 가장 중요한 지지 기반이 되기 때문입니다. 일반 후궁조차 제 외가를 요직에 넣으려고 합니다. 그런 후궁들과 달리 황후는 인사 결정 권한까지 가지고 있지요. 그게 뜻하는 바를 모르십니까."

얼핏 알고 있는 사실이지만 진지하게 생각해 본 적은 없다.

일단 나는 공화정치 체제에 익숙했고, 역사 속에서 배운 왕정 중 가장 친숙한 게 조선이었다. 조선 말기가 외척의 간섭으로 엉망이 되었던 것이 머리에 박혀 있어서 그저 배제해야 하는 것이라고 생각했다.

"제국의 황후는 정말 많은 사업을 관리합니다. 주변의 소국과 달라요. 그 모든 일을 처리하는 데엔 지지 기반이 필요하고 외척만큼 든든한 것은 없지요. 물론 과한 내정 간섭은 흠이지만, 제가 봐 온 카일론 공은 그런 걱정이 필요 없는 분이시지요."

"옳은 말씀 감사드립니다. 덕분에 또 하나를 깨우쳤어요."

미하일이 고개를 끄덕였다. 어딘지 뿌듯한 얼굴이었다.

"중요한 건 명분입니다. 카일론 공자의 경우 팔레스트라의 학생 신분이니 가문의 사람이라는 제약을 받지 않습니다. 이 기회를 활용해야죠. 분명 공자께도 좋은 경험이 될 것입니다."

딱히 알테에게 도움을 주고 싶진 않았다. 엄마, 아빠와 달리 그는 딱히 내 가족이라는 생각이 들지 않았다.

"미래를 생각하셔야죠. 지금 당장 닥친 과제를 흠 없이 해결하는 것도 중요하지만, 나중에 공녀께서 황후가 되셨을 때도 생각해야 합니다. 지금보다 더한 문제가 산더미처럼 몰려올 테니까요."

그때를 위해 내 편을 단련시키라는 말이었다. 그야말로 구구절절 옳은 말이나 석연찮은 건 어쩔 수 없다. 하지만 지금 상황에서 오빠와 사이가 좋지 않다는 말은 그저 어린아이 투정에 불과하다.

"네, 경의 말씀 새겨듣겠습니다."

여상하게 대답한다고 했는데 썩 내켜하지 않는 게 티가 났는지 미하일이 미소 지으며 타이르듯 덧붙였다.

"그래도 공녀께 지금 가장 힘이 되어 줄 수 있는 사람입니다."

그의 말이 맞다. 꺼린다고 평생 피할 수 있는 사람도 아니다. 졸업 후 제도에 돌아오면 작위를 받고 황성에서 일하겠지.

그러면 지금 관계를 제대로 정리해 놓는 것이 좋다. 마음을 굳혔다.

"조언 감사합니다."

"별말씀을요. 공녀님이 이 기회를 어떻게 활용하는지 지켜보고 있겠습니다."

일어서는 날 따라 나오는 그를 보고 인사했다.

"배웅은 필요 없어요. 바쁘신데 시간 내주신 것만으로도 감사해요."

"그렇다면 사양 않고."

미하일이 문을 열어 주고 고개를 숙였다. 나 역시 맞절하고는 뒤를 돌아 나왔다.

국무성 입구로 가니 투더스가 아는 척을 해 왔다. 얼굴을 붉힌 채로도 열심히 배웅하는 그에게 인사하자 또 호들갑을 떨었다.

기분이 괜찮으면 그냥 웃겼을 텐데 머릿속이 복잡한지라 조금 귀찮았다. 국무성에서 나와 생각에 잠긴 채 외궁을 걸었다. 라브엘은 날 배려해서 말을 걸지 않았다.

차분히 걷다가 고개를 드니 어느새 레지나궁 앞이었다. 노을을 뒤에 깔고 있는 궁은 평소보다 한층 아름다웠다. 하얀 대리석 벽은 은은한 주홍빛 물이 들어 운치가 가득했다.

잠시 정원을 걸을까 생각했지만 할 일이 많았다. 그대로 궁 안으로 들어갔다.

방으로 돌아와 집에 보낼 편지부터 썼다. 간략하게 여행 이야기를 포함한 근황을 적고 알테 오라버니가 돌아오면 궁으로 찾아왔으면 한다고 적었다.

또 서곡창을 비롯한 팔방의 곡창 정보를 부탁했다. 황실에서도 자료를 주지만 서곡창에 대한 것만 자세하고 나머지 곡창에 대한 건 참고용으로 매우 단순했다. 어쨌든 정보는 많을수록 좋다.

편지를 접어 봉한 후 이디스에게 건네주고 일을 시작했다. 황실에서 받은 자료를 펼치는 순간 갑자기 엑셀이 너무나도 그립게 느껴졌다. 하다못해 회계 계산기라도 있으면 좋겠다.

서곡창을 제외한 다른 곡창은 단순히 총량만 나와 있었다. 서곡창 역시 내가 원하는 자료가 다 있는 건 아니었다.

그간 들어온 곡물량과 나간 곡물량, 출처와 사용처 등등 기초적인 정보는 있지만 자잘하게 세분화된 비용 처리는 없었다.

아무래도 레지나에게 기본적으로 주어지는 정보는 이것뿐인 듯했다.

있는 자료에서 답을 찾아내는 것보다 힌트가 없는 상태에서 방법을 찾아내는 게 더 어려우니까 그런 건가. 방법에 도움이 되는 정보를 요구하고 분석하는 일도 그렇고.

너무 빡빡하지 않나. 나야 현대에서 경영학을 공부했으니 어느 정도 자료에 대한 감이 있지만 샤티 같은 애가 그대로 레지나가 되었으면…….

이건 제국민의 생계 문제이기도 했다. 제대로 구휼받지 못한 사람들이 어떻게 겨울과 봄을 날지는 뻔하다.

애초에 샤티는 황후가 될 기초적인 공부도 하지 않았다. 그녀 같은 사람이 레지나가 되는 것은 굉장히 드문 일일 것이다.

'……샤티라면 별 고민 없이 가문의 돈을 가져다 썼겠지.'

그렇게 생각하니 차라리 안심이 됐다. 엉망으로 구휼을 해서 사람들이 굶어 죽는 것보단 나았다.

미하일의 말대로 황후가 되면 이것보다 훨씬 더 많은 문제를 해결해야 한다. 그렇기에 제국민의 생계를 한정적이나마 아직 부족한 레지나에게 책임지게 하는 거겠지.

능력을 검증하고 키우는 것과 동시에 황후가 될 사람이 져야 하는 무게를 알려 주는 것이다.

딱 하나 다행인 점은 아이린이 동곡창을 맡았다는 점이다.

곡창별 총량이 나와 있는 자료를 보니 현재 곡물량이 가장 많은 곳은 남곡창이었다. 없는 곡물을 만들어 낼 수 없는 만큼 이곳과 협상을 해야 한다.

아이린이 남곡창을 관리했으면 협상을 시작하기도 전에 거절당했을 것이다.

'동곡창이라…….'

서곡창 다음으로 저장량이 적은 곳이 동곡창이었다.

물론 두 곡창 간의 격차는 상당하다. 서곡창이 텅텅 비었다면 동곡창은 빠듯하지만 구휼에 큰 어려움은 없을 것이다.

애초에 최소 생계를 지원하는 만큼 배분하면 되니 많은 양이 필요한 것도 아니다. 자세한 건 동부 지역의 인구수를 보고 계산해 봐야겠지만…….

나는 자료의 끄트머리를 쓸었다. 황태자의 인장이 찍혀 있었다. 아이린에게 동곡창을 준 것은 그의 배려일까. 황후의 명 같진 않았다.

한숨이 나왔다. 아이린과 황태자의 관계 그리고 그 사이에 낀 나.

세베리다를 여행할 때는 모든 것이 명료했다. 다른 것을 배제하고 나와 황태자의 관계만 생각했다.

로맨틱한 관계는 아니었지만 꽤 괜찮은 동업자라고 생각했다. 가뭄을 해결하고 불법 노예 거래를 적발하고. 황태자가 누구를 다음 대 황후로 생각하는지는 중요하지 않았다.

하지만 황궁으로 돌아오니 사소한 것조차 복잡해졌다.

황태자가 전과 달리 내게 우호적이라는 것은 확실하다. 하나 그는 여전히 아이린의 연인이 아니던가. 사랑에 눈멀었다는 것은 내 착각이었지만, 연인은 연인이다. 마음이 아이린에게로 기울 수밖에 없지 않나?

그런 의미에서 그가 아이린에게 동곡창을 맡긴 것은 매우 수상했다. 내게 서곡창을 준 것이 부당하다고 생각해 꺼릴 수도 있지만 굳이 제 연인에게 안 좋은 것을 줄 이유는 없다.

달그락 소리에 고개를 드니 에스더가 미소를 짓고 있었다. 청량한 내음이 그녀가 놓은 찻잔에서 올라왔다. 페퍼민트다.

"조금 쉬면서 하세요."

"고마워."

에스더는 작게 고개를 끄덕이고는 물러갔다. 나는 차분한 뒷모습을 보며 생각에 잠겼다.

에스더는 참 조용하면서도 세심하다. 굳이 내게 잘 보이려 하지도 않으면서 적당한 때 도움이 됐다. 시녀들과도 이제 꽤 사이가 원만하다. 서로 적응했고 제법 정도 들었다.

굳이 모난 돌 같은 사람을 찾자면 세실리아일까.

저번에 주제도 모르고 유모에게 큰소리쳤다가 혼난 뒤로 미묘하게 어긋난 틈이 보였다. 의기소침해졌을 수도 있고 기분이 상했을 수도 있다. 혹은 둘 다일 수도 있겠지.

어쨌든 시녀들 간의 문제였다. 굳이 내가 나서서 해결해 줄 이유도 없고 그러고 싶지도 않았다.

몰락했으면서도 계속 고개를 뻣뻣이 세우면 도태될 뿐이다. 나는 뒤처진 사람을 챙겨 줄 정도로 친절하지 않았다. 내게 필요한 것은 유능하고 믿음직스러운 시녀였다.

따뜻한 차를 한 모금 마시자 상쾌함이 입안에 퍼지며 머리가 맑아졌다. 황실에 요청할 추가 자료 리스트를 빠르게 작성했다.

서곡창에 대해 적고 남곡창에 대해 쓰려다가 멈칫했다. 혹시 모르니 내 생각을 외부에서 모르는 게 좋을 것 같았다.

그대로 리스트를 마무리하고 시녀를 불렀다.

크게 기지개를 켜자 어느새 다가온 유모가 목덜미와 어깨를 주물러 주었다. 얼얼하면서도 시원한 감각이 찌르르 올라왔다.

나는 그 손길에 몸을 맡겼다. 자료가 올 때까지 할 일은 이걸로 끝이다.

하늘이 높고 맑다. 구름 한 점 없는 파란 하늘을 보며 감탄했다.

나뭇잎 끝이 슬쩍 붉고 노래지기 시작했다. 운동 삼아 정원을 걷는데 눈이 즐거웠다.

오늘 오후에는 밖에서 차를 마시겠다고 할까. 하지만 곧 그 생각을 접었다. 알테가 방문하기로 되어 있기 때문이다.

굳이 번거롭게 밖에 티테이블을 차려도 정작 풍경을 음미하진 못할 것 같았다. 주고받는 이야기가 새어 나갈 것도 염려됐다.

알테를 생각하니 나오는 건 한숨이었다. 전생의 내 동생이 떠올랐다.

얄밉다는 말로도 부족했다. 가끔은 차라리 없었으면 싶기도 했다. 아니, 종종 그랬다. 하지만 그러면서도 서울에서 교복 입은 고등학생을 보면 자연스레 눈길이 갔다.

맛있는 걸 먹거나 좋은 걸 볼 때 생각나는 일은 결코 없었으나, 아주 자그마한 향수 정도는 있었다. 막상 만나면 그 얄팍한 향수는 단번에 깨졌다.

동생이 정말 싫었지만, 죽을 고비라고 하면 만사 제치고 내려갈 것 같았다.

집과의 인연을 끊고 싶었고, 끊었다고 생각했지만 결국 내 힘으로 끊을 수는 없었다.

이렇게 먼 곳에 떨어진 지금에서야 끊겼다. 그것도 물리적인 것일 뿐, 이곳에서도 얼마나 집을 많이 떠올렸던가.

'그러고 보니…….'

최근 전생의 가족에 대해 떠올리지 않게 되었다. 꽤 상황이 안정되어서일까.

그 전에는 자그마한 것도 부정적으로 생각하고 의심했다. 그걸 또 과거의 편애받던 내 모습에 비추어 증폭시켰다.

날 사랑해 주는 가족이 생긴 것에 안도하면서도 그에 만족하지 않고 다른 사람들을 모두 적으로 생각했다. 남친과 친구에게 동시에 배신당한 상처도 한몫했다.

물론 그만큼 상황이 안 좋았다. 하지만 실제 상황보다 악화시켜 받아들인 것은 나였다. 그 결과 내가 얼마나 많은 오해를 했는지 깨닫지 않았던가. 특히 황태자에 관해서.

'알테에 대해서도 안 좋게 생각하지는 말자.'

그렇게 다짐하면서도 한편으로는 탐탁지 않았다.

샤티는 나와 달리 차별을 받고 자란 것도 아니다. 알테에 대한 악감정도 없었다. 오히려 아빠를 닮은 오빠를 꽤 좋아했다.

거리를 둔 건 알테였다. 대체 그 이유가 뭔지는 모르겠지만 알테는 샤티가 죽었을 때조차 오지 않았다.

죽고 내가 들어왔으니 겉보기엔 멀쩡하게 살아 있는 것처럼 보이겠지만, 진짜 샤티는 그날 죽었다.

그에 대해 고민해 봤자 아무런 결론도 나오지 않았다. 직접 만나보면 답이 나오겠지. 안 나오더라도 답을 내야 한다. 그래야 그가 이 구휼에 도움이 되는 사람인지 판단할 수 있다.

애초에 도의적인 문제만 아니면 내가 그를 싫어할 이유도 없다. 어차피 그와 나는 남남이나 마찬가지다.

그는 샤티의 오빠였지, 내 오빠가 아니다. 나는 카일론가 사람들을 내 가족으로 받아들였지만 그곳에 없었던 그는 예외였다.

그러니 나와는 상관없다. 그저 샤티가 불쌍할 뿐.

산책에서 돌아와 요청했던 자료를 훑는데, 자리를 비웠던 라브엘이 돌아왔다. 황후가 황태자에게 뭐라 했는지 알아내기 위해 그녀는 요즘 동분서주하는 중이었다.

표정을 보니 뭔가를 알아낸 모양이다. 나는 잠시 쉬라는 말로 다른 시녀들을 물렸다. 그리고 라브엘에게 머리 손질을 부탁했다.

"알아내셨나요?"

"예, 저하."

나는 라브엘에게 자리를 권했다. 진짜 머리 손질이나 해 달라고 남긴 건 아니다.

그녀는 목소리를 낮춰 내 의문에 답했다.

"황후께서는 세베리다에서 보여 준 저하의 활약을 의심하셨다고 합니다."

이건 또 예상 못했는데.

나는 미간을 찌푸렸다. 그건 황태자가 공식적으로 치하한 일이었다. 그걸 대놓고 의심할 사람은 없다. 단 한 사람, 황제 정도?

황태자는 황후의 자식이다. 굳이 그녀가 황태자의 권위를 낮출 말을 할 이유는 없다.

"물론 황후의 침전에서 일어난 일입니다. 아는 사람은 얼마 없죠. 그 일로 두 분 사이에 언쟁이 있었다고 합니다."

"그렇군요. 황후께서는 왜 의심하신 건가요?"

"외람되지만 그간 공녀 저하의 언행을 봤을 때 서부 지역의 문제를 해결할 수 없을 것이라고 하셨답니다. 정말 그럴 능력이 있다면 이번 구휼 배분도 능히 해결할 것이라고요."

못 믿을 만도 하다. 샤티를 가장 잘 아는 나 역시 거기에 대해선 딱히 할 말이 없다. 하지만 황후가 정말 내 능력을 의심해서 서곡창을 맡긴 건 아닐 터.

"그런 명분으로 제게 서곡창을 맡긴 거군요. 궁극적으로는 저를 의심하는 것이긴 하지만 이는 황태자 전하의 말 또한 의심하는 겁니다. 대외적으로는 결코 나올 수 없는 말인데요."

내가 그러지 않길 원하니 잠잠하지만, 귀족 간에도 이번 구휼을 놓고 말이 꽤 오갈 것이다. 물론 그중에는 좋아하는 사람도 있겠지.

어쨌든 대외적인 이유는 필요하다.

"황후께서는 설사 그게 사실이라도 레지나의 경합인 라하딘의 시작 전에 한 일은 주제넘은 짓이며 형평성에 위배되는 일이라고 했습니다."

뭐라고……?

저절로 날카로운 목소리가 나가려는 것을 꾹 참았다. 대신 주먹을 꽉 쥐고 치맛자락을 구겼다.

"라하딘 전에 저하께서 자신의 지지 세력을 만들기 위해 수를 썼다는 거죠."

세베리다 사람들의 삶은 비참했다. 그나마 국가사업으로 활기가 돌긴 했지만 다 죽어 가는 사람에게 급히 산소 호흡기를 달아 준 것이나 마찬가지였다. 오죽했으면 스스로를 노예로 팔았을까.

나는 노예상 근거지에서 봤던 그 끔찍한 모습을 떠올렸다. 그들을 구하기 위해서라면 상대가 설령 극악무도한 살인자라도 손을 잡아야 한다. 적어도 내 생각엔 그렇다.

직접 보지 않았더라도 자신이 다스리는 백성들이 겪은 일이다. 가뭄으로 고통받았다는 것도 알고 불법 노예가 횡행했다는 것도 아는데 어떻게 그리 생각할 수 있지?

"그럼 제가 그 상황에서 해결책을 알면서도 침묵했어야 했다는 건가요? 제국의 국모인 황후 폐하께옵선."

"……그분께서 원하시는 건 공녀 저하가 서곡창을 맡게 되는 겁니다. 그를 위한 명분은 아무래도 좋죠. 공녀께서 해결한 것을 꾸짖더라도 다시 가뭄이 찾아오진 않으니까요."

나는 이 순간 다짐했다.

앞으로 나 역시 정치적인 액션을 취할 때 결과를 위해 명분을 내세울 순간이 올 것이다. 하지만 절대 황후처럼 뻔뻔하게 굴지는 않겠다.

"황후께서는 황태자 전하가 공식적으로 저하를 치하하신 일에 대해서도 엄히 나무라셨다고 합니다. 그 일로 공평하게 시작해야 하는 라하딘 전에 이미 추가 기울어져 버렸다는 거죠."

"그래서 전하께서는 서곡창을 제게 배분하신 거고요."

라브엘이 고개를 저었다. 황태자가 거부했나? 하지만 내게 서곡창을 맡으라고 했는데?

"전하께서는 황후 폐하의 말씀을 받아들이지 않으셨다고 합니다. 그 때문에 폐하께서 조금……. 전하께서 침전을 뜨시고 난 뒤 물건 던지는 소리가 한동안 이어졌다고 하는군요."

아연해졌다. 앞으로 황후와 절대로 친해지지 못할 것을 예감했다.

말 잘 듣고 착한 효자 아들이 불여우를 만나 어미를 몰라보게 되었다고 생각할 게 뻔했다. 적어도 내가 본 드라마에서는 백퍼센트였다.

물론 나와 황태자는 드라마 같은 관계가 아니지만 황후가 받아들이기엔 크게 다르지 않을 것이다.

머리가 지끈거렸다. 이 일로 아이린과 황후의 결속은 더 단단해질 것이다. 그 알랑거리는 기지배가 황후에게 쪼르르 가서 얼마나 속살거리며 비위를 맞출지 눈에 선했다.

아주 대단한 인격을 지니신 황후 폐하와 감히 친해지고 싶지는 않았지만, 그녀가 아이린을 편애하게 되면 곤란하다. 이번 건만 해도 그렇다.

이 세상에서 정말 공평하게 시작하는 게 어디 있단 말인가. 내가 가뭄이나 불법 노예를 해결하지 않았다고 해도 공평할 순 없었다. 가문과 명성, 평판 그리고 황가의 지지, 이런 것들이 있는 한은.

아이린에게 한 방 제대로 먹었다. 성녀 마스크 때문에 내 앞에서는 멍청하게 당했지만 실상 뒤에서는 그녀가 앞서간 꼴이다.

아무리 쉬고 싶었다고 해도 집에 가지 말고 남아서 황후나 황제를 구워삶았어야 했나? 하지만 그땐 좀 쉬지 않으면 미칠 것 같았다.

'그만.'

꼬리를 무는 생각에 제동을 걸었다. 이미 지난 일을 후회해 봐야 소용없다. 앞으로 일어날 일에 대해 생각하는 것만으로도 벅찼다.

"마음을 굳게 드세요, 저하. 원래 궁에는 적이 많은 법입니다."

라브엘이 단호하게 말했다. 나는 하얘진 얼굴을 들고 고개를 끄덕였다.

"전하께서 황후 폐하의 제안을 거절하셨다면 왜 제가 서곡창을 맡게 된 거죠?"

"황후 폐하께서 앓아누우셨다고 합니다. 그래서 전하께서 뜻을 돌리신 거겠죠, 아마도."

"아마도?"

"아직 전하께서 병문안을 가지 않으셨다고 합니다."

"효자로 소문나신 전하께서 그러시니 황후께서도 심란하셨겠군요. 그런 상황에서 제가 서곡창을 맡게 됐다는 소식을 들으셨을 테니 병이 씻은 듯이 나으셨겠습니다."

나도 모르게 비꼬는 말이 나왔다. 라브엘은 내 무례와 경솔을 혼내지 않았다. 입으로 말하진 않지만 그녀 역시 동의할 것이다.

빤히 보이는 쇼였지만 무시할 순 없다. 부모 자식 간의 일도 참 정치적이다. 살짝 질렸다.

"결국 황후 폐하의 뜻대로 됐군요."

"가을 구휼은 원래 황후의 일입니다. 레지나가 있는 기간에만 황태자 산하기관이 맡게 됩니다. 당연히 황후 폐하의 입김이 셀 수밖에 없죠. 전하께서 그리 단호히 거절한 것이 의외였습니다."

나는 한숨을 쉬었다. 그건 아무래도 좋다. 황태자가 마음에 안 든다고 해서 내가 다른 곡창을 맡게 되는 것도 아니다.

상세하게 알면 뭐 이용할 거리라도 찾을 수 있을까 했는데 그런 건 아니었다.

예상보다 황후와 황태자 사이에 의견 충돌이 심했다는 것만 건졌다. 그리고 그 전에는 황후가 아이린을 예뻐했다면, 지금은 날 싫어하기까지 한다는 것 정도?

딱히 지금 알았다고 해서 도움이 되는 건 아니었다. 황후를 포섭할 노력을 하지 않게 되어 쓸데없는 낭비는 막아 줬으니 다행이라고 해야 하나. 그래도 맥이 빠졌다.

"그게 끝인가요?"

"예, 저도 다른 게 있을까 더 조사해 봤지만 이게 전부였습니다."

"고생하셨어요. 뭐 이렇게 된 이상 정말로 멋지게 이 난관을 해결하는 수밖에 없겠네요."

"해내셔야 합니다."

"네, 해낼 겁니다."

단언하는 날 보고 라브엘이 미소 지었다.

"그럼 점심을 준비하라고 이르겠습니다. 식사 후에 카일론 공자께서 오시기로 했죠?"

"네, 오라버니는 단것을 안 좋아하시니 파운드케이크가 좋겠어요."

"알겠습니다."

식사 후 알테가 오기 전까지 자료를 보며 다시 머릿속을 정리했다. 가족 간의 정이 없으니 사무적으로라도 그를 설득하는 게 중요했다.

얼마 지나지 않아 알테가 도착했다는 말이 들렸다. 책상에서 일어나는 것과 동시에 문이 열렸다.

"어서 오세요."

알테는 내 모습을 보고 흠칫했다. 푸른 눈동자가 차분히 나를 훑었다. 평소와 달리 달려가서 안기지 않아서 그런가.

샤티는 제가 사랑하는 사람에겐 정말 맹목적인 사람이었다. 그래서 황태자의 냉대에도 아랑곳하지 않았고 알테의 괄시도 신경 쓰지 않았다.

"오래간만이구나."

"네, 이쪽으로 오세요. 날씨가 좋아서 테라스에 티테이블을 준비해 놨어요."

테라스라고 해도 유리온실과 비슷하다. 화초가 있는 건 아니지만 사방을 유리로 막아 놨기 때문이다. 테라스 문을 열어젖히는 등 뒤로 따가운 시선이 꽂혔다.

오랜만에 만난 오라버니와 느긋한 시간을 보내고 싶다고 한지라 시녀들은 차만 따르고 곧 테라스를 나갔다. 문이 닫히는 걸 보고 알테에게 고개를 돌렸다.

"네가 정말 레지나가 될 줄이야."

불쑥 내뱉는 말에 애써 웃었다. 동생이 어떻게 되든 상관없는 것처럼 굴더니 만나자마자 하는 말이란 게……. 결코 뜻밖의 기쁨이라는 뉘앙스는 아니었다.

"그런 말은 간택받은 날에나 해야 하는 거 아닌가요? 되고서도 한참 지났는데요."

뾰족한 기색을 숨기지 않고 말하자 알테가 크게 한숨을 쉬었다.

"하아, 막지 못한 게 내 한이라 그렇다."

"어째서요?"

그렇게 한이 될 정도로 동생의 미래에 대해 신경 썼으면 병문안이라도 왔어야 하는 거 아닌가.

"당연한 걸 묻는구나."

알테는 우아하게 차를 마셨다.

그의 눈이 살짝 가늘어졌다. 일부러 황제에게 하사받은 페리올라 차를 내오라고 했다. 우호적이지 않은 상대를 꼬시려면 내가 가지고 있는 힘을 보여 주는 게 좋다.

알테는 곧 찻잔에서 시선을 거뒀다. 어째서인지 눈매가 더 찌푸려진 것 같다.

"너 같은 철부지가 대체 어떻게 황후가 된다는 말이냐. 네 성격에 후궁이 되면 화병 날 게 뻔하고. 황후는 네가 생각하는 것처럼 쉬운 일이 아니다. 높은 자리에 앉으면 그만한 책임이 따르는 법이야. 아무런 소양도 갖추지 못한 네가……."

잔소리가 시작될 기미였다. 나는 짜증을 내는 대신 차분하게 그를 불렀다.

"알테 오라버니."

그가 입을 다물고 날 빤히 쳐다봤다. 아빠와 똑같은 은발이 햇빛에 빛나고 맑은 호수 같은 눈동자가 나를 응시한다. 한참 나를 살피던 그가 툭, 내뱉었다.

"삐졌냐?"

뭐?

생각지도 못한 말에 당황했다. 나도 모르게 벌어진 입을 재빨리 다물었다. 얼빠진 표정을 지어 버렸다. 가늘어진 푸른 눈동자가 내 얼굴을 찬찬히 살폈다. 정말 삐졌나 확인하는 눈빛이었다.

황당하다. 대체 내 어디가 삐진 모습이란 말인가.

물론 샤티는 잘 삐지긴 했다. 사랑하는 오빠한테 달려가 안기고 그걸 받아 주지 않으면 토라져서는 팔짱을 끼며 등을 돌렸다.

그러고서 5분도 지나지 않아 혼자 풀어져서는 오빠, 오빠 하면서 종알거렸다. 알테는 귀찮다는 듯이 눈살을 찌푸렸고.

"……."

뭐라고 해야 할지 모르겠다. 안 삐졌다고 하면 그게 더 삐진 거 같지 않나? 살면서 단 한 번도 삐졌냐는 소리를 들은 적이 없다.

애초에 삐지는 성격도 아니었고 그런 말은 좀 몰랑몰랑하고 앙증맞은…… 귀여운 구석이 있는 여자애들한테 어울리지 않나.

전생에서는 차갑다는 소리를 들었고, 지금 생을 살면서는 조금 달라졌다고 생각하지만 삐졌냐는 말을 들을 정도는 아닌데.

삐졌냐? 아니거든! 삐졌구만, 뭘. 아니라니까! 안 삐졌거든?!

언젠가 지하철에서 들었던 커플의 대화가 머릿속에서 재생되었다. 그 커플은 열다섯 정거장을 지날 때까지 저러면서 놀았다. 흥칫뿡하면서도 여자의 입매에는 숨길 수 없는 웃음기가 가득했다.

그걸 나한테 대입해 보니 피가 마르는 기분이었다.

"……어째서 그딴 생각을 하셨는지 여쭤 봐도 될까요?"

알테가 눈을 깜빡였다. 항상 차갑던 얼굴에 당황한 기색이 번졌지만 내 신경은 다른 데로 쏠렸다. 지하철 커플에게 묘한 기시감이 들었기 때문이다.

왠지 그 비슷한 짓을 황태자랑 했던 것 같은 느낌은 뭐지? 세베리다에서…….

술 안 취했다면서 주정 부리던 모습이 잠시 스쳤다. 심지어 황태자한테 취했냐면서 진상을 떨었었지.

벌떡 일어나서 으아아아 소리치며 달려 나가고 싶은 걸 애써 참았다. 애꿎은 식탁보만 쥐었다 폈다 하며 심신의 안정을 꾀했다.

조금 마음이 가라앉는 게 효과가 있……긴 개뿔! 당장 베개를 퍽퍽 치고 이불을 차고 싶었다.

"왜 나를……. 아니다."

알테가 고개를 저었다. 말을 하다 마는 것처럼 사람을 짜증 나게 하는 건 없다. 게다가 나는 지금 매우 위험한 상태였다.

다른 때였다면 말을 가렸을 것이다. 아니, 애초에 나는 그와 가족 간의 연이나 다지자고 부른 게 아니었다. 유능한 사람이 필요했고 마침 조건에 맞는 사람이 그였을 뿐이다.

“오라버니, 왜 절 싫어하세요?”

날 것 그대로의 질문에 알테가 흠칫했다. 말문이 막힌 표정이다. 저런 질문을 한 것은 스스로 생각해도 의외였다. 알테가 날 싫어하든 말든 일만 잘해 주면 별 상관도 없는데.

“싫어……한다고?”

한참의 침묵 끝에 알테가 말했다. 쥐어짜 낸 것 같은 음성이었다. 마치 자신이 싫어한다는 것을 내가 전혀 눈치 못 챘을 거라고 생각하는 모습이었다.

물론 눈치 없고 저 좋을 대로 모든 것을 생각하는 샤티는 알테가 절대 자신을 싫어할 리 없다고 생각했다.

하지만 그녀가 특이한 케이스고, 보통은 자신을 향한 안 좋은 감정을 빠르게 눈치채지 않나?

하물며 알테는 감추려는 노력도 하지 않았다. 가서 안기면 귀찮다고 밀어내고 말 붙이면 모자라다 무시했다. 이 정도면 모르려고 해도 모를 수가 없지. 조금 전에도 황후가 된다니 네 주제를 알라며 뭐라 하지 않았나.

알테가 손으로 이마를 짚었다. 커다란 손이 얼굴을 쓸어내리고 턱을 매만진다. 정말 당황한 모양이다. 그는 한동안 말이 없었다.

입을 다물고 그를 기다렸지만 나 역시 혼란스러웠다. 깜빡이는 눈과 입술을 매만지는 손. 샤티의 기억 속에서도 이렇게 당혹스러워 하는 모습은 처음이었다.

그는 정말 어쩔 줄을 몰라 했다.

"……싫어하는 게 아니다."

오랜 기다림 끝에 나온 말에 나는 인상을 찌푸리며 고개를 갸웃했다.

싫어하지 않는다고?

지금 알테의 모습을 보니 진심처럼 들렸지만 덥석 믿기엔 그간 있었던 일이 많았다. 그냥 좀 심하게 귀찮아한 것은 그렇다고 쳐도, 샤티가 사경을 헤맬 때도 집에 돌아오지 않던 사람이다. 심지어 괜찮냐는 편지 한 장조차 없었다.

레지나 간택 축하연 때도 마찬가지다. 지금까지 샤티의 인생에서 가장 중요한 날이었다.

"알고 있는 사실이니 굳이 변명하실 필요는 없어요."

"그런 게 아니야."

"좋아요. 그럼 왜 제가 아팠을 때 오지 않으셨나요? 연락조차 없으셨죠. 저는……."

샤티는 죽었다.

나는 입술을 꾹 깨물었다. 내가 따질 수는 없는 말이다. 이 사람은 제 동생이 죽는 순간을 놓쳤다는 걸 평생 모를 것이다.

"팔레스트라에선 모든 신분을 끊는다. 물론 가족과의 연까지 끊는 것은 아니지만, 사유서를 제출하고 나오는 건 위급한 상황일 때뿐이지."

그 말대로다. 팔레스트라에선 기본적으로 1년에 한 번, 지금 이 시기를 제외하고는 학생의 외출을 허락하지 않는다. 그것도 정말 중요한 일이 아니라면 반려되었다.

하지만 그땐 정말 위급 상황이었다.

"내가 간다면 네가 정말 죽을 위기란 것을 인정하는 것 같았다."

고집스러운 말에 그를 바라보았다. 나는 처음으로 그가 나보다 어린 열아홉 살짜리 남자애라는 것을 자각했다. 그 치기 어린 말에 조금 아연해졌다. 멍하니 바라보자 그는 변명하듯 말을 이었다.

"부모님께서 널 오냐오냐 키우시기 때문에 나라도 엄하게 대해야 한다고 생각했지."

나는 눈살을 찌푸렸다. 샤티를 밀어내는 그에게는 정말 싫은 기색이 섞여 있었다. 방금 황후의 책임 운운할 때도 경멸을 숨기지 않았다.

"절 달래려고 너무 좋게 말씀하시네요. 제가 정말 모를 거라고 생각하시나요? 오라버니께선 절 무시하고 경멸하시잖아요."

알테가 시선을 돌렸다. 내 말에 그는 또다시 당황한 것처럼 보였지만 이번에는 감정을 갈무리하는 것이 빨랐다.

"그래, 그것도 사실이다. 내가 보기에 샤티 너는 안하무인이고, 다른 사람을 생각하지도 않고, 무언가를 배우려는 의지조차 없지. 권리를 누릴 생각만 하고 책임을 지려 하지도 않아. 경멸하지 않는다고 하면 거짓말일 거다."

살짝 내리깐 속눈썹이 조금 쓸쓸해 보였다. 그는 자조적인 미소를 지었다.

"내가 어떻게 대해도 너는 항상 웃었지. 네게 차갑게 대한 건 사실이지만 널 사랑하지 않은 건 아니었어. 네가 상처받길 바란 적도 없었고. ……솔직히 말하면 네가 상처받길 바란 적도 있었던 것 같다. 철없던 시절엔 그랬지.”

알테를 이해하지 못하는 건 절대 아니다. 피를 나눈 형제라고 해서 모든 것이 예쁘고 좋아 보이는 게 아니라는 것은 내가 더 잘 안다.

오히려 형제이기 때문에 더 거슬리는 것도 있다. 상처 받았으면 싶다가도 막상 상처를 받으면 가슴이 덜컹거리지.

그래도 그는 너무 심했다. 내가 빙의되지 않고 그대로 샤티가 죽었다면 그는 자기 자신을 결코 용서할 수 없었을 것이다.

“나는 네가 다 알 줄 알았다. 굳이 표현하지 않아도 내 마음을…….”

“몰라요.”

샤티는 알테가 자신을 좋아한다고 생각했다. 하지만 그건 알테의 행동이나 말에서 느낀 게 아니라, 그 누구도 자신을 싫어할 리 없다는 자신감에서 비롯된 것이었다.

자신을 싫어하는 사람을 모두 질투 때문이라고 생각할 정도로 자기애가 강한 애였으니까.

“말해 주지 않으면, 표현하지 않으면 몰라요.”

“……그래, 내가 부족했다. 널 상처 줬구나. 미안하다, 샤티.”

나는 고개를 숙였다. 가만히 손바닥을 들여다봤다.

샤티의 몸. 저 말은 사실 내가 아니라 샤티가 들었어야 했다. 그녀에게 특별히 애틋한 감정을 느끼는 것은 아니지만 그녀의 삶을 이어받고 빚을 지고 있는 자로서 조금 숙연해졌다.

알테는 평생 모를 것이다. 그는 제 동생이 죽는 날까지 자신의 진심을 전하지 못했다.

하지만 샤티는 알테가 자신을 사랑한다고 믿어 의심치 않았고, 알테는 이제 동생과 화해했다고 생각할 테니 차라리 잘된 건지도 모른다.

진실을 알고 있는 나만 입안이 씁쓸할 뿐.

"앞으로가 더 중요하니까요."

괜찮다거나 용서하며 사과를 받아 주는 건 내 몫이 아닌 것 같아서 그렇게 얼버무렸다.

실제로 내게는 앞으로 알테의 태도가 중요하기도 했다. 어쨌든 그의 협력이 필요한 상황이니까. 지금 태도로 봐서는 무리 없이 날 도와줄 것 같았다. 죄책감이 그의 태도를 평소보다 누그러뜨렸다.

완전히 의도한 것은 아니었지만 이 기회를 날릴 생각은 없다. 감정은 감정이고 일은 일이니까.

알테는 천천히 차를 마셨다. 날 살피는 그의 눈빛이 어지러웠다. 그는 적잖이 충격을 받은 것 같았다. 완전히 달라진 동생이 낯설어 혼란스러워하는 얼굴이다.

여태까지와 전혀 다른 태도이니 그럴 만도 했다. 냉정하게 대해도 항상 살랑거리면서 애교 넘치게 굴던 동생이 한순간에 무뚝뚝해졌다.

샤티의 태도를 생각하면 그가 표현은 안 해도 속마음을 알 것이라고 생각한 것도 무리가 아니다. 원래 가까운 사이일수록 다 이해해 줄 거라고, 알아줄 거라고 넘겨짚으니까.

나는 분위기를 환기시켰다. 알테를 부른 이유는 따로 있다.

"오늘 오라버니를 뵙길 청한 것은 이번 가을 구휼에 관해 도움을 청하고자입니다."

"구휼?"

전혀 생각지도 못했다는 반응이었다. 살짝 시선을 돌리는 그의 말끔한 얼굴에 살짝 붉은 기가 돌았다.

저 반응을 보니 왜 그러는지 알 거 같았다.

그가 팔레스트라에 돌아올 때마다 달려가서 보채던 샤티의 모습이 떠올랐다. 매번 보고 싶었다면서 열렬히 맞아 줬으니 당연히 보고 싶어서 불렀을 거라 생각한 것이다.

그렇다고 해도 저렇게 부끄러워할 필요는 없는데.

오빠라고는 해도 사실은 나보다 어린 고등학생 남자애라는 느낌에 조금 귀엽게 보였다. 다시 내게 고개를 돌린 그는 시침을 뚝 뗀 얼굴로 엄하게 말했다.

"샤티, 가문의 힘을 빌려 해결하는 것이 네게 좋진 않을 거다. 구휼은 단순히 백성들에게 곡물을 나눠 준다고 해서 되는 게 아니야. 레지나로서 첫 능력을 보여 주는 일이다. 가문의 힘보단 네 힘으로 어떻게 해내는지가 중요해."

말을 이을수록 알테의 얼굴이 냉정하게 굳어졌다. 달라진 모습에 조금 놀랐지만 여전히 샤티는 샤티라는 얼굴이었다.

예상했던 말이다. 사실 내 예상은 이것보다 더 싸늘했다. 확실히 아까의 대화가 내게 유리한 상황을 만들었다. 나는 차분하게 말했다.

"예. 하지만 오라버니께선 지금 카일론의 후계가 아니시지요. 팔레스트라의 학생일 뿐입니다. 미래의 제국을 이끌어 나갈 인재."

"과연."

그가 매끄럽게 입꼬리를 올렸다. 푸른 눈동자에 흥미로운 감정이 섞여들었다.

"하지만 그렇게 되면 네게 줄 수 있는 것은 내 능력뿐이다. 가문의 돈으로 네 구휼을 후원할 수는 없어."

어떻게 할 거냐. 그의 얼굴이 그렇게 말하고 있었다. 가문의 돈으로 곡물을 사 구휼미에 보탤 생각이 아니냐는 뜻이다.

나 역시 샤티라면 그렇게 할 거라고 생각했다. 그는 제 동생을 잘 알았다. 하지만 그 앞에 있는 것은 그의 동생이 아니다.

"제가 바라는 것은 오라버니의 능력뿐입니다."

내 말에 알테가 깜짝 놀라 날 쳐다봤다. 둥글어진 눈이 내 의도를 가늠하고 있다. 말로 설명하는 것보다 보여 주는 게 더 빠를 것 같다.

"서곡창에 대한 자료입니다."

나는 그에게 준비해 뒀던 서류를 건넸다.

서부 지역의 인구수, 소비 상황 등등을 고려해 예산안을 짜고 곡창 비용 처리를 포함해 재무제표를 만들어 놨다. 필요최소한의 곡물량과 예산안에 따른 차등 배분 기준 역시 계산해 놨다.

지난 사흘간 매달린 일이었다. 아무래도 현장에서 실무를 맡고 있는 사람의 확인이 필요하겠지만, 크게 부족한 자료는 아닐 거다.

가만히 알테의 반응을 살폈다. 빠르게 자료를 훑는 그의 눈동자가 화등잔만 하게 커졌다. 세부적인 것은 다 살피지 않았지만 이렇게 체계적으로 자료를 정리할 줄 아는 것 자체가 신기한 듯했다.

"샤티, 너 따로 공부했니?"

"오라버니께서 팔레스트라로 떠나신 후 몇 년이 지났는데요. 레지나가 되고 난 뒤로는 더 많이 공부했어요."

별일 아닌 것처럼 장난스럽게 웃으며 가볍게 말했다.

알테가 눈매를 좁혔다. 1년에 한 번씩 돌아와 자주 보진 못했지만 그때도 이런 모습이 아니었으니까 이상하게 생각하는 것은 당연했다.

하지만 그렇다고 이 문제를 도와줄 사람에게 내가 갖춘 능력을 숨길 순 없다. 해결이 어려운 것도 있지만 사람들의 생계가 걸린 문제다. 온 힘을 쏟아야 한다.

"정말 네가 다 정리한 거야?"

합리적인 의심이라 별로 기분 나쁘진 않았다. 그저 고개를 끄덕였다.

"넌 예전부터 거짓말은 안 했지. 구휼 문제에 널 지원하는 사람은 없다고 들었고……."

정확히는 할 필요성을 못 느껴서 안 했지만.

나는 샤티와 달리 얼마든지 거짓말을 할 수 있다. 실제로도 사람들을 속였고, 그 덕에 파티에서 아이린에게 한 방 먹이기도 했다.

"가뭄이랑 노예 문제도 정말 네가 해결한 거구나."

내게 하는 말이라기보다는 탄식에 가까운 말이었다. 그는 찬찬히 내 모습을 살폈다. 자신이 모르는, 전혀 다른 사람을 보는 시선이었다.

"나는 솔직히 아버님의 도움을 받았을 거라고 생각했다. 정말 네가 그 사건들을 해결했을 거라고는 생각하지 못했어."

당연하다. 알테는 누구보다 샤티를 잘 아는 사람 중 하나니까.

하지만 어떻게 해결했고 무슨 일이 있었는지 시시콜콜 설명하고 싶진 않았다. 할 수도 없고 할 시간도 없다. 내 용건은 다른 것이다.

"다른 곡창에 대한 정보가 필요해요. 특히 남곡창."

나는 처음 황실에서 받았던 전체 곡창에 대한 자료를 펼쳤다.

"지금 알고 있는 건 총량일 뿐이에요."

집에 자료를 요청하긴 했지만 아직 오지 않았다. 국무성에서 일하시는 아빠가 자료를 갖고 계실 게 뻔한데 이렇게 늦어지니 조금 불안했다. 내가 모르는 무슨 문제가 있는건 아니겠지?

"남곡창에 대한 정보라…… 특별한 이유라도 있어?"

몰라서 묻는다기보다는 내 의도가 무엇인지 정확히 알기 위해 묻는 것이었다. 정답을 확인하는 선생님처럼.

나는 남곡창 총량을 짚던 손가락을 떼고 허리를 반듯하게 세웠다.

"오라버니, 전 지금 제 능력을 시험할 사람은 필요 없어요."

정색하고 말하자 알테가 놀라서 날 쳐다봤다.

"전 인정받으려고 오라버니를 부른 게 아니에요. 물론 오라버니께서 그러시는 건 당연하죠. 그간 저는 철이 없었고 멍청하게 굴었으니까요. 다른 누구보다 오라버니께서 제 능력이 과연 황후에 걸맞은지, 자질을 의심하는 것도 이해해요. 손윗사람이라 더 그런 점도 있겠죠."

조곤조곤 말을 이으니 놀랐던 알테의 표정이 점점 진지하게 가라앉기 시작했다.

"사람이 하루아침에 바뀌는 건 아니니까 의아하게 생각하고 제 능력이 어디까지인지 확인해 보고 싶은 심정도 알아요. 하지만 지금 쓸모없는 입씨름을 하고 싶진 않아요."

알테가 건방지다며 화를 내고 돌아가도 어쩔 수 없다. 나는 차로 마른 입안을 축이곤 말을 이었다.

"제가 생각하는 게 과연 맞는지 채점해 줄 사람이 필요한 게 아니라, 같이 머리를 맞대고 서로의 의견을 나누며 조금이라도 더 나은 해결책을 이끌어 낼 수 있는 사람이 필요한 거예요. 그렇게 한

발 물러난 태도는 곤란해요."

작게 한숨을 내쉬었다. 약간의 망설임 끝에 나는 결심을 굳혔다. 알테의 눈을 똑바로 쳐다보고 부드럽지만 단호하게 말했다.

"만약 오라버니께서 계속 절 시험하실 생각이라면 그만 돌아가시는 게 좋겠어요. 전 바로 다른 사람을 찾아봐야 하니까요. 아시다시피 시간이 별로 없어요."

새로운 사람을 찾고, 그 사람이 나와 맞는지 확인하고, 같이 해결책을 모색하려면 시간이 많이 지체될 것이다.

알테와 같이 일하는 게 여러모로 좋다. 하지만 나와 같이 일할 사람은 내게 도움이 되는 사람이어야 한다. 이렇게 굴면 나 혼자 일하는 것보다 못하다.

한참 동안 나를 바라보던 알테가 신음하듯 말했다.

"샤티, 정말 많이…… 컸구나."

그가 이마를 쓸었다. 내 얼굴을 훑는 푸른 눈동자가 조금 떨렸다.

"철부지인 줄만 알았는데. 언제까지고 내 뒤를 졸졸 쫓아다닐 줄 알았어. 그래, 너도 그럴 나이지."

그가 씁쓸하게 미소 지었다. 귀찮다고 생각했으면서도 막상 이렇게 거리를 두니 섭섭한 모양이다.

"좋은 건데 기분이 이상해. 오늘 간만에 만났는데 남처럼 인사했을 때도 그렇고, 오빠라고 안 부르고 오라버니라고 하는 것도 그렇고. 꼭 정숙한 귀족 레이디처럼."

잘 나가다가 뒤에서 삐끗한 느낌은 뭐지?

"저 정숙한 귀족 레이디 맞는데요?"

나도 모르게 툭 내뱉자 알테가 피식 웃었다. 쓸쓸한 기색이 가득했던 얼굴에 살짝 웃음이 피어오른다.

"그렇지."

가만히 고개를 끄덕이는 그는 어딘지 복잡해 보였다.

나는 잠시 감상에 잠긴 그를 바라보다가 불현듯 어떤 깨달음에 눈살을 찌푸렸다. 아까 삐졌냐고 물었던 게 내가 오라버니라고 부른 직후였지.

"설마, 오빠라고 안 불렀다고 삐졌냐고 한 건 아니겠죠."

"……."

알테의 입매가 굳었다. 매끈한 얼굴에 가득했던 감정이 싹 사라지고 날 보는 표정이 엄해졌다. 이제 와서 표정 관리해 봤자 늦었다.

나는 싱긋 웃으며 능청스레 말했다.

"그렇게나 호칭에 집착하시는 분인 줄은 몰랐어요."

"그건……!"

콕 찌르자 매끈한 얼굴이 사라졌다. 그 자리에 남은 것은 열아홉 살짜리 남자애였다. 새빨개진 얼굴을 한 그가 필사적으로 변명했다.

"그냥 어색했을 뿐이다. 그리고 내가 흠흠, 잔소리를 했으니까."

너 같은 철부지 운운하며 황후가 되지 말았어야 했다는 말이 떠올랐다.

솔직히 말해 나 역시 공감했다. 샤티는 그럴 자질이 없었다. 과욕은 재앙을 부르는 법이다.

지금 내게도 재앙이었다. 처음 이곳에 왔을 때, 나는 이번에야말로 제대로 된 가족과 사랑받고 사랑하며 살고 싶었다. 그냥 평범하게.

레지나가 되어 많은 것을 배우고 경험했다. 전생이라고 해도 불과 몇 달 전인데 나는 꽤 달라졌다. 좋은 변화라고 생각한다.

그래도 그대로 가족들이랑 살았으면, 하는 생각은 끊이지 않았다. 힘들 수밖에 없는 위치니까.

하지만 샤티가 졸라서 무리하게 얻어 낸 자리다. 이미 내 가족들을 비롯해 수많은 정치적 이윤이 얽혔다. 애초에 황명이다. 그만둘 순 없다.

무엇보다 나는 황후가 되겠다고 결심했다. 시작은 타의였으나 지금은 내 의지였다.

“그런 말을 하실 만하다고 생각해요.”

다만 나는 샤티가 아닐 뿐.

앞으로도 그런 식으로 생각하면 곤란하다. 난 낭비 없는 사무 관계가 필요했다. 거기에 조금 더 욕심을 부리자면 시너지를 냈으면 좋겠다. 나는 알테와 눈을 마주치고 분명하게 말했다.

“하지만 사람은 변하는 법이죠. 언제까지 그 악독하고 멍청한 꼬마애로 있진 않아요.”

“악독하다니……. 네 성격이 좀 모난 건 있지만 그 정도는 아니야.”

“그럼 어떤데요?”

“좋은 점도 있어. 솔직하다거나 음, 솔직하고…… 당차지!”

열심히 변호하는 모습을 보니 풋, 웃음이 났다. 언젠가 샤티와 싸울 때는 악독하다면서 소리치더니 지금은 아니라며 손을 젓는다.

물론 아주 어렸을 때의 얘기지만 지금도 은연중 악독하다고 생각했을 거다. 하녀를 매질하고 시녀들을 다 내쫓고……. 나도 샤티가 악독하다고 생각하니까.

그런데 알테 본인이 아닌 다른 사람이 악독하다고 하면 발끈하는 모습을 보니 정말 남매는 맞구나, 그런 생각이 들었다.

아닌 척하면서 은근슬쩍 내 눈치를 살피는 알테를 바라보았다.

나는 샤티가 아니었고, 그래서 이제야 겨우 동생에 대한 진심을 표현한 그가 한편으로는 안타깝기도 했다. 그의 동생은 이미 세상에 없다.

지금 내 얼굴을 들여다보는 알테의 눈은 동생에 대한 어쩔 수 없는 애정으로 반짝거렸다.

내가 엄마, 아빠를 진짜 내 부모님으로 받아들인 것처럼 지금 당장은 아니어도 조금씩 알테를 내 오빠로 받아들일 수 있지 않을까, 그런 생각이 들었다.

"네가 진지하게 임하는데 내가 허투루 할 순 없지. 그래, 남곡창과 거래할 생각이니?"

더 이상 빙빙 돌리거나 날 시험하지 않고 바로 묻는 그의 태도에 고개를 끄덕였다.

"네, 그게 정론이니까요."

처음 각 곡창에 대한 자료를 봤을 때부터 생각한 답이었다. 절대적인 곡물의 양이 부족한 것이 서곡창의 가장 큰 문제였다. 곡물을 살 수 있는 돈도 없고, 기부받는 것으로 내 능력을 보여 주기엔 부족하다.

결핍 상태인 서곡창에 비해 남곡창은 한눈에 봐도 풍요로운 상태였다.

상세한 것은 보지 못했지만 절대적인 양만 봐도 충분히 서곡창과 거래할 만한 곡물을 가지고 있었다.

며칠간 고민한 것은 남곡창과 어떻게 거래하느냐였다.

서곡창에 대한 파악은 끝났지만 다른 곡창에 대한 정보는 부족했다. 남곡창에 표면적으로 드러나지 않은 문제가 있는 경우도 생각해야 했다.

여러 가짓수를 떠올렸지만 정확한 정보 없이는 그저 가정만 쌓은 게 된다.

문제는 또 있다.

서부 지역의 가뭄 기간 동안 부족한 곡식을 남부 지역을 비롯한 타 지역의 곡물로 충당했을 거다.

황실의 명이라 큰 마찰 없이 따랐겠지만 분명 불만이 쌓였을 터. 이번에는 내가 맡게 되어 따로 명령도 없을 테니 협력에 더 부정적일 것이다.

나는 나무토막처럼 바짝 말라비틀어졌던 서부 지역민들을 떠올렸다. 다른 곳의 구휼미를 끌어왔음에도 그런 상태였다.

물론 지난 구휼 후 거의 1년이 지났으니 그런 것도 있겠지만, 그에 반해 남곡창은 풍요로운 상태다.

결국 황실도 곡물을 충분히 유용하지 못했단 뜻이다. 그만큼 각 곡창 간 곡물을 이동하는 것에 거부감이 심하다는 거겠지.

만약 협상에 실패한다면 서부 지역민들의 불만도 하늘을 찌를 거다.

그나마 황실의 관리 덕에 겨울을 날 최소한의 식량은 보장받았는데 내가 맡게 되어 못 받게 된다면…….

정확한 정보 없이는 생각만 제자리걸음할 뿐이다. 나는 답답한 속을 차를 마시며 달랬다. 따뜻했던 차는 식어 미지근했지만 축성이 배어 있어 머리를 시원하게 밝혔다.

"좋은 생각이야. 남쪽은 풍년이라 곡식도 풍부하지. 몇 년간 그랬어."

과연, 이렇게 많은 양은 지속된 풍년으로 가능했던 모양이다. 희소식이었지만 그것만으론 안심할 수 없다.

어쨌든 제국은 전체적으로 흉년이었다. 남쪽의 생산량이 많다고는 하나 전체적인 흉작을 커버하진 못하고 있다.

“그것만으로는 부족해요. 매년 얼마의 곡식이 들어오고 얼마의 곡식이 나가는지, 보관 비용은 어떤지도 필요해요.”

마법으로 보존되기 때문에 묵은 곡식 맛이 덜해지거나 썩지도 않지만, 이 정도 양이면 보관하는 것 자체가 비용이 많이 들 것이다. 적어도 서곡창에 들어가는 비용을 대입해 보면 그렇다.

하지만 각 곡창마다 설비가 다르다. 특히 남곡창은 몇 번이나 설비를 증설했다.

제국 최대의 곡창 지대이기 때문에 남부 지역은 1차 산업이 가장 발달했다. 당연히 구휼 곡창을 비롯한 관련 시설에 투자를 엄청 했다. 고정비가 많이 들어간 만큼 운용비는 적을 게 분명하다.

“그것만 있으면 되니?”

“그걸 토대로 자료를 만들어야죠. 각 곡창별 상황, 재무관리……. 특히 보관량이 증가할 때 손익분기점을 계산하려고 해요.”

“보관량에 따라 손해가 날 수 있다고 설득할 생각이구나.”

알테가 눈을 빛냈다. 나는 고개를 끄덕였다.

“하지만 아주 정확한 자료를 통해서 설득해야 할 거예요. 남부 지역은 넓죠. 인구수도 많아요. 그래서 흉작일 때 구휼할 곡물이 많이 필요하니 그쪽도 일정 수준 이상의 적체량을 유지하려 하겠죠.”

“그래, 흉년일 때를 대비해서 다른 곳보다 많은 물량이 필요하지. 하지만 다르게 생각하면 징수하는 곡물량이 다른 지역보다 훨씬 많다는 뜻도 돼. 그 넓은 지역 대부분이 곡창 지대다. 인구수가 많다는 것은 곧 세수가 많다는 거지. 그렇기에 평작이어도 다른 지역에 비해 징수량이 많아."

"저도 그 가능성에 걸고 있어요. 아직 자료가 없어 확신할 순 없지만 가지고 있는 정보만 봐도 양이 너무 많아요. 당장 손해가 나지 않더라도 몇 년 동안 이런 추세로 적체량이 늘어난다면 부담이 될 수밖에 없어요."

한편으로는 이렇게 머리 아프게 생각하지 않고 같은 제국인데 서로서로 나누면 좋은 거 아닌가 하는 생각도 들었다.

하지만 경상도에서 거둔 세금으로 경기도를 먹여 살린다고 하면 당연히 반발이 생길 것이다. 같은 나라라도 지역 간의 이익 문제로 갈등이 생기는 건 당연하다.

심지어 제국은 대륙의 절반을 차지할 정도로 넓은 데다가 영주의 자치권한이 강하다. 여태 황실의 명으로 지역의 재산을 타 지역에 배분한 것에 불만도 있을 것이다.

"무슨 뜻인지 알겠다. 좋은 생각인 것 같구나. 왜냐하면……."

그가 들고 온 서류 가방에서 파일을 꺼냈다.

살펴보니 곡창의 면적과 수용 한계, 보관량에 따른 마력 소모 비용과 전체 비용이 적혀 있었다. 참고 자료와 함께 비용을 어떤 식으로 도출했는지 알려 주는 수식까지 빼곡하다.

나는 감탄한 시선으로 알테를 쳐다봤다.

"이건……."

"네가 아버지께 부탁했던 자료지."

"네……. 그렇지만 저는 일차적인 것만 부탁드렸는데요. 이렇게 가공된 자료가 아니었어요. 물론 지금 제겐 이 자료가 엄청난 도움이 되지만요. 주신 자료를 토대로 하나하나 다 분석하고 계산해 볼 생각이었는데…….”

정확히는 그 분석과 계산에 알테를 부려 먹을 생각이었다.

“네가 날 궁으로 불렀다면서 아버지께서 네가 요청한 자료 목록을 건네주셨다. 가는 김에 전해 주라고 하셨지.”

“그럼 오라버니께서 이걸 다 정리하신 거예요?”

제도로 온 지 얼마 되지도 않았을 텐데. 아니, 시간이 있더라도 그냥 요청한 자료만 전해 주는 게 보통 아닌가?

“네게 이게 필요할 거라고는 전혀 예상하지 못했지만, 내 손을 거쳐 가는 자료가 엉성할 순 없으니까.”

그 오만하면서도 당당한 말에 피식 웃음이 나왔다.

“그 대단하신 분의 자료를 받아 영광이네요. 덕분에 시간을 아꼈어요.”

나는 자료를 자세히 살펴보기 시작했다. 손익분기점과 잉여 곡물량을 대조하다가 고개를 들었다.

“아니, 이건 시간을 줄인 것뿐만이 아닌데요?”

남곡창은 이미 손해를 보고 있었다. 적체량이 늘어나는 것과 비례해서 손해를 보는 상황이었다. 생각보다 쉽게 일을 해결할 수 있을지도 모른다.

나는 남곡창이 아직 손해를 보고 있지는 않을 거라고 생각했다. 그래서 현재의 증가 추세를 유지한다고 가정하고 손해를 예측해 설득할 생각이었다.

하지만 아직 발생하지도 않은 손해를 운운해 봤자 설득력이 떨어진다. 증가 추세 역시 가정일 뿐이다.

당장 내년에라도 남부 지역에 흉년이 들 수 있고 그 흉년이 몇 년간 지속될 수도 있다.

"그렇지? 그래서 네가 운용 비용이 적자가 날 것이라는 걸 예측해서 협상하겠다는 말에 놀랐다. 이미 적자라는 자료가 있는 것을 보고 생각하기는 쉽지만, 아무 자료도 없는 상황에서 그저 총량이 많다고 그걸 예측하기는 어려우니까."

굳이 내가 말하지 않더라도 남곡창은 이미 적자 상황을 어떻게 해결할지 고민하고 있을 것이다. 풍작일수록 손해라니.

그렇다고 거둬들이는 세금을 줄일 수도 없을 터였다. 줄이는 것은 쉽지만 다시 늘리는 것은 어렵다. 아마 이러저러한 핑계를 대며 감면을 해 줄 수는 있겠지만…….

제국의 조세 제도는 다 화폐로 이루어지지만 구휼 제도 때문에 농민은 곡물로 세금을 내고 있다. 풍작과 평작, 흉작별로 세율이 다르다.

덕분에 농민들의 불만도 적은 편이다. 번 돈으로 내는 것보단 추수한 곡물로 내는 게 그들에겐 이익이기 때문이다.

"나도 이번에 자료를 정리하면서 느꼈다. 여태까진 큰 문제가 없었지. 하지만 30년 전부터 농기계와 마법을 접목시키기 시작하면서 생산량이 기하급수적으로 늘었어. 이건 남곡창을 비롯해 남부 지역의 고질적인 문제가 될 거다."

알테가 자료의 수치를 손가락으로 짚었다.

"여길 봐. 농민 비율이 지역민의 반을 넘어. 돈은 적고 곡물은 넘쳐 나게 되지. 그렇다고 곡창의 곡물을 풀면 시장 가격이 낮아져 지역민들의 생계에 타격이 생기게 돼."

"오히려 주기적인 흉년이 찾아오는 게 남부 지역 재정에 도움이 될 정도네요. 결과적으로 제게 유리해졌지만 걱정이에요. 장기적으로 볼 때 다른 조세 제도를 적용하거나 각 곡창의 적체량을 순환시키는 방안을 생각해 봐야 할 것 같아요."

알테가 고개를 들어 날 쳐다봤다. 그는 조금 감탄한 기색으로 말했다.

"넌 지금 당장 행정직으로 들어가도 이상하지 않을 정도야."

"이 정도는 해야죠. 점점 관리해야 하는 정책이 늘어날 거고 나중에는 제국 전체를 다스려야 해요."

제국은 넓다. 어느 지역이 흉년이라고 해서 모든 지역이 흉년이진 않다.

구휼미가 부족한 지역이 있으면 황제의 명으로 지원하곤 했지만 임시변통일 뿐이다. 그래서 불만도 생기는 거고. 아예 제도적으로 해결 방안을 마련해도 좋을 것 같다.

퍼져 나가는 생각을 끊었다. 지금 집중해야 할 것은 눈앞에 놓인 과제다.

남곡창이 적자를 보고 있다고 해도 지역 재정 전체를 보면 큰 부담이 되는 정도는 아니었다.

알테의 말대로 앞으로 남부 지역은 1차 생산물을 제외한 다른 물자와 돈이 부족해질 것이다. 그것도 고려해서 협상을 추진하는 게 좋을 것 같고…….

한참 자료를 살피며 생각에 잠겨 있다가 고개를 드니 알테가 묘한 눈으로 날 쳐다보고 있었다. 나도 모르게 얼굴을 쓸었다.

“뭐라도 묻었어요?”

“그냥. 오늘은 계속 놀라게 돼서. 이 정도는 해야 한다라……. 아주 기본인 것처럼 말하네. 은연중에 미래에 대해서도 단언하고. 제국을 완전히 집어삼킬 생각이구나. 네 품으로.”

대견해하는 것 같기도 하고 기막혀하는 것 같기도 했다. 나는 물끄러미 그를 바라봤다.

황후가 되겠다는 내 마음은 진심이다. 그러니 진취적으로 생각할 수밖에 없다. 그냥 높은 사람이 되고 싶어서, 상황에 따라서, 무시당하기 싫어서 그 자리에 있고 싶은 건 아니었다.

솔직히 말해서 재밌었다.

가끔 힘들고 지치다 못해 억울한 심정까지 들었지만 이렇게 일하는 게 좋았다. 서부 지역의 녹화사업에 대해 말하고 두 눈으로 직접 그 현장을 볼 때부터, 내 안에 있는지도 몰랐던 심지에 불이 붙은 기분이었다.

전생에서는 그냥 가족을 벗어나고 싶었다. 그것밖에 생각하지 못했다. 그래서 내 삶은 어떤 흔적도 남기지 않고 허물어졌다.

이번 삶을 살면서도 처음엔 똑같았다. 다행히 좋은 가족을 만났다. 이번에는 그 가족과 행복하게 살고 싶었다. 그뿐이었다. 여전히 흔적을 남기지 못할 삶이었다.

다행인지 불행인지 상황은 그걸 허락하지 않았고 나는 다른 사람의 삶에 관여하게 됐다. 아무것도 움켜쥐지 못했던 내 손으로 사람들을 절망에서 꺼냈다.

그 순간 나는 나조차 몰랐던 욕망에 눈을 떴다.

“이거 나도 분발해야겠어.”

"그래 주셔야지요."

앞으로도 날 도와줘야 하니까. 단호하게 말하자 알테가 헛웃음을 지었다. 그의 푸른 눈동자가 보석처럼 빛났다.

"이것만으로는 부족해요. 남곡창의 적자 상태는 아직 미미하니까요. 적체된 곡물을 처리하면 비용이 줄긴 하지만 큰 이익이 없죠. 그에 비해 서곡창은 절박한 상황이에요. 이걸 알고 있으니 분명 요구하는 게 많을 거예요."

"아마 당장 내년이라도 흉년이 들지 모른다는 말로 처음엔 거절할 거다. 그리고 조건을 맞추려 하겠지."

"미리 대비해야겠네요. 우선 남곡창에서 요구할 것을 추려야 해요. 그리고 이쪽에서 제시할 수 있는 조건으로 유도하고요."

"문제는 우리 수중에 어떤 돈도 없다는 거다. 심지어 협상이 타결됐을 때 곡물을 이동할 비용도 없어."

서부 지역은 오랜 가뭄으로 세금 감면을 많이 받은 상태였다. 구휼에 배분한 예산안 내에서 해결해야 하는데, 예산이라고 할 수도 없는 금액이 배분되었다.

"남부에서 가장 원하는 게 과연 뭘까요?"

내 말에 알테가 잠시 생각에 잠겼다. 손가락이 찻잔 손잡이를 톡톡 두들긴다.

"아마도…… 마력석과 마법사겠지. 마법을 농기구에 접목시키면서 남부 농업이 많이 발전하기도 했고. 곡물은 오래 묵을수록 질이 떨어진다. 양질의 상태로 유지하기 위해선 마법이, 그리고 마법을 유지하기 위해서는 마력석이 필요해. 농업에 종사하는 인구가 대다수인 만큼 가장 관심 있는 사업일 거다."

한숨이 나왔다. 마법사는 고급 인력이고 마력석은 비싸다. 서부 지역에서 나는 광물이나 특산물이었으면 좋았을 텐데…….

마력석은 마탑에서 인위적으로 만드는 돌이니 제값을 주지 않고서는 구할 방법이 없다.

아니, 아니다. 딱 하나 있긴 하다.

"그럼 마탑에 연락해야겠네요."

마탑에서 마력석을 지원해 주겠다고 하면 이야기가 달라진다. 마법사들로 이루어진 사회니 노동력도 제공해 주면 금상첨화다.

알테가 미간을 찌푸렸다. 그가 할 말이 예상됐다. 마법사와 마력석을 얻기 위해선 마탑을 통하는 게 정석이다. 하지만 마탑은 자선단체가 아니라 이익 집단이다.

"마탑에서 선뜻 손을 빌려주진 않을 텐데."

타당한 지적이었다. 그뿐만이 아니라 마탑을 설득하는 데 오히려 비용이 더 들 거라는 얼굴이었다.

아니나 다를까 그가 부연했다.

"남곡창은 곡물을 방출하면 적지만 이득이 생긴다. 적체량 자체가 손해가 되고 있는 상황이니까. 하지만 마탑이 이 일에 관여해서 얻는 이익은 아무것도 없어. 손해만 본다."

물론 그렇다. 원래라면 마탑이 이 일에 끼어들 이유도, 명분도 없을 것이다. 아무도 듣지 못한다는 것을 알면서도 목소리를 낮춰 말했다.

"서부 지역 가뭄의 원인은 마탑의 연구에 있어요."

전혀 생각지도 못한 말에 알테는 한동안 아무런 반응도 보이지 못했다. 오늘 여러 번 놀랐지만 지금이 가장 크게 놀란 듯했다.

한참 동안 굳어 있던 그가 작게 되물었다. 낮은 목소리는 의심과 경악으로 물들어 둔탁했다.

"……그게 무슨 소리냐."

"기밀입니다. 알려지는 순간 마탑에 대한 여론은 물론, 마탑과 협의한 황실에 대한 신뢰가 바닥으로 추락하니까요."

해풍의 강화가 가뭄의 원인이 되었다는 것은 알려졌고, 이로 인해 기후에 대한 연구가 활발해졌다. 하지만 해풍이 강화된 이유가 따로 있다는 것은 비밀에 부쳐졌다. 알고 있는 사람들은 관련자들과 수뇌부뿐이다.

마탑이 해상에서 정확히 어떤 연구를 하는지 세간에 알려지지 않았기에 가능한 일이었다. 대부분의 사람들은 나처럼 마탑이 마력 생성 장치를 설치했다는 사실조차 몰랐다.

공식적으로는 마탑의 도움으로 해풍을 조절해 이상기후가 멈춘 것으로 처리되었다.

내 설명에 알테가 아연한 표정을 지었다. 아빠는 재상이라 알고 있을 텐데 그에겐 아무것도 말하지 않았구나, 싶었다.

정확한 것은 아니어도 한마디 언질이라도 했으면 이런 반응은 아니었을 거다. 가족들에겐 항상 따스한 모습을 보이지만 아빠가 얼마나 냉철한 재상인지 새삼 깨달았다.

"하지만 이렇게 처리되는 바람에 마탑은 서부 지역에 어떤 손해배상도 하지 않았어요. 마탑도 이런 문제가 일어날 줄 모르고 장치를 설치했던 거지만 당연히 책임은 있지요."

"확실히 이렇게 되면 마탑도 아주 외면하진 않겠구나. 하지만 마탑에선 제국 또한 이 일에 대해 함구할 거라는 걸 잘 알아. 우리가 요구한다고 해서 반드시 들어주진 않을 거다."

"터무니없지만 않으면 무작정 안 들어주지도 않을 거예요."

당시 해풍의 강화가 가뭄을 일으켰다는 증거는 없었다. 아무런 데이터도 없는 상황에서 오직 말 한마디에 바로 장치 가동을 멈췄다.

그걸 보면 마탑 역시 당장의 이익보다는 서부 지역민들의 삶에 더 신경을 쓰고 있다.

서부 해안에 닿은 소라이나 해에 있던 장치였으니 필연적으로 지역민과 교류를 했을 것이다. 해가 지날수록 가뭄에 고통받는 사람들을 옆에서 지켜보았겠지.

그게 자신들이 설치한 장치 때문이었으니 죄책감을 안 느낄 수 없을 것이다.

"그래, 네 말대로다. 마탑은 자존심이 높고 부채감을 좋아하지 않아. 설사 거절하더라도 시도해서 나쁠 건 없지."

알테의 눈에도 가능성이 보이기 시작한 모양이다.

나는 골몰하는 그를 바라보았다. 주고받은 내용을 갈무리하고 앞으로의 일에 대해 생각하는 중일 테다. 말을 걸면 생각에 방해될 것 같아 나 역시 입을 다물고 잠시 고민에 빠졌다.

펜을 가지고 왔으면 좋았을걸. 머릿속으로만 생각을 정리하긴 힘들다. 그런 생각을 하고 있을 때 시선을 느꼈다.

고개를 드니 알테가 내 손끝을 바라보고 있었다. 찻잔 손잡이를 톡톡 치는 검지를 보고 멋쩍은 미소를 지었다.

계속 그를 마주 보고 있다가 행동이 옳은 것인지, 아니면 그래도 남매라고 비슷한 습관을 가진 것인지. 괜히 민망한 기분이라 손을 내려 치마폭에 감쌌다. 그리고 생각한 것을 알테에게 말했다.

"마탑에 관한 일은 오라버니께 부탁드려도 될까요?"

서부 지역 가뭄 건으로 마탑과 얽히긴 했지만 직접적인 안면은 없다. 원인을 황태자에게 말했을 뿐이고 나중에 결과만 들었으니까.

나보다는 알테가 협상에 더 능할 것이다. 마탑의 연구에 대해 알고 있는 건 아까 말한 게 전부였고 다른 것에 관해서도 특별히 더 알고 있는 게 없었다.

"알았다. 돌아가서 조사해 보고 최대한 빨리 접촉해 보도록 할게."

"고마워요. 저는 서부 지역에서 신세를 진 마법사분께 연락해 볼게요."

내 협소한 인맥 중 유일한 마법사인 알베르를 떠올리며 말했다.

"신세 진 마법사? 내가 없는 사이 너한테 많은 일이 있었나 보네."

아쉬운 기색이 느껴지는 말에 장난스럽게 눈을 찡긋하며 답했다.

"그럼요. 앞으로는 놓치지 마세요."

알테가 픽 웃었다. 그러면서도 고개를 끄덕인다.

앞으로의 일정을 논의하고 각자 맡을 일을 배분했다. 어느새 날이 어둑어둑해졌다.

일어서는 알테는 조금 피곤한 기색이었다. 1년 중 유일한 휴식 기간인데 복잡한 일을 부탁해 미안한 마음이 들었다. 테라스를 나서려는 그를 붙잡고 인사했다.

"도와주셔서 감사해요. ……오라버니."

샤티처럼 오빠라고 불러 보려고 했는데 어쩐지 부끄러워서 나오질 않았다.

알테는 멋쩍은 표정을 지었다. 전생의 나와 동생도 그랬지만 샤티와 알테 역시 진지하게 인사를 나눈 적이 손에 꼽았다.

형제간엔 이상하게도 고맙다, 미안하다는 소리를 안 하게 된다. 하지만 그런 말은 할수록 좋은 거니까.

알테는 가만히 나를 보더니 머리에 손을 얹었다. 쓱쓱 조금 어색한 손길로 쓰다듬으며 조용히 말했다.

"넌 표현하지 않으면 모른다고 했지. 근데 표현하지 않아도 아는 게 있어."

"네?"

뜬금없는 말에 고개를 갸웃거렸다. 알테는 내 머리에서 손을 떼지 않은 채 씩 웃었다.

"하지만 그래도 표현하는 게 좋은 것 같아."

아빠를 닮아 잘생긴 얼굴이 환하게 웃자 어두워지기 시작한 하늘이 다시 밝아진 느낌이었다. 역시 유전자의 힘은 위대하다.

"네가 굳이 말하지 않아도 고마워하는 걸 알지만 들으니까 더 좋아."

그 말을 들으니 나 역시 기분이 좋아졌다. 그를 따라 환히 웃었다. 별거 아닌 말인데도 감정을 나눌수록 배가 된다.

머리를 쓰다듬던 알테의 손이 어깨로 내려왔다. 그는 나를 살짝 껴안으며 귓가에 속삭였다.

"샤티, 그간 미안했어. 네가 달라진 것처럼 나도 달라지도록 할게."

진지한 음성이 가슴에 울려 퍼진다. 나는 그의 등에 손을 올리고 꽉 끌어안았다. 조금 놀라서 흠칫한 알테가 이내 날 감싼 팔에 힘을 줬다. 느껴지는 온기가 따스하다.

"저도요. 앞으로 잘 부탁드려요."

처음 알테에게 이번 일을 도와 달라고 했을 땐 분명 사무적으로만 잘 대하면 된다고 생각했다.

나는 샤티가 아니니 딱히 형제간의 흉금을 풀거나 우애를 나눌 필요는 없다고, 일만 잘 해결하면 된다고 생각했는데……. 이렇게 끌어안고 있으니 따뜻한 물에 몸을 담그고 있는 것처럼 안정됐다.

어째서인지 밉기만 하던 동생의 모습이 스쳤다. 그다지 보고 싶진 않지만, 그래도.

몸을 떼고 서로 마주 보며 씩 웃었다. 알테의 웃는 얼굴과 그의 눈동자에 비친 내 웃는 얼굴이 닮았다. 그와 나는 가족이니까 당연하다.

알테가 유리문에 손을 얹었다. 그걸 보고 무심코 고개를 돌리다가 깜짝 놀랐다.

여기 있을 리 없는 사람이 있었다. 아니, 있을 순 있지만 왜 지금 여기 있는지 믿기지 않는 사람이 있었다. 눈으로 보고서도 사실인지 몇 번 눈을 깜빡였다. 그사이 문이 열렸다.

문 밖으로 나서던 알테가 몸을 굳힌 것과 동시에 내가 신음처럼 그를 불렀다.

"……전하?"

"황태자 전하를 뵙습니다."

바로 놀람을 감추고 고개를 숙이는 알테를 따라 얼결에 무릎을 굽혔다. 다시 고개를 들었을 땐 어느 정도 정신이 돌아왔다. 나는 방 안으로 들어서며 황태자에게 말했다.

"오셨으면 말씀하시지."

자연스레 시계를 살폈다. 저녁 시간이긴 했지만 오늘은 황태자와 식사를 하는 날이 아니었다.

"모처럼 남매간의 오붓한 시간을 방해할 수 없어서."

그렇게 말하는 그는 어쩐지 평소보다 날카로워 보였다. 아무래도 황후와의 일 때문인가? 하지만 저번에 서곡창을 맡으라고 할 때는 부드러운 태도였는데……. 오히려 미안해하는 기색이었다.

"오랜만이군, 카일론 공자."

"예, 전하. 이렇게 늠름하신 모습을 뵈니 기쁩니다."

정석적인 인사에 황태자가 한쪽 입꼬리를 끌어올렸다.

"팔레스트라에서도 특히 우수한 인재라는 소식을 들었다. 공자 같은 인재가 있어 안심이군."

"과찬이십니다."

칭찬이되 칭찬 같지 않았다. 황태자의 심기가 불편한 게 여실했다.

언제나처럼 매끈한 얼굴에 적당히 격의 있는 태도였지만 내게는 잘 보였다. 그간 황태자와 보냈던 시간이 헛되진 않은 모양이다.

"저, 오라버니."

조용히 알테를 불렀다. 시간도 시간이니 같이 저녁 식사를 했으면 좋겠지만 아무래도 기분이 안 좋은 황태자와 셋이 함께하긴 불편하다. 황태자가 식사를 하러 온 건지는 모르겠지만.

"샤티, 전하께서 오셨으니 난 이만 돌아갈게."

알테가 나보다 먼저 말했다. 상황상 내가 할 말을 눈치채고 미안해하기 전에 선수 친 것이다.

그 배려에 더 미안해졌다. 내쫓는 것 같은 기분이다. 그게 표정에 드러났는지 알테가 괜찮다는 듯이 미소 지었다. 그의 손이 다시 내 머리를 향했다.

"샤티."

낮은 부름과 함께 몸이 뒤로 쏠렸다. 알테의 손이 내 머리카락 대신 허공을 쓸었다.

순식간에 균형을 잃고 넘어지려는데 어깨를 단단히 받치는 게 있었다. 시원하면서도 알싸한 머스크 향. 이제는 익숙해진 체취가 코끝에 느껴졌다. 내 허리를 잡은 손이 뜨거웠다.

황태자의 가슴팍에 기댄 채 나는 고개를 들었다. 이 각도에서 봐도 지나치게 잘생긴 얼굴이 보였다. 어느새 내 곁으로 성큼 다가온 황태자가 나를 거의 품에 가두다시피 끌어안고 있었다.

"전하?"

금빛 눈동자가 깜빡였다. 그는 천천히 내 허리에서 손을 뗐다. 나는 그에게 기댔던 몸을 바로 세웠다. 몸을 돌려 그와 마주 섰지만 그는 내가 아닌 허공을 바라보고 있었다. 정확히는 그의 품에서 내가 있었던 자리.

이상하다. 갑자기 내 이름을 부른 것도 그렇고.

고개를 돌려 알테를 보니 그는 묘한 눈으로 황태자를 바라보고 있었다. 둘 다 입을 열 생각이 없어 보였다. 이대로 있으면 어색해지기만 할 거란 생각에 알테에게 말했다.

"그럼 오라버니, 다음에 뵈어요."

"그래, 연락하마. 이만 물러가겠습니다, 전하."

알테가 인사하자 그제야 황태자의 눈에 초점이 돌아왔다. 다시 평소처럼 매끄러운 얼굴로 고개를 끄덕인다.

"다음에 또 보도록 하지."

알테가 방에서 나가고 난 뒤 나는 다시 황태자에게로 고개를 돌렸다.

평소처럼 돌아왔다고 하지만 그건 어디까지나 겉껍데기일 뿐, 그의 눈동자는 아직까지도 짙은 안개가 낀 것 같았다.

그는 한참 동안 나를 바라보더니 문득 물었다.

"집이 그리운가?"

예상치 못한 말에 당황했다. 그는 자신의 말에 놀란 것처럼 흠칫하더니 이내 내게서 시선을 돌렸다.

낮게 내리깐 눈동자를 속눈썹이 휘장처럼 가렸다. 촘촘하고 긴 속눈썹이 짙은 그늘을 만든다. 깊어진 그의 눈이 조금 일그러졌다. 나는 이상하게도 그가 고통스러워한다고 생각했다.

"당연한 것을 물었군. 이곳에 있는 게 그대에게 좋을 리 없는데."

낮은 목소리였다. 그 목소리마저 고통스럽게 느껴졌다.

"그렇게 고통스럽진 않아요. 괜찮아요."

나도 모르게 그를 위로하듯이 말했다. 타인인 그가 나의 고통을 참아 내는 것 같아서, 참 이상한 기분이었다.

이게 바로 가련한 미인을 볼 때 드는 기분인가. 하지만 그렇다고 하기엔 무언가…….

생각을 뒤로 미뤄 두고 황태자에게 더 가까이 다가갔다. 그는 내가 원해서 레지나가 됐다고 생각할 텐데 이렇게 말하는 걸 보면 어지간히 싫은 티가 났나 보다.

하지만 요즘엔 딱히 싫다고 생각한 적도 없는데. 오히려 삶에 활력이 돌고 있지 않은가.

"……좋지는 않다는 말이군."

"네?"

집이 그리운 건 당연하다. 그렇다고 이곳이 싫은 것은 아니었다. 하지만 냉큼 좋다고 하는 건 또 다른 문제였다.

황태자는 입을 다물고 날 내려다봤다. 노란 시선이 날 헤집는다.

돌이켜 보면 황궁에 있다는 것 자체가 스트레스였던 적도 있다. 사방이 적이고 의지할 곳 하나 없었으니.

길이 없으면 절망할 수밖에 없다. 그러나 목적지가 생기면 길을 찾게 되고, 나는 그 길을 직접 걷는 게 좋았다.

길에는 내가 생각한 것 말고도 다른 것도 많다. 꽃도 있고 나무도 있지만 발에 차이는 돌멩이부터 길을 막는 바위까지 다양하다. 맹수가 있을 수도 있다.

만약 내가 전생을 살지 않았다면 아니 적어도 제대로 삶을 마감했다면 가는 길이 험난한 것에 고통받았을지도 모른다. 하지만 내겐 그것마저 가슴 떨리는 일이었다.

라브엘을 내 편으로 만든 것도, 이디스와 친해진 것도, 서부 지역의 문제를 해결한 것도 그리고 황태자와 서로를 인정하게 된 것도. 모두 순간순간을 특별하게 만들고 내게 생명을 불어넣었다. 그냥 상황에서 벗어나기 위해서 살던 것과 다르다.

황태자가 시선을 돌렸다. 무언가를 참아 내는 듯했다. 다시 그의 눈동자가 내게 향했을 때, 그 고통스러웠던 기색은 말끔히 사라져 있었다.

감정을 다 갈무리한 상태로 그가 말했다. 이번에는 한결 평소와 같았다.

"그대에게 서곡창을 떠넘기게 되어 미안하다."

"레지나가 8곡창 중 한 곳을 맡는 게 당연한 건데요, 뭘."

그가 날 골탕 먹이려고 배분한 것도 아니었으니 미안하다 할 건 없다. 아무렇지 않게 어깨를 으쓱이다가 깨달음을 얻었다.

혼나러 왔구나. 시녀들까지 물리고.

황태자가 왔는데도 시녀들이 방에 없어서 의아했다. 아무래도 다른 사람이 있으면 편히 대화하지 못하니까 저 말을 하려고 물린 듯싶었다.

물론 황태자에게 이런 말을 하면 그게 무슨 소리냐고 인상을 찌푸리겠지만 적어도 내겐 그렇게 보였다.

"그래도 이건 형평성에 어긋나는 일이다."

이렇게 또 혼내 달라고 하는 것을 보면 확실해. 나는 피식 웃었다.

내가 좋게, 좋게 생각하는 것은 일에 재미를 느껴서이기도 하고 해결책이 보여서이기도 하다. 손쓸 수 없는 문제였다면 또 다르게 생각했겠지.

이번 구휼 건으로 스트레스를 받긴 했지만, 서곡창을 맡았다는 것 자체에 대한 스트레스는 아니었다. 조금 더 나은 해결책을 찾고 골몰하며 생긴 거였다. 거기에 더하자면 황후와 아이린의 관계 때문인 것도 있고.

"그래요. 난감하긴 하죠. 무난한 곡창을 받았으면 고민할 것도 없이 그냥 하루 만에 다 끝냈을 테니까요. 하지만 이건 몇 날 며칠을 고민해도 잘 해결될지 불투명하죠. 근데 괜찮아요."

우리는 각자의 길을 가기로 했다. 서로의 편이 아니라고 먼저 선을 그은 것은 나였다. 그는 그의 목적을 위해서, 나는 나의 목적을 위해서. 다만 서로의 길이 부딪치지 않기만을 바랐다.

그가 날 방해하면 나 역시 그라는 방해물을 치우려 하겠지만, 먼저 선을 그어 놓고서 왜 내 편 안 들어 줬냐고 뭐라 할 생각은 없다.

거기다 이 문제로 황후와 마찰이 있었으니 이미 내 편을 들어 준 거기도 하고.

"이건 제가 직접 진두지휘하는 일이에요. 걱정이 많지만 그것만은 아니에요. 녹화사업 때는 아이디어만 제시했을 뿐 제가 손대진 않았죠. 근데도 보고 싶었어요."

나는 황태자를 단단히 바라보고 섰다. 하물며 내가 이끄는 일은 어떻겠냐는 시선에 그가 입매를 올렸다.

"수정궁을 포기하고 직접 보러 갈 정도로 말이지."

"그러니까요!"

유쾌한 음성에 나 역시 고개를 끄덕였다. 그때 원하는 곳이 어디냐고 물으면서 그는 당연히 내가 수정궁이라 답할 줄 알았을 거다.

"전하도 제가 바보 같다고 생각하시나요? 찾아온 기회를 차 버리고."

서부 지역에 가고 싶다는 말을 하면서도 나는 후회할 거라고 생각했다. 식사를 마치고 방으로 돌아와서도 은근히 라브엘의 눈치를 봤다. 그녀가 왜 수정궁에 가야 하는지 알려 줬는데도 충동 때문에 엉뚱한 곳을 답했다.

"아니. 나도 그대가 어째서 서부 지역을 보고 싶다고 했는지, 그대가 무엇을 느꼈을지 잘 알아."

고개를 젓는 황태자는 단호했다. 잘 알고 있다는 말에 그 또한 나와 같은 경험을 했다는 걸 깨달았다.

"그리고 난 그대와 함께 세베리다에 가서 좋았어. 그러니 바보 같다고 생각할 리 없지."

하긴, 정말 예상치 못한 일들이 많았다. 결과적으로 그 짧은 기간 동안 그 지역의 가장 큰 시름을 해결했다. 황태자가 내게 고마워했으면 고마워할 일이지 싫어할 일은 아니다.

"가뭄 원인도 해결하고 불법 노예도 소탕하고 말이죠."

내 말에 황태자는 멈칫해선 날 빤히 응시했다. 순간 그와의 거리가 지나치게 가깝다는 생각이 들었다.

"그대는 그 여행에서 그것만이 좋았나?"

귓가에 파고드는 음성에 눈을 깜빡였다.

일주일. 이동 시간까지 합하면 그보다 더 짧은 기간이다. 그 짧은 시간 동안 그 많은 일이 일어났다는 게 믿기지 않았다.

눈앞에 세베리다 여행이 지나갔다. 노예상을 소탕하겠다고 골 때리는 커플 행세를 하며 '여보쟈기' 했던 일이 무엇보다 선명했다. 그리고 가뭄 원인을 밝히고 자괴감에 빠졌던 날 그가 붙들어 줬던 것도.

큼지막한 일들 주변으로 소소한 장면들이 있었다. 〈에마 부인〉을 내밀며 웃던 그와 보복으로 그를 짐 셔틀 및 지갑으로 만든 나. 소매치기범 로니를 잡기도 했고 같이 술을 마시고 낄낄대기도 했다.

"즐거웠어요, 그 여행."

나도 모르게 툭 말이 새어 나왔다.

금빛 눈동자가 잔물결이 일렁이는 것처럼 퍼지다가 이내 가늘어졌다. 눈 밑이 도톰하게 부풀었다.

호선을 그린 그의 입술이 부드럽게 열렸다. 낮은 목소리가 사르르 내 귓가를 간질였다.

"나 역시 즐거웠다."

두근—.

'어라?'

나도 모르게 가슴에 손을 얹었다. 한 번 크게 펄떡댄 심장이 평소보다 더 빠르게 피를 내보내고 있었다.

와, 역시 외모는 대단하구나. 모든 것의 완성은 얼굴이라고 하더니 순간 두근거렸네.

평생 사랑 따윈 하지 않겠다고 생각한 건 아니지만, 그래도 마지막 연애가 배신당하고 죽으면서 끝났는데 이건 좀 그렇지 않나. 그게 얼마나 됐다고.

그것 때문에 더 부정적으로 생각하고 사랑에 대해서도 회의감에 휩싸여 있었다. 최근 여유가 생기며 상태가 좋아졌다는 건 느꼈지만 갑자기 그 모든 걸 상쇄할 만한 사랑에 빠지는 건…….

찬찬히 황태자를 살펴도 다시 두근거리진 않았다. 역시 사랑이나 설렘 운운할 거창한 건 아니고, 그냥 잘생긴 얼굴에 대한 반사작용 같았다.

내가 이렇게까지 얼굴을 밝힐 줄이야. 조금 한심한 생각도 들었다.

황태자는 날 의아한 눈으로 쳐다보고 있었다. 님 얼굴이 새삼 잘생겨서 두근거렸다고는 절대 말할 수 없었기에 나는 애써 주의를 돌렸다.

"그런데 제 방엔 어쩐 일이신지요, 전하?"

혼나러 왔지만 대강 핑계는 있겠지.

아니나 다를까, 황태자는 가만히 손을 내밀었다. 그 위에는 작은 통신구가 있었다.

"구휼사업을 하면 통신구가 필요하지 않나. 오늘 인가 처리를 했다. 전해 줄 겸 마침 저녁 시간이니 함께 식사라도 할까 했다."

"그러셨군요. 감사합니다."

아무 말 없이 그냥 받아들였다. 핑계 댈 게 없어도 그렇지, 황태자가 직접 통신구를 가져다주는 경우가 어디 있나. 역시 혼나려고 왔구나.

나는 통신구를 책상에 내려놓았다. 생긴 김에 여러 사람과 연락하면 좋겠지만 내궁에서 쓸 수 있는 통신구는 어디와 연락하는지 다 기록된다.

사적인 연락은 최대한 자제하고 구휼 건으로만 쓰는 게 좋을 듯했다.

황태자의 에스코트를 받아 식당으로 향했다. 방을 나서도 따라붙는 시종이나 시녀는 없었다. 설마 여기까지 시종 하나 없이 혼자 온 건가? 깔끔한 옆모습을 쳐다봤지만 답은 나오지 않았다.

식당에 도착해 자리에 앉자마자 레지나궁 소속 하녀들이 따끈한 음식을 내왔다.

평소 황태자와의 정찬 때 먹는 코스요리가 아니라 일품요리처럼 간단한 식사였다. 물론 황궁 기준에서 간단한 수준이라는 말이다.

일품요리는 곁에서 시중 들 필요가 없기도 하고 하녀가 황족의 시중을 들 수도 없는 노릇이라, 테이블 위에 요리가 차려지고 난 뒤 모두 물러갔다.

세베리다에서는 이렇게 단둘이서 식사를 하곤 했지만 황궁에 돌아와선 처음이었다. 조금 전 세베리다 여행을 떠올려서 그런지 조금 감상적인 기분이 되었다.

눈앞에 있는 황태자를 흘낏 쳐다보고 포크를 들었다. 편한 셔츠에 바지 차림이던 그때와 달리 황태자는 의복을 완벽히 갖춘 상태였다.

일 끝나고 바로 온 건가. 포크 끝을 물고 생각했다.

간단하다고 하지만 맛은 훌륭했다. 혀에 부드럽게 감기는 육질이 사르르 녹았다. 역시 남의 살은 맛있어. 와인으로 만든 소스에 고기를 찍어 냠냠 먹었다.

알테와 만나는 일 때문에 긴장해서 점심을 먹는 둥 마는 둥 했다. 게다가 티타임에도 얘기하느라 디저트는 못 먹고 차만 홀짝였다. 음식이 들어가자 배가 고팠다는 게 느껴졌다.

한참 즐겁게 먹다가 시선이 느껴져 고개를 들었다. 황태자가 조용한 시선으로 날 바라보고 있었다. 오물거리면서 그를 마주 봤다.

좀 열중해서 먹긴 했지만 딱히 예법에 어긋날 정도로 왁팍팍팍 먹은 것도 아니었다. 게다가 식사 예절 가지고 백안시하기엔 우리 둘 다 서로 겪은 일이 많았다.

할 말이 있는 게 분명한데 그는 쉽사리 입을 열지 않았다. 망설이는 것 같았다. 흠, 나는 나이프를 내려놓고 물 잔을 집으며 그의 의중을 짐작했다.

아무래도 서곡창이 어떻게 되어 가는지 물어볼 거 같은데……. 왜 망설이는 거지? 서곡창을 준 게 마음에 걸려서?

하긴, 혼나러 찾아올 정도니 그럴 수도 있겠다. 최악의 패를 준 장본인이 어떻게 되어 가고 있는지 묻는 건 놀리는 거 같으니까.

먼저 일이 어떻게 진행되는지 말해 줄 수도 있지만 조금 고민이 됐다.

그가 궁금해하는 것은 당연한 일이다. 굳이 내 위치를 공고히 하기 위해서가 아니라 고통받았던 서부 지역민들의 삶을 위해서라도 내가 이번 구휼을 잘 해결하길 바랄 것이다.

거기에 정원에서 곡창 배정을 받던 날, 은근슬쩍 그의 눈에 비쳤던 기대가 떠올랐다. 그건 지금도 마찬가지였다. 나서서 일을 망칠 리 없으니 말해도 상관없지만 굳이 먼저 말하고 싶진 않았다.

내가 입을 다물기로 결심을 굳힌 사이 황태자 역시 망설임을 끝냈는지 나직하게 물었다. 조심스러운 목소리였다.

"맡은 일은…… 잘 돼 가고 있나?"

"어떨 거 같아요?"

나는 씨익 미소를 지으며 물었다. 내가 기분 나쁘게 받아들이지 않았다는 걸 알고 그의 얼굴이 한결 가벼워졌다.

그가 포크를 내려놨다. 날 보고 있으면 답이라도 나오는 것처럼 지긋한 시선에 어깨를 으쓱이곤 샐러드를 콕 찍어 먹었다.

물어보면 대답할 생각이었지만, 막상 질문을 받고 나니 아예 말하고 싶지 않았다. 말만 번드르르하게 늘어놓는 것에 거부감이 들었다.

결과로 보여 주고 싶다. 괜히 기대치를 높일 필요도 없고 나중에 '결과는 안 좋았지만 그래도 엄청 열심히 했다'는 핑계를 만들고 싶지도 않았다.

"……잘할 거라고 생각한다. 그대라면."

단호하게까지 느껴지는 단단한 목소리였다. 그 목소리가 물리력이라도 갖고 있는 것처럼 내 가슴에 묵직하게 내려앉았다.

예상한 대답이었다. 그의 눈에 비쳤던 기대감을 봤으니까. 하지만 이상하게도 그 대답이 속에 걸려서 내려가지를 않았다.

"이런 일 제대로 배우지도 않았고 경험도 없는데요?"

내 목소리는 살짝 잠겨 있었다. 듣기에 이상할 정도는 아니었지만, 지금 상태가 이상하다고 생각하는 내 귀엔 너무나 어색하게 들렸다.

"그래, 그런데도."

그의 목소리는 마치 선고하는 것 같았다. 노란 눈동자가 날 옭아맸다. 그 순간 깨달았다.

전에는 아무도 날 믿지 않았다.

중고등학교 때 좋은 성적을 냈을 때도 부모님은 그래 봐야 여자애가 잘해서 뭐 하냐는 입장이었다. 그건 내가 대학에 가서도 달라지지 않았다. 오히려 쓸데없는 사치이자 낭비라고 말했다.

어차피 결혼해서 밥하고 빨래나 하면서 살 텐데, 시집가기 전에 돈이나 벌어서 동생 뒷바라지해 주는 게 모두를 위한 것이라고 했다.

처음부터 그들에게 내 가능성은 막혀 있었다. 그래서 아무리 노력하고 좋은 결과를 내도 기대하지 않았다.

그에게 말하기 싫었던 게 아니다. 나는 두려웠던 것이다. 내가 아무리 열심히 하고 있다고 해도, 좋은 결과를 내도 그 모든 게 부질없는 게 될까 봐. 관심받기는커녕 내 모든 노력이 부정당했던 일이 다시 반복될까 봐.

은연중에 깊이 박힌 무의식이었다. 그게 그렇게 상처였나. 허한 웃음이 나왔다.

여봐란 듯이 잘 먹고 잘 살아 가족에게서 벗어나겠다고 생각했고, 대학 생활을 하며 어느 정도는 벗어났다고 생각했다. 하지만 상처는 그리 쉽게 낫는 게 아닌가 보다.

나는 내 가족과 달리 내가 잘할 거라고 믿는, 내 노력에 의미를 부여하는 남자를 바라보았다.

"잘 해결할 거예요, 나."

"그래."

고개를 끄덕이는 그를 보고 생각했다. 서부 지역민이나 내 위치 때문에라도 성공시켜야 하지만, 온전히 날 위해서라도 이 구휼을 해결하고 싶었다. 이 산을 넘으면 나는 성장할 것이다.

그리고…… 날 향한 믿음에도 보답하고 싶었다.

"더 이상 묻지 않겠다. 즐겁게 그날을 기다리고 있지."

내 사정을 다 아는 게 아닐 텐데, 그는 나에 대한 기대와 믿음만 표하고 화제를 접었다. 조금 이상한 기분이었다.

다시 식사하는 그의 모습을 보며 나 역시 스테이크를 잘랐다.

황태자는 알테와 내가 의논하는 모습을 봤다. 언제부터 있었는지는 모르겠지만 그 뛰어난 청각으로 대충 구휼에 대한 논의를 했다는 걸 알 거다. 그런데도 그에 대해선 아무 말도 없다.

내가 알테의 도움을 받는 걸 묵인하는구나, 싶었다.

알테와 일한 것에 대해 가문의 도움을 받았다고 하면 변호할 말이야 준비해 뒀지만 그 말을 할 일은 없을 것 같았다.

이미 황태자가 인정한 일이다. 그는 알테를 카일론 공자가 아닌 팔레스트라의 학생으로 받아들였다. 다른 귀족의 반발이 있어도 황태자가 알아서 처리해 줄 것이다.

수고도 덜었고 기분도 좋아졌다. 황태자와 만나서 말할까, 아니면 아빠한테 얘기해 볼까 망설이던 게 황태자 쪽으로 기울어졌다.

"지금 구휼을 해도 서부 지역의 식량난은 해결하기 힘들 거예요. 당장 겨울은 나도 그 이후가 힘들겠죠."

조용히 운을 떼자 황태자가 고개를 끄덕였다. 잘생긴 얼굴이 옅은 수심에 물들었다. 땅이 황폐화됐기 때문에 기후가 정상적으로 돌아온다고 해도 몇 년간은 평작도 하기 힘들 것이다.

"그래서 말인데, 밀을 심는 것보다는 재배 기간이 짧은 걸 심는 게 어때요? 토양 침식이 회복될 때까지라도요."

서곡창 구휼을 맡게 되면서 서부 지역 식량난에 대해 고민했다. 그 과정 중에 구황 작물이 떠오른 것은 당연한 수순이었다.

원래는 흉작이 예상될 때 추수 한두 달 전에 밭을 갈아엎고 구황 작물을 심어 빠르게 재배하는 것이지만, 지금 서부 지역의 상황에 적용해도 괜찮을 것 같았다.

구황 작물의 특징은 재배 기간이 짧다는 거다. 다시 말해 단기간에 식량을 확보하는 데 좋다.

나는 생각나는 작물 몇 가지를 떠올렸다. 아무래도 물이 많이 필요한 콩이나 콩나물 같은 건 무리겠지만 비교적 물이 적게 드는 작물도 있을 거다. 그건 나보다 다른 사람이 더 잘 알겠지.

"재배 기간이 짧은 작물이라……."

황태자가 턱을 쓸며 생각에 잠겼다. 그 역시 괜찮은 작물이 뭐가 있나 떠올리는 중일 테다. 이곳 작물과 지구의 작물은 겹치는 게 많았다. 나는 그중 몇 가지를 생각했다.

솔직히 뭐가 물이 많이 들고 적게 드는지는 잘 모르겠다. 그런 거 배운 적이 있나? 구황 작물은 알지만 그 세부적인 것을 공부한 기억은 없는데…….

기억을 뒤적여 떠올린 건 옥수수였다. 배웠다기보다는 전에 봤던 영화의 한 장면이 떠올랐다.

지구가 사막화되어 모래 폭풍이 불고 생태가 파괴되는 재앙이 닥치자 쌀과 밀이 다 죽었는데 유일하게 남은 게 옥수수였다. 그 옥수수조차 키우기 힘들어 정착할 만한 다른 행성을 찾는 게 영화 내용이었다.

옥수수가 그렇게 강인한 애인지는 모르겠지만 영화니까 알아서 고증은 했겠지.

"자료를 찾아봤는데 옥수수도 괜찮을 것 같더라고요. 그래도 이건 농민들이 가장 잘 알지 않을까요?"

입에 침도 안 바르고 말하자 황태자가 감탄한 기색을 숨기지 못했다. 워커홀릭을 바라보는 눈빛이었다. 양심이 콕콕 찔렸지만 별수 있나. 나는 그냥 웃었다.

"좋은 생각이야. 그렇게 되면 자생할 수도 있고 그대의 부담도 좀 줄어들겠지."

"어서 빨리 후속 문제들이 처리되었으면 좋겠네요. 너무 오래 고통받았잖아요."

황태자가 고개를 끄덕였다.

"검토해 보고 그대에게 알려 주도록 하지. 아, 혹시 그대가 맡고 싶나?"

일에 대한 내 열의를 알고 있으니 하는 제안이었다. 나는 고개를 저었다. 맡아서 해 보면 재밌긴 하겠지만 이런 건 전문가에게 맡기는 게 좋다.

무엇보다 내 앞엔 벅찬 과제 하나가 놓여 있다. 과욕은 금물이다.

"아뇨. 일단 구휼부터 해결해야죠. 그리고 저보다 식물에 대해 더 잘 아는 사람이 도움될 거예요. 최근 녹화사업 덕에 식물에 대해 연구하는 인력이 생겼잖아요. 그분들을 활용하면 어떨까요. 농민과 연계해서 돈을 풀어도 괜찮을 거 같아요. 이미 녹화사업으로 돈을 꽤 풀었으니 무너지지 않는 선에서요."

"참고하도록 하지. 하지만 그대에게서 나온 의견이니 그대를 빼놓을 순 없어. 추진하며 그대가 제안했다는 것을 꼭 알리도록 하지. 아니면 고문 자격으로 넣는다든가."

"네? 그건……."

뭣도 모르는 내가 고문이라니. 좀 아니지 않나. 과욕은 금물이라고 생각한 게 조금 전이다.

"부담 가질 필요는 없어. 방금 말한 정도의 조언도 괜찮아. 그걸 토대로 살을 붙여 나가는 것은 다른 사람의 몫이니까. 구휼로 바쁠 테니 회의에 나올 필요도 없고 내게 의견을 전달해 주는 것만으로도 충분해."

나는 눈매를 좁혔다. 솔직히 나한테 너무 유리한 조건이었다. 비도 오기 시작하는 마당에 구황 작물 재배가 실패할 리도 없으니 성공이 보장된 일이었다.

별것도 안 하면서 고문인 건 좀……. 내가 의견을 개진했다며 공식적으로 치하하는 것으로 충분한 일이었다.

이 일이 추진되는 순간 내 주가가 확 뛸 것이다. 의아함에 황태자를 쳐다보다가 이것이 그의 의도임을 알아차렸다.

서곡창을 맡게 한 것이 그렇게나 미안했던 것인지, 아니면 이런 의견을 낸 게 고마운 것인지. 선전을 톡톡히 해 줄 모양이다.

"그렇다면 전하께서 주신 기회, 감사히 받겠습니다."

내 인사에 그가 웃었다. 어쩐지 꿍꿍이가 있는 것 같은 인상을 받았다. 설마 싶어 다시 그를 봤는데 평소처럼 단정하니 아무것도 새어 나오지 않는 말끔한 얼굴이었다.

"그대를 보니 나도 분발해야겠군. 어려운 일을 맡았는데도 이렇게 새로운 제안을 할 줄은 몰랐어."

퍽 여유로워 보인다는 말에 장난스럽게 어깨를 으쓱였다.

"제가 좀 잘났어야죠."

내 말에 황태자가 피식 웃었다. 유쾌한 기색이 어쩐지 세베리다의 여관에서 식사하던 것과 겹쳤다. 그때도 이렇게 작은 테이블 위에 앉아서 먹었는데.

오늘따라 그 여행에 대한 생각을 많이 하는 것 같다. 아무래도 관련 화제로 대화해서 그런가.

나는 후식으로 나온 커스터드푸딩을 한입 떠먹었다. 말랑한 푸딩이 찰랑거리며 혀 위로 미끄러졌다. 달달한 푸딩이 약간 쌉싸름한 캐러멜 소스와 어우러진다. 맛있다.

"남곡창 책임자가 어떤 사람인지 좀 알려 주세요."

황태자도 내게 꽤 우호적이겠다, 분위기도 괜찮겠다, 이김에 협상 상대에 대한 정보를 얻자 싶었다.

"유소프 백작이 총책임자야. 원래는 다른 사람이 맡았지만 올해부터 그가 새로 맡게 되었어."

"새로요?"

그가 어떤 성향의 사람인지는 봐야겠지만 새 담당자가 왔다는 건 내게 좋은 소식이었다. 엄청난 구두쇠만 아니라면.

서곡창의 내역을 봤을 때 그간 남곡창에서 식량을 많이 조달해 왔다. 그런데 해마다 가뭄이 더 심해져 더 많은 곡물이 필요하게 된 것과 달리 남곡창에서 지원된 곡물량은 오히려 더 줄어들었다.

현재 남곡창의 상황을 볼 때 지원이 힘들어서 그런 것은 절대 아니었다. 오히려 잉여 곡물이 남아돌아 저장 비용이 문제일 정도니까.

결국 책임자가 서곡창에 매년 지원하는 게 마음에 들지 않았다는 소리다.

하긴, 그 책임자의 입장에선 지역 세금이 엄한 곳으로 계속 흘러나가는 것이나 다름없었을 거다. 서부 지역의 상황이 상황인 만큼 지원된 곡물에 대한 보상을 제대로 해 줬을 리도 없고.

사람이 어떤지는 봐야 알겠지만 그간 불만이 쌓였던 사람에 비하면 나을 가능성이 컸다.

"그래. 알아주는 자선사업가지. 욕심이 없고 동정심이 많아."

자선사업가? 그렇다면 내게 참 좋은 조건 아닌가. 그런 사람이 이번에 새로 맡게 되었다고?

나는 눈을 가늘게 뜨고 황태자를 바라보았다.

"분명 전하께서 올해 구휼 담당을 정하셨죠……?"

올해는 라하딘이니 황후가 아닌 황태자가 구휼 사업을 맡는다. 인사이동을 한 것은 황태자의 뜻일 수밖에 없다. 최종 인가는 그가 내리니까. 다른 것도 아니고 각 곡창의 책임자를 정하는 데 그의 의견이 안 들어갔을 리 없다.

"그러고 보니 스테나 영애가 동곡창을 맡았지요."

구휼미가 빠듯하다는 그 동곡창이요. 뒷말은 하지 않고 삼켰다.

동곡창은 서곡창 다음으로 곡물량이 적은 곳이다. 서곡창처럼 절대량이 부족한 것도 아니고 잘 배분하기만 하면 큰 문제없을 곳이긴 하다.

하지만 보통 연인에겐 무난한 곳을 주지 않나?

날 생각해서 남곡창은 레지나 경쟁과 전혀 상관없는 귀족에게 맡졌다고 해도 아이린에게 굳이 안 좋은 곳을 줄 필요는 없다.

"책임자를 정하는 게 내 일이니까."

이유는 말하지 않고 긍정만 돌아왔다. 왜 그랬는지 물어본 건 아니지만 내 의문을 모르는 건 아닐 텐데.

나는 차근히 황태자를 살폈다. 어째서인지 그는 이유를 말하기 싫은 것처럼 보였고, 동시에 내가 물어봤으면 하는 것처럼 보이기도 했다.

그 양가적인 감정이 이상했다. 대체 어느 쪽이 맞는 건가 싶어서 다시 살펴봤지만 이미 그는 감정을 털어 낸 후였다.

"황후 폐하께선 안 좋아하셨을 텐데요."

이번 구휼로 아이린이 승기를 잡길 원했을 테니 남곡창의 책임자가 바뀐 것도, 아이린이 동곡창을 맡은 것도 싫어했을 거다.

황태자의 시선이 날카로워졌다. 노란 눈동자에 잘 벼린 칼날 같은 예기가 흘렀다.

"이미 무리해서 원하는 걸 얻으셨다. 그조차도 욕심이었지. 그 이상을 바라시는 건 용납할 수 없다."

생각보다 훨씬 차가운 말에 좀 놀랐다. 푸딩이 스푼에서 미끄러질 뻔해 재빨리 입에 넣었다.

무리해서 원하는 걸 얻었다는 건 내가 서곡창을 맡게 된 걸 뜻하는 말일 테다.

그 일로 황후와 황태자 사이에 꽤 갈등이 있었단 말은 듣긴 했지만 아직까지도 냉랭한 바람이 불 줄은 몰랐다. 황태자는 효자라고 소문이 자자한 데다가, 어쨌든 내가 서곡창을 맡으면서 일단락된 일이니까.

"음, 예년이야 어쨌든 지금 구휼 사업 책임자는 전하시니까 전하께서 판단하시는 게 맞죠."

솔직히 같이 황후 욕을 하고 싶지만 그럴 수는 없는 입장인지라 욕 대신 어중간하게 황태자의 편을 들었다. 황태자는 약간 김빠진 얼굴로 날 쳐다보았다.

그를 외면한 채 깨끗하게 빈 푸딩 병을 내려놓았다. 힐끗 건너편을 보니 그의 푸딩 병 역시 깨끗했다.

저렇게 생겨서 단것을 좋아한다니까. 피식 웃음이 나왔다. 절대 좋아한다는 티를 안 내는 것도 그다웠다.

"서부 지역을 구휼하겠다는 전하의 의지는 잘 알겠어요. 꽤 협상에 유리한 조건을 만들어 주셨네요. 꼭 성공시켜야겠는걸요?"

웃으며 말하자 그가 날 빤히 보더니 작게 한숨을 쉬었다.

뭐지, 좀 기분이 미묘해지는데. 딱히 무시하는 투는 아니었지만 사람을 보고 한숨 쉬는데 기분이 좋을 리 없다.

그는 차분히 일어섰다. 의자가 뒤로 끌리는 소리 하나 나지 않는 우아한 움직임이었다. 그가 내 앞으로 성큼 다가와 손을 내밀었다.

"이걸 어떻게 활용하는가는 온전히 그대의 몫이다. 유소프 백이 동정심이 많다곤 하지만 만만한 사람은 아니야. 동정심에만 호소하지 않는 게 좋을 거다. 일의 우선순위는 알고 있는 사람이야. 멍청한 자를 그 자리에 앉히진 않았어."

그의 손을 잡고 일어서며 인상을 찌푸렸다. 혹시 내가 너무 쉽게 생각하는 것 같아서 한숨을 쉰 건가? 하지만 무시하는 투는 아니었는데. 지금도 조언을 해 주는 어조에 가깝고.

곰곰이 생각해 보지만 내가 한 말이나 그 뒤에 황태자가 한 말을 볼 때 다른 이유를 찾기 힘들었다. 괘씸해서 은근슬쩍 미끄러진 듯 황태자의 손바닥을 손톱으로 긁었다.

그가 눈썹을 까딱이며 날 쳐다봤지만 실수인 척 눈을 깜빡였다.

황태자는 미심쩍은 듯, 혹은 거의 확신하듯 내 얼굴을 살피다가 손을 꽉 붙잡았다. 굳은살이 살짝 박인 단단한 손가락이 내 손가락에 얽혔다. 손가락 사이사이로 파고드는 뜨겁고 거친 감각에 간지러웠다.

저절로 손이 움찔거렸다. 딱히 벗어나려던 건 아닌데 내 손을 놓치지 않겠다는 듯 그가 손에 힘을 줬다.

조금 민망했다. 얼굴에 열이 오르는 게 느껴졌다. 손을 잡아도 항상 황태자의 손바닥 위에 내 손을 얹는 식으로 에스코트 받았을 뿐이다. 스킨십이라는 생각도 안 들었는데, 이건 좀 그렇지 않나……?

물론 벽쿵도 해 보고 얼결에 포옹도 하고 별의별 일이 다 있었지만, 그땐 이렇게 조용조용한 분위기가 아니었다. 서로 적대하거나 아니면 너무 놀라 경황이 없거나 당황한 때가 전부였다. 이렇게 생생했던 적은 없다.

힐끔 황태자를 쳐다보지만 그는 앞만 바라보고 있었다. 이러다 눈이 마주치면 더 어색할 게 분명해 나는 시선을 돌렸다.

왠지 시선이 느껴지는 것 같아서 눈을 돌려 봐도 황태자는 여전히 앞을 바라보고 있었다.

기분 탓인가. 잠자코 그를 따랐다. 내 방으로 갈 거라고 생각한 것과 달리 그는 정원으로 날 이끌었다.

"조금 걷도록 하지. 괜찮나?"

반사적으로 고개를 끄덕이긴 했지만 잡힌 손이 신경 쓰였다. 하지만 내가 꼼지락거릴 때마다 황태자가 단단히 붙들어서 결국 가만히 손을 맡기고 있는 수밖에 없었다.

살짝 어색한 기분으로 황태자와 가을 정취가 물씬 나는 정원을 걸었다. 신선한 바람은 꽃향기를 품고 있었다. 사분사분 규칙적인 발걸음 소리가 마음을 안정시켰다.

별말 없이 걸었지만 이런 것도 괜찮은 것 같았다.

완전히 어두워지기 전의 하늘은 보랏빛과 쪽빛으로 엉켜 있었다. 아직 깜깜해지지도 않았는데 워낙 하늘이 맑아서인지 별빛이 소금을 뿌린 것처럼 빛났다.

좋다. 왜 옛날 사람들이 그렇게 별에 관해 많은 이야기를 만들었는지 알 것 같았다. 매료될 수밖에 없다.

문득 그가 멈춰 섰다. 의아함에 그를 쳐다보는데, 묵묵히 제복 재킷을 벗는다.

"전하?"

대답은 돌아오지 않았다. 대신 내 어깨 위로 그의 재킷이 걸쳐졌다. 그의 체온이 전해져 따뜻했다. 살짝 움츠렸던 몸이 녹으며 스르륵 펴졌다.

그제야 내 팔에 살짝 소름이 돋았다는 걸 깨달았다.

바람은 선선하니 딱 좋은 정도였지만 조금 지나니 쌀쌀했다. 평소라면 시녀들이 숄을 덮어 주었겠지만 지금은 둘뿐이다.

"전하께서는 괜찮으시겠어요?"

제복 재킷을 벗은 그는 셔츠 차림이었다. 단단한 몸의 굴곡이 은근히 보일 정도로 가벼운 차림이다.

"너무 날 약하게 보는 것 아닌가?"

확실히 근육이 탄탄히 자리 잡은 몸은 건장해 보였다. 찬바람 조금 쐬었다고 감기 걸릴 것 같진 않았다.

"네네, 어련하시겠어요."

당연히 찬바람 좀 쐬면 감기 걸릴 게 뻔한 몸을 가진 나로서는 배알이 뒤틀릴 수밖에 없다. 그래도 몸매는 좋은데 말이야.

툴툴대자 황태자가 입꼬리를 올렸다. 얇은 입술이 호선을 그린 채 내 얼굴 가까이 다가온다.

"만약 병이라도 걸린다면 그대가 간호해 줘."

습한 기운이 귓가에 잠시 머물다 사라졌다. 가라앉았던 소름이 목을 중심으로 다시 도톨도톨 돋았다.

어느새 멀어진 얼굴을 멍하니 바라보다가 퍼뜩 정신을 차렸다. 나도 이제 익숙해질 때가 됐다.

쯧쯧, 혀를 차며 고개를 절레절레 저었다.

"전하, 그런 말 막 하고 다니면 안 되는 거예요."

훈계조의 말에 황태자가 날 쳐다봤다. 나는 허리에 손을 얹고 그를 꾸짖었다. 황태자도 친구가 없으니까—얼마 전까진 추측이었지만 이젠 확정이다— 나라도 가르쳐 줘야지.

"전하는 저 때문에 감기 걸렸으니 제게 책임을 지라고 하시는 거겠지만 다른 사람들은 오해한다고요. 엄밀히 말하자면 제가 벗어 달라고 한 것도 아니니 제 책임도 아니지만요."

준엄하게 말하며 그를 올려다봤다. 그는 대답이 없었다. 아니, 미동조차 없다.

"전하?"

채근하듯 그를 부르자 그제야 고개가 들리고 표정이 생겼다. 아연함을 넘어 불퉁한 얼굴이었다. 내가 훈계한 것이 아주 마음에 들지 않은 듯.

"나도 그 정도는 알아."

툭 나온 고집스러운 말에 일부러 한숨을 크게 쉬고 고개를 끄덕였다.

"네네, 물론 알고는 계시겠죠."

대놓고 비꼬자 그가 짐짓 억울한 눈으로 날 쳐다봤다.

"아니, 모르는 건 그대야. 내가 그대보다 잘……."

나오는 대로 우기던 그가 말을 뚝 멈췄다.

흥, 이제야 인정하려나 보지? 새침하게 쳐다보자 이번에는 그가 또다시 한숨을 쉬었다. 마치 됐다, 내가 말을 말지, 뭐 이런 느낌인데.

나는 눈썹을 치켜세웠다. 그는 다시 매끈한 얼굴로 돌아왔지만 해탈하거나 체념한 것 같았다.

이제야 인정한 모습을 만족스레 보다가 피식 바람 빠진 웃음이 나왔다.

별거 아닌 것 가지고 황태자랑 이렇게 입씨름을 한 게 황당하면서도 웃겼다. 예전에 처음 만났을 때는 이럴 줄은 생각도 못했는데. 서로 많은 일을 겪다 보니 아주 편해진 건 확실했다.

처음 그에게 장난기가 많다고 했던 때가 떠올랐다. 그는 허를 찔린 표정으로, 본인 스스로조차 자신이 그런지 몰랐다는 얼굴을 했지.

눈앞에 있는 남자가 생각보다 얽매인 삶을 살고 있다는 건 알고 있지만 어쩌면 내 생각보다 그 정도가 심할지도 모른다.

그가 다시 날 끌어당겨 손을 얽었다. 그새 식은 손은 차가웠다. 발걸음을 옮길 때마다 다시 잡은 손에서 온기가 피어올랐다.

바람이 스칠 때마다 걸친 옷에서 그의 체향이 묻어났다. 차이나 칼라처럼 목이 올라온 재킷에 괜히 얼굴 묻다가 고개를 들었다.

그리고 깜짝 놀랐다. 아이린이 날 바라보고 있었다.

어두운 정원과 달리 레지나궁은 불을 환하게 켜 놔 안이 선명하게 보였다. 그 덕에 창문 앞에서 창백히 질린 채 우리를 보고 있는 아이린의 모습이 표정까지 생생히 보였다.

언제부터 보고 있었는지 그녀가 붙들고 있는 커튼 자락은 구김이 심했다. 녹색 눈동자가 언뜻 떨리는 것처럼 보였다.

한쪽으로 빛을 등지고 있어 빛이 닿은 곳과 아닌 곳의 차이가 극명했다. 짙고 빽빽한 음영이 그녀의 얼굴을 한층 더 드라마틱하게 만들었다. 동글동글한 눈매에 선한 인상을 갖고 있지만 이 순간만큼은 누구보다 표독스럽게 보였다.

그녀의 눈에 황태자와 손을 잡고 그의 옷까지 걸친 채 정원을 건는 내가 어떻게 비쳤을지는 분명했다.

평소라면 비웃음을 슬쩍 머금고 황태자에게 조금 더 가까이 붙어 서기라도 했을 테지만, 오늘은 왜인지 그러기가 싫었다.

힐끗 황태자를 올려다보니 그는 아이린을 발견하지 못한 듯했다. 흠 하나 없이 똑 떨어지는 얼굴은 평소와 같았다. 아니, 평소보다 기분이 더 좋아 보였다.

뭔가 좀…… 꺼림칙한 기분이 들었다. 왜지? 저 둘이 연인 사이라는 건 항상 인지하고 있는 건데 어쩐지 팍 식은 느낌이다.

갑자기 내 손을 잡고 있는 그의 온기가 서먹해졌다.

손을 빼려고 하는데 황태자가 꽉 잡았다. 아까 손을 잡았을 때도 그랬고, 그땐 그냥 내버려 뒀지만 이번엔 오기가 생겼다.

아까보다 힘을 줘 다시 빼려고 하니 황태자가 날 쳐다봤다. 여전히 손이 잡힌 채였다.

그는 마음에 안 든다는 얼굴로 날 내려다보더니 잡은 손을 반대편으로 옮겼다. 그리고 빈손으로 내 허리를 단단히 붙잡아 확 끌어당겼다.

"으?"

갑작스런 힘에 몸이 기우뚱했다. 그의 가슴팍 한쪽에 내가 폭 기댈 정도가 돼서야 손에서 힘을 뺐다.

무슨 금요일 밤 클럽의 남녀처럼 빈틈없이 딱 붙은 자세가 어이없었다.

나도 모르게 아이린을 슬쩍 봤다. 얼마나 입술을 짓씹었는지 그새 부르텄다.

다시 황태자를 쳐다보자 그는 여전히 날 내려다보고 있었다.

문득 이상하다는 것을 깨달았다. 내 뒤로 불 켜진 아이린의 방이 보이고, 전면 창인 만큼 눈에 띌 텐데. 하물며 내 시선이 돌아갔으니 한 번 바라볼 만도 한데 그는 나만 보고 있었다.

눈이 마주치자 허리를 느슨하게 잡고 있던 손에 바짝 힘이 들어갔다. 그는 내게서 시선을 떼지 않았다. 금빛 눈동자가 어둠 속에서도 강렬히 빛났다. 꼭 태양 같았다.

날 담고 있는 태양에는 흔들림이 없었다. 꼭 나밖에 안 보이는 것처럼.

다음 날 아침.

일어나자마자 떡하니 눈앞에 걸려 있는 황태자의 옷에 조금 어이가 없었다. 마치 자랑이라도 하는 것처럼 벽 중앙에 자리 잡고 있었다.

유모한테 시선을 던졌지만 그녀는 모르는 척 고개를 돌렸다. 침대 머리맡에 있는 그녀를 쳐다보느라 협탁 위의 꽃까지 아주 잘 보였다.

내가 아프단 말에 황태자가 줬던 루비안 로즈다. 과연 그 명성답게 아직도 받은 그날 모습 그대로 탐스럽게 피어 있었다.

유모는 뭐가 그렇게 기분이 좋은지 콧노래를 부르며 화병의 물을 갈았다.

아니, 내가 지금 막 일어났는데 장미보단 날 챙겨야 하는 거 아냐?

"……유모."

"예, 아가씨."

목소리가 날아갈 것처럼 들떠 있었다. 날 쳐다보는 시선도 마찬가지다.

그와 반비례해서 내 기분은 매우 안 좋아졌다. 유모의 초롱초롱한 눈빛은 어젯밤과 똑같았다. 정확히는 어젯밤 황태자가 날 방에 데려다준 직후 그녀의 눈빛과.

어젯밤, 이것저것 물어보며 귀찮게 할 거라고 생각했지만 의외로 유모는 아무것도 묻지 않았다. 그저 흐뭇한 시선으로 날 바라보며 고개를 끄덕였을 뿐이다. 그게 더 기분 나빴지만.

“저건 왜 저기 저렇게 보란 듯이 걸려 있어?”

재킷을 척 가리키며 묻자 유모가 유들유들하게 대답했다. 아주 준비해 놓은 대답처럼 조금의 지체도 없이 매끄러웠다.

“그럼 저걸 어디다 둡니까? 아가씨 옷장에 넣을까요?”

내 옷장이 아니더라도 둘 데 많잖아! 왜 일어나자마자 침대 위에서 저 옷을 봐야 하냐고! 꼭, 꼭 황태자가 내 방에서 밤을 보내다 간 것 같잖아! 내 침실에 걸려 있는 게 황당하다고!

내가 한 생각에 얼굴이 화르르 타올랐다.

젠장, 여기 문화 이렇지 않잖아. 침실은 엄청 프라이빗 하고 내밀한 공간 아니냐고! 왜 외간 남자 물건, 그것도 옷이 떡하니……!

어제 아무 일도 없었는데 불륜녀가 된 것 같은 찝찝함은 뭐지.

아이린이 불쌍한 건 아니고, 연인 사이를 찢어발기겠다고 한 건 나인데 이건 진짜 기분이 참…… 그랬다. 적어도 이런 의미로 그들을 훼방 놓겠다고 한 건 아니었다. 멀쩡한 연인 제치고 황후가 되겠다는 뜻이었지.

덤으로 나한테 밀려나 후궁이 된 아이린도 좀 구박하고.

그럴 생각이었으면 벌써 황태자를 유혹하고도 남았다. 그 유혹이 통할지는 그다음 문제지만.

세베리다에서 한방에 묵었는데 그때 술 먹이고 자빠뜨리면 어떻게든 되지 않았을까. 황태자, 술 약해 보였는데. 발긋하니 달아올라 나른하게 풀어진 눈매가 꽤…….

“으아아아!”

내가 방금 무슨 생각을! 망측하게! 심지어 난 지금 열여덟 순결한 몸인데!

"아, 아가씨?"

유모의 당황한 음성이 들렸지만 그냥 귓등으로 스쳐 지나갈 뿐이었다. 나는 막 일어났음에도 엉킴 없이 사르르 미끄러지는 백금발을 마구 쥐어뜯었다.

"진정하세요!"

수많은 패악은 봐 왔어도 이런 자해(?)는 처음이라 유모가 당혹한 얼굴로 날 말렸다.

한참의 공방 끝에 겨우겨우 진정할 수 있었다.

"빨리 돌려줘……."

힘 빠진 목소리로 말하자 유모가 멈칫했다.

설마 이 난리를 겪고서도 인테리어 소품처럼 여기에 둘 생각은 아니겠지. 도끼눈을 뜨고 그녀를 쳐다봤다.

"어제 세탁 맡긴다고 들었는데 아직 안 맡긴 거야? 빨리 맡기고 가져다주도록 해."

이 모든 일의 원흉인 저 재킷을 어서 치우고 싶었다. 저건 내 새로운 흑역사의 증거물이었다. 볼 때마다 내가 한 망측한 생각이 떠오를 게 분명하다. 아니, 떠오를 게 분명한 게 아니라 이미 떠오르고 있다.

히익, 나는 재킷에서 고개를 돌렸다. 빨리 순결한 나로 돌아가야 해.

"이미 세탁한 거예요."

벌써? 어제 시간이 꽤 늦었는데. 황태자와 관련된 일이라서 그런지 빨리 처리한 듯했다. 그럼 오늘 아침에 바로 돌려줄 수 있었을 텐데.

왜 안 돌려줬냐고 묻는 시선에 유모가 고개를 끄덕였다.

"예, 전하께 돌려 드려야지요."

의도를 알 수 없는 말에 인상을 찌푸리자 그녀가 가볍게 덧붙였다.

"아가씨께서 직접."

물론 내용은 전혀 가볍지 않았다. 지금 나한테 저 부정의 산물이자 흑역사의 증거물을 들고 황태자궁까지 가라는 소리는 아니겠지.

"어찌 감히 황태자 전하의 의복에 멋대로 손을 댄답니까. 전하께서 아가씨께 주신 것이니 응당 아가씨께서 가져다 드려야지요."

청산유수처럼 나오는 말에 반박할 요소는 없었다. 혓바닥에 참기름이라도 발랐나.

물론 예법을 생각하면 그렇다. 솔직히 나랑 둘이 있을 때 황태자의 태도를 보면 예법을 중요시하는 것 같진 않지만, 다른 사람 있을 때는 또 다르니까.

한숨을 쉬고 다시 재킷을 쳐다보았다. 아까 했던 민망한 생각이 아슬아슬하게 떠오르려는 것을 애써 흩뜨려 보냈다.

이왕 이렇게 된 거 아이린 보란 듯이 소문내는 게 좋을 것 같다. 돌려줄 때는 순회하는 것처럼 여기저기 돌아다녀야지.

그렇긴 한데……. 왜 이렇게 부끄럽지.

왜긴 왜겠어 내가 괜한 생각해서지. 죽자.

"그러니 직접 전하께 가져다 드리세요."

나와 달리 유모는 아주 신나 보였다. 축제라도 열린 것 같았다. 아니꼬운 시선으로 쳐다보자 유모가 어깨를 들썩였다.

"왜요. 얼굴 볼 일이 생기고 좋은 것 아닙니까. 언제는 황태자 전하하면 껌뻑 죽으시던 분이……."

뜨끔. 물론 그런 때가 있었지만 그건 내가 아니라 샤티였다. 유모를 살폈지만 딱히 의미를 두지 않은 말인 듯했다.

그녀는 바지런히 협탁을 정리하고 이제는 침대를 정리하기 시작했다.

나 아직 누워 있는데……. 이거 뭉그적대지 말고 빨리 일어나라는 시위지?

야무진 손길에 쫓겨 자리에서 일어났다. 씻고 밥 먹고 책상 앞에 앉았다. 다행히 유모는 아침 댓바람부터 황태자궁에 가라는 말은 하지 않았다. 뭐, 황태자도 한창 바쁠 시간이니 당연했지만.

나는 뺨을 한번 두들겨 기합을 넣고 서류를 꺼내 펼쳤다. 다시 일이다. 반드시 잘 해결해야지. 원래도 그럴 생각이었지만 어제 황태자와 대화한 뒤 더더욱 결심이 강해졌다.

황태자에게서 받은 통신구로 알베르에게 연락했다. 곧 통신구에서 빛이 떠오르더니 홀로그램 영상이 떴다.

알베르는 한창 식사 중이었다. 다급히 통신구를 연결한 그가 날 보고 눈을 동그랗게 떴다.

"카일론 공녀?"

"아, 미안해요. 시차가 좀 있는 걸 깜빡했네."

기준시를 쓰는 제도보다 서쪽에 있는 세베리다는 아직 아침 시간인 걸 깜빡했다. 몇 달 전까지만 해도 한 나라가 모두 같은 시간대인 곳에서 살다 보니.

머쓱한 표정에 알베르가 사람 좋게 웃으며 고개를 저었다.

"아닙니다. 아침부터 반가운 얼굴 봐서 기분이 좋은 걸요? 공녀께서 연락하실 줄은 몰랐어요."

"좀 갑작스럽죠. 밥 먹고 있는데 미안해요. 나중에 다시 연락할게요."

통신을 끊으려 하자 알베르가 손을 내저었다.

"아닙니다! 거의 다 먹은 참이었습니다. 이렇게 연락이 와서 엄청 반가운 걸요. 그간 잘 지내셨어요?"

그렇게 묻는 알베르의 얼굴은 필요 이상으로 기쁨에 물들어 있었다. 간만에 봐서 반가운 것 외에도 무언가 있어 보였다. 깊은 안도감 같은…….

아, 맞다. 이거 황궁 통신구지. 궁에서 갑자기 연락한 줄 알았겠구나.

직장에서 아침에 급히 연락하는 이유야 뻔하다. 일하라는 거지, 뭐. 아침부터 무언가 수습해야 할 큰일이 터진 줄 알고 긴장했을 그에게 미안한 마음이 들었다.

더 미안한 것은 단순히 안부차 연락한 게 아니라 진짜 일을 시키려고 연락한 것이라는 점이다. 안도하고 있는 그를 두 번 죽이는 느낌이랄까.

차라리 나라에서 일을 시키면 녹봉이라도 주지, 나는 무상으로 노동력을 원하고 있다.

"저야 잘 지내죠. 그보다 그쪽이 걱정이네요."

애써 죄책감을 몰아내고 웃으며 말하자 알베르가 밝게 대답했다.

"공녀께서 다녀가셨을 때보다 훨씬 상황이 좋아졌어요. 아마 보시면 깜짝 놀라실 겁니다."

"그런가요? 언제 다시 한 번 가 봐야겠네요."

"그렇다고 너무 기대하시면 곤란하긴 한데……. 완전히 정상화되기까진 시간이 꽤 걸리겠지만 빠른 속도로 회복되고 있어요. 그 정도로 오랜 가뭄이 있었다곤 생각할 수 없을 수준이에요. 이게 다 공녀 덕분입니다."

"저야 몇 마디 보탠 것뿐인걸요. 모두 현장에서 열심히 일해 주시는 분들 덕이죠."

서로 칭찬하는 훈훈한 분위기였다. 슬슬 본론을 꺼내도 괜찮을 타이밍이다.

"그게 무슨 말씀이세요! 이 사업의 시작이 공녀이신데. 게다가 가뭄의 원인까지 파헤친 통찰력……! 역시 천재답습니다!"

잔뜩 말을 준비하고 있다가 그놈의 천재 소리에 삐끗했다. 진짜 천재에게 저런 소리 듣는 건 간만에 들어도 힘들었다. 도저히 면역력이 생기지 않는다.

전생의 지식—그것도 겉핥기 수준의—을 가지고 너무 사기 치는 게 아닌가, 양심이 콕콕 찔렸다.

여기서 부정해 봤자 공격이 더 거세질 건 저번의 경험으로 익히 안다. 나는 서둘러 말을 돌렸다.

"코겐 영식, 혹시 시간 있어요?"

"예? 어, 어……. 제 시간이요?"

당황한 그의 표정에 나도 덩달아 당황했다. 화제 돌린다고 급히 말한 게 영 오해하기 딱 좋은 말이었다.

"고, 공녀께선 레지나이시고 아무래도 저랑은……. 싫다는 건 절대 아니고 그런 대상으로 본 적이 없다고나 할까요. 감사하지만 조금 당황스럽네요."

뭐지, 좋아하지도 않는데 차인 이 느낌은?

"아니, 그게 아니라……. 저, 갑자기 연락해서 이런 말하긴 그렇지만 영식의 도움이 필요해서요."

시간을 물은 게 데이트 신청이 아니라는 걸 깨달은 알베르가 얼굴을 새빨갛게 물들였다.

"……죄송합니다."

"아니에요. 제가 오해할 만하게 말했는걸요."

속이 타는지 알베르가 물을 벌컥벌컥 마셨다. 잠시 눈을 못 마주치더니 결연하게 고개를 들었다. 아직도 양 뺨이 붉은 모습에 웃음이 나왔다.

"제 도움이 필요하시다고요? 아, 혹시 서곡창에 관한 일인가요?"

"네, 짐작하고 계셨나 보네요."

"아무래도 저희 지역 일이니까요. 사람들이 굉장히 관심 많아요."

"저에 대해서요?"

알베르가 고개를 끄덕였다.

"솔직히 공녀께서는 서곡창을 맡게 되어서 운이 없다고 생각하시겠지만……. 전 행운이라고 생각합니다. 아, 실례였나요?"

나는 가만히 고개를 저었다. 그가 날 놀리려고 한 말이 아닌 것을 잘 알기 때문이다.

"부당한 대우인 건 저도 압니다. 이건 라하딘의 첫 경합이죠. 8곡창 중 하필이면 최악의 상황인 서곡창을 공녀께 맡기다니 불공평한 일이에요. 하지만 저는 지금까지 서곡창을 맡았던 행정관보다 공녀께서 이 상황을 잘 해결할 거라고 생각합니다. 일개 관리가 말하기엔 주제넘지만 공녀만 한 적임자가 없다고 생각해요."

일개 관리라고 말은 하지만 그는 천재적인 능력을 인정받아 정부 사업의 한 축을 맡고 있는 인재 아닌가.

서곡창을 해결할 활로를 찾긴 했지만 조금 부담스러운 것도 사실이다. 녹화사업이나 가뭄의 원인 같은 것은 그냥 알고 있는 지식을 늘어놓은 것뿐이다. 지금처럼 내가 매달려서 해결 방안을 모색하는 것과는 다르다.

"아직 공녀께서 어떤 일을 해냈는지 잘 모르는 일반 백성들은 못미더워하지만 이번 일로 그 인식도 바뀔 겁니다."

"영식께선 절 굉장히 좋게 평가해 주시네요."

"아니, 공녀께선 지금……."

알베르가 바로 부정하며 날 변호하려 했다. 난 단호하게 그의 말을 끊었다. 잘났다는 말을 듣기 위해, 자신 없는 태도를 보이기 위해 한 말이 아니었다.

"다음에는 당연한 평가라고 말할 수 있도록 할게요."

조용히 타오르는 시선으로 그를 응시하자 그가 입을 일자로 만들더니 곧 너털웃음을 지었다.

"이거, 다음에 만약 공녀께서 시간 있냐고 물으면 아무것도 따지지 않고 있다고 대답해야겠는걸요."

그의 농담에 나 역시 웃었다.

"지금 이 문제를 성공적으로 해결해야 당연한 평가라고 말할 수 있겠죠. 저 혼자서 해결하기엔 부족해요. 영식의 도움이 필요합니다."

"사람을 부리는 것도 능력이지요. 제가 할 수 있는 일이라면 얼마든지 돕겠습니다."

"감사합니다."

"별말씀을요. 공녀께는 큰 신세를 졌습니다. 당연히 도와야지요. 게다가 이 일 역시 서부 지역을 위한 것인걸요."

"그렇게 말씀하시니 한결 마음이 편해지네요. 따로 챙겨 드릴 건 없거든요."

"그건 좀 아쉽네요."

농 섞인 말에 그가 콧잔등을 장난스럽게 찡그렸다.

알베르의 성격상 오케이할 거라고는 생각했지만 이렇게 흔쾌히 고개를 끄덕여 줘서 정말 고마웠다.

"남곡창과의 거래로 부족한 곡물을 충당하려고 해요."

"남곡창은 서부 지역에 지원하는 걸 반기지 않을 텐데요. 관리자가 바뀌었다는 말은 들었습니다만 과연 어떨지……."

"그래서 영식의 도움이 필요한 것입니다. 이번에는 전과 달리 진짜 거래를 하려 하거든요. 그래서 남곡창과 교환할 게 필요해요."

"하지만 지금 서부 지역의 상황이 안 좋아서 물자가……. 아!"

알베르는 무슨 말인지 알겠다는 듯이 감탄사를 내뱉었다. 나는 씩 웃으며 고개를 끄덕였다.

"네, 영식 같은 마법사의 노동력이요."

"좋은 생각이군요. 남부 지역에서 가장 원하는 것 중 하나일 테니까요."

잠시 고민하던 그가 말을 이었다.

"아무래도 저 혼자는 부족할 테니 뜻있는 친구들을 모아 보겠습니다. 저 같은 이 지역 출신은 다들 좋다고 할 겁니다. 이외에도 녹화사업 때문에 파견 나온 마법사들이 꽤 돼서 그럭저럭 사람들을 모을 수 있을 거예요. 다들 공녀님에 대해 천재라고 생각하니 분명 이번 일에 참여하고 싶어 할 겁니다."

아니, 그 천재 소리는 좀 그만해.

천재 집단에서 천재로 추앙받는 범인이라니. 나중에 마법사들과 만날 일 있으면 절대 말을 많이 하지 말자고 다짐했다. 언제 뽀록 날지 모른다.

"그럼 부탁드려요. 바쁜데 이런 일을 맡겨서 미안하네요."

"아, 녹화사업도 안정되어서 이제 괜찮습니다. 비가 잘 와서 억지로 마력으로 생장을 유지할 필요가 없어졌어요."

마치 내 덕분이라는 듯 눈을 빛내는 그를 보고 애매하게 웃었다.

그 일이야 안정됐지만 또 다른 야근이 기다리고 있을 텐데……. 아직 구황 작물에 대해선 듣지 못한 모양이다. 심지어 그것도 발의자가 나였다. 녹화사업에 노예상 소탕, 이번 남곡창 거래 건과 구황 작물까지.

알베르가 고생하는 데 다 내가 일조한 것 같아 죄책감이 들었다. 그렇다고 도움을 안 받을 건 아니지만.

"어머, 카일론 공녀?"

알베르의 뒤에서 샤리안 경이 나타났다. 살짝 날카로운 눈매가 둥글게 커지더니 날 쳐다본다. 그렇다고 해도 그녀를 바라보는 나보단 덜 놀랐을 것이다.

엄머머머머머머! 둘이 지금 무슨 사이야? 저긴 아침 먹는 시간인데! 저렇게 일찍! 설마, 설마?!

하긴 녹화사업 초창기부터 매일 얼굴을 봤겠지. 함께 일하면서 피어난 사랑인가 봐. 하지만 나이 차이가 좀 나지 않나? 알베르는 이제 약관을 넘겼고 샤리안 경은 30대인데…….

아니, 샤리안 경은 나이 따위 상관없이 매력적인 여성이니까! 하기야, 나이 차가 뭐 대순가. 오히려 샤리안 경이 아깝…… 알베르 미안.

그렇게 부려 먹고 앞으로도 부려 먹을 건데 이런 생각은 실례였다. 알베르는 천재 소리를 듣는 능력남이니 꽤 괜찮은 커플이었다. 머릿속에서 두 사람의 결혼식이 열리고 종이 땡땡땡 울릴 때, 샤리안 경이 차분히 인사했다.

"안녕하세요, 공녀."

"아, 안녕하세요, 샤리안 경."

"무슨 생각을 하는 건지 알겠지만 오해입니다."

단번에 부정하는 그녀에게 고개를 끄덕였다.

"그래요. 오해겠죠."

의도한 건 아니었는데 내가 듣기에도 전혀 오해라고 생각하지 않는 어조였다. 샤리안 경은 기분 나빠 하지 않고 쿨하게 어깨를 으쓱였다.

"아시니 굳이 제가 정정할 필요는 없겠군요."

너무 대수롭지 않게 말해서 진짜 아무 사이가 아닌 걸 알 정도였다. 좀 실망인데. 나는 머릿속에서 재생되던 두 사람의 결혼식을 날려 보냈다.

그런데 옆에 있는 알베르의 표정이 조금…… 어라?

알베르를 보고 씩 웃자 그가 화들짝 놀라 고개를 돌렸다. 귀 끝이 빨겠다.

흐흠, 그렇구나.

힐끗 샤리안 경을 보니 그녀는 아무 생각도 없는 것 같았다. 알베르가 살짝 불쌍했지만 그렇다고 남의 연애에 제3자가 끼어들면 지저분해지는 법이다.

게다가 샤리안 경은 수도 귀족이고 세베리다에선 잠시 파견 근무 중이다. 알베르는 서부 지역 변방의 귀족이니 연애를 한다 해도 원거리였다.

뭐, 알베르는 천재니까 이번 사업을 기회로 얼마든지 중앙에 진출할 수 있겠지만. 황태자도 눈여겨본 것 같고…….

눈여겨봐서 그때 밤을 새워서 부려 먹었지. 음, 상사 눈에 든다고 다 좋은 건 아냐.

"꽤 골머리 썩고 계시겠네요."

샤리안 경이 엉뚱한 생각에 빠진 날 현실로 불러들였다. 그녀는 내가 알베르에게 연락한 것만 보고도 무슨 일인지 짐작한 듯했다.

"네, 조금……. 하지만 여러 사람들의 도움 덕에 어떻게든 해결할 수 있을 거 같아요."

"저는 서곡창이나 다른 곡창에 대해 잘 몰라서 도움이 되는 조언은 해 드릴 수 없지만……. 제가 생각한 의견을 말씀드려도 될까요?"

이건 뜻밖의 횡재였다. 황제가 직접 작위를 하사할 만큼 그녀는 유능한 행정 전문가였다. 상황에 대해 잘 모른다고 해도 그녀의 통찰력은 도움이 될 것이다. 아니더라도 들어서 나쁠 것 없고.

"아마 예산이 많이 부족할 거예요. 전하께 불법 노예상과 불법 노예 거래 귀족들에게서 압수한 재산을 쓸 수 있는지 물어보세요. 재판이 끝난 지 얼마 안 되어서 아직 어떻게 처리할지 결정되지 않았을 겁니다."

"오, 좋은 생각이네요."

노예상을 비롯해 관련 귀족의 전 재산을 압류했으니 꽤 많은 돈이 모였을 거다. 황태자가 우호적인 상황이니 말하면 일부를 떼어 줄 거 같긴 한데…….

그런데 과연 그가 관리할까? 아무래도 재판을 거쳐 국가에서 압류한 일인 만큼, 관여하더라도 황태자가 단독으로 처리하지는 못할 것이다.

내 고민을 읽은 것처럼 샤리안 경이 말을 덧붙였다.

"그 일의 가장 큰 피해자는 서부 지역민들입니다. 구휼은 그들을 위한 것이니 그 비용을 압류된 돈에서 충당하는 것은 괜찮을 겁니다. 게다가 공녀가 개입했던 사건이 아닙니까. 공을 세웠으니 연계된 일에 지원을 받는 건 당연합니다."

"연계된 일이요?"

노예상을 잡은 것은 우연히 발견한 범죄를 내버려 둘 수 없어서였고, 이번 구휼은 레지나의 경합이다. 둘은 독립적인 사건이니 연계되었다고 할 수는 없다.

"모두 서부 지역민들을 돕는 것이니까요. 대상도, 주체도 겹치니 명분을 잘 세우면 그중 일부는 구휼 자금으로 책정해 줄 겁니다."

"그렇겠군요. 확실히 자금이 너무나도 부족한 상황이에요. 돈이 생기면 훨씬 편해지겠죠. 샤리안 경 덕분에 일이 좀 수월해질 것 같아요. 감사합니다."

인사를 하자 그녀가 고개를 젓고 대수롭지 않다는 듯이 말했다.

"뭘요. 노예상을 잡아들인 것은 공녀이시니 본인이 만든 기회지요. 전 그저 인지시켜 드렸을 뿐이고요. 게다가 그 돈도 공녀를 위해 쓰는 게 아니라 이 지역 백성들을 위해 쓰는 거니까요."

"네, 그렇지만 제가 생각도 못했던 점을 집어 주셨고 경의 말씀이 제게 도움이 된 건 사실이니까요. 감사 인사는 하게 해 주세요."

어, 감사 인사는 하게 해 달라니 이거 좀 너무 소녀소녀한 말 아닌가? 완전 어색한 말인데?

내 입에서 나온 말에 당황했다. 이곳의 화법에 익숙해졌다고 해도 지나치게 수줍은 언사였다. 기분 탓인지 뺨도 좀 뜨끈뜨끈한 것 같고.

힐끔 샤리안 경을 보니 자그맣게 미소를 베어 물고 있었다. 날카롭게 쭉 뻗은 눈매가 살짝 부드러워졌다. 차갑고 도도하게 생겼는데도 미소는 굉장히 따스한 느낌이었다.

그야말로 차가운 이성과 뜨거운 감성이 느껴졌다. 역시 멋있어. 냉정하지만 마음은 따스한, 능력 있는 커리어 우먼.

그녀의 옆으로 꿈꾸듯 몽롱한 얼굴을 한 알베르가 눈에 들어왔다. 설마 나도 저렇게 바라봤던 것은 아니겠지. 정신을 차리고 표정을 수습했다.

"제가 너무 시간을 뺏었네요. 아침부터 죄송해요."

"아닙니다. 간만에 소식을 들어서 좋았습니다, 공녀."

"저도요. 두 분 얼굴을 뵌 것도 좋지만 녹화사업도 잘되고 있다니 더 좋네요. 두 분께서 애써 주신 덕분입니다."

"별말씀을."

"다시 연락하도록 할게요, 그럼."

대강 정리하고 통신을 끊자 한숨이 나왔다. 답답하다기보다는 안도에 가까운 한숨이었다. 덧붙여 조금 뿌듯하기도 하달까.

알베르가 인력을 얼마나 모을 수 있을지는 모르겠지만 반응을 봐선 안심해도 될 것 같았다.

거기에 더해 뜻밖의 조언도 받았다. 왜 진작 생각을 못했지? 시기상 압류된 재산을 어떻게 처리할지 아직 못 정했을 게 뻔한데. 역시 샤리안 경은 대단해.

"뭔데 그렇게 사랑에 빠진 소녀 같은 얼굴을 하고 있어요?"

"엄마야!"

불쑥 튀어나온 이디스의 얼굴에 화들짝 놀랐다. 기겁해서 의자에서 넘어질 뻔한 날 그녀가 무심히 받쳤다. 자세를 바로 하며 이디스를 째려봤다.

"내가 언제?"

"방금요."

나는 인상을 찌푸렸다. 걸크러시는 샤리안 경을 처음 봤던 세베리다에서 당했지만, 시도 때도 없이 얼빠진 표정을 지을 만큼은 아니었다.

"뭐, 샤리안 경이 멋지긴 하죠."

"그렇지?"

역시 여자들이 동경하는 대상은 비슷하다. 반가움에 화색을 띠고 쳐다보자 이디스가 갑자기 진지한 얼굴로 내 손을 꼭 붙들었다.

"그래도 안 되는 건 안 되는 거예요. 이 사랑은 저하께 상처만……."

"이디스!"

소리를 꽥 지르자 그녀가 깔깔거리면서 웃었다. 아주 통쾌한 웃음소리였다.

……그동안 내가 너무 죽어지냈나. 간만에 패악 좀 부려 줘? 저

환한 얼굴에 잿밥을 뿌려 주고 싶은 욕망이 스멀스멀 기어올랐다.

도끼눈을 뜨고 그녀를 쳐다보다가도 청량하게 웃는 모습에 나도 덩달아 비식 웃음이 나왔다. 좋은 게 좋은 거라고 놀림 좀 당할 수도 있지.

주변을 둘러보니 방 안엔 이디스뿐이었다. 아무래도 라브엘이 다른 시녀들에겐 일감을 맡긴 모양이었다.

구휼 건과 그 이후 있는 자선 행사로 시녀들까지 덩달아 바쁘다. 구휼에 관련된 사항은 내가 부탁한 것을 챙겨 주는 정도이지만, 자선 행사는 내가 미처 신경 쓰지 못하는 만큼 시녀들이 필요한 것을 알아서 처리하고 있다.

이래저래 보이는 곳과 안 보이는 곳에서 애써 주는 시녀들을 생각하니 괜히 마음이 애틋해졌다.

아직 완전히 내 사람이라고 확신 못하는 부분도 있지만, 그와는 별개로 정이 들고 소중해지는 것은 어쩔 수 없다. 나도 사람인데 매일같이 얼굴 보며 지내니 그럴 수밖에.

아직 점심까진 시간이 좀 남았는데 벌써부터 배가 고팠다. 알베르가 수락할 거라고 생각했으면서도 은근히 긴장해서 아침을 잘 못 먹었기 때문이다.

"이디스."

이름을 부르자 그녀가 느릿하게 눈을 깜빡였다.

내 시중 들 사람으로 이디스를 남겨 놓은 것도 내가 그녀를 편하게 생각하는 것을 안 라브엘의 배려일 테다.

"머리 썼더니 배고파. 점심 많이 먹을 거야. 이따 티타임에도 3단 플레이트 꽉꽉 채워 주고."

여기 와서 젤 좋은 것 중 하나가 고기와 단것을 마음대로 먹을 수 있다는 거다. 전생에서 먹어 보지도 못한 디저트들이 내 혀를 즐겁게 했다.

“그러다 살찔 텐데요.”

“어머?”

나는 당당하게 가슴을 쭉 펴고 도도하게 턱을 치켜들었다. 대번에 이디스의 얼굴이 썩어 들어갔다. 이미 무슨 말이 나올지 예상한 모양이다.

“나 정도 미모면 살찐다고 못생겨지기도 힘들어. 괜찮아.”

아니나 다를까 하는 표정으로 날 보던 이디스가 고개를 돌리고 한숨을 쉬었다. 그러곤 혼잣말하듯 툭 내뱉었다. 물론 내게 아주 잘 들리는 성량이었다.

“이런 병에는 약도 없다던데.”

“인정하기 싫은 기분은 알지만 현실을 직시하도록 해.”

기가 막힌 얼굴로 날 보던 이디스는 설레설레 고개를 젓더니 방을 나갔다. 저러면서도 충실히 내 말을 들어줄 것이다. 점심 메뉴와 그 후에 있을 티타임이 기대됐다.

슬쩍 거울을 보니 보석 같은 눈동자를 반짝이는 미소녀가 있었다. 오늘은 일정이 따로 없고 일만 할 거라 편한 차림인데도 참 예쁘다.

아니, 예쁘다는 말로는 부족할 정도야. 보는 사람의 기분까지 좋게 만드는 미모랄까. 앞으로 우울할 때마다 거울 보면 될 듯.

……나 진짜 병 걸린 걸까. 지금 생각은 너무하지 않았나. 약도 없다던 이디스의 말이 떠올랐다. 진짜 공주병에는 약도 없는데 어

쩌지.

거울 속 수심에 젖은 얼굴이 물끄러미 날 바라봤다. 오묘한 자색 눈동자가 한 차례 흔들린다.

허 참, 이런 우울한 표정마저 예쁘네. 내가 예쁜 건 객관적인 사실이니 병은 아니겠지. 굉장히 안심이 됐다.

다시 일하려고 뒤를 돌아보니 어느새 방에 돌아온 이디스가 굉장히 한심하단 시선으로 날 보고 있었다.

크흠, 괜히 뜨끔해서 책상으로 돌아가 서류를 살폈다.

점심시간. 역시나 상은 푸짐했고 그걸 다 소화시키기 전에 찾아온 티타임 디저트는 원하는 대로였다.

황홀한 시선으로 애프터눈 티 세트를 응시하다가 상단 부분부터 먹어 치웠다. 마카롱에 티라미수, 오렌지 필을 행복하게 흡입하고 있는데 통신구가 울렸다.

세실리아가 가져다준 걸 받아 들고 보니 발신이 황실이었다. 딱히 집히는 곳이 없어 고개가 한쪽으로 기울었다.

어제 받아 오늘 처음 사용했고 뭐라 한 소리 들을 일은 없는데…….

고민을 접고 구체를 누르자 빛이 퍼져 나왔다. 그 빛의 중앙에 황태자가 떠올랐다. 시간이 지나며 빛이 사그라드는 게 꼭 그가 빛을 흡수하는 것처럼 보였다.

"황태자 전하를 뵙습니다."

약식으로 고개를 숙였다 드니 그가 웃었다.

"너무 놀라는 거 아닌가?"

"연락하실 거라곤 생각을 못해서요. 무슨 일이세요?"

내 말에 황태자는 천천히 차를 마셨다. 그 역시 티타임 중인 듯했다. 내 말에 왠지 웃음기가 없어진 느낌이다. 노란 눈동자가 차분히 날 살핀 후 입술이 열렸다.

"저번에 말한 작물을 심는 일, 진행하기로 했다."

"그렇군요……."

진행하기로 한 건 그날 정해진 일 아닌가? 팀을 꾸렸다는 말인가? 잠시 이어질 말을 기다리는데 황태자는 아무 말도 없었다.

설마 진짜 그게 전부인가? 그렇담 구황 작물을 심겠다고 국무회의에서 말한 것뿐인데 내게 연락했단 소리?

"잘됐네요."

이렇게 내게 하나하나 말할 필요는 없다는 생각이 들었지만 일단 속으로 삼켰다.

내가 일을 너무 좋아하는 티를 내서 신경 써 준 건가 싶었다. 황태자는 나보다 훨씬 바쁠 테니 그 마음이 고맙기도 했다.

어색한 침묵이 맴돌았다. 원래 전화 통화는 용건만 간단히 해야 하는 법이다. 이만 끊어야 하는지 혹은 끊어도 되는지 황태자를 힐끗 살폈다. 그는 그런 날 빤히 바라보다가 미소 지었다.

가을 햇빛을 받은 노란 눈동자는 금빛이었다. 얇아진 눈매 위로 긴 속눈썹이 내려앉았다. 검은 머리카락이 살짝 흐트러진 것과 동시에 입술이 매끄러운 호선을 그렸다.

이게 대체…… 뭐지?

할 말을 잊었다. 이만 끊겠다는 말도 머릿속에서 휘발되고 새하얀 백지만 남았다.

황태자가 자기 입술에 손가락을 가져다 댔다. 길고 단단한 손가락이 입술 한쪽을 꾹 누른다. 푹신하고 말랑한 질감이 영상으로도 전해져 왔다.

나도 모르게 손가락을 움찔거렸다. 이게 바로 4D인가!

"입술에 묻었어. 크림."

그가 속삭이듯 말했다. 얼굴이 확 달아오르며 귓가가 쿵쿵 울렸다.

나는 떨리는 손을 들어서 내 입술을 훑었다. 마스카르포네 치즈로 만든 티라미수 크림이 손끝에 묻어 나왔다.

창피해.

창피해서 뜨거워진 얼굴이 식을 줄을 몰랐다. 창피해서 심장이 진정을 하지 못했다. 창피해서 나는 그를 마주 보질 못했다.

너무 창피해서.

그 후로 오늘은 뭘 먹었는지, 곧 단풍이 물들 거라는 별로 중요하지도 않은 소소한 이야기를 했다. 주거니 받거니 하는 대화 속에서 언제 한번 단풍을 보러 가기로 했다.

그 역시 티타임 중이라 그런지 마주 앉아 함께 차를 마시는 기분이었다. 테이블 건너편에 통신구를 놔서인지 더더욱.

의식해서인지 그가 오물오물하며 케이크를 삼키는 내 입술을 유난히 쳐다보는 것 같았다. 덕분에 난 평소보다 훨씬 깔끔하게 먹도록 신경을 썼다. 다시는 크림 같은 거 입술에 묻히지 않겠어.

한참 시시콜콜한 이야기를 주고받다가 정신을 차렸다. 황태자를 보면 불법 노예 압류재산에 관해서 물어봐야겠다고 생각했는데 까맣게 잊고 있었다.

"전하, 불법 노예상과 관련해서 압류한 재산 있잖아요. 혹시 그중 일부를 서곡창 구휼 예산으로 쓸 수 있을까요? 그 노예 거래의 최대 피해자는 서부 지역 하층민들이고 구휼 역시 그들을 돕는 일이잖아요."

"그래."

"네?"

너무 쉽게 나온 대답에 놀라서 되물었다. 저것 외에도 그를 설득할 몇 가지 이유를 준비해 놨는데 말할 틈도 없었다.

그가 우호적일 거라고 생각은 했지만 이렇게 흔쾌히 승낙할 줄은 몰랐다. 고민이라도 해 봐야 하는 것 아닌가.

"그렇게 하도록 하지. 아직 압류재산을 어떻게 쓸지 안 정했어. 항목 하나 추가하는 것은 간단해."

"전하께서 관리하세요?"

"아니. 하지만 충분히 일리 있는 일이니 안 될 건 없지."

그렇게 말해 주니 나야 편하지만 좀 김이 새기도 했다.

"제가 이유 다 말 안 해도 돼요?"

황태자가 관리하는 게 아니니 그 역시 다른 이를 설득할 만한 명분이 필요할 거다.

내 말에 그가 입꼬리 한쪽을 슬쩍 올렸다.

"그 이유를 내가 모를 거라고 생각하는 건 아니겠지."

물론 나보다 황태자가 더 잘 알겠지만 심히 재수 없어 보였다. 이게 오전에 날 보던 이디스의 감정일까. 저절로 비죽거리려는 입술을 차를 마시는 척 가렸다.

"전하, 이 일은 다른 곡창과 상관없죠?"

내 물음에 그가 고개를 끄덕였다. 나는 미소 짓곤 말을 이었다.

"그럼 굳이 다른 곡창이 알 필요도 없겠네요. 이 예산이 어떻게 처리되었는지는 그 불법 노예 관련 과에서만 알 테고."

황태자는 내 말이 무슨 뜻인지 알아들었다는 듯 피식 웃었다. 이것 봐라, 하고 앙큼한 것을 바라보는 시선이었다.

나는 어깨를 으쓱였다. 챙길 건 챙겨야지.

"정보가 새어 나가지 않게 조심하도록 하지."

"고마워요."

서곡창이 추가 예산을 받은 걸 알면 남곡창의 요구 조건이 늘어날 것이다.

이 협상은 패를 까기 전까지 얼마나 잘 감추느냐에 달렸다. 더불어 상대의 패를 얼마나 잘 알고 있는지도.

남곡창은 내가 이렇게 협상을 준비하고 있다는 걸 모르니 이보다 내게 좋을 순 없다.

황태자에게 찾아온 사람으로 인해 통신을 끊고 나서야 제복에 대한 이야기를 안 했다는 걸 깨달았다. 완전히 까먹고 있었다. 업무 중일 테니 다시 연락하기는 그렇고 나중에 가져다주면 되겠지.

이야기를 하면서 먹다 보니 간식이라고 하기엔 너무 배부르게 먹어 버렸다. 부른 배를 두드리며 일어서다가 깜짝 놀랐다. 유모가 날 아주 장하다는 눈으로 보고 있었다.

"왜……?"

"아가씨, 정말…… 만감이 교차하는군요. 우리 아가씨가 언제 이렇게 컸지?"

뜬금없는 말에 절로 인상이 찌푸려졌다. 유모는 이제 눈물까지 글썽거리기 시작했다. 왜, 왜 이래 진짜.

"그래요. 아가씨도 사랑하실 나이죠. 황태자 전하와 나들이 약속까지 잡다니!"

그렇게 의미 있는 말은 아니었다. 언제 한번 밥 먹자 이거랑 똑같은 인사치레였을 뿐이지. 당사자들은 전혀 그렇게 생각 안 하는데 혼자 오버하기는.

"대견하면서도 서운하네요, 우리 아가씨."

"그래그래."

아니라고 핏대 세우면서 부정하는 것도 웃겨서 건성으로 고개를 끄덕였다. 쉬었으니 일이나 해야지.

이땐 몰랐다. 그놈의 인사치레 단풍놀이가 어떤 결과를 불러올지.

다음 날 아침, 일찍부터 알테가 방문했다. 그는 오자마자 마탑에 관한 이야기를 늘어놓았다.

이미 마탑과 대략적인 이야기는 주고받았다는 말에 나는 먹던 슈크림을 뱉을 뻔했다. 다행히 뱉진 않았지만 그 난리에 슈가 바닥에 떨어졌다.

난 우울한 시선으로 슈를 보았다. 알테가 부모님께서 가져다주라고 했다며 전해 준 슈크림은 황궁 디저트에 익숙해진 내 입에도 너무 맛있었다.

아쉬운 마음에 바닥을 닦는 하녀를 내려다보다가 슈크림 상자로 시선을 돌렸다. 딱 다섯 개 남았다. 시녀들한테 안 주기도 뭐해서 상자를 닫았다. 보면 먹고 싶기만 하지.

대신 책망은 알테에게로 돌아갔다.

"어제 통신할 때만 해도 그런 말씀은 없으셨잖아요."

"그 이후에 했으니까."

"그럼 그럴 예정이라고 언질은 주셨어야죠. 어제 마탑과 협의할 내용을 정했는데 이게 무슨……."

생각해 보니 따질 게 아니었다. 빠르면 빠를수록 좋지. 그리고 그보다 더 중요한 건 결과다.

나는 입을 다물고 입맛을 다셨다. 아직도 입안에 폭신하고 부드러운 감촉이 남아 있었다.

"빨리 해야지. 날짜가 얼마 안 남았어."

"마탑에서는 뭐래요?"

"일단 우호적인 입장이었다."

"일단?"

괜찮긴 한데 미묘하게 걸리는 말이었다.

"최종적으로 너랑 이야기를 해 보고 싶다고 하더라고."

"흠, 그쪽에서도 제국의 레지나가 이 일의 총책임자라는 건 알고 있을 테니까 관심이 가겠죠. 날짜는 정해졌나요?"

알테가 고개를 끄덕였다. 푸른 눈동자가 살짝 기우는 것이 안 좋은 예감이 들었다.

뭐지? 눈으로 묻자 알테가 한숨을 내쉬고 입을 열었다.

"지금."

"지금이요?"

이게 무슨……. 황당한 시선으로 알테를 쳐다봤다. 그는 슬쩍 고개를 돌리더니 시계를 보고 말했다.

“그렇게 됐다. 30분 뒤에 연락하기로 했어.”

“아니, 잠깐만요. 30분 뒤라니……. 미리 말씀해 주셨어야죠. 준비할 시간도 없는데.”

“따질 시간에 자료부터 보지 그래?”

그 말대로다. 나는 테이블 위에 놓인 자료를 봤다.

마탑에 관련된 것은 거의 알테에게 맡기고 그가 보고하는 것을 통해 파악한 게 전부였기 때문에 알아야 할 게 너무 많았다.

알테가 워낙 정리를 잘해서 한눈에 보기 쉬웠지만, 내가 무슨 천재도 아니고 어떻게 이걸 단시간에 다 숙지한단 말인가.

“저랑 무슨 이야기를 할지 짐작 가는 거 있어요? 대강 맥락 속에서 느낀 거라도요.”

한 장 한 장 순서대로 보는 것보단 족집게식으로 살피는 게 나을 것 같았다. 희망을 가지고 알테를 보았지만 그는 턱을 괼 뿐이다.

“글쎄. 나하고 얘기할 때는 별말 없었는데. 내 말에도 수긍하는 편이었고 파고들지도 않았어. 오히려 준비한 것이 아까울 정도로 긍정적인 반응이었어. 그래서 당연히 지원해 주겠다고 할 줄 알았지. 근데 확답을 안 하더니 마지막에 너와의 대화를 요청한 거다.”

“진짜 모르겠네요.”

반응이 그렇게 좋았다면 굳이 날 볼 이유가 없을 텐데. 이 자료만 봐도 알테가 얼마나 꼼꼼히 준비했는지 알 수 있고.

차라리 걸리는 부분이 있어서 그 부분의 조율을 원하는 거라면 준비할 수 있는데, 그저 좋기만 했다니 더 불안해졌다.

황실 납품을 토대로 알아낸 소라이나 해海 마력 생성 장치의 마력석 생산량을 살피며 인상을 찌푸렸다. 외울 게 너무 많다.

대답하다가 막혀서 급히 자료를 뒤적거리는 것만큼 어설퍼 보이는 건 없는데. 대학교에서 프레젠테이션을 하던 게 떠올랐다.

"그래도 오라버니께서 옆에서 거들어 주실 거죠?"

믿을 구석은 조원뿐이다. 다행히 알테는 프리라이더는커녕 하드캐리 끝판왕이었다.

"못난 동생을 뒀으니 챙겨야지."

알테가 픽 웃으며 내 머리를 흐트러뜨렸다. 머리핀이 미끄러지며 반올림한 머리가 살짝 흘러내렸다.

입을 불퉁하게 내밀고 그를 바라보지만 여전히 웃을 뿐이다. 30분은 순식간에 지나갔다. 시녀가 다시 내 머리를 손질해 주는 것을 무시하며 계속 자료만 팠다.

1분만 더 보겠다는 말이 목구멍까지 치솟았지만 약속을 잘 지키는 게 자료를 1분 더 보는 것보단 나을 것이다.

통신구를 든 알테에게 고개를 끄덕였다. 연결시키고 얼마 안 가 영상이 떠올랐다. 나긋나긋한 인상의 남자가 싱긋 웃는다.

"아, 안녕하세요, 공녀. 이렇게 뵙네요."

"안녕하세요, 마스터 쉘메오."

옅은 갈색 머리카락과 외알 안경, 살짝 처진 눈이 인상적인 남자였다. 온화하고 부드러운 분위기가 딱 학자라는 느낌이었다.

마탑의 일곱 마스터 중 하나라기에 좀 더 나이가 있는 사람을 생각했는데, 이제 겨우 30대로 보였다.

"공녀께 궁금한 게 많지만 바쁘실 테니 오늘은 용건만 나누도록 하죠."

궁금한 게 많다고? 내게? 대체 뭐가 궁금하다는 건지 짐작되는 게 하나도 없었다.

하지만 용건만 짧게 나누는 건 이쪽에서 환영할 일이다. 길게 대화할수록 내가 잘 모른다는 걸 들키기 쉬우니까.

"펠론 제국 서곡창의 구휼 지원을 요청하셨지요."

"예. 마스터도 아시다시피 서부 지역은 기근을 겪고 있습니다. 이 기근의 원인은……."

"저희가 했던 소라이나 해협의 해상 연구 때문이지요. 정확히 말하면 그 마력 생성 장치로 인한 해풍 강화."

끊고 들어온 말에 쉘메오를 쳐다봤다. 그는 여전히 부드러운 얼굴이었다.

묘하다. 기근의 원인이 자기들 탓이라는 걸 스스로 인정했으니 지원을 하겠다고 할 것 같은데, 또 바로 고개를 끄덕일 것 같진 않았다. 부드럽지만 마냥 물렁하진 않다.

"이미 카일론 공자께 많은 이야기를 들었습니다. 따로 절 설득하시려 하지 않으셔도 됩니다."

친절한 어투였지만 단호한 말이었다. 내게 설득할 기회를 주지 않는다. 그 빈틈없는 태도에 긴장해서 침이 꼴깍 넘어갔다. 나는 내심을 감추고 미소 지었다.

"그렇다면 이야기가 빠르겠군요."

"예. 저희는 이미 결론을 내렸습니다. 제국 영해 밖인 데다 제국도 허락한 시설이었기 때문에 마탑에서는 그 책임을 질 필요가 없다는 것이 저희의 입장입니다."

저절로 눈살이 찌푸려졌다. 이게 무슨 앞뒤 안 맞는 소리지? 저게 천재 집단의 논리인가. 너무 허점이 많아서 말을 잃었다.

"하지만 도의적으로 책임을 느낍니다."

쉘메오가 재빨리 덧붙였다. 그를 바라보니 여전히 부드럽게 웃고 있었다. 이게 나랑 말장난하자는 건 아닐 테고 놀리는 것도 아닐 거고.

나는 씩 웃었다. 내 미소에 그가 눈매를 접었다. 얇게 처진 눈이라 눈동자가 안 보였다.

"원하시는 게 뭐죠?"

내 말에 그가 하하, 웃음을 흘렸다. 뻔하다. 책임으로 인한 의무를 지는 게 아니라 도의적으로 도와주겠다는 건 마탑도 무언가를 얻겠다는 뜻이다.

"빠르시네요. 굉장히 직설적이고."

"바쁠 테니 용건만 말하자고 한 건 마스터셨죠."

살짝 날카로운 대꾸에도 그는 사람 좋게 웃을 뿐이다.

"그렇죠. 간단합니다. 공녀께서 훗날 마탑에서 도움을 드렸다는 것을 잊지 않으시면 됩니다."

전혀 예상하지도 못했던 말이다. 옆에 앉아 있던 알테가 불편한 듯 머리를 쓸어 넘겼다.

"무슨 뜻이죠?"

"말 그대로입니다."

정말 그게 전부라는 것처럼 산뜻한 태도였다. 슬슬 그의 상냥한 웃음이 능글맞아 보이기 시작했다.

한동안 그를 노려보다시피 살피는 내 시선과 그의 웃음이 허공에서 부딪쳤다. 기 싸움 아닌 기 싸움을 마친 후, 나는 생긋 미소 지었다. 내 변화에 쉘메오는 눈썹을 한 번 까딱했을 뿐 여전히 웃는 얼굴이었다.

"그래요. 잊지 않도록 하죠."

"알겠습니다."

나는 살짝 처진 눈꺼풀에 반쯤 뒤덮인 눈동자를 가만히 살폈다.

마탑의 요구 사항이 그렇게까지 기분 나쁘진 않았다. 마탑은 내게 빚을 지어 놓겠다는 거고, 그건 내가 어떤 식으로든 그럴 만한 가치가 있다는 뜻이니까.

그게 날 차기 황후로 생각해서 그런 것인지, 아니면 내가 모르는 다른 이유가 있는 건지는 모르겠지만.

앞으로 마탑은 내게 우호적일 것이다. 기껏 만든 연을 버릴 게 아니라면 차기 황후 문제에 있어서는 아이린보다 날 지지하겠지.

그리고 그건 내게 또 다른 힘이 될 것이다. 마탑은 제국 내정과는 관계없지만 무시할 수 없는 큰 세력이다. 오히려 주변의 소국보다 더 중요한 집단이다.

이건 소리 없는 은밀한 동맹이다. 누구도 그렇게 말하진 않았지만.

딱 하나 마음에 안 드는 것은 마탑은 이 기근에 아무런 의무도 없다는 말이었다.

"이걸로 마탑에서는 '그 도의적인 책임'을 지는 거죠?"

다소 공격적으로 말했는데도 쉘메오는 부드럽게 웃으며 고개를 끄덕였다.

"물론입니다."

태도가 조금 이상했다. 나는 가만히 그를 살피다가 깨달았다. 의무는 없다는 둥, 도의적인 책임은 지겠다는 둥 할 것 없이 처음부터 인과관계를 인정하지 않았으면 됐다.

하지만 내가 말을 다 마치기도 전에 그가 스스로 서부 지역의 기근은 마탑에게 그 원인이 있다고 말했다.

"제가 화내며 거절했어도 도의적인 책임은 지려고 했죠?"

내 말에 쉘메오가 재미있다는 듯 눈을 반짝였다. 외알 안경 너머로 비친 눈동자가 얇아졌다.

"공녀와 다른 방법으로 책임을 다했겠죠."

"그렇군요."

굳이 구휼을 지원하지 않아도 서부 지역에 마탑이 해 줄 수 있는 일은 많다. 돈도 많으니 식량을 사서 나눠 줄 수도 있을 거고 마법으로 지역 복구를 도왔을 수도 있다.

마탑과 손을 잡은 게 여러모로 다행이었다.

마탑의 도움 없이는 구휼이 아주 성공적으로 이뤄지기는 힘들다. 그런 와중에 마탑이 독자적으로 서부 지역을 지원하면 나에 대한 여론은 더 나빠질 수밖에 없다.

날 떠보기 위해, 내게 빚을 지우기 위해 그렇게 말했지만 마탑 역시 기근에 대해 깊이 슬퍼하고 그 원인 제공자로서 의무와 책임을 다하려는 게 느껴졌다.

"공녀께서 감정보다 실리를 중요시하는 분이라서 다행입니다. 그렇게 덩치 큰 나라를 다스리려면 감정만 앞서선 안 되죠."

아예 나를 차기 황후로 내정하고 있다는 것과 같은 말이었다. 제국을 덩치 큰 나라라고 표현하는 게 재밌었다. 부드러운 인상과 달리 배짱이 큰 사람이다.

"우리 앞으로 잘해 봐요."

내가 씩 웃자 그가 고개를 끄덕였다.

"그럼 지금 세부적인 이야기를 나눌까요?"

나는 테이블 위에 널린 자료를 내려다봤다. 막막함이 밀려왔다. 조금 전의 대화로 머릿속에 억지로 욱여넣었던 것도 다 흩어져 사라졌다.

"괜찮으시다면 자세한 사항은 오라버니와 이야기를 나누시는 게 좋을 것 같아요. 저는 곧바로 다른 일정이 있어서요. 죄송합니다."

물론 일정 따윈 없다. 요즘엔 계속 일만 하고 있다. 아무렇지 않게 알테에게 떠넘기자 테이블 밑으로 쿡 찌르는 그의 손이 느껴졌다.

"아, 아닙니다. 제가 공녀의 일정을 고려하지 못하고 약속을 잡았군요. 하긴, 어제 저녁에 말했으니……."

"괜찮습니다. 중요한 건 결과지요."

"서로에게 만족할 만한 결과여서 다행입니다."

그 말에 고개를 끄덕였다. 이후 일정이 있다고 했으니 이만 마무리를 할 때였다.

"도움에 감사드립니다. 다음에 좋은 소식으로 뵙도록 하죠."

"다시 볼 날을 기대하고 있겠습니다."

통신을 끊고 나니 어깨에서 힘이 쭉 빠졌다. 장난스럽게 자료를 툭 쳤다. 괜히 이거 달달 외웠네.

알테 역시 표정이 좋았다. 어쨌든 마탑의 지원을 받게 된 것이다. 실상 접선은 그가 했으니 그가 이룩한 결과나 다름없다. 뿌듯할 만도 하지.

육체적으로는 오빠지만 정신적으로는 동생이라서 장한 마음이 들었다. 궁디팡팡 해 주면 혼날까? 나는 움찔거리는 손을 꽉 붙들고 그냥 말로 궁디팡팡을 해 줬다.

"오라버니 고생하셨어요. 감사해요. 조금만 더 고생해 주세요."

"오냐. 아주 톡톡히 부려 먹는구나."

할 말이 없어 입 다물고 그냥 미소를 지었다.

황태자에게 굴려지는 알베르를 보며 동정했는데, 지금 내가 알테를 그렇게 굴리고 있다.

내가 똑같이 악덕 상사 같은 짓을 하게 될 줄이야. 게다가 알테는 미성년자가 아닌가. 하물며 무임금. 내 쪽이 훨씬 악질이었다.

"오라버니 시간 괜찮으세요? 점심 같이 먹을까요?"

밥이라도 잘 먹여야겠다는 생각에 묻자 그가 가볍게 고개를 끄덕였다.

"그래. 함께하는 식사는 정말 오랜만이구나."

"그러게요."

말하고 나서 시계를 보니 아직 점심시간이 되기까진 한 시간도 넘게 남았다. 그래서 어쩔 수 없이 이왕 악덕 상사가 된 김에 알테를 좀 더 굴리기로 했다.

"오늘따라 더 피곤해 보이는군."

"그래요?"

황태자의 말에 느릿하게 눈을 깜빡였다. 피곤하다기보다는 마사지를 받느라 몸이 노곤하게 풀어져서 그렇게 보인 것 같았다.

통신구를 받은 지 벌써 일주일 째. 거의 매일 밤마다 황태자에게서 연락이 온다. 그도 바쁘기 때문인지 항상 늦은 시간, 목욕을 하고 옷을 갈아입고 침실에 들어오면 딱 통신구가 빛난다.

처음에는 무슨 급한 일이 생긴 줄 알고 당황했는데 이제는 놀라지도 않았다. 아예 침의 위에 두를 숄까지 챙겨서 침실에 들어왔다.

이틀 정도는 침대 위에 있다가도 연락이 오면 일어나 의자에 앉아서 받았지만, 점점 귀찮아져서 침대에 앉은 채로 받았다.

처음엔 이래도 되나 싶었는데 의자에 앉나 침대에 앉나 앉아 있는 건 똑같지 않나 싶어서 뻔뻔해지기로 했다. 뻔뻔한 건 야심한 시각에 연락하는 황태자가 더 하지 않은가.

황태자는 이런 내 태도에도 따로 말이 없었다. 안심하고 계속 침대에서 받다가 반듯하던 자세도 점점 뒤로 흐트러져, 이제는 침대 보드에 등을 푹 기대고 베개를 품에 안은 채 말을 주고받고 있다.

주로 구황 작물 이야기부터 하는데 매일매일 내게 말할 만한 진척 사항이 있을 리가 없다.

대강 몇 마디로 끝나는지라 바로 끊기 면구해 몇 마디 더 주고받던 게 이제는 아주 자연스러운 흐름이 됐다.

서로 그날 있었던 일 중 사소하면서도 특별한—알테가 가져온 디저트가 맛있었다거나 이디스가 고백을 받았다는 것 등— 것에 대해 말하다 눈이 감겨 올 때쯤 통신을 해제했다.

그런 시시한 이야기를 이어 갈 땐 별생각 안 드는데 끊고 나면 뭘 한 건가 싶긴 했다.

늦은 시간인데도 그때까지 일을 하는지 황태자는 항상 침실이 아니었다. 그래도 집무실에 있는 건 아니라서 항상 꼼꼼하게 여몄던 옷차림이 살짝 흐트러진 경우가 많았다. 덕분에 단단하고 긴 목선과 불거진 쇄골이 잘 보였다.

'역시 생긴 것 하나만큼은 참 끝내준단 말이야.'

멍하니 매일 밤마다 하는 생각을 되풀이했다. 눈앞에서 셔츠에 감싸인 탄탄한 가슴이 움직였다.

"아쉽지만 오늘은 일찍 재우는 게 좋을 거 같군. 이만 자도록 해."

풀린 눈으로 그를 보다가 그 말에 정신을 차렸다. 아니, 내가 변태는 아닌데……. 머쓱한 웃음을 짓고 고개를 끄덕였다.

"전하께서도 일찍 주무세요."

눈앞을 가득 메우던 황태자의 모습이 팟, 하고 사라졌다. 그러자마자 아직도 내 침실 벽면에 걸려 있는 황태자의 제복이 눈에 들어왔다.

내일은 가져다줘야지.

벌써 몇 번째인지 모를 다짐을 하고 몸을 미끄러뜨려 완전히 누웠다. 이불을 목 끝까지 덮고 눈을 감았다.

모든 것은 아주 순조롭게 진행되고 있었다.

알베르가 모집한 마법사들과도 통신구를 통해 인사했고 황태자 역시 불법 노예상의 압류재산을 써도 된다며 예산을 재편성해 줬다.

생각보다 많은 금액이었다. 이 정도면 물자를 이동하는 데엔 큰 어려움이 없을 것 같다. 처음 시작할 때만 해도 막막했는데 지금은 오히려 성공하지 못하면 이상하다는 생각이 들 정도다.

많은 사람들이 도와줬기 때문에 가능한 일이었다. 알테 오라버니, 알베르, 샤리안 경, 마스터 쉘메오, 내 시녀들 그리고 황태자.

남곡창 책임자와 미팅 날짜가 잡혀서인지 조금 감상적이 됐다. 나는 이 고마운 마음을 잊지 않도록 가슴속에 꾹꾹 눌러 담았다.

감았던 눈을 뜨는데 통신구에 불이 들어왔다. 황실이었다. 통신구를 누르자 곧 빛이 퍼지며 허공에 인영이 맺히기 시작했다. 곧 영상의 윤곽이 완전해지고 나타난 의외의 인물에 나는 숨을 살짝 들이켰다.

"아, 케일라덴 전하. 안녕하세요?"

당연히 황태자일 거라고 생각해서 반응이 조금 늦었다.

케일라덴은 여전했다. 무뚝뚝하고 단단한 얼굴선과 검은색으로 보일 정도로 짙은 남색 눈동자.

"오랜만입니다, 공녀."

그리고 그 나지막한 음성까지도. 반가움에 절로 입가에 미소가 지어졌다.

"그러게요. 잘 지내셨나요?"

"예, 여행은 즐거웠습니까?"

"네, 재밌었어요."

"다행입니다. 여러 일이 많으셨다고 들었습니다."

"다사다난했지요."

오랜만에 이야기를 나누는 건데도 편안했다. 그를 처음 만났을 때처럼. 그날 외궁 정원, 햇볕이 채색한 거리를 조용히 걸었을 때와 같은 나른함이 전신에 퍼졌다.

엄밀히 말해 케일라덴을 처음 만난 날은 레지나 간택 축하연에서 함께 춤을 춘 때지만, 내게는 항상 그날이 그와 처음 만난 순간 같았다.

축하연에서 함께 손을 맞잡고 춤을 췄으나 온갖 상념들로 막힌 눈엔 그가 누군지 안 보였고, 보려고 하지도 않았다. 그저 그 춥고 시린 상황에서 그가 내민 손의 온기가 아릿하게 따스했다.

"마지막으로 봤을 때가 벌써 3주 전인가요?"

세베리다로 가기 전, 내가 집에 갔을 때 그가 병문안을 오고 그 후 같이 몇몇 파티에 참석한 게 마지막이니 꽤 시간이 흘렀다.

그간 워낙 일이 많아서인지 3주보다 더 길게 느껴졌다.

"그렇습니다."

조용히 고개를 끄덕이며 긍정하는 그를 보고 잠시 기다렸다. 갑작스레 연락한 것에 대해서 무언가 이유가 있는 걸까, 싶었기 때문이다.

하지만 그는 별말이 없었다. 딱히 다른 용건이 있는 것 같지는 않아 보였다. 그저 안부 인사차 연락을 한 것이다.

예전 생각이 나 미소가 피어올랐다.

그때 집으로 병문안 온 그를 보고 무언가 다른 용건이 있을 거라고 생각했었다.

무뚝뚝하지만 은근히 다정하고 배려 있는 그의 성격을 봐서 정말 병문안일 수도 있겠다고 생각했지만, 여러 가능성 중 하나라고 생각했을 뿐이다.

그때도 그는 용건 없이 정말 내 병문안을 온 것이었다. 지금처럼.

갑자기 내가 굉장히 차가운 사람처럼 느껴졌다.

생각해 보면 그는 내게 참 감사한 사람이었다. 황태자가 나에 대한 태도를 바꾸기 전 황궁에서 내게 따뜻하게 대해 준 유일한 존재였다. 손을 내밀어 주고 이끌어 줬다.

소소한 추억이 많다. 어쩐지 따뜻한 물에 잠긴 기분이 되어 천천히 그간 있었던 일에 대해 서로 이야기를 나눴다.

그는 기사단에서 있었던 일—유타에 대한 말도 나왔다—을 이야기했고 난 세베리다에서 있었던 일과 구휼에 대해 말했다.

워낙 많이 알려진 일이라 케일라덴 역시 대강의 일을 알고 있었지만 그건 결과일 뿐이다. 내가 겪은 일을 내 입으로 말하는 건 또 달랐다.

케일라덴은 무뚝뚝한 얼굴을 한 채 내 입장이나 생각에 대해 세심하게 되물었다.

"걱정 많이 했습니다."

서곡창에 대한 이야기를 마무리할 무렵 그가 불쑥 말했다. 그 간단한 한 마디에서 날 생각하는 마음이 느껴졌다. 묵묵한 것과 달리 잔정이 많은 사람이었다.

"공녀께선 여전하십니다."

"그런가요?"

나름 많이 변했다고 생각했는데 그가 보기엔 아닌가 싶어 고개를 갸웃했다.

"여전히 강인합니다."

나직한 말이 툭 떨어졌다. 언젠가 그가 했던 말이 떠올랐다.

지금처럼 내게 강인하다고 했었다. 항상 단단할 수는 없다고, 그러면 쉽게 깨진다고 했던 말. 무뚝뚝한 그가 건넸던 위로.

"고마워요."

내가 미소 짓자 그의 입꼬리도 살짝 올라갔다. 그에게선 보기 드문 미소였다.

시계를 보니 저녁 식사에 가까운 시간이었다. 오늘은 레지나로서 황태자와 저녁을 함께해야 하는 날이다. 요새 워낙 자주 봐서 특별한 일이라는 생각도 안 들지만 어쨌든 의무적인 정찬이기 때문에 준비는 해야 한다.

"이만 나가 봐야겠어요."

내 말에 케일라덴이 고개를 끄덕였다.

"조만간 차라도 함께해요."

"다음 주 수요일 괜찮습니까?"

빈말로 얼굴 보자고 한 건 아니었지만 이렇게 바로 약속을 잡을 줄은 몰랐다. 좀 놀랐을 뿐 싫은 건 아니었기에 나는 순순히 고개를 끄덕였다.

"네, 괜찮아요."

"그럼 그날 오후에 찾아가겠습니다."

"네, 그날 뵈어요."

통신을 끊고 나니 너무 덜컥 약속을 잡아 버린 게 아닌가 싶었다.

이 일로 나와 그의 사이를 의심할 사람은 없다. 유일하게 억지로 상황을 끼워 맞췄던 아이린 역시 같은 수는 안 쓸 거다. 그때 황태자가 대놓고 나와 케일라덴을 두둔하며 역성을 들어 톡톡히 망신을 당했으니까.

이후 황태자와 아이린이 수정궁에 갔을 때 케일라덴과 사교계 파티에 참여하며 황태자가 그에게 날 맡긴 것처럼 소문을 흘렸다.

이제 더는 케일라덴과 내 사이를 이상하게 볼 사람은 없다는 걸 알지만 어딘가 마음에 걸렸다. 시녀들의 손에 몸을 맡기며 잠시 고민에 빠졌다. 하지만 명확한 답은 나오지 않았다.

황태자가 내 방까지 마중을 나와서 같이 식당까지 갔다. 궁내에서 일을 하던 하녀들이 우리를 소란스러운 눈빛으로 보는 게 느껴졌다.

이 정기적이고 소소한 일정에 황태자가 날 마중 나온 것은 처음이기 때문이다. 그간 식사 후 바래다준 적은 많지만 이런 적은 없었다.

치장을 채 끝내기 전에 그가 찾아와 살짝 당황했다. 머리카락을 틀어 올려 핀으로 고정하다가 갑자기 들린 황태자의 목소리에 이디스는 내 머리카락을 잡아당기기까지 했다.

아직 액세서리는 하지 않아서 목걸이를 든 세실리아가 조금 허둥거렸다. 나는 괜찮다는 뜻으로 고개를 끄덕이고 황태자에게 다가갔다.

액세서리 같은 거 안 해도 충분히 예쁘다는 마음도 있었지만, 세베리다에서 며칠간 그와 지냈던 때를 생각하니 옷가지에 별 신경 쓸 마음도 안 들었다.

황태자 역시 내 차림새에는 별반 신경 쓰지 않고 얼굴을 바라보며 손을 내밀었다.

그렇게 함께 식당으로 가고 있는데 그의 기분이 별로 안 좋아 보였다. 화난 건 아니고 고민에 잠긴 느낌? 흐트러짐 없이 걷고 있지만 정신이 어딘지 다른 데 가 있는 것 같았다.

정찬이 시작되고 애피타이저로 나온 토마토 카프레제를 다 먹어 갈 때쯤에야 그가 입을 열었다. 그답지 않게 살짝 망설임이 묻어나오는 어조였다.

“오늘은 어떻게 지냈지?”

“그냥, 그다지 특별한 일은 없었어요. 전하께서 오셨을 때 이디스가 제 머리카락을 잡아당긴 것 말고는.”

장난스럽게 씩 웃는데 평소라면 마주 웃었을 황태자의 얼굴이 여전히 딱딱했다.

고민이 그렇게 깊은가? 잠시 고개를 갸웃했지만 캐물을 필요성은 못 느꼈다. 말하고 싶으면 말하겠지.

잠시 케일라덴에게서 연락이 왔다는 말을 할까 했지만, 그다지 하고 싶지 않았다. 별로 중요한 일도 아니었다. 그간 중요한 일만 말했던 건 아니지만 어쩐지 입이 떨어지지 않았다.

마치 그런 내 마음을 읽은 것처럼 황태자가 말했다.

“케일라덴과는 간만에 얘기한 것 아닌가?”

예상치 못하게 나온 케일라덴의 이름에 미간이 찌푸려졌다.

기시감이 들었다. 도서관에서 케일라덴과 티타임을 가진 것을 추궁하던 그의 모습이 생생하다.

그땐 첩자를 심어 놔서 내 일정에 대해 아는 것이라고 생각했다. 실상은 케일라덴이 직접 그에게 말했던 것이지만 오늘은 다르다.

내가 사용하는 통신구의 사용 내역이 다 그에게 보고가 들어가니까. 그래서 부러 사적으로 사용하지 않고 일적으로만 사용했다.

하지만 사생활을 감시받는다는 느낌이 달가울 리 없다. 그가 일부러 사용 내역을 감시한 게 아니라 관례라는 걸 알아도.

황실 일원이 아닌 사람이 내궁에서 통신구를 사용하면 책임자에게 자동적으로 보고가 들어간다. 레지나와 관련된 사항은 황태자가 총괄하니 그가 아는 것은 당연하다. 알고 있지만 그걸 이렇게 끄집어내니 기분 나빴다.

"그렇게까지 특별한 일은 아니잖아요?"

불만 어린 내 음성에 황태자 역시 미간을 찌푸렸다.

"적어도 비욘드 영애가 머리카락을 잡아당긴 것보단 특별한 것 같은데."

비꼬는 어조에 깨달았다. 그가 기분이 안 좋아 보였던 건 이것 때문이었다. 하지만 그가 기분 나빠할 일은 절대 아니다.

나는 말없이 황태자를 바라보았다. 한 줄 금이 간 매끈한 얼굴이 날 마주 본다. 그 날카로운 시선에 나는 들고 있던 포크를 내려놨다.

"맞아요. 케일라덴 전하께 연락이 왔어요. 그래서 간만에 담소를 나눴죠. 다음 주에 함께 차를 마시기로 했어요."

다음 주에 만나기로 했다는 말에 그의 얼굴이 더 굳었다. 대체 왜?

그는 꼭 내 애인이라도 되는 양 굴고 있다. 이걸 질투 말고 뭐라고 표현할 수 있을까. 예전처럼 황태자가 날 경계하는 상황도 아닌데.

그에겐 사랑하는 연인이 있다. 그와 내가 아무리 나중에 결혼할 사이라고 해도 날 질투하는 건 황당하다.

독점욕이나 소유욕? 그런 감정을 아무 사이도 아닌 내게 품는 건 너무 이기적인 것 아닌가.

"그런데 제가 이런 걸 전하께 일일이 다 이야기해야 하나요?"

날카롭게 물었다. 정신 차리라는 말이었다. 아이린과 연인이면서 내게 이러지 말라고. 어중간한 마음이 짜증 난다. 약간의 침묵 끝에 황태자가 답했다.

"그건 아니지."

거 봐. 바로 한발 물러나는 황태자를 보고 가슴속에서 조소가 피어올랐다. 나랑은 아무 사이도 아니니까 이렇게 깔끔하게 물러서는 거다. 나도 모르게 입술을 깨물었다.

"하지만 궁금해."

노란 눈동자가 짐승처럼 형형했다.

"그대가 무얼 하는지, 누굴 만나는지, 무슨 생각을 하는지."

포식자 앞에 놓인 먹이처럼 숨을 쉴 수 없었다. 호흡도 멈춘 채 날 한입에 삼킬 것처럼 쳐다보는 그를 마주 봤다.

"다 알고 싶어."

그 뒤로 식사를 어떻게 했는지 모르겠다. 정신을 차려 보니 내 방이었다. 커다란 소파에 기대앉아 가만히 창밖을 바라봤다.

일해야 하는데. 남곡창 책임자와의 미팅이 코앞인데.

머릿속에 해야 할 일 리스트가 떠돌아다녔지만 몸은 움직일 생각을 안 했다.

내가 뭘 하는지, 누굴 만나는지, 무슨 생각을 하는지 알고 싶다던 황태자의 목소리가 귓가에 일렁였다.

'왜'라고는 묻지 못했다.

그의 눈동자를 마주할 땐 아무 생각도 안 들었다. 그가 시선을 거두고 나서 한참 후에야 의문이 떠올랐다. 하지만 그땐 이미 너무 늦었다.

어느새 내 앞에는 입가심용 셔벗이 놓여 있었고 황태자는 구황작물에 관해 이야기하는 중이었다. 녹화사업을 추진하며 만든 연구 인력을 그대로 사용하고 서부 지역 농민들과도 연계해 연구를 진행 중이라고 했다.

농민들은 영단이 요수량도 적고 지력도 올려 주어서 적격이라 했다. 문제는 대량 섭취 시 중독될 수 있다는 거다.

처음 들어 보는 이름에 고개를 갸웃했다가 곧 이곳에만 있는 작물이라는 것을 깨달았다. 샤티의 기억에도 없는 걸 보면 중독성 때문에 재배하지 않는 작물인 듯했다.

영단의 중독성을 빼는 연구를 할지 아니면 마법 식물을 재배할지 상황을 지켜보는 중이었다.

마법 식물은 먹을 수 있는 덩이뿌리를 가진 곡물로 모방 계열 마법을 통해 생성하는 것이라고 했다. 어느 게 더 효율적인지 시험해 보고 착수할 거란 말에 기계적으로 고개를 끄덕였다.

평소와 달리 이번에야말로 어느 정도 진척이 있는 얘기였지만 난

듣는 둥 마는 둥 집중하질 못했다.

앞에 놓인 셔벗을 멍하니 먹고 황태자가 이끄는 손을 따라 방에 돌아왔다.

"아가씨."

부름에 고개를 드니 유모가 날 걱정스레 쳐다보고 있었다. 한참 동안이나 가만히 앉아 있기만 했다는 걸 깨닫고 눈을 깜빡였다.

"도련님이 가져오신 딸기 쇼트케이크가 남아 있는데 드시겠어요?"

"아니야. 밥 먹은 지 얼마 안 됐는걸."

천천히 고개를 젓자 유모는 한층 더 걱정스러운 얼굴을 했다. 원래 밥 배와 디저트 배는 따로 있는 거라면서 말리는데도 먹던 걸 생각하면 그럴 만도 했다.

요즘 알테가 부모님이 전해 주라고 하셨다면서 계속 선물—주로 먹을 것인데 샤티가 공저에 있을 때 좋아했던 것들이었다—을 들고 왔다.

그 덕에 식전 식후 가리지 않고 간식을 먹어 유모에게 혼나는 게 일상이 됐다.

나는 자리에서 일어나며 씩 웃었다. 괜한 걱정을 끼치고 싶지도 않았고 별일도 아닌데 이러고 있는 것도 웃겼다.

"나 목욕할래. 준비해 줘."

따뜻한 물에 몸을 담그고 피로를 녹이며 고민도 녹이는 게 좋을 듯했다.

호흡을 크게 내쉬었다. 알테가 내 손을 꽉 잡았다. 그를 올려다보자 미소가 되돌아왔다. 그 미소에 긴장이 살짝 풀리는 듯했다.

곧 남곡창 구휼 책임자인 유소프 백작과 독대를 시작한다. 처음엔 알테와 같이 만날 생각이었지만 곧 마음을 바꿨다. 내가 알테를 대동하면 저쪽에서도 보좌관을 대동할 것이다.

유소프 백작의 성품에 대해서는 황태자에게 들었지만 다른 사람은 어떨지 모른다. 게다가 남곡창은 서곡창에 무조건적으로 지원하던 상황에 불만을 갖고 있다.

신임인 유소프 백작과 단독으로 만나는 게 좋겠다는 판단을 내리고 일대일 미팅을 청했다.

또 나 혼자 협의할 수 있으면 그러는 게 레지나 평가에 더 유리할 거라는 알테의 언질도 있었다.

여러 사람의 도움 덕에 내가 할 수 있는 준비는 다 마쳤다. 알테는 매일 레지나궁으로 출근하다시피 했다. 결전을 앞두고 그가 고생해 준 게 생각나 잡은 손을 다독였다.

"잘할 거다."

"응, 알아요."

큰 걱정은 되지 않는다. 나는 자료를 내려다봤다.

이건 어느 한쪽만 이익인 계약이 아니었다. 그러니 유소프 백작도 거절하진 않을 거다. 협약이 체결되는 것은 당연하다. 하지만 어떤 조건으로 체결될지는 모른다.

이렇게 긴장되는 이유는 그간의 노력이 오늘 이 순간에 달려 있기 때문이다. 나뿐만 아니라 다른 사람의 노력도 들어가 있는 만큼 최상의 결과를 내고 싶었다.

"이제 나가실 시간입니다."

라브엘이 부드럽게 고했다. 날 바라보는 그녀의 눈동자엔 대견함과 신뢰가 가득했다. 고개를 끄덕이고 일어났다.

정무이기 때문에 유소프 백작과의 만남은 내궁에서 이루어지지 않고 외궁 후생성에 마련된 회의실에서 진행된다.

천천히 외궁으로 나가면서 하늘을 올려다봤다. 구름 한 점 없는 맑은 날이었다. 나뭇잎에는 이제 초록빛보다 빨갛고 노란빛이 더 많았다. 아직 볕이 포근하지만 완연한 가을이었다.

후생성에 들어가자마자 곧장 회의실로 안내받았다. 회의실 문을 열자 유소프 백이 먼저 와 있었다.

당황한 마음을 감추고 웃으며 인사했다.

"안녕하세요, 유소프 백작."

"반갑습니다, 카일론 공녀."

그가 고개를 숙일 때 벽에 걸린 시계를 확인하니 아직 약속 시간까지는 조금 시간이 남아 있었다.

이쪽에서 도움을 청하는 것이니 먼저 와 기다리려고 했는데……. 늦지 않았으니 낭패랄 것까진 없지만 유소프 백작이 많이 기다렸을까 염려되었다.

"일찍 오셨네요. 많이 기다리셨나요?"

"아닙니다. 저도 방금 왔습니다. 일단 앉을까요?"

의례적으로 하는 답이었지만 그의 얼굴에 불쾌한 기색은 없었다. 속으로 안도의 한숨을 지었다. 유소프 백이 빼 준 의자에 앉으며 살짝 고개를 숙여 감사를 표했다.

자리에 앉으니 후생성 소속 하녀들이 다과를 내왔다. 먼저 분위기를 부드럽게 할 생각으로 그에게 물었다.

"파티에서 몇 번 뵈었지요?"

"예. 직접적으로 인사드린 적이 없어 아쉬웠습니다. 가까이서 뵈니 공녀께선 더 아름다우시군요."

황실 주최연같이 큰 파티가 있을 때, 먼발치에서 서로 얼굴을 본 게 다였다. 같은 계파에 속한 것도 아니고 샤티는 딱히 인맥에 관심이 없었기 때문이다. 그녀에게 접근하는 남자들도 다 혼전의 젊은 영식들이었고.

직접적인 접점이 없다는 것이 오히려 내겐 다행이었다. 샤티가 워낙 전방위 어그로꾼이라 혹시라도 이전에 만났다면 실례를 저질렀을 수도 있다.

"농담도 잘하시네요. 저 역시 이제야 연이 닿아 아쉽습니다. 여러 자선사업을 하시는 그 성품을 평소에도 존경하고 있었답니다. 이렇게나마 알게 되어 굉장히 기쁩니다."

일부러 자선사업에 대해 말하자 유소프 백작의 표정이 살짝 굳었다. 하지만 그건 순간일 뿐이고 곧 다시 부드럽게 돌아왔다.

"하하, 크게 내세울 일도 아닙니다. 베푸는 것 역시 귀족의 의무 아니겠습니까. 제가 가진 것을 제 뜻대로 쓰는 건데 이렇게 칭찬을 받으니 쑥스럽군요."

본인의 재산으로 자선을 한 것이라는 말에 싱긋 웃었다. 남곡창은 남부 지역 백성들의 세금이니 쉽게 내줄 수 없다는 말이다.

황태자의 말대로다. 동정심은 많지만 일의 우선순위를 모르는 사람은 아니었다.

"사실을 말한 것뿐인걸요."

느긋하게 차를 한 모금 마시며 뜸을 들였다. 유소프 백의 눈동자가 찬찬히 나를 살핀다. 내 침착한 태도가 굉장히 의외라는 눈빛이었다.

그는 여름에만 제도에 있는 타운하우스에 머무는 귀족으로 1년의 대부분을 남쪽에 있는 자신의 영지에서 보냈다.

마지막으로 날 본 것은 레지나 간택 축하연이다. 회의에 오기 전 나에 대해 알아봤을 거고, 지방 관리직을 꿰차고 있는 만큼 제도의 소문도 다른 지방 귀족보다 빨리 알겠지만 말로 듣는 것과 직접 겪는 것은 다르다.

변했다는 건 들어서 알고 있겠지만 예전 파티에서 패악을 부리던 그 예의 없는 모습이 더 강하게 박혀 있을 것이다.

아마 그는 내가 카일론의 재산을 쓰지 않고 남곡창의 책임자와 만나길 원했다는 것 정도가 변화의 증거라고 생각할 것이다. 내가 협상안을 준비했다고는 생각도 못하겠지.

기대치가 낮을수록 좋다. 그러기 위해 추가 예산을 받은 것도 비밀로 부쳐 달라고 하지 않았나.

"공녀께서는 왜 절 보자고 하셨습니까?"

침묵을 참지 못한 그가 먼저 물었다.

"백작께서도 아실 것 같은데요."

이 일이 불발될 때 큰 타격을 입는 것은 나였다. 안달 내야 할 사람이 여유로우니 외려 그가 안달이 난 듯했다. 예상과 전혀 다른 내 태도에 당황한 것처럼도 보였다.

"네, 알고 있습니다. 예년처럼 남곡창에서 서곡창의 구휼을 지원해 달라는 것 아닙니까?"

"아닙니다."

"아니라고요?"

"예."

차분한 대답에 유소프 백작이 턱을 쓸었다. 그렇다면 왜 자길 보려고 했는지 모르겠단 표정이었다. 곡창의 책임자로서 만남을 추진했고 구휼 문제를 협의하자고 했으니 당연하다.

나는 생긋 웃었다.

"남곡창에서 서곡창을 지원해 달라고 말하면 해 주실 건가요?"

"그건…… 어렵습니다."

유소프 백작이 눈을 피하며 말했다. 그가 잘못한 것은 하나도 없는데 눈동자에 죄책감과 연민이 스쳤다.

그 개인적으로는 얼마든지 서부 지역민을 후원하고 싶다는 걸 깨달았다. 내겐 호조였다.

"어째서죠?"

"가뭄이 시작된 후 계속해서 서부 지역을 지원했지요. 한두 번도 아니고 무려 4년입니다. 황후 폐하의 명이니 무리해서 지원한 것이었습니다."

지금은 라하딘 기간이니 황후를 비롯해 황족은 아무런 명도 내리지 않는다.

"글쎄요. 무리라니 의문이 드네요. 남곡창은 지금도 거의 포화 상태 아닌가요?"

"남부 지역은 올해도 풍년이라 구휼이 필요 없지요. 지원해 드릴 곡물량은 있지만 이건 단순히 있고 없고의 문제가 아닙니다. 남곡창에 쌓인 구휼미는 남부 지역 농민들의 세금입니다. 남부 지역을 위해 쓰이는 세금이요."

그는 유난히 세금이라는 점을 강조했다. 마치 '내게 이건 알아듣겠죠?'라고 묻는 것처럼.

뭐, 샤티여도 알아들을 말이긴 했다. 아무리 행정을 몰라도 귀족인 이상 세금의 중요성은 잘 알고 있다. 영지의 기반이기 때문이다.

"자신의 세금이 관계없는 다른 곳에 쓰이길 원하는 백성은 없습니다. 여태까지 불만을 감수해 온 것이 무리였다고 말씀드리는 것입니다."

유소프 백작은 내게 알려 주듯이 차분히 말했다. 잘난 체하기보단 친절한 어조였다. 잘 모르는 아이에게 알려 주는 것처럼 이번 기회에 알아 두라고 선의를 베푸는 태도였다.

그가 내 능력을 얕잡아 본다는 건 확실했다. 당연한 건지도 모른다. 그가 본 샤티는 멍청했고 행정 관련 지식을 배운 적도 없으니까. 이것 역시 내게 호조였다.

"하지만 유소프 백작, 지금 서부 지역 사람들은 피죽 한 그릇 먹지 못해 굶어 죽고 있어요. 제가 에스투스에 서부 지역으로 행궁을 나간 것은 알고 계시죠? 해안궁에서 지내 민생을 잘 살펴보진 못했지만 그저 스쳐 지나가는 사람들의 삶조차 너무나 팍팍했어요. 물 한 모금 마시지 못해 갈라진 입술에선 피가 흘렀죠."

유소프 백작의 눈동자가 살짝 떨렸다. 나는 놓치지 않고 그를 몰아붙였다.

"오죽하면 스스로 인권을 포기하고 자기 자신을 노예로 팔았겠어요. 불법 노예상을 고발하며 현장에 다녀왔는데 그 광경은…… 도저히 제 입으로 말할 수가 없군요. 심지어 어린아이도 있었어요. 부모가 자식을 팔 정도의 상황입니다."

눈을 아래로 내리깔며 속눈썹을 파르르 떨었다. 유소프 백작의 입에서 안쓰러운 한숨이 흘렀다.

"굉장히 안타깝습니다만…… 남부 지역도 사정이 있습니다."

그가 만약 실리를 추구하는 성격이었다면 서부 지역 상황을 숨겼을 거다. 다시 비가 오고 있어서 그리 심각한 상황이 아니라고 하며 남곡창 외에도 지원해 줄 곳이 있다는 말을 흘렸을 것이다.

아쉬울 것 없는 척했겠지. 그래야 흥정이 쉬우니까.

하지만 유소프 백작은 그 반대였다. 황태자에게서 그의 성격을 전해 듣고 어떻게 공략할지 많은 고민을 했다.

"지금 지역민이 불만을 품는다고 죽어 가는 제국민을 못 본 척하겠다는 건가요? 지원한다고 해서 남부 지역민의 생계가 위협받는 것도 아닌데."

나는 숫제 그를 비난하듯 다그쳤다. 유소프 백작이 변명하듯 외쳤다.

"이건 남부 지역민들이 자신을 위해 낸 세금입니다! 자신들이 굶을 때를 위해서 대비해 놓은 식량이란 말입니다!"

"원성을 사기 싫다고 지금 제국민들이 굶어 죽고 있는 판에 이익을 챙기겠단 건가요?"

"이런 식으로 체계가 흐트러지면 또다시 가뭄이 찾아왔을 때 대비할 수 없습니다!"

"4년 동안 무상으로 서곡창을 지원했지만 남곡창의 곡물량은 여전히 포화 상태지요. 그런데 대비할 수 없다니요?"

나는 계속 감정적으로 대응하며 유소프 백작을 살폈다. 그의 눈이 흔들리는 것을 유심히 보며 감정을 격화시켜 핀치로 몰았다.

지나가는 어린아이가 굶고 있는 것도 못 보아 넘기는 심성의 소유자라 심히 동요한 게 눈에 보일 지경이었다. 그 동요가 극에 달한 순간, 나는 아주 상냥하고 자애로운 미소를 지었다. 예전 아이린이 샤티를 볼 때 지었던 표정처럼.

갑작스러운 변화에 유소프 백작의 입매가 떨렸다.

"물론 백작께서는 남부 지역민들의 상황을 신경 쓰셔야 하니 난감하시겠지요. 또 함께 일하는 동료들의 의견도 존중해야 하고요. 충분히 이해합니다."

"예……?"

돌변한 내 태도에 그가 얼떨떨해하며 되물었다. 나는 그와 눈을 맞추며 다 이해한다는 듯 고개를 끄덕였다.

"원래 다 그런 것 아니겠습니까. 마음 가는 대로 결정할 수는 없죠. 여러 상황을 고려해야 하니까요. 백작께선 남곡창의 책임자시니 당연히 남부 지역의 의견을 대변해야죠."

"그렇습니다만……."

동의하면서도 유소프 백작은 어딘지 찜찜해했다. 아까 건드렸던 그의 양심이 제 발목을 잡기 시작한 것이다.

지원은 할 수 없다던 단호한 마음에 금이 갔다. 나는 눈동자에 물기를 머금고 그에게 호소하듯 말했다.

"서부 지역 사람들은 꼭 남곡창의 지원을 받아야 해요. 지금 그들에겐 빵 한 조각이 절실합니다. 백작의 도움이 필요해요."

"……저도 정말 돕고 싶습니다. 하지만 공녀께서도 말씀하셨지 않습니까."

드디어 백작의 입에서 직접 지원하고 싶다는 말이 나왔다. 나는 회심의 미소를 애써 숨겼다.

"예년처럼 남곡창에서 서곡창을 지원해 달라는 것 아니냐는 질문에 제가 부정했지요."

"그랬죠."

그는 의아한 시선으로 날 바라보았다. 부정해 놓고 지원해 달라고 하다니 이상하다는 눈빛이었다.

"남곡창에서 서곡창을 지원해 주셨으면 하는 건 맞습니다."

"그렇다면……?"

"하지만 예년처럼은 아닙니다."

유소프 백작이 입술을 모았다. 내 말이 과연 무슨 뜻인지 가늠하는 얼굴이었다.

"여태까진 폐하의 명으로 남곡창이 손해를 감수하면서 지원했죠. 저는 남곡창과 서곡창 모두에게 이익이 되는 일을 제안하고자 하는 것입니다."

나는 준비한 자료를 백작에게 내밀었다. 저장량에 따른 곡창 유지비가 나와 있는 도표였다.

"백작께서도 아시겠지만 지금 남곡창의 적체량은 포화 상태입니다. 들어가는 유지비만 계산해도 적자 상태지요."

"서곡창에 지원하는 게 남곡창의 부담을 줄이는 것이란 말씀이시죠? 저도 이 점은 잘 알고 있습니다. 사실 공녀와 만나기 전 다른 분들께 이 점을 피력해서 서곡창 지원 건에 대해 긍정적으로 생각해 보자는 말도 했고요. 하지만……."

"적자가 큰 것도 아니고 다른 이익이 발생하는 것도 아니라고 반대했나요?"

원래 자기 집 잡동사니도 남 주려면 아까운 법이다. 그것도 자의가 아니라 타의로 매년 줬으니 남부 지역 관리들의 불만이 쌓이는 것은 당연하다.

제국은 넓다. 남부 지역 사람 대부분은 서부 지역에 단 한 번도 가 보지 못했다. 가뭄이라는 얘기는 들었지만 풍요로운 남부로서는 그게 어떤 의미인지 잘 모른다.

와 닿지도 않은 일에 자기 지역의 재산이 상관도 없는 곳에 쓰이길 원하는 사람은 없다.

"……그렇습니다."

유소프 백작은 다소 불편해 보였다.

본인의 의사와 대치되는 의견이긴 하지만 어쨌든 남부 지역 내부의 사정을 내게 얘기한 것이다.

감정이 격화되어 말이 나왔지만 정신 차리고 나니 내부에 분란이 있었다는 걸 내게 알린 꼴이다. 그것도 협상 테이블에서.

"원래 함께 일하다 보면 서로 다른 의견이 오가는 법이지요. 그러면서 더 좋은 결과가 나오고요."

은근하게 그의 편을 든 다음 확실하게 정리했다.

"그럼 서곡창에 지원하는 게 남곡창에 손해는 아니라는 점, 백작께서도 인지하고 계신다는 말이군요."

"손해는 아니지만 이익도 아니라는 게 저희 입장입니다."

그가 분명하게 말했다. 바로 걸려들길 원했지만 그리 쉽진 않았다. 그래도 분위기는 이미 이쪽으로 기울었다.

"그럼 이익이 된다면 이야기가 달라지겠군요."

"그렇죠. 지역 간 거래의 균형을 위해 추가적인 조건이 생긴다면 저희로서도 거절할 이유가 없습니다. 불만도 사라질 거고."

"바로 그 점이 예년과 다르다는 겁니다. 저는 남곡창에도 이익이 되는 조건을 제시하려고 해요."

유소프 백작은 여전히 회의적인 태도였다. 그는 염려되는 얼굴로 재차 턱을 쓸었다.

"서곡창의 상황은 저도 잘 압니다. 제시할 조건이 한정적이죠. 나중에 곡물로 갚겠다는 건 저희에겐 썩 매력적인 조건이 아닙니다. 공녀께서 말씀하셨듯이 지금도 포화 상태니까요."

예상대로 기대치가 매우 낮았다. 이래서 상대가 모르게끔 준비한 것이다.

마탑의 지원과 추가 예산을 받았다는 걸 알면 저쪽도 나름대로 만반의 준비를 했을 것이다. 조금이라도 자신에게 더 유리한 방향으로 협상을 마무리하기 위해서.

하지만 지금은 아무것도 모르는 상태이기에 최소치만 생각하고 있는 것이다.

"그런 포화 상태 때문에 곡물 저장을 위해 마력석이 계속 추가로 든다고 알고 있어요."

"예, 공녀께서 제시한 자료에도 있지만 적자의 원인은 바로 마력석입니다. 적체량이 한계점을 돌파해서 추가 마력석을 매번 구입해야 하니까요."

"만약 저희가 마력석을 지원한다면 어떨까요?"

테이블 위에 놓인 자료를 훑으며 답하던 유소프 백작이 고개를 번쩍 들었다.

"마력석을요?"

나는 새로운 자료를 건넸다. 곡물과 마력석의 거래 조건이 적혀져 있는 서류였다.

"저희는 지원량 대비 1퍼센트의 마력석을 드리려고 해요. 무게로 책정하고요."

시세에 비하면 아주 비싼 조건이었다. 남부 지역은 풍년이지만 제국 전체적으론 흉년이다. 서부 지역 때문에 평균 생산량이 많이 깎이긴 했지만 그래도 평작도 못한 지역이 많다.

당연히 곡물값이 올랐다. 게다가 마력석은 무겁기 때문에 무게로 책정하면 곡물에 비해 얼마 안 되는 양이다. 시세대로라면 1퍼센트가 아니라 10퍼센트가 적정선이다.

하지만 서곡창이 아무런 조건도 제시할 수 없다고 생각했던 유소프 백작에겐 다르게 들릴 것이다.

게다가 남곡창은 곡물을 팔지 않는다. 팔기 위해서 중앙정부의 인가가 필요하다는 것은 둘째치고, 남곡창이 곡물을 풀면 가격이 폭락해서 남부 지역 농민들의 생계에 타격이 오기 때문이다.

쓰지도 못하는 곡물이 마력석이 되어 돌아오니 나쁜 일은 아니다. 오히려 환영할 만한 일이지.

"확실히 저희로선 굉장히 매력적인 제안이군요. 하지만 그 정도의 마력석이 있나요? 적은 양으로 서부 지역민들을 다 구휼하기엔 부족할 것 같은데요."

"그건 제가 잘 준비해야죠."

외려 날 걱정하는 유소프 백작을 보면서 담담히 말했다. 준비된 마력석의 양을 안다면 절대 이 터무니없는 조건을 매력적이라고 말하진 않을 거다.

"저, 궁금한 게 있는데요. 남곡창이 포화 상태라 새로 곡창을 증설한다는 말이 있던데 사실인가요?"

조사해서 알아낸 사실이지만 모르는 척 묻자 백작이 고개를 끄덕였다.

"사실입니다. 아시다시피 남곡창은 효율성을 위해 몇 번 개선했죠. 아마 서곡창에 비하면 소비 마력석이 절반 수준일 겁니다. 하지만 물리적인 공간이 부족해서 새로 곡창을 지어야 하는 상태입니다. 이번에는 처음부터 신기술을 도입해서 마력석 소비를 최소화할 생각입니다."

"신기술을 도입하려면 꽤 유능한 마법사가 필요하시겠네요."

"아무래도 그렇죠. 마법사의 역량에 따라 효율성이 결정되니까요."

"이건 어떨까요? 저희 측에서 마법사를 지원해 드리도록 하겠습니다."

그에게 서류를 내밀었다. 구휼을 도와주겠다고 한 마법사 리스트와 이력이다.

"코겐 남작 영식을 포함한 6인입니다."

"코겐 남작 영식이요?"

젊은 천재인 알베르가 있다는 말에 유소프 백작이 재빨리 리스트를 훑었다.

“와, 정말 쟁쟁한 인재들이군요. 이 정도면 돈 주고도 섭외하기 힘든데요.”

나는 씩 웃었다. 알베르가 마련해 준 기회이니 최고의 결과를 내고 싶다.

“물론 조건이 있습니다.”

—악녀의 정의 3권에서 계속—

BLACK LABEL CLUB 030
악녀의 정의 2

1판 1쇄 발행 2017년 4월 27일
1판 4쇄 발행 2020년 2월 5일

지은이 주해온
펴낸이 신현호
편집부장 예숙영
책임편집 박상희
편집디자인 한방울
영업 · 관리 김민원 조은걸 조인희
물류 이순우 최준혁 박찬수

펴낸곳 ㈜디앤씨미디어
출판등록 2002년 5월 1일 제117-90-51792호
주소 서울시 구로구 디지털로 26길 111 JnK디지털타워 503호
대표전화 (02)333-2513 팩스 (02)333-2514
전자우편 dncbooks@dncmedia.co.kr
디앤씨북스 블로그 http://blog.naver.com/dncbooks

ISBN 979-11-264-4076-4 (04810)
ISBN 979-11-264-4074-0 (세트)